## 배삼식

1970년 전주에서 태어났다. 서울대학교 인류학과를 졸업하고
한국예술종합학교 연극원 극작과 전문사 과정을 마쳤다.
1998년 「하얀 동그라미」로 데뷔했다. 2003년 극단 미추의
전속 작가이자 대표 작가로 활동하며 「삼국지」, 「마포황부자」,
「쾌걸 박씨」 등의 마당극과 뮤지컬 「정글 이야기」(창작),
「허삼관 매혈기」(각색)를 비롯해 「최승희」(창작), 「벽 속의
요정」(각색), 「열하일기만보」(창작), 「거트루드」(창작),
「은세계」(창작) 등 다수의 작품을 만들었다. 이후 「하얀
앵두」(창작), 「피맛골 연가」(창작), 「3월의 눈」(창작), 「벌」(창작)
등 왕성한 작품을 선보이며 우리 시대를 대표하는 극작가로
자리매김했다. 2007년 「열하일기만보」로 대산문학상과
동아연극상 희곡상을, 2008년 「거트루드」로 김상열연극상을,
2009년 「하얀 앵두」로 동아연극상 희곡상을, 2015년
「먼 데서 오는 여자」로 차범석희곡상을, 2017년 「1945」로
'공연과 이론을 위한 모임' 올해의 작품상을 수상했다.
저서로 『배삼식 희곡집』, 『1945』, 『화전가』가 있다.

# 3월의 눈

# 3월의 눈

배삼식
희곡집

오늘의
작가 총서
37

민음사

# 차례

# 3월의 눈

장오    80대 중반

이순    80대 중반, 장오의 아내

용철    50대 초반, 새 집주인

상구    50대 초반, 고목재상, 용철의 친구

통장    50대 중반, 여자

황씨    노숙자

명서    30대 중반, 장오의 손자며느리

청년들    상구를 따라온 일꾼들

관광객들    젊은 남녀 한 쌍, 일본인 관광객들


시간    현재

3월 중순 어느 날, 아침부터 다음 날 아침
까지.


공간    장오와 이순의 집.


무대    오래 묵은 한옥. 무대는 이 집의 뒤편.
중앙에 대청마루. 대청마루 너머 무대
뒤편으로 앞마당과 대문이 건너다보인

다. 대청마루 양옆으로 안방(상수)과 건너방(하수). 두 방과 대청마루를 이으며 좁은 툇마루가 길게 뻗어 있다. 방에서 대청마루로 통하는 문은 미닫이, 툇마루로 나서는 문은 여닫이. 툇마루 앞 객석 쪽으로 좁은 뒷마당. 구석에 돌로 쌓아 올린 조그만 화단, 화초와 나무 몇 그루, 수석 몇 개.

무대는, 한옥의 외형 전체를 있는 그대로 묘사하기보다는, 앞에서 묘사한 공간 구조에 따라, 한옥을 이루는 건축 요소들(문과 문틀, 기둥, 마루)을 꼭 필요한 것들만 골라 배치한다. 단 각각의 요소들은 '사실성'을 지녀야 하며, 조립 및 해체가 가능하게 제작되어야 한다.

3월의 어느 맑은 날, 아침. 나지막한 콧노래 소리. 이윽고 미닫이문이 열리고, 이순이 안방에서 대청마루로 나온다. 이순, 마루에 있는 반닫이에서 뜨개질거리가 담긴 바구니를 꺼내 들고 툇마루로 간다. 이순, 툇마루에 앉아 콧노래를 흥얼대며 뜨개질을 시작한다. (사이) 대문이 덜걱거리는 소리. 장오, 대문을 열고 집 안으로 들어선다.

이순    (뜨개질을 계속하며) 당신이우?

　　　　장오, 대답 없이 느릿느릿 걸음을 옮긴다.

이순    영감?

　　　　장오, 고개를 들고 두리번대다 이순을 본다. 이순, 뜨개질을 멈추고 장오를 돌아다본다.

이순    아니, 왜 대답을 안 해요. 사람이 부르면 대답을 해야지, 원.
　　　　어딜 다녀오세요, 아침부터 말도 없이?

　　　　장오, 잠시 이순을 말없이 건너다본다.

이순    어딜 다녀오시냐구요.
장오    어…… 그게, 그러니까…….

이순 　참 나.

장오 　……이발소.

이순 　일루 와 봐요. 좀 봅시다, 잘 깎았나.

장오, 천천히 걸어와 이순 곁에 앉는다. 이순이 장오의 모
자를 벗겨 본다.

이순 　에게? 이게 깎은 거유?

장오 　못 깎았어.

이순 　김 씨 쉬는 날인가? 오늘 목요일 아니우?

장오 　어.

이순 　그이는 수요일에 놀잖었수?

장오 　그랬지.

이순 　근데 왜요? 어디 아픈가?

장오 　아니, 멀쩡허든걸.

이순 　봤어요?

장오 　어.

이순 　어디서?

장오 　이발소 있던 자리에서.

이순 　게 무슨 말씀이우?

장오 　없어졌드라구, 이발소가.

이순 　예?

장오 　이발소 문 닫고 딴 사람한테 세를 놨다드군. 만두집
　　　을 들인대나. 벌써 다 들어내구 공사허느라 야단이데.

이순     만두집이야 그 아래 하나 있잖우? 이 씨네 냉면집.

장오     중국 만두를 맨들어 판대나, 중국서 사람을 불러다
         가. 젊은 애들이 그걸 좋아한다네.

이순     원, 세상에. 이 동네에 이발소라곤 그거 하나뿐이
         었는데. 허긴 뭐, 요새 젊은 애들이 어디 이발소 가
         요? 동네 늙은이들, 그나마 뜨문뜨문 오는 거 바래
         구 앉았는 것도 못할 노릇이긴 허지. 그래두 그렇
         지…….

장오     세 받아먹는 게 이발해서 먹는 돈 몇 곱이라니 말
         다 했지, 뭐.

이순     그래두 김 씨네는 덕 봤네, 자기 집이라. 이 동네 사
         람들 몰리는 통에 집값이며 땅값이 좀 올랐우? 세
         살던 사람들은 다 쫓겨났잖우, 세 감당 못해서. 요
         밑에 구멍가게두 그렇구, 쌀집도 나가구, 철물점도
         문 닫구, 생기는 건 찻집에다 여자들 옷 가게, 구두
         가게뿐이니……. 아니, 그렇다구 그냥 와요? 나선
         김에 숙이네 미용실이래두 가서 깎아 달래지.

장오     거긴 영 마뜩찮아서. 내 머리는 가위로 깎아야지,
         바리깡질 하면 못 쓰거든. 뒤통수가 기울어 놔서.

이순     기울든 말든 노인네 머리 누가 보기나 한답디까? 바
         리깡이든 가위든 구신 산발헌 것보단 낫지 뭘 그래.

장오     김 씨는 말 안 해도 알아서 잘 맞췄는데.

이순     뒤통수야 우리 영돈이가 이쁘지. 우리 영돈이 요만
         헐 때, 상고머리 쳐 놓으면 깎아 논 밤톨마냥 동글

동글허니 참 이뻤는데…….

장오의 얼굴이 굳는다. 사이.

이순  ……하마 50년인가, 김 씨가 이 동네 온 지가. 달랑
      이발 가방 하나 들고 와서 저 회화나무 아래다 의
      자 하나 도라무통 하나 깔아 놓구 머리 깎았잖우.
      그래도 그이는 성공했어. 아들딸 5남매 다 대학 공부
      시키고. 이발소 안 하믄 이제 뭐 헌다우, 그이는?

장오  허긴 뭘 해. 놀지. 이젠 내두룩 말짱 수요일이라구
      웃데.

이순  큰일 났네. 우리 예민하신 영감마님 머리는 이제
      누가 깎는다우? 그이 집에 가서 좀 깎아 달래면 안
      되나?

장오  뭐가 있어야 깎지. 그 무슨 박물관이래나? 이발 도
      구구 이발 의자구 연탄난로구 뭐구, 하여간 이발소
      안에 붙은 건 찌그러진 양은 대야까지 죄 뜯어 가
      지구선 세뜨루다 사 갔다는데 뭐. 그것두 말하자면
      골동이라구.

이순  도랑 치고 가재 잡았네. (문득 뜨개질하던 것을 들여다
      보고) 아이구, 내 정신이야. 내가 뭘 한 거야, 지금.
      또 빼먹었네, 또 빼먹었어, 코를! 아유, 이걸 어쩌나,
      한참 떴는데!

장오  (빙긋이 웃으며) 어쩌긴 뭘 어째, 도로 풀어야지.

이순　아유 속상해. 아까워라. 어떻게 안 풀고 곤치는 방법 없을까?

장오　노상 떴다 풀었다. 거 괜한 고생 말라니까. 시장 가믄 기계루 짠 것두 좋기만 허더구먼, 값도 헐쿠.

이순　그거하고 이게 같우?

장오　암만 봐두, 자네 그 재주는 없나 뵈. 딴 건 몰라두.

이순　두고 보라구요. 내 멋지게 떠 줄 테니.

장오　뭘 뜨는데?

이순　안 갈처 줘요.

장오　색깔은 곱네.

이순　자꾸 말 시키지 말어요! (어떻게든 망친 부분을 고쳐 보려 애쓰다가)

아유, 안 되겠다. 동사무소 가서 뜨개 반 선생한테 물어봐야지. (일어나다) 아 참, 창호지. 지물포 가서 창호지 좀 사 오구려.

장오　창호지는 뭐 하게?

이순　뭐 하기는요. 문종이 바를 게지. 겨울 지나고 이제 봄인데, 도배는 못헐망정 문종이라두 새로 발라야 할 거 아니우. 아무리 두 노인네가 사는 집이래두, 아니, 노인네들일수록 깨끗허게 허구 살아야지. 넘들 보믄 숭 본다구요.

장오　문종이는 뭘, 거 쓸데없이. 구멍 난 데두 없이 아직 멀쩡헌걸.

이순　그 평계루 건너뛴 게 몇 해쩬 줄 아우? 아유, 뵈기

싫단 말예요! 누래진 것두 누래진 거지만, 이렇게
누래지도록 구멍 하나 안 나는 꼴이 더 뵈기 싫여!

장오   이거 봐, 내가 말했잖아……. 자네 자꾸…….

이순   에이 증말……!


이순, 일어나 문 앞으로 가서 손가락으로 문종이에 구멍을
푹푹 뚫어 버린다.


이순   인저 됐우?

장오   헛 참…….

이순   (안방으로 들어가며) 나 동사무소 댕겨올 동안 다녀오
시구려. 별도 마침 좋으니 오늘 같은 날 발러야지.

장오   또 나갔다 오라구?

이순   (안에서) 그참, 군소리 퍽두 허시네. 아, 그러게 누가
말도 없이 나가래요?

장오   말도 없이 간 게 누군데?

이순   (고개를 내밀며) 아, 얼른요!

장오   아, 알았어.


장오, 툇마루에 놓인 뜨개질 바구니를 내려다보다가, 손을
뻗어 뜨다 만 뜨개질거리를 잠시 어루만진다. 안방에서는
이순의 콧노래 소리. 장오, 안방 쪽을 건너다보고, 하늘을
올려다본다. 장오, 자리에서 일어나 천천히 걸어 대문 밖으
로 나간다. 콧노래 소리가 점점 잦아든다. 마당 위로 구름

그림자가 지나간다.

대문 밖 길가에 트럭이 멈추는 소리. 사람들이 웅성대는
소리.

용철    (대문 밖에서 대문을 두드리며) 계세요?
       (사이) 어르신, 안 계세요?

새 집주인 용철과 고목재상 상구, 상구를 따라온 일꾼 청
년 둘이 대문을 열고 집 안으로 들어선다.

용철    어디 나가셨나? 어르신!
상구    안 계신가 보네.
용철    잘됐네, 뭐. 얼른 해 가.
상구    주인한테 말두 않구 이래도 되나?
용철    마, 주인 여기 계시잖아.
상구    그래도 아직 사람이 사는데.
용철    급하다고 난리 친 게 누군데 그래?
상구    에휴, 오 교수 그 자식, 테이블 없어 차 못 마시는
       것도 아니고, 어찌나 닦달을 하는지. 니미, 어디 나
       무가 구해져야지.
       좆만 한 게 눈만 높아 가지고 웬만한 나무는 들이
       대도 못하니.
용철    걔가 무슨 눈이 높아. 접때 걔네 집에 가 보니까,

송대(宋代) 불상이래나, 모셔 놓고 벌벌 떠는데, 좆
도, 딱 보니까 신작이더만.

상구  그게? 그 관세음 좌상?

용철  너도 봤냐?

상구  그게 신작이야? 확실해?

용철  이 바닥 나까마질만 20년이 넘었다, 내가 불상 전
문 아니냐. 문화재 전문위원은 속여도 나는 못 속
인다. 뭐, 신작 치고는 기똥차긴 하더라. 나도 깜빡
속을 뻔했다니까.

상구  이런 씨벌…….

용철  왜? 뭐야? 그거 니가 팔아먹었냐?

상구  조용히 해, 새끼야.

용철  (웃으며) 새끼, 깨나 먹었겠네.

상구  먹기는 뭘 먹어. 그거 나도 신작인 줄 알고 샀어.
아우, 전 씨 그 새끼한테 깜빡 속았네.

용철  그러게 그런 거 살 때는 이 형님한테 물어봤어야지.

상구  전가 놈 이 자식을 그냥…….  어휴. 너 입 다물어라.
오 교수 걔 알면 큰일 난다.

용철  물건 오고 돈 건너갔으면 게임 끝. 속은 놈이 바보
지. 촌스럽게 뭘 따지냐.

상구  우리야 그렇지만, 그 새끼는 촌스럽단 말야.

청년 1  뜯어요, 어떡해요?

상구  가만있어 봐, 새꺄. 열 받아 죽겠는데. 아이, 그거
찝찝하네.

용철    찝찝하기는. 박물관 가도 신작 천진데, 뭐.

상구    먹고사는 게 뭔지……. (한숨. 마루를 쓸어 보며) 뜯기
       는 아깝다. 나무도 좋고 짜기도 제대로 짠 마룬데.

용철    너니까 싸게 준 거야. 거저지 거저. 요거 요 반질반
       질허니 때 먹은 거 봐라. 따루 칠하구 말 것도 없
       어. 요대로 잘라다가 테이블이나 찻상 만들어 놓으
       면 와따지.

상구    오 교수 그 새끼 주기는 아깝다.

용철    호구일수록에 잘 모셔야지, 자식아.

상구    괜찮겠지?

용철    새끼, 착한 척 드럽게 하네, 안 어울리게. 나도 사정
       봐드릴 만큼 봐드린 거야. 잔금 치르고 쫑 낸 지가
       언젠데. 겨우내 살게 해 드렸으면 됐지. 손자 새긴
       지 뭔지는 금방 모셔 갈 것처럼 지랄하더니, 전화도
       안 받아요, 이제 공사 들어가야 되는데, 이 상놈의 새
       끼가.

상구    (집 여기저기를 둘러보며) 볼수록 아깝다, 아까워. 저
       대들보 봐라. 문틀도 이거 요새 기계로 짠 게 아니
       라, 대패로 일일이 밀어서 이 골 잡은 거 봐. 야, 나
       이거 안 뜯어 가도 좋으니까, 이 집 살려서 여기다
       어떻게 해 보지 그러냐? 한옥, 운치 있고 좋잖아.

용철    시를 써요, 시를. 벌써 설계 다 나오고 공사 허가까
       지 떨어져서 층마다 들어올 놈들까지 다 계약 끝난
       마당에 무슨 헛소리야! 누군 아까운 줄 모르냐?

상구 에휴, 먹고사는 게 뭔지……. 뜯자, 뜯어. 오늘은 마루만 뜯어 가고, 나머지는 집 헐 때 와서 실어 갈게.

상구, 마루에 서서 사방에 절을 하기 시작한다.

용철 너, 뭐하냐?

상구 뜯을 땐 뜯더라도 인사는 드려야지. (두 손을 모으고) 성주님, 조왕님, 그리고 또…… 아무튼 여기 깃들어 계신, 온갖 신령님들, 부디 노여워 마십시오. 세상 만물, 모일 때가 있으면 흩어질 때도 있는 것 아니겠습니까? 저는 그럴 마음이 눈곱만큼도 없습니다만, 어떤 놈이 부득불 헐겠다 하니…….

용철 저 이……!

상구 어차피 헐릴 집, 고이고이 잘 모셔다가 좋은 데다 쓰겠습니다, 예. 상향.

용철 염병……. (청년들에게) 뜯어.

상구 살살 잘 뜯어라.

청년들과 상구, 달려들어 마루를 뜯어내기 시작한다.

상구 (마루를 뜯어내느라 씨름하며) 아이고, 어떤 양반이 짰나, 짱짱하게도 짰다. 휘유, 우리 아부지 생각나네.

용철 너그 아부지?

상구 우리 아부지가 목수였잖냐, 대목, 집 짓는 목수, 이

20

런 한옥.

용철   그런 얘긴 처음 듣는다.

상구   내가 말 안 했나?

용철   다 피가 있구만, 너 목공 일 잘하는 게. 니 아부지한테
       배웠나?

상구   배우기는, 니미. 얼굴도 기억 안 난다. 하도 어렸을
       때 돌아가셔갖고. (청년에게) 야, 야, 나무 삐그러져!
       살살, 이쪽으로! 살살 달래 가면서!
       우리 아부지, 집 지으러 가면, 기본 한 달, 두 달이
       고, 반년에 한 번이나, 집에 올까 말까 했다데…….
       나 두 살 땐가, 인천에, 집 지으러 갔는데, 니미, 아
       부지 친구가, 아부지 연장통 먼저, 들고 왔더라네.
       우리 어무니가, 가 보니까, 인천 어디 병원에, 아부
       지가 누워 있드래지, 영안실에……. 휘유!

       *상구, 허리를 펴고 가쁜 숨을 몰아쉬며 숨을 고른다.*

상구   내가 그동안 뜯어 먹은 집 중에는, 우리 아부지가
       지은 집도 있었을라나 몰라, 응? 아부지는 지어서
       먹고 나는 뜯어서 먹고, 응?

       *상구와 용철, 웃는다.*

상구   좀 와서 거들어라, 새꺄. 쳐다보지만 말고.

용철     알았어, 자식아.

상구와 용철, 청년들과 함께 마루를 뜯어낸다. 마룻장이 뜯겨 나가는 소리가 짐승의 비명처럼 길게 울린다. 대문이 열리고 장오가 집 안으로 들어선다. 한 손에 둘둘 말린 창호지를 들고 있다. 장오, 잠시 서서 젊은이들이 마루 뜯는 것을 지켜본다. 밖에서 통장이 소리친다.

통장     (밖에서 소리만)
**아니 누구야, 도대체! 누가 여기다 차를 대 났어!**
**이공칠팔! 이공칠팔 차주! 차 빼요! 이공칠팔!**

자동차 경적 소리. 상구 일행, 끙끙대며 결국 마룻장 한 판을 들어낸다.

상구     (청년에게) **야, 나가 봐라.** (장오를 보고) **어.**

상구 일행, 그제야 장오를 본다.

용철     **오, 오셨어요.**

모두들 난감하다.

통장     (소리) **이공칠팔! 이공칠팔!**

상구가 손짓으로 청년 1을 내보낸다. 청년 1, 장오 곁을 지
나쳐 대문 밖으로 달려 나간다.


용철    오시면 말씀드리고 할라 했는데, 이 사람이 워낙에
        사정이 급하대서.

상구    (용철의 옆구리를 찌르며) 죄송합니다, 어르신.

장오    어, 어, 죄송은 무슨……


장오, 무언가를 찾는 듯 주위를 두리번거린다. 통장이 대문
으로 들어오며 떠들어 댄다.


통장    이 좁은 골목에다, 전화번호도 안 적어 놓고, 차를
        그렇게 대 놓으면 어떡해요, 그래, 응! 사람들이 생
        각이 없어, 생각이! (상구 일행과 뜯겨진 마룻장을 보
        고) 어라?

장오    (상구 일행에게) 일들 보게, 어여.

용철    예.


상구와 청년들, 뜯어낸 마룻장을 들고 대문 밖으로 나간다.


통장    거참, 사람 야박도 허네. 번히 사람이 사는 집
        을…….

용철    사정 모르면 가만히나 계세요, 통장님은.

통장    모르긴 내가 뭘 몰라. 이 사장 그러면 못써. 아무리

돈이 좋아도 그렇지.

용철  에이, 말을 맙시다, 말을. (장오에게) 저, 어르신, 더
      이상은 저희도 좀…….

장오  어, 걱정 말게, 걱정 말어.

용철  손주분이 연락도 안 되고.

장오  걱정 말라니까. 내일 온댔어. 내일 갈 거야.

용철  이번엔 확실한 거지요?

장오  어.

용철  어르신 말씀만 믿고 내일 일 맞춥니다, 예?

장오  어, 어.


용철, 투덜대는 통장을 못마땅한 듯 바라보며 대문 밖으로
나간다. 이제 마루 한쪽이 이 빠진 것마냥 휑하게 비었다.
통장, 그 모양을 들여다본다.
장오, 마루에 걸터앉는다.


통장  아유, 이것 참. 이게 뭐야, 이게…… 이게 어떤 집인
      데…….


이때, 대문 사이로 젊은 남녀 둘이 고개를 들이민다.


여자  저기요. 말씀 좀 묻겠는데요.

통장  물으슈.

여자  여기 상고재가 어디예요?

| 통장 | 상고재? |
|---|---|
| 남자 | 예, 상고재요. |
| 여자 | 모르세요? |
| 통장 | 글쎄? 어르신, 상고재라고 아세요? |

장오, 말이 없다.

| 통장 | 글쎄, 내가 이 동네 30년 살았어도 그런 데는 못 들어 봤는데. |
|---|---|
| 여자 | 왜 얼마 전에 텔레비전 드라마에 나왔던 데, 모르세요? |
| 통장 | 아, 아, 거기? 난 또 어디라고! |
| 여자 | 아세요? |
| 통장 | 알긴 아는데, 가 봐야 볼 것 없어. 들어가지도 못할걸. 그건 요새 지은 거고, 집이야 이게 진짜배기 한옥이지. 한옥 구경하려면 이 집 보는 게 나아. (장오에게) 어르신, 괜찮지요? |

장오, 말이 없다. 남자와 여자, 집 안을 이리저리 둘러본다.

| 남자 | 여기 마루는 왜 이래요? |
|---|---|
| 통장 | 내 말이. 이렇게 아까운 집이 뜯겨져 나간다 이 말이야. 자네들 요새 인터넷 잘한대매, 이런 것 좀 찍어다 알리라고. 이렇게 아까운 집들이 허망하게 없 |

어지고 있다, 응? 이거 이래서야 되겠냐 말이야, 응?

통장이 장광설을 늘어놓는 동안, 문간에서 일본인 관광객
한 무리가 기웃거린다.

통장    아, 들어들 와요, 들어 와. (장오에게) 괜찮지요?

일본인 관광객들 굽실거리며 '스미마셍'과 감탄사를 연발
하며 집 안으로 들어서 집 안 이곳저곳을 둘러보며 카메라
셔터를 눌러 댄다.

통장    (애꿎은 남자를 붙들고) 그러니까 자네들이 이걸 알
아야 돼. 물론 바람 쐬고 구경하는 건 좋다 이거야.
그래두 여기는 사람들 사는 주택가란 말이지. 거
제발 쓰레기 좀 아무 데나 버리지 말아요. 주말 지
나고 나면 골목마다 쓰레기가 한 차야, 그냥. 아주
죽었어, 그냥…….

남자    아, 예. (여자에게) 저쪽으로 좀 서 봐, 응 그쪽으로.

남자와 여자, 사진 찍을 자리를 잡으며, 자연스레 통장에게
서 멀어진다.

통장    그렇다구 뭐 우리가 재미 보는 게 있느냐? 재미는
말짱 외지서 들어온 사람들이 다 보구, 우린 그냥

시끄럽구, 쓰레기나 치구, 아주 죽겠어, 그냥…….
(장오 곁으로 가서) 진지는 자셨어요?

장오   예.

통장   저기 혹시 찾으실까 봐 말씀드리는 건데, 요 대문
       앞에 화분들요. 나무들도 다 죽고 보기 흉하다고
       동에서 치워 갔어요.

장오   어?

통장   동에서 일괄적으로 치우기로 했대요, 동장이. 사람
       들 많이 오는데 보기도 안 좋구, 골목도 좁은데 차
       다니기도 불편하구, 들이받아서 깨져서 지저분하
       구, 있어 봐야 괜히 사람들이 거기다 쓰레기나 버
       린다구.

장오   ……그랬우?

통장   예. 그러니까 그런 줄 아세요.

장오   그랬구먼.

통장   내일은 정말 가시는 거예요?


장오, 대답 대신 고개를 끄덕인다.


통장   내일 언제요?


장오, 말이 없다.


통장   내일 즘심때, 부녀회에서 동네 어르신들 식사 대접

을 한대네요. 주민센터 아시죠? 거기 2층에서. 꼭 오
세요. 식사도 하시구, 마침 잘됐잖아요, 동네 분들
하고 인사도 하시고요. 그냥 가시면 섭섭해들 하실
거예요. 아셨죠?

장오    ……어, 어.

통장    참 섭섭하네요, 섭섭해. 그래두 뭐 손주분한테 가
        신다니까,
        한편으룬 마음이 놓이기도 해요. 노인네들만 계신
        집 지날 때마다 이, 통장으로서 영 신경 쓰이는 게
        아니거든요, 네……. (장오 손에 들린 창호지를 보고)
        창호지 사셨어요?

장오    예.

통장    창호지는 뭐하시게요?

장오    ……그러게 말입니다.

여자    (통장에게 다가오며) 아줌마, 아까 그 상고재, 어딘지
        좀 알려 주시면 안 돼요?

통장    거긴 볼 것 없다니까 그런다.

여자    거기 보러 온 거거든요. 요 앞 골목에서 어디로 꺾
        어지는 거예요?

통장    거참, 따라와요.


여자, 남자를 비롯해 일본인 관광객들까지 웅성대며 통장
을 따라 나선다.

통장　(사람들을 이끌고 대문을 나서며) 내일 즘심때 꼭 오세요, 어르신!

대문 밖으로 나간 사람들, 웅성거리며 멀어져 간다. 북적대던 사람들이 빠져나간 집 안은 고즈넉하다. 마당 위로 구름 그림자가 지나간다. 장오, 마루가 뜯겨 푹 꺼진 자리, 거기 고인 어둠을 물끄러미 들여다본다.

소리 없이 대문이 열리고 이순이 집 안에 들어선다. 그녀는 외출에서 막 돌아온 차림이다.

이순　봄은 봄인가 봐. 그것 좀 걸었다구 땀이 다 나네. 영감, 오셨우?

장오, 대답이 없다. 이순, 못마땅한 듯 입을 비죽인다.

이순　창호지는 사 왔어요? (창호지를 보고) 사 오셨네. 가만있어 봐, 풀부터 쑤어야지. 영감은 물 축여서 문종이 좀 벳겨 놓으슈. (부엌으로 들어가며) 밀가루가 어디 있더라…… 옳지, 여기 있구나……. (냄비에 풀쑬 준비를 하며, 부엌에서 소리만) 내일은 종로 종묘상에 가서 묘목 좀 사 와야겠어요. 사철나무도 하나 죽고, 철쭉 화분은 아주 박살이 났네. 차로 누가 들이받았나 봐, 중동이 아주 똑 부러져서 못 쓰게 돼

버렸어요, 세상에……. (부엌에서 물을 담은 바가지와
걸레를 들고 나오며) 뭐 해요? 왜 그러구 앉았우?


장오, 아무 말이 없다.


이순    영감, 화났우?

장오    (고개를 가로젓는다.)

이순    화났구려.

장오    아니야.

이순    척 보면 모를까 봐.

장오    아니라니까.

이순    왜요? 내가 문종이 바르자고 해서?

장오    (고개를 가로젓는다.)

이순    그럼? 밖에서 무슨 일 있었어요?

장오    일은 무슨 일…….

이순    근데 왜 화가 났우?

장오    (할 수 없다는 듯) 몰라.

이순    화내지 말어요. (사이) 웅?

장오    화가 나는걸.

이순    그럼 화를 내요, 덕석마냥 앉았지 말구.

장오    ……누구한테?


사이.

장오　　응? 누구한테 화를 낼까?

이순, 뒤에서 장오의 어깨를 감싸 안는다. 사이.

이순　　(어린아이를 어르듯 장난스럽게 곡조를 붙여)
　　　　문종이를 바릅시다.
　　　　사방 네모 반듯허게
　　　　주름 없이 팽팽허게
　　　　온 방 안이 훤언허게
　　　　문종이를 바릅시다.
　　　　한번 발러나 봅시다.

이순, 노래를 흥얼거리며 장오를 장지문 앞으로 이끈다.

장오　　(이끌려 가며) 싫어.
이순　　소원이우, 응?
장오　　기운 없어, 못해.
이순　　다는 말고, 한 짝만, 응? 아이구, 어떤 강생이가 여
　　　　기 이렇게 구멍을 내 났나?
장오　　고집 센 강생이지.
이순　　아이구, 어떤 놈의 강생이가 그렇게 고집이 셀까?
장오　　그렇게 일러두, 돌아서면 까먹는 강생이지.
이순　　아이구, 그놈의 강생이, 혼찌검을 내 줘야겠다. 예
　　　　끼, 이놈! 예끼, 이놈!

이순, 문종이를 북북 찢어 낸다. 장오, 바가지에 든 물을 입에 머금었다가 문 위로 뿜어낸다.

이순　에그, 걸레로 해이지! 마루에 물 다 튀잖우!

장오, 아랑곳없이 연거푸 물을 뿜어 댄다. 이순도 함께 물을 뿜는다. 두 노인, 어린아이처럼 키득대며 웃는다. 장오와 이순, 물에 젖은 장지를 문에서 떼어 내기 시작한다.

이순　꼭 생선 살 발르는 것 같네. (뜯어낸 문종이를 장오 입에 장난스레 들이댄다.) 옛수.

장오　원 사람…….

이순　(입맛을 다시며) 참 맛났드렸는데.

장오　뭐가?

이순　영감이 끓여 줬던 준칫국 말이우.

장오　내가?

이순　어찌 그걸 잊어 먹우? 우리 처음 만냈을 때.

장오　……어어.

이순　아우, 그땐 머 아무 정신이 없었지. 오라버니허구나, 두 남매만 피난 나갔다가, 오라버니는 저 오산서 폭격에 돌아가시구, 혼자 돌아와 보니까 용케도 집은 멀쩡한데, 어머니, 아버지는 안 계시네. 그럴 줄 알았으믄 떼매구서라두 같이 피난을 갈걸. 물어 물어, 두 양반 신체를 찾아다가 급헌 대루 뫼

시구. 넋이 나가 빈집에 혼저 앉었는데, 웬 시커먼
사람이 들오더니 바께쓰 하나를 떡 내려놓고 나가
네……. 그때까지두 난 몰랐우. 영감이 내둥 날 졸
졸 쫓아댕기면서 그 일 다 봐준 줄은. 나중에 옆집
아즈마니한테 듣고서야 알았지……. 딜여다보니
준치가 하나 가뜩이야. 그러믄 뭘해, 손 하나 까딱
허기 싫은걸. 그냥 죽자 허구 방 안에 드러누웠는
데, 저녁나절인가, 뭐가 부엌에서 딸각딸각해. 내다
보기도 귀찮아. 그러구 있는데, 마루에서 누가 "밥
먹읍세다." 그러네. 왜 그랬나 몰라. 그 말을 거역
못허구 나가서는, 생전 츰 보는 두억시니 같은 남
정네허구, 겸상으루 밥을 먹었으니.

장오 겸상은 무슨. 불러도 안 나와서 나 혼자 밥 먹고 갔
는걸.

이순 무슨 소리유? 같이 먹었지.

장오 아니라니까. 다음 날 와 보니까 내 먹구 간 그대로
든걸, 뭐.

이순 그때 청년단 위세가 좀 대단했우? 아무리 정신이
없기로서니 내가 그 말을 거역했을까? 그랬잖우?
내가 밥 먹다 우니까 "와 웁네까?" 그래서, 우리 어
머니 생각나 운다고, 내가 그랬잖어요.

장오 그건 나중에 오산 가서 죽은 처남 수습해 올라오구
나서지. 그냥 간다는데, 밥 먹고 가라고 붙들어 놓
고는, 밥상머리에서 눈물 콧물 빼는 거를, 달래다

가 그렇구 그렇게 된 게지, 뭐. 그때두 준칫국은 준
칫국이었지. 그땐 자네가 끓였어. 내 원 생전 그런
준칫국은 츰 먹어 봤지.

이순 아유, 그땐 추석 지나고 10월 다 됐을 땐데, 준치가
어딨우? 준치는 오뉴월에 먹는 거지.

장오 지끔이야 그렇지만, 그때는 준치가 사시삼철 났던
걸 뭐.

이순 내 말이 맞어요, 글쎄. 어디 가우?

장오 (부엌 쪽으로 가며) 풀.

이순 아이구, 내 정신.

장오 자네가 그렇지 뭐.

이순 아무튼 맛있었다구요, 그 준칫국이.

장오 (부엌에서) 먹지도 않았으면서 무얼……

이순 먹었다니까! 먹은 사람이 난데, 내가 잘 알지, 영감
이 잘 알우? 자꾸 역사를 왜곡허지 말라구요!

장오 (부엌에서) 아이구, 그래, 그래.

이순 (걸레로 문틀에 남은 종이를 닦아 내며) 옛날에 우리 어
머니, 5월 단옷날 준칫국 끓여 먹구 준치 대가리 빨
아서, 그거를 새를 만들어서, 거기다 앵두를 물려서,
마루 같은 데다 걸어 놓지. 그거 잘하셨어요, 우리
어머니. 그 뼈루 황새를 맨들었으니. 그렇게 꿰는
구녁이 있드라. 대가리 잘르면 골허구 서덜이 나오
잖어요? 그럼 고런 데가 날개 끼는 데, 발 끼는 데
다 있어. 준치 대가리가. 아주 희한해요. 그래 가지

구 주둥이루 앵두 물려 놓지. 그래서 걸어 놓으면 바짝 말르면 어수수 떨어져.

장오, 풀이 든 냄비와 붓을 들고 부엌에서 나온다.

장오 **대충 해.**

이순이 걸레질을 마치자, 장오가 붓에 풀을 묻혀 문틀에 펴 바른다. 장오와 이순, 창호지를 맞잡고 조심스레 문틀에 붙인다. 장오, 붙인 창호지 위에 꼼꼼히 풀을 바른다.

이순 **아유, 환하다!**

장지 바르는 일을 마친 두 노인, 툇마루에 앉아 잠시 해바라기를 한다.

이순 **난 그거 징그럽다고 못 배웠지. 우리 어머니는 외할머니한테 배웠다는데. 우리 어머니 말씀이, 원 옛적 준치는 가시두 없고 맛이 좋았대요. 그러니 사람들이 준치만 잡아먹어 씨가 마를 지경이잖우? 용왕님이 가엾다고 준치를 불러다 놓고, 다른 고기들한테 "너들 가시를 하나씩 빼서 준치한테 꽂아 줘라." 그래니 다들 가시 하나씩을 준치한테 꽂아 주는데, 너무 많이 꽂으니까 준치가 아파 못 견**

디겠거덩. 도망가지. 도망가는데두 다른 고기들이 쫓아와서는 가시를 꽂아 댔대지 뭐유. 준치가 원체 가시두 많지마는 유독 꼬리에 가시 많은 게 그래서 라우. 그래니 준치 가시 많은 거 나무래지 말라구, 우리 어머니가······.

장오, 이순이 말하는 동안 길게 하품을 하더니 고개를 숙이고 이내 졸음에 빠진다.

이순    그때 영감이 똑 준치 같앴우······. 그냥 살겠다구, 가시가 돋쳐 가지구서는······. 무서웠지······. 근데 불쌍허드라.

장오    (졸음 결에도) 사둔 넘 말 허는군.
이순    그게 다 그 준칫국 때문이우······. 알우?

졸음에 빠진 장오, 대답이 없다. 이순, 장오를 바라보며 희미하게 웃다가 자리에서 일어나 뜨개질거리를 챙겨 들고 와, 장오 곁에 앉아 다시 뜨개질을 시작한다.

이순    사나흘이나 뜬 걸 죄 까먹었으니, 어유······. 이렇게두 정신이 없을까······.

이순, 카디건을 졸고 있는 장오의 몸에 대 본다. 어깨와 팔

길이, 등 길이를 맞추어 보고 다시 뜨기 시작한다.

이순    이순아, 이순아, 인저 정신 바짝 채려야지…….

문간에서 인기척이 난다. 이순이 고개를 돌려 문간을 바라 본다. 노숙자 황 씨가 들어온다. 산발한 반백의 머리칼, 때 에 전 옷을 겹겹이 껴입고 한 손에 검은 비닐봉지를 하나 들었다. 오랜 노숙 생활에 그는 말과 표정을 잃었다. 황 씨, 초점 없는 눈길로 우두커니 문간에 서 있다.

이순    이게 누구야, 황 씨 아니우! 어여 들어와요, 거기 섰 지 말구, 어여. (장오를 흔들어 깨우며) 영감, 영감! 일 어나 봐요.
장오    어, 어? 왜? (황 씨를 본다.) 어.

황 씨, 비척비척 다리를 절며 뒤꼍을 돌아 뒷마당으로 온다.

장오    어딜 들어와? 나가, 얼른!
이순    그러지 말아요.
장오    허, 저 녀석.
이순    다리를 많이 저네. 작년엔 안 그렇더니, 세상에…….

황 씨, 무표정한 얼굴로 툇마루에 와 앉는다.

이순   아직 살아 있었구먼. 안 그래두 올봄엔 왜 안 오나
      걱정했우.

      황 씨, 냄비를 집어 들더니, 남은 밀가루 풀을 손으로 퍼먹
      기 시작한다.

이순   에그……. 영감, 뭐 먹을 것 좀 없우?
장오   없어.
이순   그러지 말구 좀 찾아봐요.
장오   자네가 자꾸 그렇게 버릇을 들이니까…….
이순   어서요. 간장이라두 좀 가져다줘요.

      장오, 혀를 쯧쯧 차며 부엌으로 간다.

이순   츤츤히 먹우. 에그, 그새 다 먹었우? 간이라두 해서
      먹지, 그 밍밍한 밀가루 풀을…….

      황 씨, 냄비를 싹싹 핥는다.

이순   그래두 황 씨가 나를 안 잊구 올봄에도 찾아왔구려,
      응? 안 죽었다고, 살아 있다고 인사하러 온 거야?

      황 씨, 냄비를 내려놓고 물끄러미 이순을 바라본다.

이순    아이, 그 치운 겨울을 또 어떻게 견뎠우 그래?
       좀 추웠어야지, 작년 겨울이, 세상에…….

       장오, 부엌에서 쟁반에 눌은밥과 김치를 들고 온다.

이순    (장오에게) 인저 아주 말하는 것두 잊어버렸나 봐.
       츰 봤을 때는 그래두 정신이 있더니.

       황 씨, 장오가 가져다준 눌은밥을 먹는다.

장오    벌써 몇 년짼데. 아직 정신이 붙어 있으면 그게 이상
       한 거지.
이순    그땐 조단조단 얘기도 곧잘 했는데. (황 씨에게) 그
       래, 아직두 돼지가 울어? 응? 아직두?

       황 씨는 대답 없이 눌은밥만 입에 넣고 있다.

장오    돼지가 울다니?
이순    이이가 예전에 평택에서 돼지 농사를 크게 지었다
       잖우. 근데 그게 뭐지? 공 차는 거, 크게 해 가지구
       온 나라가 들썩들썩할 때…….
장오    월드컵?
이순    응, 월드컵. 그때 병이 돌아가지구 망했대요, 글쎄.
       멀쩡한 돼지들을 그냥, 소 같으면 죽이기라도 한대

는데, 그냥 살겠다고 울면서 기어오르는 거를, 발
로 차 밀어넣구는 생석회 뿌리고 죄다 파묻었다네,
몇 천 마리를……. 자꾸 그것들 우는 소리가 나서
술 안 마시고는 못 배긴다구……. 꿈에두 뵈고, 월
드컵 소리만 들어도, 뻘건 것만 봐도, 자꾸 울음소
리가 들린다구, 그럽디다.

장오 　몇 천 마리가 뭐야, 지난 겨우내 수백만 마리두 넘
게 묻었다는걸.

이순 　세상에…… 그 죄가 다 어디루 가누…….


황 씨, 눌은밥을 다 먹고 자리에서 일어난다.


이순 　벌써 가게? 조금만 더 앉았다 가지, 다리도 아픈데,
웅.


황 씨, 대문 쪽을 향해 걸음을 옮긴다.


이순 　(장오에게 눈짓하며) 영감.

장오 　거참.


장오, 주머니를 뒤져 꼬깃꼬깃한 천 원짜리 몇 장을 꺼내
들고 황 씨를 따라간다.


장오 　이보게, 잠깐만, 잠깐만. (황 씨 손에 돈을 쥐어 주며)

받어. 우리 할멈이 주는 거야.

황 씨, 돈을 받아 들고 마루가 뜯겨 나간 자리 앞에 멈춰
서서 휑한 구멍을 내려다본다. 사이. 황 씨의 얼굴에, 뭐라
형언할 수 없는 표정이 잠시 떠올랐다 스러진다. 황 씨, 곧
예의 그 무표정한 얼굴로 돌아가, 고맙단 말도 없이 대문
밖으로 나간다.


이순   에그, 뭐가 저리 바쁠까……. 어떤 세상을 사느라
      구 저러구 댕기누…….
장오   아주 데리구 살 기세구먼.
이순   왜 못해요? 영감만 펄쩍 안 뛰면 백번이래두 데리구
      살았지.
장오   사람은 다 나름대로 사는 거야.
이순   넘이라구 그런 말 마우. 저이한테두 나 준 부모, 처
      자식이 있을 텐데……. 저러고 댕기는 걸 알면 얼
      마나 속이 쓰릴꾸…….
장오   오지랖은.
이순   너무 착해서 그렇지, 모질지를 못해서 그래.
장오   물러 터져 그렇지 뭐.
이순   세상이 참 그래요. 죄진 놈이 죄 갚음 허는 법은 없
      거든. 다 착허구 순헌 사람들이 세상 죄 갚음 하느
      라고 저러지. 사람 백정들두 번연히 눈 뜨구 떵떵
      거리면서 사는데, 꼭 죄 없는 사람들이…….

장오　세상에 죄 없는 놈이 어디 있어? 나면서 죄두 지구
　　　나오는 게지.

이순　그런 거예요?

장오　그래.

이순　그런가요……. 그러게……. 내가 얼마나 많은 죄를
　　　지구 나왔길래…….

이순, 저도 모르게 흐르는 눈물을 손등으로 찍어 낸다.

이순　에그, 우리 영돈이도 살아 있으면 저 나이쯤 됐을
　　　텐데…….

장오　또.

이순　밥이라두 먹여 보낼걸……. 뭐가 그리 바쁘다
　　　고…….

장오, 자리를 피해 쟁반을 들고 부엌으로 들어가 버린다.

이순　3월인데두 눈이 퍽 왔었어요. 새벽녘에 비질 소리
　　　가 나서 내다보니까 우리 영돈이야……. 꿈만 같어
　　　서 눈을 비비구 봐두 우리 영돈이네, 우리 영돈이
　　　가 눈을 쓸고 있네. "얘야, 금방 녹을 눈을 무엇하
　　　러 쓸구 있니." 어서 들어오라고 해두 어머니 미끄
　　　러질까 무섭다구, 저 골목 앞까지 눈을 쓸어 놓구
　　　는. 어멈허구 준호는 친정 가서 없지. 건넌방에 들

어가서 제 처자식 덮구 자던 이부자리만 한번 쓸어
보구, 영감은 내다보지두 않으니, 안방에 대구 절
만 허구, 밥이나 먹구 가거라 해두 바쁘다구 가드
니, 제 쓸어 논 길루 총총히 가드니, 금방 올 게라
구 가드니, 꿈처럼 그렇게 가드니……. 영돈아……
영돈아…….

장오, 부엌에서 나오며 이순에게 소리 지른다.

장오   그만하지 못해?
이순   어디서 무얼 하느라고 못 오니, 응? 무얼 먹고 무얼
       입고 잠은 어디서 자나, 우리 영돈이…….
장오   그놈은……!
이순   아니에요, 아니에요.

이순, 말을 잇지 못하고 주먹으로 가슴을 두드리며, 안방으
로 들어가 버린다.

장오   살겠다고, 살겠다고 버둥거려도 살까 말까 한 세상
       을, 응? 그저 죽겠다고만 달려든 놈이야, 그놈이! 계
       란으루 바위를 치구, 섶을 지구 불구덩이에 뛰어들
       어두 유분수지!
이순   (방 안에서 소리만) 우리 영돈이는 아무 죄가 없어요,
       눈처럼 죄가 없어…….

장오   이제 그만해. 죽었어. 그놈은 죽었다구.

이순   (방 안에서 소리만) 내 눈으루 보기 전엔, 꿈에라도 뵈기 전엔, 우리 영돈이는 죽은 게 아니에요.

장오   30년이야, 30년이 넘었어. 그래! 지놈 소원대루 빨 갱이들도 네 활개 치고 돌아다니는 세상이 됐다구. 근데 왜 못 돌아와? 살아 있다면 왜 못 돌아와!

이순   (방 안에서 소리만) 그러지 말아요, 영감, 그러지 말 아…….

장오   그놈이 안 죽었대두, 그놈이 살아 온대두, 나는 용 서 못해! 제놈이 무얼 안다구! 제깟 놈이 무얼 안다 구! 간이구 쓸개구 다 내다 바치구, 기껏 배부르고 등 따숩게 해 줬더니, 세상이 그렇게 호락호락한 줄 알구? 나한테는 그런 자식 없어! 그런 빨갱이 자 식 둔 적 없어!

장오, 분에 못 이겨 숨을 몰아쉬다가 문득, 잠잠해진 안방 을 돌아다본다. 장오, 다급히 안방 문을 열어 보지만 텅 빈 방 안에는 아무도 없다. 장오, 마루를 건너가 건넌방을 열 어보고, 부엌에도 들어가 본다. 그러나 이순의 모습은 어디 에도 보이지 않는다. 장오, 마당 한가운데 우두커니 서 있 다. 날이 저문다. (무대 서서히 어두워진다.)

밤. 집 앞 길가에 선 보안등 불빛이 담 너머로 비쳐 든다. 마루에 우두커니 앉아 있는 장오의 실루엣이 보인다. 문밖

어둠 속에서 누군가의 목소리가 들린다.

명서  할아버님, 할아버님.
장오  누구요?
명서  저예요.
장오  어, 진우 어멈이냐?
명서  네.
장오  열렸다, 들어오너라.

장오의 손자며느리 명서가 종이 가방 하나를 들고 들어온
다. 깡마르고 작은 몸집에 피곤한 기색이 역력하다.

명서  어둔데 불두 안 키시구…….

명서, 마루에 올라와 전등을 켠다. 이 빠진 마루를 본다. 장
오, 명서의 눈길을 느끼고

장오  신경 쓸 거 없다. 어차피 헐릴 집이야.

사이.

명서  (장오 앞에 앉으며) 저녁은 드셨어요?
장오  어, 먹었어.
명서  (종이봉투 안에 든 것을 꺼내 놓으며) 만두 좀 사 왔어

요. 할아버님 좋아하시는 평양만두.

장오    응, 그래. 고맙구나.

명서    (나무젓가락을 장오에게 쥐여 주며) 드세요.

장오    응, 응.

명서    어서요.

장오    (만두를 한 입 베어 물고) 음, 맛있구나. 너두 먹어라.


두 사람, 한동안 만두를 먹는다. 말없이 만두를 씹던 명서, 울음이 북받쳐 오른다. 참으려 해 보지만 결국 끅끅 느끼며 울고 만다. 명서의 울음이 길게 이어진다. 장오, 명서의 울음이 잦아들기를 기다리며 한동안 말이 없다.


장오    얘야, 울지 마라.

명서    죄송해요, 할아버님.

장오    쓸데없는 소릴.


명서, 울음이 쉽사리 그치지 않는다.


장오    그만 울어, 체할라.

명서    네.

장오    그래, 이제 그걸루 빚 감당은 다 한 게야?

명서    네.

장오    그마나 집이 수이 팔려서 얼마나 다행인지 모르겠다. 준호 그놈이야 제 저지른 일이니 고생해두 싸

다만은, 그 녀석 도망 다니는 동안, 어멈 네가 진우
데리구 혼자서 고생 많았구나.

명서 　가게를 하나 얻었어요, 남은 돈으루.

장오 　그래? 그참, 요 몇 해 이 동네 사람들 북적거려서
번거롭구 꼴 뵈기 싫더니, 그 사람들한테 절이라도
해야겠네. 그래, 무슨 가게?

명서 　아는 선배가 하던 커피집인데요. 그 언니가 다른
데 가게를 크게 하나 열었다구, 저더러 해 보라고
해서요.

장오 　커피집? 그럴 돈이 돼?

명서 　쪼그매요. 테이크아웃만 하는 데라.

장오 　응?

명서 　앉아서 마시는 게 아니라, 그냥 사 들고 가는 거요.

장오 　어, 그래……. 잘했구나, 잘했어.

명서 　쪼그매두 대학교 앞이라 장사는 잘된대요. 진우 아
빠두 같이 오려구 했는데, 개업 준비 때문에 이것저
것 일이 많네요.

장오 　그럼 바쁜데, 뭘. 바빠야지, 사람은 그저 바빠야 돼.

명서 　어떻게 짐은…….

장오 　응, 다 싸 뒀다. 옷가지 몇 개 챙기면 그만인걸. 거
기 가면 다 먹이구 입히구 재워 준대는데, 뭐.

명서 　진우 아빠두 이제 정신 차린 것 같구, 저희 열심히
살 거예요, 정말. (또 울음이 터진다.) 그래서 이것보다
더 좋은 집으루 지어 드릴 거예요, 꼭이요. 그러니까

그때까지 오래오래 사셔야 돼요. 여기 계실 때보다
더 자주자주 찾아뵐게요.

장오    오냐, 오냐. 고맙구나. 내 걱정은 할 것 없어. 그저
느이들이 맘 맞춰서 잘 살면 그만이지.


사이.


장오    어멈아…… 고맙다. 미안허구……. 우리 준호, 애비
얼굴도 모르고 자란 불쌍한 놈이다. 그 녀석 허랑
한 걸 내가 모르겠니? 그래두 본심은 착한 놈이야.
니가 꼭 붙들어 줘야 한다. 알겠지?


사이.


명서    좀 더 드세요.

장오    응, 그래.

명서    좀 더 있다 가면 좋을 텐데, 진우가 내일 시험이라.

장오    그래, 얼른 가 봐.

명서    (자리에서 일어서며) 그럼 진우 아빠하고 내일 올게요.

장오    아니다. 올 것 없다. 어딘지두 다 알고, 나 혼자 찾
아갈 수 있어.

명서    그건 안 돼요.

장오    내 말대루 해라. 번거롭게 말구. 그래두 지가 나고
자란 동네구, 집인데, 맘이 좋겠냐? 혹시라두 아는

사람 마주치면 그것두 마땅찮을 테구.

사이.

명서    식기 전에 좀 더 드세요. 내일 올게요.

명서, 인사하고 대문 밖으로 나간다.

장오    (밖을 향해) 오지 마, 내일은. 나중에 요양원으루 와.
그때 보면 되지. 알았냐?

혼자 남은 장오, 만두를 한 입 베어 문다.

장오    이 할망구야, 어디 갔어? 손자며느리가 만두 사 왔
어. 나와서 좀 먹어 봐. 맛있어.

고요하다.

장오    제길. 화가 나면 화를 내라더니, 화 좀 냈다구 이러
기야? 하여간 제멋대루지, 제멋대루야. 이 망할 놈
의 할망구. 정말 안 나올 거야? 가 버린 거야?

사이.

장오    원, 제기…… 그래, 가. 가야지. 가야구 말구……. 돌
아보구 말 것도 없어. 아니라구는 허지 마. 인저 다
끝났어. 끝은 끝이야. 세상에 좋은 끝은 없어.

장오, 일어서서 눈길로 집을 둘러본다.

장오    그래두 이 집이 나보단 낫군. 흩어질 땐 흩어지더
라두, 뭐가 되든 된다네……. 책상두 되고, 밥상두
되고……. 허허……. 섭섭헐 것두 없구, 억울헐 것
두 없어……. 빈손으루 혼자 내려와서 자네두 만나
구, 손주, 증손주까지 보았으니, 이만하면 괜찮지.
괜찮구말구……. 이젠 집을 비워 줄 때가 된 거야,
내주고 갈 때가 온 거지……. 그러니, 자네두 이젠
다 비우고 가게. 여기 있지 말구. 여긴 이제 아무것
두 없어, 아무것두…….

사이.

장오    그래, 자네 말대루, 우리 영돈이…… 착한 놈이라,
죄 없는 놈이라, 눈 녹듯이 간 걸 게여. 꽃 지듯이
간 걸 게여.

장오, 건너방으로 들어간다. 이윽고 단출한 가방 하나를 들
고 건넌방에서 나온다. 장오, 먹다 남은 만두가 마루 위에

놓인 것을 본다. 몸을 굽혀 만두를 가방에 챙겨 넣는다. 그
사이, 이순이 안방 문을 열고 나와 마루에 선다. 그녀의 손
에 뜨다 만 카디건이 들려 있다. 몸을 일으키던 장오, 이순
이 다시 제 앞에 서 있는 것을 본다.

사이.

장오    참 고집 센 강생이로군.

이순, 말없이 빙긋 웃는다.

장오    난 가네.
이순    벌써요?
장오    자네 꼴 보기 싫어 갈 거야.
이순    조금만 더 있다 가지.
장오    사람들이 곧 올걸……. 세상에 제일 추접스러운 것
        이 사람의 끝이지. 볼 필요도 없구, 보여 줄 필요도
        없어.
이순    아직 다 못 떴는데, (장오에게 손짓하며) 이리 와 봐요.

장오, 이순에게 다가간다. 이순, 들고 있던 카디건을 장오
에게 입혀 준다. 카디건은, 채 뜨지 못해 한쪽 팔이 없다.

장오    이게 뭐야. 여태두 다 못 떴어?

이순    아유, 환하네.

장오    계속 여기 있을 거야?


이순, 말없이 웃으며 장오를 감싸 안는다. 두 노인, 한동
안 서로를 안은 채 서 있다. 하늘에 눈발이 비치기 시작한
다. 두 사람, 내리는 눈을 바라본다. 장오, 이순에게서 떨어
져 나와 대문 쪽으로 걸어간다. 장오, 대문 앞에 이르렀을
때 대문이 스르르 열린다. 노숙자 황 씨가 서 있다. 플라스
틱 막걸리 병과 종이컵을 들고. 황 씨, 말없이 막걸리 한 잔
을 따라 장오에게 건넨다. 장오, 잠시 황 씨를 바라보다 잔
을 받아 든다.


장오    **이별준가?**


장오, 막걸리를 마신다.


장오    (종이컵을 다시 황 씨에게 건네며) 고맙네. 술 너무 많
이 마시지 말구…….


장오, 황 씨의 어깨를 다독인다. 할 말은 가슴 그득하지만
끝내 한마디도 못한다. 장오, 손을 거두고 이순을 돌아본다.


장오    ……조만간 내가 여기루 와야겠구먼. 이거 마저 떠
입으려면.

이순      츤츤히, 츤츤히 와요.

장오, 대문 밖으로 걸어 나간다. 혼자 남은 이순, 내리는 눈
을 바라본다. 눈발이 점점 굵어진다. 황 씨, 마루가 뜯겨진
자리로 와 구멍을 들여다보더니, 그 안으로 들어가 눕는다.
이순, 황 씨가 누운 구멍 가장자리에 쪼그려 앉아 황 씨를
내려다본다.

이순      이 사람아, 왜 여기 이러구 있어……. 집은 오래 비
        워 두면 안 되는 거야. 비워 줄 땐 비워 주더래두
        돌아가야지, 그만 돌아와야지. 아이구, 이 착한 사
        람아, 자네 넋은 어디 두고 몸만 남았는가. 나는 집을
        잃었구 자네는 집만 남았는가. 그래, 거기서라두
        한숨 푹 주무시고 일어나거들랑 자다 일어난 듯 돌
        아오게. 꿈에서 깬 듯이 돌아가게.

동이 터 오기 전에 더욱 짙어지는 어둠. 무대 어두워졌다
밝아지면 아침.

이순은 새로 바른 장지문 앞, 툇마루에 오도카니 앉아 있
다. 대문 밖에 요란한 자동차 소리. 용철과 상구, 청년들 네
댓 명이 집 안으로 들어선다. 통장이 그 뒤를 따른다.

용철      분명히 가시는 것 봤어요?

통장    응, 운동 갔다 오는데 새벽같이 나가시던걸. 즘심
        드시구 가랬더니.

상구    (일꾼들에게) 그래두 혹시 모르니 방마다 잘 살펴
        봐라.

용철    손주가 데리러 왔습디까?

통장    아니, 혼자 가시던걸.

청년들이 마루 구멍 안에 누운 황 씨를 발견한다.

청년 2    어!

상구    뭐냐?

청년 1    누가 있어요.

사람들, 구멍 곁으로 달려간다. 용철, 구멍 안을 들여다보고.

용철    (가슴을 쓸어내리며) 아이구야, 난 또……. 초상 치는
        줄 알고 깜짝 놀랐네. (황 씨에게) 아저씨, 일어나요!
        왜 여기서 자요! 에? 일어나, 얼른, 얼른! 거참!

황 씨, 느릿느릿 일어나 구멍 밖으로 나온다.

용철    얼른 나가요, 얼른.

황 씨, 마당에 내려서서 멍한 얼굴로 주위를 둘러본다.

상구   다른 데는 없지?

청년 1   예.

상구   그럼, 문짝들부터 뜯어라.


상구와 청년들, 문짝을 뜯어내 밖으로 나르고 한 패는 마루를 뜯어내기 시작한다.


통장   에그, 아까워서 어쩌나.

용철   아, 새끼들 일 참 답답하게 하네. 대문부터 뜯어! 그래야 내가기가 쉽지. (여전히 마당에 서 있는 황 씨를 보고) 저 아저씨는 왜 저러구 있어, 나가라니까. 아, 안 나가요? 참 나…….

통장   아유, 웬 눈이 이렇게 온담……. 3월두 다 가는데.

상구   금방 녹을 텐데요, 뭐.

용철   많이만 안 오면 괜찮아. 먼지 안 나고 좋지, 뭐.


뜯겨져 나가는 집이 애처롭게 앓는 소리를 낸다. 분주한 소란의 와중에, 외떨어진 섬처럼, 이순은 툇마루에 앉아, 황 씨는 마당에 서서, 내리는 눈을 바라본다. 3월. 눈이 내린다.

# 먼 데서 오는 여자

## 등장인물


여자

남자

# 1장

공원. 햇볕 아래 푸른 잔디밭. 나무 한 그루, 그 그늘 아래
벤치 하나. 건너편 좀 떨어진 곳에 등받이가 없는 벤치 하
나. 여자, 나무 그늘 아래 벤치에 앉아, 나뭇잎 사이로 부
서지며 일렁이는 햇살을 올려다본다. 무릎 위에 놓인 작은
손가방을 두 손으로 그러쥐고 있다. 건너편 벤치 앞에 남
자. 그 곁에 자전거 한 대. 자전거는 개조된 것으로, 앞 축
에 앞바퀴 대신 환자용 휠체어가 연결되어 있다. 휠체어에
는 양산이 꽂혀 있고 작은 라디오가 달려 있다. 휠체어는
비어 있다. 남자, 무릎을 굽히고 앉아 손수건으로 휠체어를
정성스레 닦는다.

남자　　이제 내가 문을 열죠. 열면서 "여보, 나 왔어!" 그러
　　　　면 그냥 꽥 소리를 지르면서, 쪼르르 달려와요. 그
　　　　래요, 꼭 강아지처럼, 폴짝 뛰어올라 내 품에 폭 안
　　　　기는 거야……. 아이구 참, 그렇게도 반가울까…….
　　　　내가 중장비를 해서 나가 있을 때가 많거든요. 어
　　　　떨 땐 사나흘, 일주일, 가끔은 몇 개월, 길게는 몇
　　　　년…… 거 왜 예전에, 내가 중동에도 갔었잖아요.

남자, 잠시 여자를 흘긋 본다. 여자, 여전히 평온한 미소만
짓고 있다.

남자    (여자에게서 시선을 거두고) 뭐, 아침에 나갔다 저녁
       에 들어와도, 반나절 만에 점심 먹으러 와도 늘 한
       결같아. 폴짝 뛰어 내 품에 안겨서, 얼굴에다 막 뽀
       뽀를 하구……. 그럴 땐 정말 이런 생각이 들죠. '내
       가 얼마나 좋으면 이럴까. 아, 이 사람은 정말 나를
       사랑하는구나!' (사이) 그 사람은 나 기다리는 게 일
       이죠. 말은 안 해두 그 사람, 그러다가 속이 다 삭
       아 문드러져 버린 거라, 나 기다리다가…… 안 그
       래요?

여자    맞아. 마당이 있으면 좋지. 아무리 작은 마당이래
       두, 뭐든 심을 수 있으니까.

남자    댁에 마당이 있어요?

여자    그러게. 못 됐죠. 누가 자꾸 뽑아 간다니까. 그러니
       까…… 그게…….


       여자, 두 손으로 둥그런 무언가를 감싸는 시늉을 한다.


남자    작약.

여자    작약! 난 빨간 꽃이 좋은데, 분홍 꽃 피는 거 하나
       밖에 안 남았어요. 말 안 하니까 내가 모르는 줄 아
       나 본데, 다 알아요, 누군지…….

남자    누가 그걸 캐 갔을까요?

여자    다 알고 있다구요……. 근데, 댁에두 그……?

남자    마당?

여자  응, 마당. 마당이 있어요?

남자  있죠. 작지만.

여자  그래요. 마당이 있어야 해요, 집에는. 아무리 작아도.

남자  우리 집사람 말이 딱 그 말이에요. 우리 미순 씨
가…….

여자  미순 씨?

남자  그래요, 우리 미순 씨…….

여자  어디서 많이 듣던 이름인데……?

남자는 웬지 초조하게 무언가를 기다린다. 여자는 전혀 눈
치채지 못한다.


여자  (골똘히 생각하다가) 뭐…… 있었겠죠. 내가 아는 사
람 중에두…… 아마 여럿 될걸요? 워낙 흔한 이름
이니까…….

남자  우리 미순 씨는 하나밖에 없죠.

여자  (남자의 눈치를 살피며) 미안해요. 화나셨나 봐. 내가
그렇게 말해서.

남자  아뇨, 아뇨. 전혀……. 아무튼 우리 미순 씨도 집에
는 꼭 마당이 있어야 한다고. 나 없는 새에, 집을
샀거든요, 우리 미순 씨가. 내가 사우디에서 보낸
돈 모아서. 내가 와 보니까, 용두동에다가 마당 딸
린 단독주택을 딱 사 놨더라고. 아파트 편한데 아
파틀 사지 그랬냐고 했더니, 자기는 어지러워 못

산다나, 무섭고. 저기 마포서 아파트 무너져 갖고
사람 죽고 다치고 한 거 못 봤냐고…….

여자   맞아, 그런 일이 있었어.

남자   난 그때 월남에 있어서 못 봤지. 서울시장이 물러
       났다는 얘기만 나중에 들었어.

여자   아침에…… 봄날 아침에…… 꽃이…….


여자, 묻는 듯한 시선으로 남자를 바라본다.


남자   응? 아, 벚꽃?

여자   네, 벚꽃. 벚꽃이 막 필 때쯤…… 4월 8일 수요일.

남자   와, 그걸 다 기억해요?

여자   4월 5일 식목일이 일요일, 일요일날 내가 도망쳤거
       든요.

남자   도망쳐?


여자, 말해 놓고도 그것이 무슨 뜻인지 몰라 혼란스럽다.


남자   무슨 소리예요? 어디서? 누구한테서? (여자가 왠지
       멍해져 있는 것을 보고) 우리 집 마당에도 작약이 있
       어요.

여자   아, 그래요?

남자   우리 미순 씨가 심은 거죠. 한쪽에 조그맣게 남새밭
       도 있고요……. 거기다 그 사람 철마다 상추도 심고,

고추도 심고, 그랬어요.

여자   맞아요. 작약은 참 예뻐요. 탐스럽고.

남자   네……. 참 탐스러웠죠.

여자   작약을 좀 더 그러니까, 땅에다, 흙에다, 이렇
       게…… 세워서…….

남자   심으신다구요?

여자   네, 그래요. 우리 그이가…… 곧 돌아오거든요.


       사이.


여자   그런데요…….

남자   네?

여자   근데, 저기요…….

남자   뭐가요?

여자   그러니까요…….

남자   말씀하세요.

여자   누구세요?

남자   …….

여자   (당황해서) 미안해요. 분명히 낯이 익은데……. 어디
       선가 만난 적이 있는 분인데……. 그러니까 우리가
       이렇게 앉아서 얘기도 하고 또 나한테 이렇게……
       웅, 저기 하실 텐데……. 죄송해요.

남자   ……괜찮아요. 죄송해하실 것 없어요. 다들 그럴
       때 있잖아요. 누군진 모르겠고, 그렇다고 말은 못

하겠고.

여자 그렇죠? 제가 원래 사람 얼굴을 잘 그래요, 음, 잘 못 알아봐요. 예전부터.

남자 제가 누구냐면요. 제가……. '미순 씨 남편'이에요.

여자 '미순 씨 남편.' 아, 네……. 그러시구나…….

남자 기억 안 나세요?

여자 미안해요, 정말 미안해요. 참 얼굴이 없네요.

남자 응? 아, 면목이 없으시다구?

여자 네, 네……. 잠깐만요, 금방 생각날 거예요.

남자 그래요. 생각날 겁니다.

여자 분명 잘 아는 분이실 텐데, 이렇게 편안한 걸 보면……. 미순 씨는 좋겠어요. 이렇게나 자상하시구, 친절하시구.

남자 싫어하죠. 아무 여자한테나 다 친절하다구.

여자 (조용히 웃고 나서) 우리가 자주 만났었나요?

남자 그럼요……. 물론……. 오래 못 보고 지낼 때도 있었지만.

여자 오래전부터?

남자 오래됐죠.

여자 그럼 저를 잘 아시겠네요?

남자 잘 알죠, 당연히……. 근데 글쎄요. 또 생각해 보니까…… 꼭 그런가 싶기도 하고……. 잘 모르겠네요.

여자 잘 모르시는구나.

남자 아니, 그게 아니라, 물론 잘 알지만 모르겠을 때도 있다, 내가 모르는 구석도 있겠구나, 그런 생각이 든다는 거지요.

여자  우리 집에도 와 보신 적 있어요? 우리 집, 아세요?

남자  그건 확실히 알아요.

여자  (안도하는 한숨을 내쉬며) 다행이야. 아까는 좀 무서웠거든요.

남자  내가요?

여자  아뇨. 그게 아니라…… 갑자기 내가 여기 있더라구요. 꼭 자다가 깬 것처럼. 근데 여기가 어딘지, 내가 여기 왜 왔는지…… 아무것도 생각이 안 나요. 아무래도.

남자  피곤해서 그래요.

여자  그런가……. 아, 맞다! 그래요. 이제 생각나네. 여기 오기 전에, 집을 보러 갔었어요. 뼈대가 좋아요. 공구리 집이 아니구 벽돌집이에요, 빠알간 벽돌. 뭣보담두 마당이 마음에 쏙 들었어요. 감나무가 큰 거 하나 있는데, 감 따 먹는 재미야 있겠지만 마당이 죄 그늘져서 못 쓰겠어. 아까워두 베어 버려야 마당에 무어라두 심구 하겠어요. 저걸 베구 그 자리에다는 작약을 심어야지. 이렇게 밭을 맨들구…… 앞쪽으루 채양을 달아, 처마를 좀 더 내구…… 그런 생각만 하면서, 그냥 걷고 또 걸었나봐. 어디루 가는지는 생각도 안 하고…….

사이.


남자  자, 그럼 이제 그만 집에 가실까요?

여자  못 가요.

남자  내가 알아요. 내가 데려다 드릴 테니까.

여자  요새 좀 정신이 없긴 했어요. 일이 많더라구요. 집을 산다는 게. 뭐 떼 오라는 것두 많구. 뭐 잘못 해 왔다구 다시 빠꾸, 빠꾸. 우리 그이 있었으면 한 번에 될 일두, 몇 번씩 걸음을 하구……. 그이가 있을 때 하면 좋은데, 당장은 못 나오니까. 사우디에 있거든요. 중장비해요, 크레인. 우리 그이가. 지금 안 사면 사겠다는 사람은 나래비를 섰다구 하구, 집은 마음에 들구…….

남자  그래요. 그랬을 거예요.

여자  맞다. 카메라 가져온다는 걸 깜박했네. 사진 찍어서 우리 그이한테 보내기루 했는데. 다음번엔 잊지 말아야지. 카메라, 카메라……. 작년에 들어왔을 때, 우리 그이가 사 온 거예요. 카메라는 일제도 좋다는데, 우리 그인 미제를 사 왔어요. 일본 애들 물건 팔아 주기 싫다고. 그러면서 조카들 선물은 또 죄 카시오로 사 왔어요, 전자시계. (웃는다.)

남자  그게 좀 값이 헐하니까.

여자  우리 그이도 그 집을 좋아해야 할 텐데요.

남자  좋아할 겁니다.

여자    그럴까요? (사이) 작약을 심을 거예요. 빨간 걸로. 아주 많이…….

남자    …….

여자    그나저나 꽤 멀리 왔나 봐요. 이렇게 피곤한 걸 보면……. 일어날 기운도 없네.

남자    괜찮아요. 집에 가서 좀 쉬면 괜찮아질 겁니다. 오늘은 많이 걸었으니까 좀 쉬는 게 좋아요.

여자    근데 말이에요.

남자    또 왜요?

여자    아무래두 이상해요.

남자    그냥 좀 지친 것뿐이에요.

여자    내가 여기 온 거……. 아까부터 뱅뱅 도는데…….

남자    어지러워요?

여자    아뇨. (머리를 가리키며) 여기 뱅글뱅글 도는 것들이 있는데……. (나무에 손을 갖다 대며) 이 나무…… 단, 단풍나무…… 벤치…… 그리고 잔디밭, 잔디밭 건너에 가로등, 가로등 쪽으로 똑바로…… 여섯 걸음……. 단풍나무, 벤치, 잔디밭, 가로등, 여섯 걸음……. 이게 뭘까요? 왜 자꾸 생각이 나죠?

남자의 얼굴에 잠시 어둠이 스친다.

여자    (가슴께를 만지며) 아파요, 여기가, 이상하게…….

남자    그럼 생각하지 마세요.

여자       안 돼요. 그게 안 되네요……. 그게 떠오르기 전에는 참 편안했었는데. 아무 생각 없이……. (나뭇잎 새로 비쳐드는 햇빛을 올려다보며) 저것 좀 봐요, 저런 것은 생전 처음 봐요. 이파리도 햇빛도, 얼마나, 얼마나 밝은지, 얼마나 또렷한지……. 요즘은 그래요. 갑자기 내 눈이 밝아졌나……. 그럴 리가 없잖아요? 근데, 그래요……. 이파리가, 햇빛이 이렇게 보였던 적은 한 번도 없었어요……. 어떨 땐, 물 마시다가 상위에다 흘린 물 자국을 온종일 들여다보고 앉아 있기도 해요. 온종일 구름이 모였다 흩어지는 걸 보다가 목이 뻣뻣해져서 혼난 적도 있지요……. 할 일이 많은데…… 난 이제 아무것도 못해요. 눈에 보이는 게 전부 다, 너무 또렷하고 신기해서, 사실 좀 피곤하거든요. 힘들거든요. 그냥 쳐다보는 것만 해도, 금세 지쳐 버려요……. 난 아무것도 못해요…….

사이.

남자       그동안 너무 바쁘게 살았잖아요. 당신도 그렇고 나도 그렇고……. 쫓기듯이, 아무 정신없이……. 그러니까 그래도 돼요……. 이젠 좀 쉬어도 돼요.

여자       그러고 싶어요. 될 수 있으면 생각 안 하고. 하지만 어떤 것들은…… 생각 안 하려고 해도 생각나잖아요? 근데 그건 또렷하질 않아. 단풍나무, 벤치, 잔디밭, 가로등, 여섯 걸음……. 희미한 냄새가 났어요. 그 말들이 떠올랐을 때. 아주 희미한 냄새가……. 누가 날 부르는 것 같았어요. 근데 모르겠어. 그래서…… 가슴이 아팠어요. 맞아요. 누군가 날 불렀어요. 가만히……. 그게 누굴까요?

남자    나예요. 내가 불렀어요.

여자    (가만히 남자를 바라보다 미소 지으며) 아니에요, 아냐.

남자    정말이라니까. (일어나 나무 아래로 가서) 단풍나무, (벤치 쪽으로 가서) 벤치, (잔디밭을 가리키며) 그 앞으로 잔디밭, (멀리 보며) 그 건너에 가로등, 가로등 쪽으로 똑바로 (걸어가며) 하나, 둘, 셋, 넷, 다섯, 여섯 걸음.

남자, 멈춰 서서 잠시 발아래를 바라본다. 사이.

남자    여기서 내가 당신을 불렀어요……. (망설이다) 여보…….

여자    (멍하게 남자를 바라보다 웃음을 터뜨린다.) 아유, 참 주책이셔! 나이도 드실 만큼 드신 양반이.

남자    여보…… 여보, 미순씨!

여자    아유, 정말! 자꾸 그러면 화낼 거예요. 우리 남편 성질이 얼마나 불 같은데. 큰일 나려구……. 우리 그이가 곧 돌아올 거예요.

남자   언제요?

여자   곧. 금방.

남자   돌아오긴 돌아오는 겁니까?

여자   무슨 그런 끔찍한 소릴 하세요! 당연히 돌아오죠……. 그러시면 안 돼요. 좋은 분이. 그래도 내 말 들어주는 건 아저씨 하나뿐인데, 아저씨까지 그러면 난 어떡해요. 응?

남자   미안해요……. 내가 잘못했어요.

여자   날 불렀어요. 희미한 냄새가 났어요. 날 부를 때. 그게 누굴까? 누가 여기 있었는데……. 그래, 여기서 날 기다리고 있었는데……. 내가 여기서 누굴 기다리고 있었을까? 내가 너무 늦게 온 걸까요?

남자   그만 집에 돌아갑시다. 늦었어요.

여자   너무 일찍 온 걸 수도 있잖아요. 그냥 갈 순 없어요. 기다려 봐야죠.

남자   기다릴 만큼 충분히 기다렸어요……. 이제 됐어요.

여자   아뇨, 아뇨. 그럴 순 없어. 내가 그냥 가 버리면 그 사람, 여기서 날 기다릴 텐데……. 날 기다리느라 여기 서 있을 텐데……. 돌아가지도 못할 텐데……. (몹시 동요하며) 내가 돌아가 버리면, 누군지도 모르고 돌아가 버리면, 그 사람은 어떡해요…….

여자, 두 손에 얼굴을 파묻는다. 남자, 여자 곁으로 가서 떨리는 여자의 등을 어루만져 준다.

여자    내가 잊어버리면…… 잊어버렸다는 것도 잊어버리
면…… 그땐 어떡해요, 어떡해…….

사이.

남자    그럼 조금만 더 기다려 봅시다.

여자, 남자를 올려다본다.

남자    내가 같이 있어 줄게요.
여자    정말 그래 주시겠어요?
남자    응.
여자    고마워요. 정말 친절하시네요.
남자    별말씀을. (여자 곁에 앉는다.)

사이.
흔들리는 빛과 바람 사이로 흐르는 시간.

여자    운이 좋았던 것 같애, 내가. 생각해 보면 친절한 분
들이 참 많았어요. 전쟁 끝나고 나 여섯 살 때, 엄
마하고 나하고 남동생하고 무작정 서울 올라왔
을 때, 아, 염천교에 있던 그 집…… 잊어먹지도 않
아……. 다른 집들에선 다 쫓아내는데, 그 집 주인
은 우리가 살게 해 줬어. 그 집 대문 앞 처마 밑에

다가, 비닐 주워다 깔고 솥 하나 걸구, 한참 살았
지[1]……. 아유, 이런 얘긴 챙피해서 우리 그이한테두
안 했는데…….

남자 챙피하긴 뭐가 챙피해요. 맞아요……. 그땐 그런
사람들 많았지.

여자 그 전에 대구 살 땐, 집두 있구 했는데. 아버지가
미군 부대서 헌 옷 받아다가 손 보구 염색해서 파
는 일을 했는데, 돈벌이가 제법 됐대요. 근데 잘되
니까, 기계두 들이구 일 크게 벌였다가 다 망해 먹
었대. 아버지가 원체 술 좋아했거든. 사람 잘 믿고.
동업자 친구가 죄 갖고 날러 버렸대. 그 사람 찾
는다고 나가서 몇 달, 일자리 구한다고 나가서 몇
달……. 엄마는 친척 집에 드난살이 하면서 아버지
만 기다리는데, 아버진 왔다 하면 술 먹고 행패만
부리니까…… 막 두들겨 패고……. 친척들 볼 면목
두 없구, 살 수가 없으니까……. 그냥 아버지가 또
찾아올까 봐 무서워서, 도망친 거예요, 우리 엄마
가…….

남자 고생 많이 했겠네.

여자 별로 고생했던 기억은 안 나요. 그 집 처마 밑에 처
음 잘 때, 아, 그날 얼마나 달게 잤는지 몰라. 아침

---

1 　　　이하 여자 이야기의 일부는 전태일 열사의 어머니 이소선 여사
의 수기 『어머니의 길』(돌베개, 1990)을 참고하였다.

에 햇볕 들 때, 이렇게 흙벽에 기대고 앉아 있으면 등짝이 따뜻해지는 게…… 얼마나 편안하고 좋았는지……. 우리 엄마가 고생했죠. 나야 우리 동생 업고 처마 밑에 앉았다가, 골목을 왔다 갔다, 엄마 기다리는 게 일인데, 뭐. 그때 서울역 뒤 중앙시장에서 우리 엄마가 배춧잎을 주워 먹고살았어요. 장바닥에 배춧잎 떨어진 거, 못 쓴다고 떼서 버린 거, 그거 주워 모아다가 시장 해장국집에 갖다 파는 거야. 엄마가 오면, 엄마한테서 비린내두 아니고, 과일 내두 아니고 그냥 시장 냄새, 쌔애한 시장 냄새가 났어요. 난 그 냄새가 그렇게두 좋더라……. 하루 저녁은 내가 동생 업구 엄마 기다리다가 주인집 대문이 열렸길래, 기웃이 그 안을 들여다보구 있는데, 그집 아들, 학생 오빠가 들어오다가 날 보더니, 들어오래. 참 좋은 오빠였어. 얼굴이 하얗구. 날 귀여워했지. 애가 애를 업고 그러구 있으니 안돼 보였나 봐. 날 마루에 앉혀 놓고, 이것저것 말두 시키구, 그 뭐냐, 미루꾸도 하나 까서 주구……. 동생은 그거 달라구 내 어깨를 깨물구……. 그러다 나왔는데, 세상에…… 처마 밑 우리 집, 우리 자리에 어떤 아저씨 하나가 떡 누워 있는 거야. 아버진가? 얼마나 놀랬던지. 가만 봤더니, 아냐. 다리 한쪽이 무릎 아래로 없더라구. 상이용사들 무서웠죠. "일어나라고, 여기 우리 집이라고." 아무리 깨워도 꿈쩍두 안 해……. 엄마가 오면 혼날 텐데, 하루종일 노는 년이 집 간수도 못해서 남한테 집 뺏겼다고……. 막 울음이 북받치는데, 내가 울면 동생도 따라 울까 봐, 집주인 들을까 봐, 소리 내서 울지도 못하겠어……. 막 발루 걷어차구 때리구 꼬집어두 꿈쩍두 안 하네……. 꼼짝없이 집 뺏기게 생겼어. 그 아저씨 멀쩡한 다리를 붙잡고 끌어당겼어. 얼마나 무겁던지. 어떻게, 어떻게 처마 밖 길바닥으로 그 아저씰 끌어냈어요. 그러군 우리 집, 우리 자리에 버티구 앉았지. 빨리 엄마가 와야 할 텐데……. 그날따라 엄마가 안 와. 꼼짝도 못하고 기다리는데, 어떤 아저씨가 골목을 지나가다가, 그 아저씨를 발로 툭툭 차 보더니 "어 이 사람, 죽었네?" 그래. 나한테 "아는 사람이냐?" 그래. "몰라요, 모르는 사람이에요." 그랬더니, 그냥 가 버리더라구. 하늘이 노래지구, 몸이 막 덜덜 떨리구, 근데 엄마는 안 와. 통금 사이렌 불구 한참 지나두 엄마가 안 와……. 그렇게 그 아저씨는 누워 있고, 나는 그 앞에 앉아 있어, 동생을 업고, 엄마는 안 오고……. 도망가구 싶은데 도망갈 수가 없어.

남자  (말없이 여자의 어깨를 감싸 준다.) 그만, 그만.

여자  우리 엄마 돌아가시기 전에, 지나가는 말루 그랬어. 하루는 시장에서 돌아오는데, 잠시 넋이 빠졌더래. 한참 걸었는데도 집이 안 나오더래. 사실은

집에 가고 있었다는 것도 잊어버리구 있었대. 그제
서야 생각이 났대. 나하구 내 동생이, 그 처마 밑이.
생각은 났는데, 막막하더래. 그냥 다시 생각 안 하
구, 그대루 달아나 버리구 싶더래. 그래서 그냥 걸
었대. 어디서 순경이 붙잡더래. 통금 시간에 돌아
다닌다고. "아주머니, 괜찮으세요?" 멍하니 순경 얼
굴만 봤더니, "집이 어디세요?" "집이요?" "네, 댁이
어디시냐구요." 한참 만에 "염천교요." 하고 대답을
하는데, 그냥 눈물이 쏟아지더래. "우리 애들이 기
다리는데, 집에 가야 하는데……." 여기가 어딘지
모르겠다고, 그 자리에 그냥 주저앉아 기진을 해
버리니까. 그 순경도 참 친절한 양반이지. 우리 엄
말 자전거에 태워서 염천교까지 데려다 줬대.

남자　그래. 엄마 생각이 났던가 보지, 엄마 기다리던 생
　　　각. 그런 얘긴 왜 안 했어, 여태?

여자　구질구질하게 그런 얘긴 왜 해요? 안 그래두 우리
　　　벌어먹여 살리느라 죽을 둥 살 둥 고생하는 사람한
　　　테. 좋은 얘기만 해두 시간이 모자란데.

남자　그래두 그건 아니지.

여자　혹시 나중에 우리 그이 만나더라두 이런 얘긴 절대
　　　꺼내지두 마세요.

남자　그럼 나한텐 왜 한 거요?

여자　그냥…… 편해서. (싱긋 웃는다.)

남자　물 드릴까?

여자    응. 목말라. 어떻게 아셨어요?

남자    (자전거로 가 가방에서 물을 꺼내며) 척 보면 알지요.

여자    껌도 줘요.

남자    응?

여자    껌.

남자    응, 응.

남자, 가방에서 물병과 껌을 꺼내 들고 여자 곁으로 가, 여자에게 물을 먹여 준다. 여자가 물을 마시고 나자, 껌 종이를 벗겨 여자의 입에 껌을 넣어 준다. 여자, 천천히 껌을 씹는다. 입안에 단맛이 퍼지는 듯, 그녀의 얼굴에 미소가 번지고 눈이 저절로 스르르 감긴다.

여자    우리 노래해요.

남자    무슨 노래?

여자    그거. "나 혼자만이……" 이거.

남자    그래, 우리 노래합시다.

남자, 자전거에 달린 카세트 라디오를 켠다. 송민도의 「나 하나의 사랑」이 흘러나온다. 여자와 남자, 따라 부른다.

여자, 남자    나 혼자만이 그대를 알고 싶소.
             나 혼자만이 그대를 갖고 싶소.
             나 혼자만이 그대를 사랑하여

영원히 영원히 행복하게 살고 싶소.

나 혼자만을 그대여 생각해 주.

나 혼자만을 그대여 사랑해 주.

나 혼자만을 그대는 믿어 주고

영원히 영원히 변함없이 사랑해 주.


남자와 여자가 노래 부를 때, 무대 서서히 어두워진다.




## 2장


다시 무대 밝아지면 이전과 똑같은 무대. 여자가 같은 자
리에 앉아 있다. 멍하고 먼 눈길. 그녀의 얼굴에서는 아무
런 감정도 읽어 낼 수 없다. 남자, 자전거에서 담요를 하
나 꺼내다가 여자에게 덮어 준다. 남자, 여자를 가만 내려
다보다가 벤치 앞에서 가로등을 향해 여섯 걸음을 걸어간
다. 멈추어 서서 쪼그려 앉아 가만히 잔디를 손으로 쓸어
본다. 사이. 하릴없이 잔디 사이에 돋아난 잡초를 뽑아내는
남자.


남자    어젯밤엔 말이야…… 개꿈을 꿨어. 그냥 시시한 꿈
       이라는 게 아니라, 진짜 개꿈……. 개가 나오는 꿈
       말이야. 그 개가 왜 내 꿈에 나왔을까…….

사이. 바람 소리.

남자  나, 사우디 있을 때, 거기 사막에 들개들이 많았
거든. 지들끼리 우우 몰려다녀. 가끔 들개도 아니
고, 집개도 아니고, 마을 근처에다 아예 굴 파고 음
식 쓰레기만 먹구 사는 놈들이 있어. 일 나가던 현
장 근처에 그런 굴이 하나 있었는데, 새끼를 낳아 놨
는지, 젖이 늘어진 어미가 들락날락하는 걸 봤었거
든. 근데 어미가 어떻게 잘못됐는지, 어쨌는지……
어느 날 지나가는데 그놈이 굴 밖으로 나와서 낑
낑대구 있더라. 데리구 와서 짬밥 먹여 길렀지. 거
기 개들치곤 털이 허옇다구 "백구야, 백구야." 그랬
어. 일 나갔다 우리가 돌아오면 그냥 뭐 펄쩍펄쩍 뛰
면서 앵기구, 비비구, 쓰다듬어 주면 침을 질질 흘
리면서 좋아하니까, 누가 우릴 그렇게 반겨 줘, 그
러니 다들 이뻐하지. 그 사람 이름이 생각 안 나네.
그냥 박 조장, 박 조장 했으니. 그때두 이름은 몰랐
나? 박 조장 그 사람은 백구만 보면 저거 언제 된장
바르냐구, 입맛 다시구 그랬는데. 참 재밌는 친구
야, 짓궂고, 농도 잘하고. 싸대기도 잘 만들고. 싸대
기……. 싸대기가 뭐냐면 막걸리 비슷한 건데, 또
우리가 하지 말라는 짓은 기를 쓰고 하잖아. 쌀에
다 이스트 넣고 뭐 넣고 몰래몰래 만들어 먹어. 재
료도 시원찮고 발효도 제대로 안 하니까, 맛이 이

상해. 먹구 나면 골 패구. 근데 도수가 높아서 금방 취해. 그 술 먹구 취하면 귀싸대기를 때려야 정신 차린다고, 그래서 싸대기야. 싸대기 맞아 가면서 두 안 먹구는 못 배긴다구 싸대기야.[2] (사이. 바람 소리) 그때가 4월이었나……. 거기 3월에서 4월 사이에 할라스 바람이 자주 불거든. 모래 폭풍. 거기 말루 할라스가 마지막이라는 뜻이래지. 마지막……. 그날두 오침 끝내구 오후 작업하러 다들 현장에 나갔는데, 그놈이 온 거야. 처음엔 갑자기 조용하다가 고막에 웅웅 하는 소리가 들리지. 순식간에 눈앞에 시뻘건 모래 구름이 우우 밀고 오는 거야. "할라스다!" "철수! 대피!" 어디로? 숙소도 아니구, 허허벌판 사막에서. 그냥 막 뛰어서 다들 알아서 차 안에 차 밑에 구겨 박혀서 수건으로 코 입을 틀어막고 앉아 있는데, 아무 정신 없지. 어디서 쿵 하는 소리가 났던 것 같애. 누가 소리치는 걸 들은 것도 같고. 한 10분 그러고 있었나. 나와 보니. 언제 그랬냐 싶어. 하늘은 파랗고, 모래는 벌겋고……. 인원 점검하는데 박 조장 그 사람이 안 보이더라. 다들 찾는데,

---

2    당시 중동 근로자들의 일상-체험에 대한 자료는 그리 많지 않았다. 이 대목에 묘사된 '싸대기' '할라스 바람' '사막의 들개' 등의 정보는 '장흥관산중학교재경동문회 다음카페(http://cafe. daum.net/gwansan)'에 김훈철(21기) 씨가 남긴 글들을 참고하였음을 밝혀 둔다.

파이프 하나가, 지름이 사람 키보다 더 큰 파이프
가, 바람에 밀렸던가, 원래 땅이 기울었던가, 비탈
로 굴러 내렸더라고…… 크레인으로 들어 올리고
보니까 그 밑에 박 조장이 있는데…….

사이.

남자   돌아왔더니 숙소도 난장판이더라구. 할라스가 거
      기도 쓸고 간 거야. 정신없이 이것저것 정리하고
      자려고 다들 누웠는데. 심난하지. 누가 그래. "뭔가
      빠진 거 같은데?" 다들 아무 대꾸도 안 해. 뭐 할 말
      이 있어. "안 그래? 뭐가 허전한데 이게 뭐지?" 그
      사람이 자꾸 그러니까, 참다가 다른 사람이 퉁을
      줬지. "아, 이 사람아. 차빠져 잠이나 자! 박 조장 죽
      은 거, 저기 자리 빈 거 누가 몰라!" "아니, 박 조장
      말고 또 뭐가 없는데……. 아! 백구! 이놈 자식 안
      보이네?" 그놈도 어디 가서 파묻혀 죽었을까? 아니
      면 할라스에 놀래서 달아났을까? 며칠 뒤에 박 조
      장 수습한 거, 유품 정리해서 같이 보내구 그날 밤
      에 몇이 앉아서 그 사람 만들어 놓은 싸대기 말들
      이를 다 비웠네. 취해 버렸지. 필름이 끊기두룩. (사
      이) 눈을 뜨고도 한참 동안은 내가 무얼 보고 있는
      지 몰랐어. 어둠 속에서 무언가 반짝이고 있었지.
      가득하게. 저게 무얼까? 여기가 어디지? 모래……

모래밭이다……. 내가 모래밭에 누워 있구나……. 저
건 하늘이구나, 밤하늘…… 별이구나……. 저 반짝
이는 것들은…… 별이로구나……. 그러구 보니 아
까부터 옆구리가 뜨뜻해. 이러구 봤더니, 개야. 개
한 마리가 내 옆구리에 등을 붙이고 웅크리고 있
어……. 백구야, 백구……. 내가 깨니까, 그놈이 일
어나서 내 얼굴을 막 핥아. 꼬리를 치고 끙끙대면
서……. 아마 술기운에 혼자 오줌 싸러 나왔다가
막 걸어갔었나 봐. 멀리는 못 갔더라구. 한 100미터
나 갔나. 거기 모래언덕에 자빠져 있었던 거야. 백
구랑 같이 돌아왔지.

남자, 잔디밭에 엉덩이를 붙이고 앉는다.

남자    거기 있을 땐 현장 옮겨 다녀도 꼭 데리구 다녔는
데. 지금은 죽었겠지, 명대루 살았대두……. 사막에
모래 한 줌이 됐겠지.

여자, 문득 휘파람이라도 불듯, 긴 한숨을 내쉰다. 남자, 여
자 쪽을 잠시 돌아본다. 사이. 남자, 잔디밭 위에 길게 드러
눕는다.

남자    어젯밤 꿈에두…… 꼭 그때처럼…… 내가 누워 있
더라……. 모래언덕에…… 사막 한가운데…… 밤

하늘이구나…… 별이구나, 하면서……. 그리고 그 녀석이 왔어……. 날 가만히 내려다보더라구……. "어디 갔다 이제 왔냐, 응?" 그땐 안 울었는데…… 꿈속에선 눈물이 났어……. 내가 쓰다듬어 주니까, 녀석이 내 손등을 핥았지……. 녀석이 손등을 핥으니까 내 손등이 사르륵 녹아…… 부서져 내렸어……. 모래처럼…… 흘러내렸지…….

남자, 엎드려 누운 채 잔디밭을 손으로 어루만진다. 사이.
먼 곳을 헤매던 여자의 눈길이 천천히 이곳으로 돌아온다.


여자    미안해요.

남자    응?

여자    내가 이 모양이라서.

남자    (몸을 일으키며) 미순 씨!

여자    왜요?

남자    미순 씨! 미순 씨! 미순 씨!

여자    왜, 왜, 왜요!

남자    돌아왔구나!

여자    가긴 내가 어딜 갔었다구 그래.

남자    갔었지. 멀리 갔었지. 돌아와 줘서 고마워.

여자    멀리 간 건 당신이지. 난 늘 여기서 당신을 기다렸고.

남자    그래, 그래.

여자  내가 또 바보가 됐었죠?

남자  아니. 귀여웠어. 젊고 예쁜 새댁이 됐었지.

여자  응?

남자  75년 9월 22일 아침에 김포공항 출국장에서 헤어지고 79년 8월 김포공항 입국장에서 만나고 다시 79년 9월 김포공항 출국장에서 헤어지고 83년 8월 김포공항 입국장에서 다시 만났지.

여자  어떻게?

남자  어떻게? 이렇게. 자, 여기가 김포공항이야. 75년 9월 22일 아침이야. 용산 어디 공고에서 나온 고적대가 뿡빵뿡빵 연주를 하고 일 나가는 사람들이 가족들, 친척들하고 헤어지느라고 울고불고, 어떤 치들은 빙 둘러서서 주먹을 휘두르면서 교간지 뭔지를 불러 대고……. 당신이 그랬지. (여자의 말투를 흉내 내어) "사우디는 멀죠?" 해 봐.

여자  관둬요.

남자  해 봐. "사우디는 멀죠?"

여자  사우디는 멀죠?

남자  멀지.

여자  월남보다?

남자  훨씬 멀지. 비행기루 열 시간 넘어 걸린대.

여자  어휴. 그렇게나……. 월남보다 더 덥겠죠?

남자  그렇대네.

여자  세상에…….

| 남자 | 걱정 마. 월남두 갔다 왔는데, 뭐. 거긴 전쟁터두 아<br>니고. 거기두 다 사람 사는 데니까. |
|---|---|
| 여자 | 몸 조심해요. 아프지 말고. |
| 남자 | 미순 씨도. 자, 방송한다. 비행기 타라구. (자전거 쪽<br>으로 간다.) |
| 여자 | 편지해요! |
| 남자 | (자전거에 올라타 손을 흔들며) 응! 안녕! |
| 여자 | (손을 흔들며) 안녕! |
| 남자 | (자전거를 타고 무대를 돌며) 자, 이제 세월이 흐른다.<br>한 바퀴에 1년…… 76년……. |
| 여자 | 77년……. |
| 남자 | 당신은 편지를 쓰고. |
| 여자 | 잘 있어요?<br>아프진 않아요?<br>난 잘 있어요!<br>보고 싶어요!<br>언제 와요? |
| 남자 | (자전거를 타고 무대를 돌며)<br>난 잘 있어!<br>별일 없지?<br>아픈 데 없구?<br>보고 싶어!<br>금방 갈게!<br>78년……. |

여자    79년…….

남자    (자전거를 멈추고 내려 여자 쪽으로 달려가 여자를 끌어

안으며) 여보, 나 왔어! 울지 마. 울지 마. 왜 울어?

여자    2주일은 너무 짧아요.

남자    그만큼 내가 중요한 사람이란 뜻이야. 내가 없으면

일이 안 되거든.

여자    안 가면 안 돼요? 여기서두.

남자    집 사야지. 몇 년만 더.

여자    몇 년?

남자    몇 년.

여자    신이 났네.

남자    나도 가기 싫어. 하지만.

여자    신이 났어.

남자    자, 방송한다. 비행기 타라구. (다시 자전거 쪽으로)

여자    (손을 흔들며) 몸 조심해요!

남자    미순 씨도! 안녕! (자전거에 올라타 무대를 돈다)

여자    80년…….

남자    81년……. 당신은 편지를 쓰고…….

여자    잘 있어요?

난 잘 있어요.

보고 싶어요.

편지 좀 자주 해요!

좀 길게 써요!

남자    난 잘 있어!

별일 없지?

보고 싶어!

시간이 없네!

여자 집을 샀어요.

마당이 있어요.

당신도 좋아할 거예요.

사진 찍어 보낼게요.

나 혼자 있기는

집이 너무 커요.

남자 (자전거로 무대를 돌며) 82년…….

여자 83년…….

남자 (자전거를 멈추고 내려 여자 쪽으로 달려가 여자를 끌어

안으며) 여보, 나 왔어!


여자, 남자의 품에 안겨 운다. 울다가 웃는다.


여자 세월 빠르네.

남자 당신, 이제 그만 가라고 날 붙잡고 울다가 잠이 들

었지.

여자 그게 다예요?

남자 응.

여자 그러구 나서…….

남자 그러구 나서 우리……. (말을 멈춘다.)

여자 응?

남자    아냐.

여자    하긴…… 그게 다지.

남자    왜, 또?

여자    아녜요……. 미안해요. 힘들게 해서.

남자    자꾸 미안하다고 하지 마.

여자    미안하니까 미안하다고 하죠.

남자    재미있었어. 재밌게 놀았어.

여자    (문득 날카롭게) 그게 재미있어요?

남자    아니, 내 말은…….

여자    당신은 아무것도 몰라요.

남자    …….

여자    내가 어떤지…… 내 맘이 어떤지…….

남자    알아.

여자    몰라!

남자    ……그래. 몰라.

여자    왜 몰라?

남자    내가 어떻게 알아!

여자    당신이라도 알아야죠! 내가 누군지 모르겠는데! 아
       무리 애를 써도 내가 자꾸 없어지는데! 당신이라두
       알아야지! 당신도 모르면…… 난 어떡해?


       사이.


여자    알아요. 말도 안 되죠……. 미안해요.

| 남자 | 제발 그 미안하단 소리 좀 그만해! 미안한 건 나야. 다 나 때문이야. 내가 당신을 이렇게 만들었어. |
|---|---|
| 여자 | 그런 말 하지 마세요. 당신 탓이 아니야. |
| 남자 | 그러니까 내가 하고 싶은 말은 이거야. 자꾸 기억하라고 해서 미안해. 날 못 알아본다고 화내서 미안해. 괜찮아, 몰라도 괜찮아 기억 못해두, 날 못 알아봐두 괜찮아. 그래두 나한테 미순 씨는 미순 씨다, 이거야. |
| 여자 | 날 버리는 거예요? 날 아주 포기했구나. |
| 남자 | 아냐, 그런 말이. 너무 자기를 힘들게 하지 말라는 거야. |
| 여자 | 하긴, 나도 알아요. 방법이 없다는 거. |
| 남자 | 왜 방법이 없어. |
| 여자 | 그럼 있어요? |
| 남자 | (참지 못하고) 에이 씨팔, 진짜! 왜 그래, 도대체! |
| 여자 | 그래요. 화내요. 내가 정신이 있을 때. 정신이 없어지면 그것도 소용없을 테니까. |
| 남자 | ……. |
| 여자 | 근데…… 우리가 왜 그걸 기다리고 있어야 해요? |
| 남자 | 바보 같은 소리 좀 그만해. |
| 여자 | 당신은 왔지만 난 없어져 버릴걸. |
| 남자 | 아무튼 난 미순 씨를 버리지 않아. 포기하지 않아. 이제 어디 안 갈게. 쭉 미순 씨 옆에 있을게. |
| 여자 | 바보 같은 소리. 내가 이렇게 오락가락하는데? 이 |

러다 아주 끈을 놓치면, 그때두 내가 나일까? 내가
난 줄도 모르고, 당신이 당신인 줄도 모르게 되면
그때두 우리가 함께 있는 걸까?

남자    그럼.

여자    어떻게?

남자    이렇게.


사이.


여자    안아 줘요.


남자, 여자를 끌어안는다.


여자    죽고 싶어.


남자, 말없이 여자의 등을 쓸어 준다.


여자    어떻게든 당신보다 먼저……. 나 못됐죠?

남자    물 마실까? 목 안 말라? 껌?

여자    아니, 아니. 그냥 좀 있어요. 이렇게.


사이.


여자    왜, 그 사진들 말이에요.

남자    무슨 사진?

여자    당신 사우디 있을 때 찍어서 나한테 보내 준 사진.

남자    보고 싶어? 집에 가서 앨범 찾아 같이 봅시다.

여자    아아니. 안 봐두 눈에 선한걸 뭐. 작업복 입고 헬멧 쓰고 크레인 앞에 서서 찍은 사진. 무슨 가시덤불 같은 거 옆에서 낙타하고 찍은 사진. 그냥 허허벌판 모래밭에서 찍은 사진. 근데 하나같이 새까만 썬글라스를 쓰구 찍었어. 좀 벗구 찍지. 입은 웃고 있는데 눈이 안 보여, 답답하게. 내가 언제 한번은 편지에두 썼을걸요? 썬글라스 좀 벗구 찍어서 하나 보내 달라구.

남자    그랬었나?

여자    근데두 계속 그랬어. 꼭 그 뒤에 숨은 것처럼. 왜 그랬어요?

남자    눈이 부셔 그랬겠지, 뭐. 거기 햇빛이 워낙에.

여자    난 당신 눈을 보고 싶었는데…… 볼 수가 없잖아. 무얼 보고 있는지, 어딜 보고 있는지.

남자    미순 씨 보고 있었지.

여자    거짓말만 늘었어.

남자    그래야 사는 게 보드랍지.

여자    당신은 늘 나한테서 못 달아나 안달이었잖아요.

남자    먹구살자니 할 수 없었던 거지.

여자    우린 그저 먹구사는 것밖에 몰랐어.

남자    근데 말야.

| 여자 | 응? |
|---|---|
| 남자 | 동생이 있었어? |
| 여자 | 응? |
| 남자 | 한 번도 못 들었던 얘기라서. 접때 미순 씨가 남동생 얘기를 하길래 좀 놀랐지. |

여자의 표정이 어두워진다.

| 여자 | 내가 그런 얘길 했었어요? |
|---|---|
| 남자 | 아니지? |
| 여자 | ……. |
| 남자 | 그럼. 그럴 리가 없지. 그 얘긴 잊어버려. |
| 여자 | 아니. |
| 남자 | 응? |
| 여자 | 있었어요. |
| 남자 | 어…… 그래? |
| 여자 | 응. |

여자, 말이 없다.

| 남자 | 내가 괜한 걸 물어봤나 봐. 힘들면 얘기 안 해도 돼. |
|---|---|
| 여자 | 아뇨. 얘기할게요. |
| 남자 | 뭐, 어떻게…… 어려서…… 잘못됐나? |
| 여자 | 아뇨. 살아 있어요. |

| 남자 | 살아 있어? |
|---|---|
| 여자 | 10년쯤 전에도 한 번 본걸요. |

순간 여자, 혼란에 빠져 두 손으로 머리를 감싼다.

| 남자 | 그만해. 얘기하지 마. 됐어. 얘기하지 마. |
|---|---|
| 여자 | 아냐, 아냐. 난 이 얘길 해야겠어요. |

사이.

| 여자 | 59년인가, 60년인가. 아버지 돌아가셨단 얘기 듣고 다시 대구 시골로 내려갔어요. 엄마두 서울살이 신물이 났지. 차라리 시골이 낫다구. 오막살이래두 집도 있고. 늦게 들어갔어두 그땐 내가 총기가 좋아서 국민학교 졸업할 땐 우등으로 졸업했어요. 당연히 더 공부하고 싶죠. 근데 뭐 중학교 보내 달라고 떼써 볼 틈도 없이 엄마가 덜컥 가셨어요. 서울서 너무 고생을 하신 거야. 그때 동네 분이 주선해 줘서, 나는 서울 사직동에 식모 살러 들어가고……. |
|---|---|
| 남자 | 동생은? |
| 여자 | 동생은 보육원으로 들어갔죠. 그땐 다들 먹구살기 힘들어서, 그 어린애 입 하나 감당하겠다는 집이 없었어요……. 내가 열다섯, 동생이 열 살 그랬죠. 그러군 까맣게 잊고 지냈어요. 내가 얘기했었잖 |

아요? 그때 식모살이. 새벽부터 오밤중까지 밥하랴, 반찬 하랴, 애 보랴, 불 때랴, 심부름하랴, 청소하랴, 눈코 뜰 새 없이 달음질을 쳐야 하니까. 보고 싶고, 생각하고 자시고 할 틈도 없었죠.

남자    그러구선 영 못 보게 된 거야?

여자    3년쯤 된가, 동생이 찾아왔더라구요. 나 식모 살던 집으로. 그동안 몇 집 옮겨 다녔는데, 용케 알고 찾아왔어요. 보육원에서 도망 나왔대요. 쌈박질을 크게 하구서. 3년 새 애가 많이 변했더라구요……. 자기두 이제 서울 살 거라구. 나와서 나랑 같이 살재요. 근데 어떻게 나가요, 식모가. 그리고 그때 그 집 주인이 참 좋았거든요. 나한테 참 잘해 줬거든요.

남자    평창동 그 집 얘긴 전에두 자주 했었지. 중학교 검정고시도 그 집에 있을 때 했다구 그랬지?

여자    응. 그런 집 못 만났으면 어림도 없었을 거야. 그렇겐 못한다 그랬더니, 그럼 당장 지낼 데가 없으니까 사글세라도 얻게 돈을 좀 달래요. 주고말고요. 까맣게 잊고야 살았겠어요? 어쩌다 생각날 때마다 가슴이 애린 애니까. 3년 동안 모았던 거 톡톡 털어 줬어요.

남자    그거 한 번으루 끝나진 않았겠지.

여자    올 때마다 다만 몇 푼이래두 쥐어 보냈죠. 근데 갈수록 시도 때도 없이 오니까, 가불해서두 주구. 나중엔 감당이 안 돼요. 주인집에서도 알게 되니까 눈치

뙤구. 한 2년을 그랬어요. 돈이 적다 싶으면, 내가 누구 때문에 이렇게 된 줄 아냐고, 막 욕을 하고…… 그럴 땐 그 애가 꼭, 아버지 같더라구요…….

사이. 여자, 지친 듯 고개를 숙이고 두 손에 얼굴을 파묻는다. 남자, 어찌해야 좋을지 몰라 여자를 잠시 내려다본다.

남자    당신은 할 만큼 한 거야, 그만하면.
여자    (얼굴을 두 손에 파묻은 채) 아뇨, 아뇨. 난 그 애를 버렸어요. 버리고 도망쳤어요.
남자    어차피 아무 소용 없잖아. 밑 빠진 독에 물 붓기지.
여자    그애가 죽게 내버려 뒀어요.
남자    안 죽었다며?
여자    마찬가지야.
남자    그만해, 그 얘긴. 내가 괜히 물어봤어. 그런 건 좀 잊어버려도 좋잖아.
여자    (고개를 들며) 어떻게?
남자    (불만스럽게) 다른 건 잘도 잊으면서.
여자    봄이었어요. 벚꽃 필 무렵이었죠.
남자    그만해. 듣고 싶지 않아.

그러나 여자는 온 힘을 다해, 기억 속의 영상에 고집스레 매달린다.

여자   일주일 전쯤에 동생이 왔는데, 팔에다 붕대를 감
고……. 싸움이 났는데 합의 안 해 주면 꼼짝없이
감옥에 간대요. 나두 화가 나서 너 알아서 하라고,
넌 어려서 감옥에도 안 넣어 준다고. 모르는 소리
말라고, 소년원에 들어간다고, 보육원 감옥살이 3
년도 지긋지긋한데, 죽어도 못 간다고 자기는 거
기 가면 죽는다고, 거기 가느니 죽어 버릴 거라고,
공일날 서울 역전 다방에서 기다릴 테니까 오라고.
10만 원. 나한테 그런 돈이 어디 있어요. (사이) 공
일날, 주인집 식구들은 아침부터 창경원으로 벚꽃
놀이를 갔어요. 새벽부터 일어나서 도시락을 만들
었죠. 너두 같이 가자고, 바람두 쐬고 꽃구경도 하
자고 그러는데 난 그냥 집에서 쉬겠다고 남았어요.
참 좋은 분들이셨는데…… 한 식구처럼 날 믿어 줬는
데……. 안방으로 들어가는데, 아, 이제 끝났구나, 이
런 생각이 들어. 집에서 나와 고개를 숙이고 무작
정 걸었어요. 세검정을 지나 효자동, 광화문 앞으
로 훔친 돈을 가방에 넣고, 시청, 덕수궁, 남대문 지
나 서울역까지 걸어갔죠. 서울역 앞 건널목에 서
있는데, 저기 건너편 다방 앞에 동생이 보여. 그 애
오른손에 감은 하얀 붕대가……. 그 손으로 담배를
피우면서 어떤 남자랑 시시덕거리고 있네. 파란불
이 들어왔어. 난 건널목을 건너지 않았어. 돌아서
서 그대로 도망쳤지. 날이 좋았어. 공일이라 거리

에 사람들이 많았어. 온종일 걸었어. 나는 돌아가
지 않았어. 돌아갈 수가 없었어. 가는 데마다 벚꽃
이 환해. 그게 다 내가 지은 죄 같애.

사이.

여자　　70년 4월 5일, 식목일, 일요일…… 난 스무 살이었어.

여자, 천천히 몸을 웅크린다.

여자　　(혼란 속에서 중얼거린다.)
　　　　저 사람, 왜 자꾸 나를…….
　　　　청계천을 따라서…… 다락은 어두워…….
　　　　굴속처럼…… 낮고 어두워.
　　　　들들들들 드르륵 드르륵
　　　　미싱이, 옛날처럼……
　　　　아뇨, 미싱은 안 배울래요.
　　　　그냥 시다면 돼, 13번 시다면 돼요.
　　　　먼지가 눈송이처럼……
　　　　나염 냄새……
　　　　콧구멍이 새카맣다.
　　　　밖은 눈부셔. 눈이 아파. 눈을 감아.
　　　　그 사람, 불을 질렀대. 그 재단사.
　　　　자기 몸에다 불을. 왜?

얼마나 무서웠을까?

얼마나 무서웠으면, 그랬을까?

눈부셔. 눈이 아파. 눈을 감아.

머리 아플 땐 뇌신.

기운 없을 땐 박카스.

13번 시다, 원단 가져와.

13번 시다, 기레빠시 치워.

움직여, 빨리, 눈에 띄지 않게.

저 사람…… 저 사람……

허리를 굽혀.

고개를 숙이고

납작 엎드려.

들키면 안 돼.

숨어.

아뇨. 괜찮아요.

미싱은 안 배울래요.

그냥 시다면 돼.

13번 시다면 돼.


빛이 저문다. 희미한 어둠 속에 두 사람, 그림자처럼 앉아 있다. 공원을 지나가는 사람들의 소리, 꿈결처럼 아득하다.

다시 밝아지면 남자와 여자, 그 자리에 여전히 앉아 있다. 여자는 독일어 정관사 변형형과 간단한 회화들을 불분명 하게 외우고 있다. 여자는 어딘가 불안해 보인다. 시선을 피하려 애쓰지만, 건너편 어딘가에 있는 무언가를 계속 흘 끔거리며 의식한다.

남자　이상하지. 꿈은 그냥 꿈인데 말야, 근데 어떤 꿈은, 꾸고 나면, 이게 전부 다 그냥 꿈 같애. 난 여기 있 는데 말야, 분명히 돌아왔는데 말이지. 가끔은 말 야, 그게 아니다 싶은 생각이 드는 거야. 난 아직도 멀리 있고 정글 속에, 모래밭 위에 누워 있고 여전 히 먼 데서, 당신은 나를 기다리고⋯⋯. 어쩌면 영 영⋯⋯ (쓴웃음) 말도 안 되지, 말도 안 돼. 그런 생 각은 하면 안 돼. 그런 꿈은 꾸지 말아야지. 꾸더래 두 빨리 잊어버려야지. 잊지 않으면 자꾸 길을 잃 게 되니까. (먼 눈길) 그래⋯⋯ 그래⋯⋯. 잊지 않고 서⋯⋯ 기다린다는 걸 잊지 않고서야, 어떻게 당신 이 날 기다릴 수 있었겠어. 돌아가야 한다는 걸 잊 지 않고서야, 어떻게 내가 당신한테 돌아올 수 있 었겠어. 어떻게 우리가 살 수 있겠어, 그 모든 걸 잊 지 않고서야⋯⋯. 그래, 어쩌면 그럴지도 몰라. 당 신은 기억 못하는 게 아니라, 잊지 못하는 건지도 몰라. 당신은 잊지 못하는 거야. 그래서 아픈 거야. (중얼대고 있는 여자를 바라보며) 미순 씨. 어디야? 지금은 또 어디쯤 가 있어?

여자, 대꾸하지 않고 계속 독일어를 중얼거린다.

남자    무얼 보고 있어? 누굴 만나고 있어?

여자, 더 이상은 피할 수 없다는 듯, 그 어딘가를 응시한다.

남자    어차피 꿈이라면, 좋은 꿈만 꿔. 누구든 좋은 사람만 만나, 응? 좋은 것만 봐, 응? 알았지?

여자, 바라보던 것을 향해 손을 뻗어, 가까이 오라는 건지, 가라는 건지 분명치 않은 손짓을 한다.

남자    (여자가 보고 있는 쪽을 보며) 응? 왜 그래?
여자    (고개를 돌리며 속삭이듯) 아까부터 날 계속 쳐다봐.
남자    (어리둥절하여) 뭐가?
여자    저 나무 밑에…….
남자    나무 밑에, 뭐?
여자    애.
남자    애?

남자, 바라본다. 그 나무 아래에는 아무도 없다.


남자	(여자의 고개를 돌려 그쪽을 보게 하려 하며) 봐.
여자	(저항하며) 싫어요.
남자	보라니까. 피하지 말고. 겁내지 말고. 괜찮아. 천천
	히 봐……. 자, 없지? 그렇지? 아무것도 없잖아.


여자, 한참 멍하게 그곳을 바라본다.


남자	아직도 있어?
여자	있었어. 저기 있었는데.
남자	지금은 없지?
여자	없네.
남자	(여자에게인지, 자신에게인지 모르게) 괜찮아, 괜찮아.
	그럴 수 있어.
여자	어디로 갔지?


남자, 일부러 자리에서 일어나, 먼 곳을 바라보며 거짓으로.


남자	저어기 간다. 엄마하고 손 잡고.
여자	어디, 어디?
남자	이제 안 보여. 저쪽 찻길로 나갔어.
여자	아직도 냄새가 나.
남자	냄새?

여자    안 나요? 탄내?

남자    탄내? (냄새를 맡아 보고) 모르겠는데?

여자    씻겨 줘야 할 텐데.

남자    누굴?

여자    그 애. 탄내가 나요.


남자, 잠깐 멍해진다.


여자    어떡하죠?

남자    응?

여자    날 아는 것 같애.

남자    아는 애였어?

여자    아니. 난 몰라요. 근데 그 앤 날 알아본 것 같아.

남자    그게 뭐?

여자    그러면 안 되거든요. 그 애가 신고라도 하면…….

남자    돈 10만 원 훔친 거?

여자    (화들짝 놀라) 어떻게 아세요?

남자    괜찮아요. 그 집에선 신경도 안 썼을걸?

여자    정말 그럴 생각은 아니었는데. 용서해 주세요. 어
       쩔 수 없었어요. 이젠 어쩔 수 없어요. 돌려드릴 수
       도 없어요. 그 돈 다 써 버렸거든요.

남자    내가 알아봤는데, 그 집에선 신고도 안 했대요.


여자, 다시 필사적으로 독일어를 중얼중얼 외운다.

| | |
|---|---|
| 남자 | 잊어버렸대, 그냥. 그럴 만한 이유가 있었겠지 하고. 그러니까 미순 씨도 잊어버려요. |
| 여자 | (독일어를 중얼중얼 외우다 문득, 남자에게 비밀스럽게) 난요. |
| 남자 | 응? |
| 여자 | 난 말이야. |
| 남자 | 말해요. |
| 여자 | (속삭이듯) 독일에 갈 거예요! (신이 나 죽겠다는 듯 숨죽여 키득거린다.) |
| 남자 | 독일……. |
| 여자 | 진짜예요. 보여 줄까요? 자격증? |
| 남자 | 응. |
| 여자 | (주머니에서 손수건을 소중하게 꺼내 슬쩍 보여 주고 도로 넣는다.) 봤죠? |
| 남자 | 잘 못 봤어. |
| 여자 | (다시 동작 반복) 봤죠. 간호 보조사.[3] |
| 남자 | 응, 멋지네. |
| 여자 | 그쵸, 그쵸? |
| 남자 | 어떻게 그걸 땄대? |
| 여자 | 딱 1년 걸렸어요. 6개월 이론 수업, 병원 실습, 보건소 |

---

3 　이하, 당시 파독 간호사에 대한 자료는 파독 간호사로서 현지에서 의사가 된 이영숙의 수기 『누구나 가슴속엔 꿈이 있다』(북스코프, 2009)를 참고하였다.

실습 3개월씩.

남자    장하네.

여자    힘들었어.

남자    병원 일 험하지.

여자    그래도 좋았어요. 날 위해서 뭘 한 건, 이게 처음이
거든요.

남자    그때 당신 얼굴이 환했지.

여자    (비밀처럼) 난 독일에 갈 거예요. 아주.

남자    아주?

여자    네. 다시는 안 와요. 아주 도망가 버릴 거야.


여자, 신이 나서 독일어 회화를 소리 내어 연습한다.


남자    그렇게 독일에 가고 싶었어요? 근데 어떡하나? '월
남에서 돌아온 새카만' 어떤 놈한테 발목을 붙잡혀
버렸으니.

여자    (어느덧 다른 시간, 공간으로 건너가) 버스에서 그 사람
을 처음 만났어요.

남자    그랬지. 73년 가을에.

여자    11월 12일.

남자    만났지. 나는 월남에서 도망 다니고, 당신은 서울
에서 도망 다니다가.

여자    나 교육받으러 다니던 해외개발공사가 이대 근처
에 있거든요.

| 남자 | 첫눈에 반해 버렸지. |
|---|---|
| 여자 | 자꾸 졸졸 쫓아오는 거야, 이 사람이 막무가내로. |
| 남자 | 밥 한번 같이 먹어요, 응? |
| 여자 | 내가 독일어 교재 들고 다니니까, 이대 독문과 학생인 줄 알았나 봐. (깔깔 웃는다.) |
| 남자 | 당신 첫 마디가 그거였지. "저 이대 독문과 학생 아니에요." 누가 물어봤나? |
| 여자 | 할 수 없이 같이 밥 한번 먹어 줬지. |
| 남자 | "독일은 가서 뭐합니까? 뭐 시집갈 밑천 마련하려구? 그런 거 필요없어요. 나랑 같이 삽시다. 그리구 그 간호 보조산지 뭔지도 그만 둬요. 내가 밥은 안 굶길 테니까. 난 말야, 다른 건 안 바래요. 내가 집에 왔을 때, 누가 날 기다리고 있어 줬으면 좋겠어. 그거면 돼요." |
| 여자 | 어쭈? |
| 남자 | 제법 박력 있었지? |
| 여자 | 근데요. |
| 남자 | 응? |
| 여자 | 이건 비밀인데. |
| 남자 | 비밀? |
| 여자 | 그 사람은 뭐, 자기가 내 발목을 붙잡은 줄 아는데. |
| 남자 | 근데? |
| 여자 | (재미있어 죽겠다는 듯 키득대며) 아냐. |
| 남자 | 응? 그게 무슨 말이야? |

여자    어차피 독일 못 가요.

남자    내가 붙잡아서 그런 게 아니구?

여자    쉿!

남자    그럼 왜?

여자    (귓속말처럼) 신원 조회.

남자    신원 조회?

여자    독일 갈 수속하려면 신원 조회를 해야하는데, 그게 몇 달 걸린대요. 나 하나 두고 몇 달씩 조사를 하면 그게 안 나오겠어요?

남자    뭐가?

여자    (거의 속삭이듯) 나 도둑질한 거, 동생 버린 거.

남자    그래서 그런 거야? 그냥 포기한 거야?

여자    그 사람한테는 비밀.

남자    난 그것도 모르고, 평생 당신이 나 때문에……. 야, 이거 진짜 억울한데?

여자    아저씨가 왜 억울해요?

남자    그럼 안 억울해?

여자    그 사람이 억울하겠지.

남자    그 사람이 나야.

여자    예?

남자    나야, 나. 모르겠어?

여자    에이.

남자    그 사람한테 안 미안해?

여자    그 사람 알아요?

| 남자 | 알지. |
|---|---|
| 여자 | 정말? |
| 남자 | 그럼. |
| 여자 | 미안하죠. |
| 남자 | 알았어. 내가 전해 줄게. |
| 여자 | 안 돼요. 비밀이야. 나중에, 나중에 얘기해 줄 거야. |
| 남자 | 야, 이거…… 고 새초롬한 얼굴 뒤에 그런 꿍꿍이속 이 있었단 말야? |
| 여자 | 뭐 또 그게 100프로 계산뿐인 건 아니지. |
| 남자 | 그 사람이 좋긴 했어? |

여자, 잠시 가볍게 웃는다.

남자    사랑했어? 사랑해?

여자, 말없이 수줍게 웃으며 고개를 끄덕인다.
여자, 먼 눈빛으로 고개를 든다.

여자    스물두 살 때 그 1년, 그때만큼 좋았던 때두 없는
       것 같애요. 도망갈 궁리만 했어요. 동생 생각도 다
       잊고, 평창동 그 집도 다 잊고. 그 께름칙한 돈을
       다 써 버리면, 내 잘못두 깨끗이 없어질 것 같았지.
       깨끗이 떠나는 거야, 아무도 날 모르는 곳으로. 그
       리고 안 돌아오는 거야. 아주, 다시는…….

Auf wiedersehen, Korea! Für immer!

Ich gehe nach Deutchland! Für immer!

Hallo, Deutchland! Schön, Sie zu sehen.

Was ist mein name? Ich heiße Marlene. Ja,

Marlene.

Ich komme aus Südkorea.

Nein, nein, Ich komme von ferne! Ja, nur von

ferne!


사이. 여자의 얼굴에서 미묘한 변화가 느껴진다.


남자    동생을 다시 만나고 싶어?


여자, 멍한 눈길로 고개를 천천히 가로젓는다.


남자    지금이라도 한번 만나 보는 게 좋지 않을까? 조금
이라도 미순 씨 마음에 짐이 남아 있다면 말야, 만
나서 훌훌 털어 버리는 게 좋지 않을까?


여자, 깊은 생각 속으로 잠겨든다.


남자    정작 동생한테는 아무것도 아닌 일일 수도 있잖아.
괜히 미순 씨만 꿍꿍 앓고 있는 건지도 모르잖아.
뭐 또 원망을 듣게 되더라두, 만나서 직접 듣는 게

어쩌면…….

여자, 말이 없다.

남자    (포기하지 않고) 내가 좀 알아볼게. 언제, 어디야? 그
       러니까, 마지막으로 동생을 만났던 거 말야.

여자, 곰곰이 생각한다.

남자    기억 안 나?

긴 사이.

여자    대구에 갔어.
남자    대구? 거기서 만났어?
여자    만난 건 아니구…… 봤어. 내가 왜 대구에 갔었지,
       그때?
남자    언제?
여자    2003년…….

남자, 충격에 빠져 말문을 잃는다. 여자는 서서히 그날의
기억 속으로 들어간다.

여자    민영이…… 우리 딸 민영이……. 우리 민영이, 어

디 있지?

남자    …….

여자    우리 민영이가 어디 갔지?


사이.


남자    잘 있어……. 잘 있으니 걱정 마.


그러나 여자의 눈길은 무언가를 찾아 불안하게 흔들린다.
사이. 이명처럼 울리는 소리. 결국 여자는 묘한 활기를 띠
며, 그날의 기억에 사로잡힌다.


여자    우리 딸 민영이가 대구에 있는 대학교에 합격했거
든요. 2월 17일날, 민영이하고 대구에 내려갔어요.
고속버스 타고. 애 아빠는 거제도 쪽에 일이 있어서
못 오고 둘이 갔어요. 한 달쯤 전에 가서 민영이 지
낼 방은 계약해 뒀죠. 개학 얼마 안 남았으니까, 가
서 청소도 좀 하고 필요한 것두 좀 사고 하려고.

남자    미순 씨…….

여자    청소하다 보니까 12시가 다 됐어요. 둘이 짜장면도
시켜 먹고, 민영이 아토피 있어서 평소엔 절대 안
사 주는데, 이런 날은 짜장면 먹는 거라고 박박 우
겨서, 먹구 나더니 대번에 북북 긁더라구, 헤헤 웃
으면서, 뭐가 그렇게 좋은지……. 아빠한테 전화해

서 괜히 칭얼거리면서 도배지 맘에 안 든다고 투덜
거리고 "입학식 땐 꼭 와야 돼, 아빠?" 그랬죠. 둘이
누워서 내일 살 것들 종이에다 적구 하다가 잠이
들었어요. 나는 잠이 안 와서 괜히 화장실 가서 물
도 틀어 보고 씽크대 문짝도 여닫아 보고 가스 불
도 켜 보고 자는 애 얼굴도 들여다보다가, 그러느
라고 통 잠을 못 잤죠. 우리 민영이가…….

남자　그만해. 해 지겠어. 그만 들어가.

여자　나 서른다섯 때, 늦둥이죠, 결혼하구 10년 만에 났
어……. 다 우리 그이 탓이에요……. 돈 번다구 오
래 사우디 나가 있었으니까. 그 사람 여기 주저앉
힌 것두 우리 민영이에요. 하필 통학도 못하게, 이
렇게 먼 데 합격을 해 가지구, 서울에 있는 대학두
하나 붙어 났는데, 지 적성에는 여기가 맞다구, 기
어코 여길 들어간다구 그러면서 "드디어 독립이다,
독립!" 이러구 뛰는데 뭐 할 말 없죠. 속도 모르고.

여자, 빙긋이 웃는다. 사이.

여자　다음 날 아침에 일어났는데, 7시 반인가, 옷을 주섬
주섬 입더니 나간다고. 어딜 가냐고 그랬더니, 자
기 들어갈 학교 한번 둘러보고 온다고. 앞으루 질
리두룩 다닐 텐데 뭘 지금 가냐, 아침부터 그랬더
니, 아침에 사람 없을 때 한 바퀴 돌구 온다고. 나

가면서 방을 한번 휘 둘러보더니 "마당 없으니까 좀 답답하긴 하다, 그치?" 배부른 소리 한다고 퉁을 쳤더니 낄낄 웃으면서 나갔어요. 10시쯤에 중앙로역에서 만나자고 하구서……. 천천히 걸어갈 셈으루 9시 20분쯤 방에서 나왔어요. 많이 변했더라구요, 대구도.

나무 사이로, 잔디밭 위로 저녁 햇빛이 길게 그림자를 드리우며 비쳐든다.

여자    40년 만인가…… 다시는 올 일 없을 거라구 생각했는데, 우리 딸애가 여기다 나를 데려다 놓는구나. 혹시 날 알아보는 사람이 있을까? 없겠지. 당연히 없겠지. 근데 또 누가 좀 날 알아봐 주었으면 하는 마음도 들고……. "아, 우리 딸애가 이번에 대학생이 됐거든요. 여기 대학에 합격해서 방 알아봐 주러 왔어요." 이러구 자랑 좀 하게. 이런저런 생각하면서 걸어서 중앙로역에 왔는데, 9시 40분이에요. 20분쯤 남았어. 멀거니 서 있다가 옆 골목으로 들어갔어요……. 거기가 예전에 우리 아버지 군복 수선해서 팔던, 하꼬방 있던 골목인데, 완전히 달라졌더라구……. 그땐 단층 루핑 집만 쭉 있었는데, 다 5층, 6층짜리 빌딩이 됐어. 우리 살던 자리는 무슨 단란주점인가 있고……. 띵동 하고 문자가 왔어요. "엄마, 나 다 와 가. 어디야?" "중앙로역" "알았어. 쫌만 기다려." 9시 50분. 골목 밖으로 나가려는데, 내가 들어온 쪽에서 누가 걸어와. 갑자기 등골에 소름이 쭉 끼쳐……. 그래요, 그 걸음걸이, 오른쪽으로 기울어진 어깨…… 동생이…… 우리 동생이…… 내 쪽으로 걸어오네. 머릿속이 그냥 하얘. 무작정 몸을 돌려서 걸어갔지……. 그 애가 계속 내 뒤에서 걸어와. 날 봤을까, 알아봤을까? 가슴이 터질 것 같애, 어디로 가는지도 모르겠어. 골목 사이로 막 걷고 또 걷고……. 그러다 멈췄어. 화가 나. 머리끝까지……. 왜? 날 쫓아오는 거야? 왜! 배 속에서 뜨거운 불덩이가, 막, 온몸이 터질 것 같애. 지긋지긋해. 지긋지긋해! 이젠 도망 안 가, 도망 안 갈 거야! 와. 오라구! 갈가리 찢어 버릴 거야! 다 죽여 버릴 거야, 다! 돌아섰어. 동생이……. 없어.

잔디밭 위로 핏빛처럼 붉은 저녁놀이 비쳐들기 시작한다. 여자의 환청 속에 울려 퍼지는 정체를 알 수 없는 소음.

여자    냄새가 나, 희미한 냄새가…….
       누군가 소리치고 있어.
       날 부르고 있어.
       민영이…… 우리 민영이!
       중앙로역!

큰길로, 큰길로 가야 해!
뛰어, 어서 뛰어!
연기가 자욱해……. 숨을 못 쉬겠어…….
우리 민영이…… 민영아! 민영아!


남자, 흐느끼며 버둥거리는 여자를 진정시키려 끌어안는다.


여자    민영아, 민영아, 전화 받아, 어서, 어서…….
우리 민영이는 이 안에 없을 거야.
어디 있는 거니?
왜 전화를 안 받는 거니?


여자, 정신을 잃고 눈을 감는다. 남자, 여자를 끌어안은 채,
움직이지 않는다. 객석에서 남자의 얼굴은 보이지 않는다.
긴 사이. 여자의 얼굴에만 희미한 조명. 여자, 얼굴 없는 어
떤 존재에게 안긴 채 눈을 뜬다. 열다섯 어린 소녀처럼.


여자    엄마야…… 엄마야는 정말 못됐다.
아무리 피난 가는 길이었다 캐도 그렇제.
전쟁 때라 정신 없었다 캐도 그렇제.
어떻게 그럴 수가 있노?
나보다 재봉틀이 더 중요하드나?
내 기억 못할 줄 알았나?
다 기억해. 다.

붉은 저녁놀이 스러지고 저녁 어스름이 깃들기 시작한다.


여자    그 나무…… 그 나무 아래 서 있었던 거.
        뭐? 아는 또 낳으면 되지만
        재봉틀이 없으모 굶어 죽는다꼬?
        그래서 재봉틀만 챙기 들고
        내는 그 나무에다 묶어 놓고 간 기가?
        잠깐이었다고?
        그 잠깐이 내한테는 영원이었다.
남자    (여자를 안아 들며)
        그래…… 엄마가 참 못됐다…….
        이제 집에 가자……. 집에 가자.


남자, 여자를 안아 들고 휠체어 쪽을 향해 간다.


여자    옆에 어데 불이 나가
        연기는 자욱하고 숨을 못 쉬겠는데
        아무리 줄을 땡기 봐도 안 풀어지고
        아무리 기다려도 엄마는 안 오고
        아무리 울어도 지나가는 사람들은
        쳐다도 안 보드라.


남자, 여자를 휠체어에 앉힌다.

여자 내가 얼마나 울었는 줄 아나?

내가 얼마나 무서웠는 줄, 엄마는 아나?

못됐다……. 엄마야는 참 못됐다…….

내 기억 못할 줄 알았나?

다 기억한다, 다.


남자가 안장에 올라앉아 자전거를 움직이기 시작할 때, 희
미하게 남아 있던 저녁빛이 스러진다. 암전.


## 4장


밝아지면, 전(前) 장면과 같은 듯하나 약간은 다른 공원. 잔
디밭과 나무, 벤치. 근처에서 노는 아이들의 소리, 놀러 나
온 가족들이 웃고 떠드는 소리가 한가롭게 들려온다. 앞
장면들에서 여자가 바라보던 잔디밭 자리에 원색의 야외
용 돗자리가 깔려 있다. 남자, 양복을 차려입고 좀 떨어진
곳에 서서 조금은 난감한 표정으로 돗자리 위를 바라본다.
뒷짐 진 손에 무엇인가를 들고 있다.


남자 (돗자리 쪽으로 한 걸음 다가서며 돗자리 위에 있는 가상
의 가족들에게) 저…… 실례합니다. 즐겁게 노시는
데 죄송합니다만……. (뒷짐 진 손에 들었던 하얀 작약
한 송이를 보이며) 이 옆에 이 꽃 한 송이를 두고 가

도 괜찮겠습니까? (사이) 아, 예, 그게…… 실은 이 아래, 우리 아이…… 딸아이가 있거든요. 이 단풍나무 아래 벤치, 벤치에서 저 가로등 쪽으로 똑바로 하나, 둘, 셋, 넷, 다섯, 여섯 걸음…… 여기 우리 민영이가 있어요. 무슨 소린가 싶으시죠……. 네, 맞아요. 우리 딸애를 여기 묻었답니다. 그 애 말고도 서른한 분이 여기 이 자리에 묻혀 계시죠. (사이) 아, 아닙니다! 그냥 계세요. 거기 있으면 안 된다고 드린 말씀이 아닙니다. 제발 부탁이니 그냥 계셔 주세요. 불편해하지 마시구. 이렇게 즐겁게 노시는 소리를 들으면, 외롭지 않을 거예요, 우리 민영이도. 다른 분들도. (사이) 여기 사세요? (사이) 아이가 참 예쁘네요. (아이에게) 몇 살? 다섯 살? 어이구, 똘똘하네. (쫄랑쫄랑 뛰어가는 아이를 눈으로 쫓다가) 아마 아실 거예요. 여기 이 도시에서 11년 전에 큰 사고가 있었죠. (사이) 네, 맞아요. 아시네요. 192명이 죽고 146명이 다쳤습니다. 순식간에. 어이없이. (사이) 제 딸아이두 그 안에 있었습니다. 빠져나오질 못했어요. 지하철 밖으로……. (사이) 네. 다들 잊지 말자고 했었죠. 잊어서는 안 된다고. 가슴 아픈 일이지만, 기억해야 한다고. 기억이라는 건 손에 잡히는 게 아니니까. 추모 공원을 만들기로 했어요. 막상 부지 선정에 들어갔는데, 다들 벌 떼처럼 일어나서 반대를 합디다. 추모 시설은 혐오 시설이라는 거죠. '그거 들어오면 경기도 죽어 버리고 집값, 땅값 떨어져서 먹고 살 수가 없게 된다.' 이거예요. 부지 선정하는 데만 몇 년이 걸렸습니다. 여기가 다섯 번챈가, 그것두 조건 달고 겨우 합의를 했죠. 네. 그래서 여기가 '시민안전테마파크'가 된 겁니다. 저 탑은 '안전상징조형물'이 됐고요. '추모 공원'이나 '위령탑'이란 말은 절대 안 된대요. 그렇게라두 우린 돌아가신 분들을 기억하고 싶었습니다. 다들 지쳐 있기도 했구요. (사이) 아, 네, 이해합니다. 충분히 이해하고 말고요. 모를 수밖에 없지요. 어떻게 알겠어요. (사이) 지금 생각하면 후회됩니다. 저깟 돌덩이가 뭐겠어요? 이 빈 땅이 뭐겠어요? 중요한 건 이름인데……. 우린 그 이름을 포기했던 겁니다. 하지만 그땐 달리 방법이 없었어요. 이나마두 없던 일이 될 뻔했으니까요. (사이) 지역 분들이 처음엔 유골을 매장하는 건 절대 안 된다고 하시다가, 그럼 공개적으론 안 되고, 무슨 표식이나 안내문 이런 거 안 되고, 몰래 묻고 가면 그건 안 따지겠다, 그렇게 합의가 됐죠. 시 쪽에서도 보장한다 했고요. 2009년 10월 27일 새벽에, 남들 다 자는 야밤에, 무슨 죄지은 사람들처럼 몰래, 서른두 사람 유골을 여기다 묻었습니다. 우리 민영이도.

남자, 잠시 그날 새벽을 떠올린다.

1년 뒤에 시청으로 투서가 하나 들어갔어요. 우리가 유골을 암매장했다고, 수사해 달라고. 수목장합의까지 해 주고, 보장한다고, 믿어 달라고 그렇게 다짐하더니, 시에서 말을 바꿉디다. 아주 간단하게. 이면 합의는 모르겠고 공식적인 합의는 없었다. 시에서 우리를 '유골 암매장' 혐의로 고발했지요. 대법원까지 가서 무죄판결 받는 데, 2년이 넘게 걸렸습니다. 작년 9월에야 최종 판결이 났죠. 추모하고 애도하고 기억하는 게 아니라, 추모하고 애도하고 기억하게 해 달라고 싸우다가…… 10년이 흘렀습니다. 그 무죄도 무죄가 아니에요. '나쁜 짓을 한 건 맞는데 처벌할 법규가 없어서 못한다.'는 겁니다.[4] 암매장한 건 맞다는 겁니다……. 우린 졸지에 '암매장꾼'이 됐지요.

사이.

그때쯤부터였을 겁니다. 우리 미순 씨가, 아, 우리 집사람, 민영이 엄마요, 아프기 시작한 게……. 아니, 오래전부터였겠지요. 먼 데서부터였겠지요. 기

---

[4]    4장의 내용은 대구 지하철 참사에 대한《한겨레신문》윤형중 기자의 르포「유가족은 그렇게 암매장꾼으로 몰렸다」(2014. 5. 9)를 참고하였다.

다리고 기다리다가 도망치고 도망치다가 더 이상
은 기다릴 힘도, 도망칠 힘도 없었나 봐요. 이젠 아
주 도망쳐 버렸죠. 먼 데로 달아나 버렸습니다. 어
쩌면 차라리 다행인지도 모르지요. 차라리 돌아오
지 않았으면 좋겠어요. 깨끗이 잊었으면 좋겠어요.
제가 바라지 않아도 언젠가는 그렇게 되겠지만요.

사이.

해마다 2월 18일이면 이 공원 앞에서 싸움이 벌어
집니다. 유가족들은 추모하겠다고 하고, 지역 주민
들은 "암매장꾼들은 물러가라! 여긴 추모 공원이
아니다! 지역주민 다 죽는다, 혐오 시설 방치하는
시 당국은 각성하라!"

사이.

네······. 산 사람은 살아야겠지요. 혐오 시설······.
그래요. 죽음은 혐오스러운 거죠. 더더군다나 아무
죄 없고, 어처구니없고, 아무리 생각해도 그 이유
를 알 수 없어서 억울하고 원이 많은 죽음은 더욱
더, 혐오스러운 거겠지요. 빨리 잊어야 하는 것이
겠지요. 그래야 살아갈 수 있는 거겠지요. 우린 그
렇게 살아왔지요. 나도 그렇게 살아왔어요. 살아오

는 동안, 내 곁에는 언제나 그런 죽음들이 널려 있었습니다. 네, 말 그대로 널려, 널려 있었지요. 살기 위해서 사람을 죽이기도 했습니다. 벌 받았냐구요? 아뇨. 훈장을 달아 주더군요. 전쟁이죠. 전쟁터였지요. 지나온 줄 알았습니다. 그렇게 믿었지요. 그런데 아닙니다. 이곳은 여전히 전쟁터예요. 우린 아직도 전쟁 중입니다. 우린 여전히 피난민이죠. 살겠다고 아우성치는 피난민. 그러니까 다 잊어야 합니다. 죽음 같은 건. 네. 산 사람은 살아야지요. 기억하겠다는 사람들, 입을 막아 버려야 합니다. 그건 사는 데, 살아남는 데 아무런 도움도 안 돼요. 그러니까, 그러니까, 우리는 애들한테, 이 사실을 똑똑히 알려 줘야 합니다. 아무도 믿지 마. 살고 싶거든, 아무도 믿지 마. 사람을 믿지 마. 니 애비 에미도 믿지 마! 니가 죽든 말든 아무도 신경 안 쓴다. 너도 신경 쓰지 마! 약해 빠진 놈들이 죽는 거야. 그러니까 죽어도 억울해할 것 없어. 재수 없는 놈들이 죽는 거야. 살고 싶으면 이를 악물고 뛰어. 살아 있을 때까지는 뛰어. 살고 싶으면 뛰어, 도망쳐! 달아나!

남자, 자신도 모르게 움켜쥐었던 작약 꽃가지가 부러진 것을 본다. 남자, 숨을 고르며 부러진 작약 꽃가지를 곧게 편다.

남자　　죄송합니다, 죄송합니다. 제가 지나치게 흥분을
　　　　해 버렸네요……. 아, 가지 마세요. 좀 더 앉아 계
　　　　세요. 부탁입니다……. 제가 망쳐 놓았군요. 즐거
　　　　운 시간을. 모처럼 나오셨을 텐데. 이럴려던 건 아
　　　　닌데…… 면목이 없네요……. 이 말씀은 드리고
　　　　싶어요. 아까, 내외분하고 어머님하고 아드님, 따
　　　　님, 이렇게 앉아 계실 때…… 참 보기 좋았습니
　　　　다……. 티 하나 없이…… 그 모습이…… 저한테는
　　　　정말…… 위로가 됐어요. 그 일이 있고 11년 동안,
　　　　들었던 어떤 말보다도, 어떤 약속보다도 그 모습이
　　　　저한테는 큰 위로가 됐습니다. 저한테는 무거운 것
　　　　도, 다른 사람들한테는 가볍고, 아무것도 아니라는
　　　　게 티끌 하나 없이, 깨끗하게 잊힐 수 있다는 것이,
　　　　차라리 위안이 되네요. (사이) 하지만 이건 어떻게
　　　　해야 좋을지 모르겠습니다. 요즘은 그 사람이……
　　　　전동차에 불 질렀던 그 사람…… 그 사람 마음이
　　　　조금은 이해가 됩니다. (사이) 이런 부탁 드려도 될
　　　　진 모르겠지만, 제가 드렸던 말씀은 부디 다 잊으
　　　　시고요, 여기 단풍나무 그늘도 좋고, 벤치도 있고,
　　　　잔디밭이 좋잖아요. 어디 가면 무덤 자리 아닌 데
　　　　가 있겠어요? 그러니까 찝찝해하지 마시구요, 다
　　　　잊으시구요, 가끔 이렇게 여기 놀러 와 주세요. 부
　　　　탁드립니다.

남자, 허리를 굽혀 잔디밭 위에 작약 꽃을 내려놓는다. 무
릎을 꿇고 앉아 그 땅 위에 이마를 댄 채, 움직이지 않는다.
어두워진다.


# 5장


밝아지면 잔디밭 위로 자전거가 들어온다. 남자는 자전거
안장에 앉아 있고, 여자는 휠체어에 앉아 있다. 자전거에 달
린 카세트 라디오에서 송민도의 「나 하나의 사랑」이 흘러
나온다. 여자와 남자, 그 노래를 따라 부르며 자전거를 타
고 무대를 한 바퀴 돈다.


여자  (쾌활하고 새침하게) 미리 말해 두겠는데, 난 이대 독
      문과 학생 아니에요.

남자  알아요.

여자  어떻게 알아요?

남자  나도 기름밥 먹는 사람인데, 손 보면 딱 알죠.

여자  (손을 감추며) 어머? 재수 없어! 저리 가요! 왜 자꾸
      따라와요?

남자  좋으니까. 나 괜찮아요. 포크레인, 부르도자, 크레
      인, 전기, 자격증두 여러 개구.

여자  누가 물어봤어요? 이상한 사람이야.

남자  나만 따라오면 밥은 안 굶게 해 줄게. 집에서 편히

|       |                                                                      |
| ----- | -------------------------------------------------------------------- |
|       | 살림하면서 먹고 놀게 해 줄게.                                          |
| 여자  | 일 없어요. 딴 데 가서 알아봐요. 난 독일 갈 거니까.                      |
| 남자  | 독일 가서 뭐 하게?                                                    |
| 여자  | 뭐 하긴 뭐 해? 거기서 살 거지.                                         |
| 남자  | 가 봐야 고생만 하지. 나랑 여기서 살자니까, 미순 씨.                     |
| 여자  | 어머? 내 이름은 또 어떻게 알았대?                                      |
| 남자  | 거기 써 있네, 그 책에.                                                 |
| 여자  | 어유, 능글맞기는.                                                      |
| 남자  | 그건 뭐라고 읽는 거야?                                                 |
| 여자  | 구텐 탁(Guten tag).                                                   |
| 남자  | 무슨 뜻이야?                                                          |
| 여자  | 안녕하세요.                                                           |
| 남자  | 네, 안녕하세요, 미순 씨.                                               |
| 여자  | 자꾸 미순 씨, 미순 씨, 하지 말아요.                                     |
| 남자  | 미순 씨를 미순 씨라고 하지 그럼 뭐라고 불러요.                          |
| 여자  | 마를렌느.                                                             |
| 남자  | 뭐?                                                                  |
| 여자  | 마를렌느. 내 새 이름이에요.                                            |
| 남자  | 거 뭐 이름이 그래.                                                    |
| 여자  | 촌스럽긴.                                                            |
| 남자  | 난 미순 씨가 더 좋은데.                                               |
| 여자  | 이봐요, 기름밥 아저씨. 월남 참전 용사님. 그만 가서 일 보세요. 난 독일에 갈 거니까. |

남자 그 독일 꼭 가야겠어요?

여자 응. 꼭.

남자 그럼 기다릴게요. 미순 씨 올 때까지.

여자 꿈도 꾸지 마세요. 난 안 돌아올 거니까.

남자 올 때까지 기다릴 거야.

여자 그러시든지.

남자 기다리다 죽을 거야.

여자 흥! 누가 신경이나 쓴대?

남자 정말 갈 거야?

여자 응. 난 갈 거예요. 멀리 멀리.

남자 나 운다? (소리 내어 어린애처럼 우는 시늉을 한다.)

여자 우는 척하는 거 모를까 봐? 소용없어요, 아저씨.

그러니까 그만 따라와요.

난 갈 거야. 멀고 먼 데로 가서

홀홀 털고 깨끗이 잊을 거야.

멀고 먼 데서.

Auf wiedersehen, Korea!

Für immer!

Ich gehe nach Deutchland!

Für immer!

Hallo, Deutchland!

Schön, Sie zu sehen.

Was ist mein name?

Ich heiße Marlene. Ja, Marlene.

Ich komme aus Südkorea.

Nein, nein, Ich komme von ferne!

Ja, nur von ferne!

눈부신 햇빛 아래, 남자와 여자가 탄 자전거가 멈추어 선
다. 무대 서서히 어두워진다.

# 열하일기 만보

# 등장인물

연암(燕岩)

창대(昌大)

장복(長福)

초매(草昧)    장복의 처(妻)

　　아낙들    기여(鶀鶋)

　　　　　　구여(瞿如)

　　　　　　산여(酸與)

　　소년들    거보(擧父)

　　　　　　산고(山膏)

　　　　　　제건(諸犍)

만만(蠻蠻)

　　사내들    부혜(梟傒)

　　　　　　유유(冘冘)

　　　　　　교충(驕蟲)

　　촌장      추오(騶吾)

　　장로들    호체(豪彘)

　　　　　　강량(彊良)

어사(御使)    계내계외기사기물총람순력어사
　　　　　　(界內界外奇事奇物總攬巡歷御使)

반선(班禪)    낙타

초정(楚亭)    호랑이

무관(懋管)    누에고치

# 1장

빈 들판. 모래 폭풍이 휩쓸고 지나간다. 멀리서 방울이 뗑그렁뗑그렁 울린다.

연암    어쩌다 그런 일이 생기게 되었는지, 무엇 때문에 그런 해괴한 일을 벌어지게 하였는지, 조물주의 오묘한 속내를 누가 짐작하겠는가. 어느 때인지는 모르되, 사시사철 뜨거운 물이 솟는 샘이 있어 열하(熱河)라 불리던, 그러나 지금은 사막이 된 지 오래라 그 이름이 영 싱거워져 버린, 사방을 둘러봐도 보이는 건 오로지 벌판뿐인, 하늘과 땅이 아주 한일자로 짝 맞붙어 버린 작은 마을에…….

연암이 말하는 동안 무대 서서히 밝아진다. 무대 앞쪽 중앙에 말뚝 하나. 무대 밖으로부터 이어진 밧줄이 말뚝에 묶여 있고, 밧줄은 거기서 다시 반대편 무대 밖으로 이어진다. 그 외에 무대는 텅 비었다.

연암    ……호마(胡馬)라 하기엔 좀 작고, 조랑말이라기엔 좀 크고, 나귀라 할 수도 없고, 그렇다고 노새랄 수도 없는, 어찌 보면 커다란 개 비슷도 하지만 분명 개는 아닌, 동시에 앞서 말한 모든 짐승의 특징들을 조금씩은 지닌, 매우 어중간한 네발짐승 한 마

리가 있었다. 불그레한 털에는 윤기가 흐르고 눈은
쌍꺼풀이 졌는데 커다란 귀만은 유독 흰빛이었다.

연암, 말하는 동안 '그 네발짐승'으로 분한다.

연암    그 사달이 일어난 것은, 이 짐승이 어느덧 자라 주
인 늙은이가 이제는 이 녀석에게 고삐를 씌우고 재
갈을 물려 주리라 마음먹은 어느 봄날, 벌판을 가
로질러 모래바람이 불어와 애초에 지울 것도 없는
풍경을, 그러니까 하늘과 땅이 딱 붙어 만든 한일
자마저 지워 버리던 봄날이었다.

늙은 노인 창대가 한 손에는 여물통을 들고, 한 손으로 밧
줄을 붙잡고 말뚝 곁으로 등장한다. 창대는 모래를 막기
위한 보안경을 쓰고 있다. 창대, 여물통을 내려놓고 참았던
숨을 내쉬며 보안경을 벗는다.

창대    미중(美仲)아, 미중아…… 굶어 죽을 작정이냐? (여
물을 들이밀며) 먹어, 먹으라니까, 먹어 봐.

짐승이 고개를 돌린다. 보안경을 쓴 여자아이 하나가 모래
바람에 휘청이며 밧줄을 따라 들어온다. 여자아이는 어울
리지 않는 하이힐을 신었다. 하이힐이 모래밭에 빠져 애를
먹는다.

만만    창대 할아버지!

창대    누구야? 만만이냐?

만만    네! 저 좀 붙잡아 주세요!

창대, 만만을 붙잡아 말뚝 곁으로 오게 한다. 만만, 보안경
을 벗고 한숨을 내쉰다.

만만    와! 이번 모래바람은 정말 대단하네요. 아무것도 안
       보여요.

창대    이런 날에 돌아다니다간 길 잃기 십상이다. 가만
       집에 있지 않고.

만만    (짐승 앞으로 가며) 궁금해서요. 아직?

창대    응.

만만    (짐승의 목덜미를 끌어안고 쓰다듬으며) 미중아, 미중
       아…….

짐승, 시무룩하게 고개를 빼낸다.

만만    너 도대체 왜 그러니?

마을 소년들(거보, 산고, 제건)이 떠들썩하게 창대를 부르
며 밧줄을 타고 뛰어 들어온다.

거보    아직인가요?

산고    여전히?

제건    오늘도?

창대    그래.

거보    보름!

산고    드디어 15일을 채웠어!

제건    밥도 안 먹고 잠도 안 자고!

거보    야, 굉장한걸!

산고    대단해! 대단한 놈이야!

창대    (소년들을 쥐어박으며) 이놈들아. 이게 그렇게 신날
        일이냐?

거보    신기하잖아요.

산고    재밌잖아요.

창대    재미? 남은 속이 타 죽겠는데, 재미? 재미있는 일이
        그렇게 없어?

산고    없어요.

제건    심심해 죽겠어요.

만만    그래서 내가 놀아 줬잖아.

산고    그것도 하루 이틀이지.

거보    어째서 올해는 길 잃은 사람 하나도 마을로 들어오
        질 않을까? 기억나? 작년에 왔던 그 다리 세 개 달
        린 사람?

제건    그 사람? 장로님들이 움막에 가둬 놓고 아무도 못
        만나게 했었잖아. 그 사람한테 가면 절대 안 된다고.

거보    바보 같은 놈.

제건  뭐야? 그럼 거보 너?

산고  매일 밤 갔었지.

제건  산고 너도? 이것들이 치사하게 나만 쏙 빼놓고.

산고  너한테 말했으면 곧바로 장로님들한테 일러바쳤을 거잖아.

거보  참 희한한 얘기들을 많이 했었지. 쉬지도 않고.

제건  무슨 얘기?

거보  넌 몰라도 돼.

제건  지금이라도 일러바칠 수 있어. 장로님들이 그랬지. 밖에서 온 것들은 죄다 우릴 염탐하러 온 적들의 스파이라고.

산고  치사한 자식. 얘기해 주고 싶어도 못해. 한마디도 못 알아들었으니까.

제건  그게 뭐야?

산고  이 바보야. 그러니까 희한하지. 알아들을 수 있으면 그게 무슨 재미가 있어?

제건  너희들 얘기는 그 사람이 알아들었을 거라고. 그게 스파이들 수법이지.

거보  우릴 바보로 아냐? 우리도 똑같이 해 줬지.


거보와 산고, 말도 안 되는 말로 서로 대화를 주고받는다. 웃는다.


산고  밤새도록!

거보  아, 정말 재미있었어!

제건  말도 안 돼!

산고  그럴 줄 알았어. 제건이 네가 그렇지, 뭐!


마을 아낙들(기여, 구여, 산여)이 밧줄을 따라 들어온다.


구여  창대 아저씨 계셔?

창대  웬일들이야?

기여  아직이야?

창대  그래.

산여  죽지도 않고요?

창대  그래!

산여  거참 별일이네.

기여  뻔하지! 재갈 매기 싫어서, 일하기 싫어서 꾀부리는
     거라고.

구여  아냐. 내 생각엔 뭘 잘못 먹은 거 같아. 틀림없어!

산여  회충이 머리로 들어간 거 아닐까요?

창대  그만들 돌아가! 정신 사납게 말고!

기여  걱정돼서 그러죠.

창대  걱정? 이놈이 언제 죽나 보러 왔겠지.

기여  그래서 말인데, 그런 일이 있어서는 안 되겠지만, 혹
     시 애가 죽으면 꼬리는 나 줘요. 이거 꼬리를 달여
     먹으면 탈모에 그렇게 좋다대.

구여  족은 내가 찜했어요!

산여    난 갈비!

창대    꿈들 깨셔. 혹시 얘가 죽더라도 너희들한테는 터럭
       한 올 돌아가지 않아. 깨끗하게 화장해서 뿌려 줄
       테니까.

기여    뭐예요? 태운다고요?

구여    그런 경우가 어디 있어요!

창대    내 말 내 맘대로 한다는데 웬 참견이야?

산여    그건 아니죠! 그동안 얘가 먹은 수숫대는 어디 하
       늘에서 떨어졌나? 다 우리 마을 밭에서 난 거 아니
       에요!

기여    그럼! 우리한테도 권리가 있지!


반대편에서 촌장(추오)과 마을 사내들(부혜, 유유, 교충, 장
복)이 들어온다.


장복    (하품을 하며) 그 나귀 새끼 죽기 전에 내가 먼저 죽
       겠어!

창대    나귀라니, 말 조심해! 멀쩡한 남의 말을 두고.

장복    말인지 노샌지, 그놈이 밤새도록 꺼엉껑 울어 대는
       통에 잠을 잘 수가 있어야지! 벌써 며칠째야?

거보    보름째요!

장복    누가 몰라? 어떻게든 해야 할 거 아냐!

창대    나도 할 만큼 했어.

추오    아직도 그렇습니까?

창대    (한숨)

장복    내가 말했잖아. 발정 난 거야. 서방을 보고 싶은 거
       라고!

창대    그것도 아닌가 봐.

장복    틀림없다니까!

창대    데리고 갔었어. 부혜네 말한테도 데려가 보고, 유유
       네 노새한테도, 교충이네 당나귀한테도 갔었다고.
       자네들도 봤잖나?

부혜    그러게. 어찌나 앙탈을 부리는지.

유유    말도 마. 얘 뒷발질에 우리 노새는 앞 이빨이 다 나
       갔다고.

장복    교충이네 당나귀는?

부혜    얠 보자마자 걸음아 나 살려라 꽁무니를 빼던걸요?

장복    못나기는. 짐승이나 주인이나!

교충    개가 뭐요? 날 닮아서 똑똑한 거지.

장복    그럼 도대체 왜 그래? (촌장에게) 촌장, 자네도 몰라?

추오    (짐승의 몸을 이리저리 진찰해 보고) 아무리 봐도 특별
       히 아픈 데는 없는 것 같은데.

장복    글렀어! 이런 놈 더 둬 봐야 아무짝에도 쓸 데가 없
       다고. 더 살 빠지기 전에 잡아먹는 게 낫지.

창대    네 마누라나 잡아먹어!

장복    뭐야?

창대    장복이 네놈 마누라야말로 더 둬 봐야 아무 쓸 데가
       없잖아!

장복    이 자식이…… 아무리 사실이 그렇더래두 말을 그
렇게 하면 쓰냐?

창대    아는 놈이 그런 소릴 해? 이 녀석이 어떤 놈이야?
60 평생에 남은 거라곤 미중(美仲)이 그놈 하나였는
데, 이젠 이 녀석뿐이라고…….

추오    들에다 좀 풀어 놓으면 어떨까요?

창대    그러다 미중이 녀석처럼 가 버리면 어쩌나? 난 쫓
아가지도 못할 거라고. (한숨)

구여    아저씨가 너무 오냐오냐 하니까 그런 거예요.

산여    그래요. 아저씨는 이 녀석을 자식처럼 생각한다면
서 온 동네 천덕꾸러기를 만들 셈이요?

유유    예쁜 자식일수록 회초리를 들란 말도 있잖아요.

창대    때려도 봤어. 근데 도저히 못하겠데. 이 녀석 눈깔
은 오죽 큰가. 그 큰 눈에 눈물이 그렁그렁해 가지고
물끄러미 쳐다보잖아.

기여    하여간 창대 아저씬 마음이 약해서 탈이라니까.

유유    에이! 회초리 줘 봐요. 내가 단박에 이놈 버릇을 싹
고쳐 놓고 말 테니까!

교충    무식하기는.

유유    뭐야?

교충    이 녀석 병은 내가 잘 알아요. 불두덩에 털이 나기
시작했을 때, 나도 똑같은 병을 앓았었죠.

유유    그게 무슨 병인데?

교충    우울증.

사람들    우울증?

교충    그것도 불면증과 거식증을 동반한 중증입니다.

장복    그때 네 아버지도 널 두들겨 팼었어.

교충    그렇다고 내 병이 나은 건 아닙니다. 오히려…….

기여    그래, 다 좋다 치구, 너도 그렇고 이 녀석도 그렇고
        도대체 왜 우울증에 걸린 거야? 이유가 뭐냐고?

교충    그건…… 하도 맞아서 다 까먹었어요. 아무튼, 그
        매질이 내 인생을 망쳐 놓은 거라고요!

유유    그 매질 덕에 네가 이나마 사람 구실을 하게 된 거
        야! 우울증? 웃기고 있네! 때려 줘야 해, 우울할 틈
        이 없게!

교충    얘가 무슨 잘못을 했다고? 이건 창대 아저씨 책임
        이라고요!

창대    내 책임?

교충    지금 아저씨 꼴이 어떤 줄 아세요? 귀신이 따로 없
        다고요.

창대    이 녀석 때문에 나도 잠도 못 자고 밥도 못 먹었
        거든.

교충    바로 그게 문젭니다! 짐승은 주인을 닮는 법입니
        다. 주인이 짐승을 닮아서야 되겠습니까? 우선 아저
        씨가 먼저 얼굴 좀 펴고 웃으세요. 그 얼굴로 자꾸
        눈앞에서 어른대니 저 녀석이 먹은 게 소화가 되길
        하겠습니까, 잠이 오길 하겠습니까?

창대    그런가?

| | |
|---|---|
| 교충 | 웃어 보세요, 이 녀석을 웃겨 보라고요, 어서! |
| 창대 | (어설프게 웃는다.) |
| 장복 | 이런 제길. 소태를 씹었나, 그게 뭐야? |
| 창대 | 웃어 본 적이 하도 오래돼 놔서. |

밖에서 장복 처, 초매(草昧)가 장복을 부르는 소리.

| | |
|---|---|
| 초매 | (소리) 아오아! 아오아! 이오이애이, 어이이어! 와 아이오우이으 우이어오아!(장복아! 장복아! 이놈의 새끼, 어디 있어! 콱 다리몽둥이를 분질러 놀라!) |

사람들, 모두 움찔 놀란다.

| | |
|---|---|
| 산여 | 얼른 가 보세요! 쫓아오기 전에. |
| 장복 | 가요, 갑니다! (창대에게) 한 번만 더 밤중에 울음소리가 들리면 그놈 모가지를 분질러 버릴 테야! |
| 구여 | 갑시다! 여기 있다가 괜히 우리까지 몽둥이찜질당하지. |
| 기여 | 어디서 저런 게 생겼담? 말이 통하길 하나, 뵈는 게 있나. 아이고, 온다, 와! |
| 유유 | (나가며) 내 말 들어요. 그저 매가 약이라니까! |
| 교충 | (나가며) 웃어요! 저 녀석을 웃기라고요! 매질로 인생을 망친 건 나 하나로 족해! |
| 구여 | (나가며 창대에게) 족하니까 말인데, 족은 내 거예요! |

| 기여 | 나는 꼬리! |
|---|---|
| 산여 | 난 갈비! |
| 부혜 | 무슨 얘기야? |

마을 사람들, 우왕좌왕 창대네 집에서 빠져나간다. 초매가
줄을 잡고 지팡이를 휘두르며 들어온다. 거대한 몸집이 코
끼리 같다. 초매는 귀와 눈이 몹시 어둡다. 그래서 목청이
크고 막무가내로 지팡이를 휘둘러 댄다.

| 초매 | 어으 이이 오이 오애? 애아이으 아아이에아 이오 |
|---|---|
| | 오우으 우여우아!(얼른 이리 오지 못해? 대가리를 가랑 |
| | 이에다 끼고 오줌을 풍겨 줄라!) |
| 장복 | 갑니다, 가요! |

초매가 장복의 덜미를 움켜쥔다.

| 초매 | 이 아우아에오 으으어으 오. 으에어이 애에 어이 |
|---|---|
| | 아오아아이으 어야?(이 아무짝에도 쓸모없는 놈. 쓸데 |
| | 없이 대체 어딜 싸돌아다니는 거야?) |
| 장복 | 네, 네, 잘못했습니다. |

지팡이로 장복을 후려친다. 장복, 꼼짝 못하고 매를 맞는다.

| 초매 | (코를 킁킁대며) 워야? 이 이아아 애애으?(뭐야? 이 이상 |

한 냄새는?)

초매, 고개를 갸웃대며 장복을 끌고 나간다.

창대　그러냐? 나 때문이냐? 내 얼굴이 정말 귀신 같아? 젠
　　　장, 결국 다 내 탓이로군. 항상 그래. 뭐든 잘못되면
　　　다 내 탓이지. (한숨) 좋아. 내가 먼저 웃지. 미중아,
　　　미중아. 나 좀 봐라. 자…… 웃어라. 인생이 뭐 별거
　　　있겠느냐. 자, 날 보거라…….

　　　창대, 짐승(미중 연암) 앞에서 웃어 보인다. 이리도 웃어 보
　　　고 저리도 웃어 보고 나중엔 손짓, 발짓, 몸짓까지 해 가며
　　　짐승을 웃겨 보려고 애쓴다. 창대가 앞에서 애쓰는 동안,
　　　짐승(연암)은 말한다.

연암　그렇다. 이 짐승은 분명 우울증에서 비롯된 불면
　　　증과 거식증을 앓고 있었다. 이 심각한 증세는 어
　　　느 날 새벽, 콧잔등으로부터 시작되었다. 처음 있
　　　는 일도 아니었다. 으레 있는 가려움이었다. 모른
　　　척 내버려 두면 그냥 지나갈 가려움이었다. 그러
　　　나 그날 아침, 이 짐승은 웬일인지 그 가려움을 가
　　　만 내버려 둘 수가 없었다, 참을 수가 없었다! 마구
　　　간 가로대에 콧잔등을 문지르고 바닥을 뒹굴고, 할
　　　수 있는 모든 짓을 다 해 보아도, 가려움은 가시기

는커녕 더욱 심해지기만 할 뿐이었다. 가엾은 이 짐승은 가려움에 완전히 사로잡히고 말았다! 온종일 콧잔등의 가려움과 씨름하던 짐승은 저녁 무렵 완전히 기진해 버렸다. 콧잔등에 맺힌 자신의 낯선 피 냄새를 맡으며, 마구간 가로대에 턱을 괴고 모래 먼지와 어둠이 뒤섞여 소용돌이치는 들판을 내다보던 짐승은 문득 물었다. '무엇이 이토록 나를 가렵게 하는가?' 모든 사달은 이 물음으로부터 시작되었다. 이 짐승은 '생각'하기 시작했던 것이다.

어느덧 흥에 겨워진 창대, 춤추며 노래한다.

창대  화덕 위에 수수밥이 부글부글 끓고 있네.
　　　한 숟가락 먹어 보자, 아이구나 맛 좋구나.
　　　화덕 위에 수수죽이 보글보글 끓고 있네.
　　　한 숟가락 먹어 보자, 아이구나 맛 좋구나.
　　　화덕 위에 수수 전을 지글지글 지져 보자.
　　　한 젓가락 먹어 보자, 아이구나 맛 좋구나.
　　　화덕 위에 수수떡이 모락모락 익어 가네⋯⋯.

끓이는 내용만 바꿔 가며 계속 반복. 무대 뒤편에서는 마을 사람들이 등장하여 짐승의 머릿속에서 벌어지는 일들을 몸짓으로 보여 준다. 그것은 '간략한 세상의 역사'라 할 수 있다. 그들은 모래바람을 뚫고 밧줄로 길을 낸다. 끊어진 길을 잇기도 하고 새로운 길을 내기도 한다. 밧줄들이 얽혀 점차 거미줄 같은 길이 된다. 노래와 몸짓이 벌어지는 가운데 짐승(연암)은 말한다.

연암　어두운 들판에서 소용돌이치는 모래 알갱이들처럼 수많은 물음이 그에게로 쏟아져 내렸다. 그날, 이 짐승은 뜬눈으로 밤을 지새웠다. 그다음 날, 그리고 그다음 날도. 이 세상에 왔다 간 수많은 하루살이 중에 궁극의 깨달음에 이른 놈도 아주 없다고 누가 단언할 수 있겠는가. 만약 그런 하루살이가 있었다면 그놈의 머릿속에서 벌어지는 일이 지금 이 짐승의 머릿속에서 벌어지고 있었다. 이레쯤 되던 날, 이 짐승은 현세의 모든 일들을 꿰뚫어 보았으며 탐욕스런 그의 정신은 시간과 공간을 가로질러 과거와 미래를 종횡무진 질주하기 시작했다. 현재와 과거와 미래의 기억들 사이에서 그는 길을 잃었다. 두 이레 되던 날, 그러니까 어젯밤, 이 짐승은 어떤 한계에 도달했다. 주인 늙은이가 조금만 더 참을성이 있었던들, 이 짐승의 머리를 터질 듯 메우고 있던 무수한 기억들은 잠깐의 졸음과 함께 무(無)로 돌아갔으리라. 밀려오는 졸음 앞에서, 이 짐승은 지독히도 외로웠다. 때마침 노인의 매질이 쏟아졌고 그의 외로운 정신은 그것에 매달렸다. 그 순간 짐승은 그 노인이 누구인지 알아보았고, 자신

을 선택하였고, 거기에 눌러앉기로 작정하였던 것
이다.

짐승(연암), 창대가 하는 짓거리를 물끄러미 바라보다 혀를
쯧쯧 차더니, 거의 무의식적으로 떠오른 옛날 버릇대로, 가
부좌를 틀고 앉으려 한다. 그러나 균형을 잡지 못하고 자
꾸만 나둥그러진다. 창대가 이 모양을 본다.

창대    아이고, 이 녀석 그예 다리에 힘이 풀려 꼬이는 모
       양이네! 일어나, 어서. 지금 주저앉으면 다시는 못
       일어난단 말이다!
연암    창대야.
창대    (밖을 향해) 누구야? 장복이냐?
연암    이상해, 이상해.
창대    (잠시 멍하게 연암을 바라보다가 도리질하고 나서) 이상
       하네. 하긴 이 녀석 때문에 요 며칠 잠을 통 못 잤
       으니.
연암    내 몸이, 내 몸이 이상하구나. 창대야. 나 좀 붙들어
       다오. 지금 막 기막힌 이야기가 떠올랐거든? 근데
       도중에 막혔어. 이럴 땐 가부좌를 하고 이렇게 턱
       을 괴고 앉아 있어야 생각이 잘 나는데, (자신이 말
       한 자세를 잡아 보려다 다시 나둥그러진다.) 아이쿠, 이
       게 도대체 무슨 일이냐? 당최 앉을 수가 없구나.
창대    아니야, 이건 아니야…….

| 연암 | 뭘 중얼대고 있어? 정신 나간 놈처럼. 이리 와서 날 좀 붙들어 다오, 어서! |
|---|---|

창대, 물끄러미 연암을 바라보다가 문득 비명을 지르며 채 찍을 휘두르기 시작한다. 때린다기보다는 가까이 오지 못 하게 하려는 것이다.

| 창대 | 저리 가! 저리! (집 밖으로 달아나며) 사람 살려! 사람 살려! 귀신이야! 귀신! |
|---|---|
| 연암 | 아니 저 녀석이. 창대야! 창대야! |

연암, 낭패한 얼굴로 다시 가부좌를 틀고 턱을 괴고 앉아 보려 한다. 다시 나둥그러진다.

| 연암 | 그것 참……. (연암, 앞발로 머리를 긁적이다가 앞발을 들여다본다.) 으악! 이게 뭐야? |
|---|---|

## 2장

방울이 하나둘 요란하게 울리며 어두워진다. 어둠 속에서 마을에 소문이 퍼져 간다. 보안경을 쓴 마을 사람들, 줄을 붙잡고 오가며 서로 모여 떠들어 댄다. 무대 위에 줄들이 이리저리 연결되어 어지럽다. 그중 한곳에서 아낙들이 수

다를 떤다.


기여    말도 안 돼! 그 늙은이가 노망이 난 거야!

구여    말해 뭐 해! 요맘때는 다들 제정신이 아니잖아, 특
       히 늙은이들은.

기여    재작년 봄에 누구였지? 주전자가 자꾸 노래를 한
       다고 했던 게?

산여    부옥이네 할아버지. 주전자 버리러 나갔다가 결
       국 못 돌아왔죠.

구여    모래바람 지나간 다음에 식구들이 마을 어귀에서
       주전자만 찾았다대.

기여    모마네 할머니도 그때 없어졌지?

구여    둘이 그렇고 그런 사이였다며?

산여    에이, 설마!

기여    맞다니까! 못 돌아온 게 아니라 안 돌아온 거라고!


       아낙네들, 깔깔대며 웃는다. 부혜가 줄을 잡고 헐레벌떡
       뛰어든다. 한동안 말문을 못 떼고 손짓 발짓으로 허둥지둥
       한다.


기여    뭐야, 뭐? 말을 해, 말을!

부혜    말을 해! 말을!

구여    그래. 말을 하라니까!

부혜    말했잖아! 그게 말을 한다니까!

산여   그게 뭐?

부혜   그 말, 아니 노샌가, 나귄가? 아무튼 그게 말을 한
      다고!

기여   정말?

부혜   들었어, 내 귀로! 분명히 들었다고!

구여   그 말인지 노샌지 나귄지가 뭐라던데?

부혜   몰라. 잘 못 알아듣겠더라고.

산여   못 알아듣는 게 무슨 말이야!

부혜   너무 유식한 말만 해 대니까. 쉴 새 없이 지껄여 대
      거든.

기여   그게 유식한 게 아니라 부혜 네가 멍청한 거야!

부혜   어쨌든 밤새도록 우는 것보다는 말하는 게 낫지
      않나?

구여   이런…… 안 되겠다. 가서 우리가 직접 들어 보자구!


      아낙들 달려 나가고 산고, 제건, 조그만 곡식 자루 하나씩
      을 들고 만만 앞에 줄을 선다. 산고, 자루를 만만에게 건넨
      다. 만만, 자세를 잡는다.


산고   그거 말고.

만만   웅?

산고   누워 봐.

만만   요맘땐 이 자세가 좋아. 바닥이 모래투성이라 무릎이
      까질걸?

| | |
|---|---|
| 산고 | 까져도 괜찮아. 지겹다고. |
| 제건 | 야, 넌 양심도 없나? 너밖에 몰라? 쟤가 모래 범벅이 되면 난 어쩌라고? 나 먼지 알레르기 있단 말이야. |
| 산고 | 젠장. |

산고, 만만과 교접한다. 끈끈한 욕정도, 죄의식도 없는, 건전한 체조쯤 된다.

| | |
|---|---|
| 만만 | 오늘은 미중이가 무슨 얘길 했어? |
| 제건 | 미중이가, 아니고, 연암이야. |
| 만만 | 그래 연암이 무슨 얘길 했어? |
| 산고 | 여러 가지. |
| 만만 | 뭐? |
| 산고 | 말 시키지 마! 한 번에, 하나씩, 밥 먹을 땐, 밥만, 먹는 거야! |
| 만만 | 그럼 넌 밥 먹고 제건이 네가 얘기해. |
| 제건 | 옛날에 그러니까 연암이가 창대 할아버지 주인이었을 때 우리 마을을 지나갔었는데, 그때는 여기가 가도 가도 온통 자작나무뿐이었대. |
| 만만 | 자작나무? |
| 제건 | 그래. |
| 만만 | 우리 엄마도 그 얘길 했었는데. |
| 산고 | 엄마 얘기 하지 마! |
| 만만 | 나만 했을 때 자작나무를 봤었대. |

제건    누가?

만만    우리 엄마가?

산고    엄마 얘기 하지 말……! (체조가 끝난다.) 제기랄! (옷
       을 추스르며) 제건이 너 우리 엄마한테 얘기하지 마.
       어렵게 수업료 마련해 주셨는데 실망하실 거야.

제건    (만만에게 자루를 건네며) 걱정 마. 한 시간쯤 했다고
       말씀드릴게. (만만과 체조를 시작한다.)

만만    자작나무는 노랗고 빨갛댔어, 불꽃처럼.

제건    아냐, 달빛처럼, 그러니까, 네 궁둥이처럼, 하얗다
       던데?

만만    그래?

제건    네 엄마는, 입만 열면, 뻥이었, 잖아.

산고    야, 빨리 끝내! 이야기 들으러 갈 시간이야.

제건    자작나무는, 자장자장, 자장가를, 부른댔어.

만만    정말?

산고    오늘, 연암이, 그 노래를 들려줬어.

만만    들려줘.

산고, 제건    (노래한다.)

       화덕 위에 된장국이 보글보글 끓고 있네.
       거품 하나 나 하나 거품 둘 나 둘
       방울 하나 나 하나 방울 둘 나 둘
       거품이 뻥 나도 뻥 방울이 뻥 나도 뻥
       뻥 뻥 뻥 뻥 어디로 갔나,
       어디로 갔나, 뻥 뻥 뻥 뻥!

제건, 체조를 마친다.


만만    거보는? 오늘도 안 오는 거야?

산고    그 녀석 이상해졌어.

제건    자꾸 말도 안 되는 소리나 하고 말이야.

산고    가자, 늦겠다.

제건    (만만에게) 안 가?

만만    응.

제건    왜?

만만    그냥.

산고    얼른 가! 안 간대잖아.


산고와 제건, 나간다. 반대편에서 거보가 등장하여 만만을
부른다.


거보    만만.

만만    거보야! 왜 그동안 오지 않았어? (반가워하며 서둘
러 자세를 잡는다.)

거보    만만.

만만    수수가 없어서 그러는 거라면 괜찮아. 오늘은 그냥
해도 돼.

거보    만만! 그만! 날 더 이상 괴롭히지 마!

만만    갑자기 왜 그래? 내가 널 괴롭히다니?

거보    내가 원하는 건 이런 게 아냐!

| | |
|---|---|
| 만만 | 아냐? 그럼 뭘 원하는데? 내가 너한테 해 줄 수 있는 건 이것뿐인데. |
| 거보 | 이 바보야, 내가 말했잖아! 이게 아니란 말이 아니라, 이걸 해 주긴 해 주는데, 딴 놈들한테는 말고, 나한테만 해 주란 말이야! 내 말을 생각해 보기나 한 거야? |
| 만만 | 생각해 봤어. 곰곰이 생각해 봤는데, 그럴 순 없어. |
| 거보 | 왜? 내가 싫어? |
| 만만 | 아니. 나도 네가 좋아. 하지만 산고도, 제건도 좋아. 내가 안 놀아 주면 걔들은 어떡하니? |
| 거보 | 걔들한테는 정혼한 여자애들이 있잖아! |
| 만만 | 너도 있잖아. |
| 거보 | 부옥이한테 말할 거야. 다른 짝을 찾아보라고. |
| 만만 | 그러지 마. 부옥이한테는 너밖에 없잖아. |
| 거보 | 나한텐 너밖에 없어! |
| 만만 | 난 그럴 수 없어. 돌아가신 우리 엄마는 늘 말씀하셨지. "너는 중요한 사람이야. 넌 이 마을의 순결을 위해 일하는 거다. 네가 있어서 마을 처녀들이 그날까지 순결을 지킬 수 있는 거란다. 처녀들의 노고에 보답하려면 사내애들은 서툴러서는 안 되지. 그 아이들을 제 구실을 하는 진짜 남자로 만드는 게 바로 너다. 잊지 마라. 교육이란, 언제나 사심 없이 공평해야 한다. 그렇지 않으면 모두가 괴롭게 된단다." 난 엄마 말씀대로 최선을 다해 왔어, 언제나 사심 없이 공평 |

하게.

거보    사심 없이? 공평하게?

만만    그래.

거보    우린 짐승이 아냐, 사람이라고!

만만    그래! 그러니까 공평해야지!

거보    넌 정말 아무 문제도 못 느껴? 이렇게 사는 것에 대해서?

만만    문제? 전혀.

거보    전혀?

만만    응. 하지만 네가 이러는 건 좀 당황스러워.

거보    오, 정말 연암 말대로군! 코 고는 사람한테 코 곤다고 하면 내가 언제 그랬느냐고 화를 낸다더니.

만만    나는 코 안 골아.

거보    넌 네 처지를 똑바로 볼 필요가 있어. 네가 얼마나 비참하게 살고 있는지를 말이야.

만만    내가 비참해?

거보    그래! 끔찍할 정도로!

만만    난 그런 생각 해 본 적 없는데. 갑자기 왜 그런 생각을 하게 된 거야?

거보    갑자기가 아냐. 오래전부터 생각해 왔어. 연암이 그걸 깨우쳐 주었을 뿐이지. 연암이는 만만이 네 얘기를 듣더니 말없이 눈물을 흘렸어. 그 눈물을 보면서 난 깨달았지……. 내가 널 얼마나, 만만아, 내가 널 얼마나…….

만만    뭐?

거보    ······그 말이 생각 안 나네······. 아무튼 너 때문에
　　　　나는 괴로워. 잠을 잘 수도, 밥을 먹을 수도 없어!

만만    내 생각엔 말야, 네가 요즘 나랑 못해서 그런 생각
　　　　을 하게 된 것 같아. 일단 하자. 하고 나면 생각이
　　　　달라질지도 모르잖아?

거보    아, 정말 말이 안 통하는군. 하지만 난 포기하지 않
　　　　아. 기필코 널 구해 내고 말 거야. 기다려 줘. 그때
　　　　까진 아무하고도 놀지 마! 제발 부탁이야!


　　　　거보, 달려 나간다.


만만    뭐가 뭔지 모르겠네. 도대체 왜 저러지? 연암이가
　　　　눈물을 흘렸다고? 나 때문에? 왜? (사이) 정말 그랬
　　　　다면 연암이한테 안 가길 잘했어. 그 눈물을 보는
　　　　건 정말 견디기 힘들었을 테니까······.


　　　　만만, 절뚝절뚝 집 안으로 들어간다. 초매가 무대를 가로지
　　　　른다. 여전히 어눌하지만 첫 등장에 비해 말이 제법 분명
　　　　해졌다.


초매    장복아! 장복아! 이놈이 또 어딜 간 거야? 장복아!
　　　　장복아!

장복이가 대답하며 달려와 초매에게 매달린다.


장복   가요, 갑니다!

초매   (다짜고짜 장복을 때리며) 너 요새 자꾸 어딜 싸돌아
       다니는 거냐?

장복   창대네 나귀가 말을 하거든요. (혼잣말로) 말해 봐
       야 소용없지.

초매   나귀가 말을 하든 말든 그게 너하고 무슨 상관이야?

장복   (놀라) 지금…… 제 말이 들리세요?

초매   그래. 이상해, 내가 이상하다고! 자꾸만 이상한 소
       리들이 들려. 뭐가 자꾸만 보인다. 눈앞이 어지러
       워. 이게 뭐지? 이런 일은 60 평생에 처음인걸?

장복   정말이에요? 내 목소리가 들려요? 내가 보여요?

초매   (지팡이로 장복을 쿡 찌르며) 이게 너냐?

장복   정말이네!

초매   끔찍하구나.

장복   끔찍하긴요! 이건 기적이에요! 기적!

초매   기적 좋아하네. 그 기적 때문에 난 길을 잃을 뻔했
       어. 마른하늘에 날벼락도 유분수지. 이게 웬일이람.
       내가 이 지경인데 넌 날 버려두고 싸돌아다녀? 어
       서 날 잡아. 집으로 데려가. 이 빌어먹을 놈아! 눈앞
       이 어지럽고 귀가 왱왱 울려서 걸음을 뗄 수가 없
       단 말이야!

장복   (혼잣말로) 이 여편네가 또 꾀병을 부리는군. 날 꼼짝

|      |                                                          |
|------|----------------------------------------------------------|
|      | 못하게 하려고.                                            |
| 초매 | 뭐라고?                                                   |
| 장복 | 아, 아닙니다. 어서 집으로 가요.                           |
| 초매 | 도대체 지금 이 마을에 무슨 일이 벌어지고 있는 거야?       |
| 장복 | 말씀드렸잖아요. 창대네 나귀가…….                          |
| 초매 | 그거 말고.                                                |
| 장복 | 그거 말고 뭐요?                                           |
| 초매 | 정말 저 소리들이 안 들린단 말이야?                        |
| 장복 | 무슨 소리요?                                              |
| 초매 | 맷돌이 돌아가는 소리 같기도 하고, 천둥이 우는 것도 같고. |
| 장복 | 바람 소리요?                                              |
| 초매 | 아냐, 그냥 바람 소리가 아냐.                              |
| 장복 | 귀에 모래가 들어갔나? 아니면 벌레? 어디 좀 봐요.          |
| 초매 | 아니야! 지금도 들려. 점점 더 가까워져. 갈수록 소란스러워져서 머리가, 아니 배가, 아니 온몸이 뻥 터져 버릴 것 같다! |
| 장복 | (초매의 귀를 양손으로 막고) 어때요?                       |
| 초매 | 소용없어. 뭐지? 이게 뭐지?                                |

장복, 초매를 데리고 나간다. 반대편에 촌장(추오)과 장로
(長老)들(호체, 강량).

호체    뭐야? 대체 어떤 놈이? 이 마을 이야기꾼은 난데! 내
      허락도 없이 어떤 놈이 주둥이를 나불댄다는 거야?

강량    나귀가 말을 한다고, 나귀가?

호체    촌장 자네, 대체 뭐 하는 사람이야? 우리 장로들 알
      기를 개뿔로 아는 거야? 마을에 그런 해괴한 일이
      있었으면 즉각 우리한테 알렸어야지!

추오    그게 워낙 말도 안 되는 일이라, 그러다 말겠거니
      했죠.

호체    대체 그놈이 몇 마디나 할 줄 안다고?

추오    몇 마디 정도가 아닙니다. 그 녀석 말이란 게, 참
      종잡을 수도 없이 이리 뛰고 저리 뛰고 하늘로 솟
      았다 땅으로 곤두박질치고 사람을 아득하게 만들
      었다 번쩍 정신이 나게도 하고, 뜬구름같이 황당한
      이야기들인데 가만 헤아려 보면 뼈가 있는 듯도 하
      고…….

호체    뭐야? 그럼 자네도 거길 갔었단 말이야?

추오    딱 한 번…….

호체    이런 배신자! 촌장이란 작자가!

추오    배신이 아니라 정보 수집 차원에서.

강량    그래 내용이 뭐야?

추오    그게 한마디로 말하기가…… 생전 보도 듣도 못하
      던 얘기들이라서요.

호체    생전 보도 듣도 못한 얘기?

추오    그렇죠. 그런데 그 녀석 말이 어찌나 그럴듯한지,

에이 설마 하면서 듣다 보면, 어느새 맞아 그렇기
도 하겠다, 그렇겠지, 야, 그걸 실제로 한 번 봤으면
얼마나 좋을까, 이렇게 되더라고요.

강량  그만!

추오  제가 그랬다는 게 아니고요, 사람들이…….

강량  그러니까 그놈이 하는 얘기란 게 우리 마을 얘기는
아니로군?

호체  그러니까 뭐야, 그놈이 밖에 대해 떠들어 댄단 말
이야?

추오  주로 그렇지요.

강량  그놈이 말을 시작한 지 얼마나 됐나?

추오  한 보름쯤…….

호체  보름씩이나? 이런 변고가 있나!

강량  이건 비상사태야!

호체  그놈을 가만 놔뒀다가는 우리 마을은 망하고 말아!

강량  마을 회의를 소집해, 당장!


장로들, 일제히 방울을 울린다.



# 3장


어둠 속에 요란한 방울 소리. 밝아지면 마을 사람들이 모
여들어 무대 위에 방사형의 줄을 펼치고 각각 그 줄의 끝

에 둘러앉아 있다. 그 원의 중심에 연암이 서 있다.

호체　　도대체 지금 정신들이 있는 거야, 없는 거야? 우리
　　　　마을에선 밖에 대해 함부로 떠들어 대는 것을 법으
　　　　로 엄히 금한다는 걸 잊었어?

강량　　우리 마을에서 밖에 대해서 말할 수 있는 건 우리
　　　　뿐이야!

기여　　너무 흥분하지 마세요.

구여　　그거 진짜로 믿는 사람이 누가 있다고.

산여　　그래. 심심풀이로 재미 삼아 들은 거지, 뭐.

호체　　몇 번을 말해야 알아들어? 그게 바로 밖엣놈들 수
　　　　법이라고! 그 재미란 것에 홀려서 결국은 간이고
　　　　쓸개고 다 빼어 주게 되는 거야!

강량　　한심한 것들. 지금 우리가 여기까지 떠밀려 온 게
　　　　누구 때문이야? 조상님들이 밖엣놈들한테 당한 수
　　　　모를 잊었어?

기여　　알아요.

호체　　그걸 아는 놈들 입에서 재미라는 말이 나와?

강량　　모두 『선조어록』을 꺼내!

마을 사람들, 품에서 수첩 크기의 책자를 꺼낸다.

강량　　3장 17절! "기이한 것을 좋아하는 마음에 대하여!"
　　　　촌장, 먼저 읽게!

마을 사람들, 부스럭대며 책자를 편다.

추오  "선조께서 가라사대, 기이한 것들을 멀리하라!"

마을 사람들  "이 세상의 모든 악은 기이한 것을 좋아하는 마음에서 비롯되느니라."

추오  "기이한 것을 좋아하는 자들은 남에게 이기기 좋아 하는 자들이니!"

마을 사람들  "이 세상의 모든 싸움이 그에서 비롯되느니라."

추오  "끝이 없구나! 기이한 것을 탐하는 마음이여! 마셔도, 마셔도 목마름을 더하는 바닷물과 같으니!"

마을 사람들  "헛되고, 헛되고, 헛되도다!"

강량  여전히 밖은 기이한 것들이 판을 치는 세상이다. 너도나도 기이한 것들을 두고 다투어, 온갖 천박하고 헛되며 더러운 짓거리들을 벌이기에 여념이 없다. 아름답던 선조들의 도는 어디에 있는가? 다만 우리에게 있을 뿐이다! 저들의 세상에 현혹되지 말라. 저 헛 세상은 오래지 않으리니, 언젠가는 저 헛된 무리들을 모조리 쓸어 버리고, 선조들의 아름다운 도를 온 천하에 떨칠 날이 올 것이다!

마을 사람들  복수설치(復讎雪恥)!

연암  복수설치? 언제?

호체  이놈이 감히!

창대  미중아, 제발 나서지 말고 가만있어! 그저 잘못했

다고 빌어라. 다시는 말 안 하겠습니다, 이렇게 말
이야. 어서, 미중아!

연암     어허, 어른의 자는 함부로 부르는 게 아니래도 그
런다.

창대     아이고, 저 녀석을 어쩌면 좋아!

호체     도대체 네놈의 정체가 뭐야? 밖에 대해 떠들어 대
는 저의가 뭐냔 말이다!

연암     나는 그저 내가 보고 들은 것들을 말했을 뿐이야.

호체     네놈이 밖에 대해 무얼 안다고! 여기서 태어나서
마을 밖엔 한 발짝도 못 나가 본 놈이!

연암     눈에 보이는 게 다가 아니야. 이 몸이 내 전부는 아
니란 말이지. 그러는 당신들은 밖에 대해 무얼 알
고 있나? 본 적이 있나?

호체     그따위 안 봐도 훤해. 밖은 위험한 곳이다. 가까이
해서는 안 돼. 그 이상은 알 필요도 없고 알아서도
안 돼!

연암     무지는 두려움을 낳을 뿐이야. 호랑이를 잡으려면
호랑이 굴로 들어가야 하는 법이라고.

호체     무엇이 어째?

연암     천하를 움직이는 건 결국 힘이야. 그 힘은 어디서
나오느냐? 누가 기이한 것들을 더 많이 틀어쥐고
있느냐에 달린 거라고.

호체     우리에겐 도가 있어!

연암     힘이 없으면 그 도라는 것도 이불 속 활갯짓에 지나

지 않아.

호체   이놈이 밖엣놈들하고 똑같은 말을 하는군!

연암   나는 자네들 조상이 어떤 사람들이었는지 잘 알고
      있어. 한마디로 말해 지금 자네들이 말하는 밖엣
      놈들하고 똑같은 사람들이었지. 자네들 조상이 힘
      이 있었을 때 한 짓을 따지자면 지금 밖엣놈들보다
      더했으면 더했지 결코 못하진 않았다고. 도는 무슨
      얼어 죽을 놈의 도! 그건 힘을 잃고 밀려난 자들이
      공연히 어금니에다 힘쓰면서 내는 앓는 소리에 불
      과하다 이 말이야.

호체   이놈이 감히 우리 조상님들을!

강량   그만!

호체   이 녀석이 우리 도를 이불 속 활갯짓이요, 앓는 소리
      라고 하지 않나?

강량   고작 나귀 한 마리가 떠들어 댄다고 우리 도가 무
      너지진 않아. 더 이상 왈가왈부할 것 없어. 그래 봐
      야 이놈한테 주둥이를 놀릴 기회를 주는 것밖에 안
      될 테니까. 일은 분명하다. 이런 해괴한 짓을 벌일
      놈들은 그놈들밖에 없어.

호체   그놈들이라니?

강량   밖엣놈들. 이놈은 그놈들이 보낸 첩자야.


마을 사람들, 술렁댄다.

강량   조용! 따라서 이놈한테 내릴 판결은 하나뿐이다. 사형!

마을 사람들, 더욱 술렁댄다.

창대   그건 안 됩니다! 장로님들, 첩자라니요? 그럴 리가 없
      어요. 제발 당장 죽이지만은 말아 주세요. 지금 이 녀
      석은 아파요. 병을 앓고 있는 거라고요. 보름이나 못
      자고 아무것도 못 먹었거든요. 우리도 몸이 안 좋을
      땐 그럴 때가 있지 않습니까? 내 몸이 내 몸 아닌 것
      같고 말도 안 되는 꿈을 꾸기도 하고 그걸 사실이라
      고 믿기도 하잖아요. 그래요. 지금 이놈도 그런 꿈
      을 꾸고 있는 걸 겁니다. 조금만 기다려 주세요. 지
      나갈 겁니다. 모래바람이 지나가듯, 이놈도 곧 멀쩡
      해질 겁니다. 이제 잠도 자고 먹이도 먹기 시작했
      으니까요.
호체   고작 나귀 한 마리 잡자는데 웬 말이 그리 많아?
창대   나귀가 아니라 말입니다. 그리고 이 녀석은 제 아
      들이나 다름없어요. 이 녀석하고 같이 늙어 가려
      했는데.
호체   자네의 그런 태도가 이놈을 이렇게 만든 거야!
강량   그럴 리는 없겠지만, 만에 하나 첩자가 아니라고
      해도 이 녀석을 살려 둘 순 없어. 저놈이 계속 주둥
      이를 나불대는 이상.

| 창대 | 미중아, 아니 연암. 얼른 약속드려. 다시는 입을 열지 않겠다고, 어서! |
|------|------|

연암은 묵묵부답이다.

| 기여 | 사형은 좀 너무한 것 같아. |
|------|------|
| 구여 | 그래요. 누굴 죽인 것도 아니고 그냥 이야기를 한 것뿐인데. |
| 호체 | 바로 그 이야기가 문제란 말이야! 가만 놔두면 사람 여럿 잡게 돼 있다고! |
| 부혜 | 그럼 이제 밤에 뭐 하지? |
| 호체 | 뭐 하긴! 예전에 하던 대로 나한테 얘기 들으러 오면 되지. |
| 산고 | 에이, 할아버지 얘기는 재미없어. |
| 호체 | 뭐야? |
| 제건 | 맞아요. 만날 수수가 어떻고 기장이 어떻고 울타리가 어떻고. |
| 호체 | 이놈들아! 그런 게 바로 피가 되고 살이 되는 이야기란 거다! 저놈 이야기 백날 들어 봐라. 수수 한 톨이 입에 들어오나! |
| 산여 | 저요. |
| 호체 | 뭐야? |
| 산여 | 정 잠을 거면, 아까 듣던 호랑이 얘기가 아직 안 끝났는데, 그거 마저 듣고 잡으면 안 될까요? |

마을 사람들이 호응한다.


유유     그러니까 그 과부하고 그 선생하고 하고 나서 쫓겨
        난 거야, 하기도 전에 쫓겨난 거야?

교충     그 얘기의 핵심은 그게 아니잖아요.

유유     나한텐 그게 핵심이야. 했어, 안 했어?

부혜     했겠지. 그럼 뭘 했겠어?

기여     이 사람이 졸았나. 못했대잖아! 내 말이 맞지, 연암?

부혜     그럼 너무 억울하잖아!

산여     하던 중 아니었을까요?

기여     그렇다면 그 아들놈들이 너무한 거야. 이왕 시작한
        거 끝이나 본 다음에 어쩌든지.

구여     그럼! 하여간 아들놈들은 어미 속을 눈곱만치도 모
        른다니까!

교충     핵심은 그게 아니라니까요!


마을 사람들, 각자 의견을 내세우며 떠들어 댄다.


강량     주목! 이 짐승에 대한 사형 집행은 한시도 미룰 수
        없다. 했든, 안 했든, 하던 중이든 그건 이야기, 다
        시 말해 말짱 지어낸 헛소리야. 그 헛소리를 가지
        고 벌써들 내가 옳으니 네가 그르니 입방아를 찧어
        대는 걸 보라고. 이놈은 우리 마을을 망칠 우환이
        야! 당장 없애야 해!

추오   (창대에게) 어르신. 짐승이야 또 구할 수 있지만 이
      마을은 안 그렇습니다. 잊으세요. 이런 어중간한
      놈 말고, 제대로 된 놈으로, 그렇지, 어르신 좋아하
      시는 말로다가 다시 구해 드릴 테니까요. 다들 조
      금씩 갹출을 해서…….

기여   방금 뭐라고, 촌장? 갹출이라고 했나?

추오   이건 마을 전체 일이니까 당연히…….

기여   난 안 먹고 안 낼 거야. 나귀 고기는 맛도 없어.

구여   저 녀석 고기는 왠지 사람 고기 같을 것 같아, 안
      그래?

부혜   따지기는. 그것도 없어서 못 먹을 때가 있었어.

구여   지금 그 얘긴 왜 꺼내?

부혜   네가 먼저 했잖아!

기여   어쨌든 난 안 먹어. 고기는 몸에도 안 좋아. 특히
      나 저런 고기는.

산여   그래요. 가뜩이나 모래바람 철이라 곡식도 귀한데,
      그런 데 낭비할 순 없죠.

추오   지금 고기를 먹느냐 안 먹느냐는 문제가 아니잖
      아요!

기여   아냐?

산여   저요!

추오   짧게 얘기해.

산여   생각해 봤는데요. 재가 제정신이 아닌 건 분명하
      죠? 그렇지요? 제정신이 아니란 건 딴 정신이 씌었

다는 건데.

추오  짧게 하라니까!

산여  그러니까 말하자면 귀신이 씐 건데, 쟤가 죽어도
그 귀신은 있을 거 아녜요? 그게 어디로 가겠어요?

아낙들  맞네, 맞아!

산여  십중팔구 우리들 중 누구한테든 붙을 거 아니냐
고요.

기여  그래. 지금은 짐승한테 붙어 있으니 망정이지, 사
람한테 붙어 봐. 더 골치 아플 거야.

구여  지금은 그냥 이야기만 하지만 해코지도 하려 들걸?
우리가 자길 죽이려고 들었으니까.

기여  뭐야, 그럼? 그 귀신 붙은 사람도 쟤처럼 죽는 거야?

산여  끔찍해!

유유  그냥 놔둡시다. 괜히 긁어 부스럼 만들지 말고.

교충  긁어 부스럼이라! 이 사태의 핵심을 정확하게 짚은
말입니다.

유유  너 또 핵심 타령이야?

교충  장로님들께서 생각 못하신 게 있어요.

호체  뭐야?

교충  장로님들 말씀대로 연암이 첩자라면, 물론 전 그
렇게 생각 안 합니다만, 함부로 죽여서는 안 됩니
다. 자기들이 보낸 첩자를 죽인다면 밖엣놈들이 그
걸 가만두고 보겠습니까? 연암을 죽인다는 건 그놈
들에게 대 놓고 선전포고를 하는 격이라 이 말입니

다. 그 뒷감당을 어떻게 할 겁니까?

마을 사람들    맞네, 맞아!

교충    연암을 죽이는 건 그놈들 의도에 말려드는 셈이라 이 말씀입니다!


마을 사람들의 호응. 장로들, 고개를 맞대고 고심한다.


추오    장로님들.

호체    어떡하나?

강량    기분 나쁘지만 일리 있는 말이야. 방법은 하나뿐 이군.

호체    뭔데?

강량    추방.

호체    이 모래바람 철에 십중팔구 죽고 말 텐데, 결국 마 찬가지잖아?

강량    음…….

호체    창대 말대로 좀 기다려 보는 게 어때?

강량    저놈이 계속 떠들어 대게 그냥 두잔 말이야?

호체    못 떠들게 재갈을 채우면 그만이지.

강량    미봉책이긴 하지만, 할 수 없군.


장로들, 마을 사람들 앞으로 나선다.


강량    조용! (사이) 좋아. 대의로 따지자면 이 짐승은 이 자리에서 당장 죽어야 마땅하겠지만, 여러 사정을 참작해서 모래바람이 지나갈 때까지 기다려, 이 녀석의 경과를 살펴본 후에 형 집행을 결정하도록 하겠다.

창대    고맙습니다, 고맙습니다!

강량    대신 금후로 창대네 집에 가서 이 짐승의 이야기를 듣는 행위는 엄히 금한다! 지금까지 저 녀석한테서 주워들은 헛소리는 모두 잊을 것이며 그 헛소리를 옮겨서도 안 돼! 이를 어기는 자는 마을에서 추방하겠다! 이 짐승에게는 이 시간부로 함구령을 내린다. 창대는 즉시 이 녀석에게 재갈을 물릴 것이며, 책임지고 기한까지 이 녀석이 자기한테 걸맞은 울음소리를 낼 수 있도록 해야 한다! 알겠나?

창대    네, 장로님!

강량    해산!

마을 사람들, 술렁대며 흩어진다.


4장


창대네 집. 재갈을 문 연암, 창대.


창대    그래, 전생에는 우리가 같이 멀리 갔더란 말이지?

하룻밤에도 아홉 강을 건너고 산을 넘고 벌판을 가로질러 온갖 구경을 다 하면서? (웃는다.) 헛소리라도 제법 괜찮은 얘기였어. 네놈이 주인이고 내가 마부였다는 얘기만 빼면 말이다. (연암에게서 재갈을 벗겨 주며) 자, 해 봐.

연암 무얼?

창대 말하지 말고 말처럼, 아니 넌 원래 말이잖아. 말답게 울어 보란 말이야.

연암 거참, 살다 살다 별 곤욕을 다 치르는군.

창대 그건 내가 할 소리다. 네가 한 말이 사실이라면 넌 정말 염치도 없는 놈이야. 전생에 날 그렇게 부려 먹고도 모자라서 이렇게 또 골탕을 먹이니? 대체 어쩌다가 이렇게 된 거냐?

연암 뭐가?

창대 어쩌다가 말을 하게 된 거냐고.

연암 글쎄…… 가려워서 참을 수가 없었다고나 할까.

창대 가려워? 가려우면 긁어야지 왜 말을 해?

연암 이 무식한 놈아, 그건 은유라는 거야.

창대 은유? 그런 피부병도 있었나? 그거 옮는 건 아니냐?

연암 (웃으며) 맞아. 이리저리 옮아 다니는 게 은유지.

창대 어쩐지 나도 근질근질하더라. 젠장, 연습이나 하자고. 자, 어서 울어, 말처럼!

연암 싫다.

창대 싫어?

거보가 만만을 이끌고 줄을 따라 창대네 집으로 온다.


만만    싫어, 싫다니까!
거보    쉿, 조용히 해!


인기척을 느낀 창대가 놀라, 서둘러 창대에게 재갈을 물린다.


창대    누구야?
거보    저예요, 거보!
창대    왜 왔어? 누가 보면 어쩌려고.
거보    연암 선생님을 뵙고 드릴 말씀이 있어요.
창대    우리 미중이는 이제 말 안 해.
거보    다 들었어요.
창대    뭘 들어?
거보    두 분이서 말씀 나누시는 거.
창대    큰일 날 소리 하지 마라.
거보    걱정 마세요. 난 연암 선생님 편이니까요. (연암이
        재갈을 물고 있는 것을 보고) 아, 이처럼 훌륭한 분에
        게 재갈을 물리다니! 이런 부끄러운 일이…….
창대    가만 놔둬.
거보    용서하세요.


거보, 연암의 입에 물린 재갈을 벗긴다.

창대 그래, 무슨 말을 하러 온 거냐, 이 밤중에?

거보 더 이상은 참을 수가 없어요.

창대 무얼?

거보 연암 선생님 말씀이 다 맞아요. 우리 마을은 썩었
어요. 우린 여기서 말라비틀어져 가고 있다고요.
우린 여길 떠날 거예요.

창대 떠난다고? 만만이 너도?

만만 나도 지금 처음 들었어요.

거보 (연암에게) 선생님. 도와주세요. 선생님은 길을 아시
잖아요. 우릴 밖으로 데려다 주세요. 자작나무 숲
이 있는 곳으로. 만만이가 나하고만 놀 수 있는 곳
으로.

창대 철없는 소리 그만하고 집으로 돌아가거라.

거보 절 어린애 취급하지 마세요. 선생님을 만나기 전까
지 전 여기가 세상의 단 줄 알았어요. 만만이도 그
저 만만이로밖에 보이지 않았어요. 하지만 선생님
을 만난 후 모든 게 달라졌어요. 선생님께선 제게
다른 세상을 보여 주셨고, 만만이의 고통을 알게
하셨고, 그 고통을 통해 내가 얼마나 만만이를 사
랑하고 있는가를 알게 하셨어요! 그래! 이제야 생각
났어! 사랑! 전 만만이를 사랑해요! 저 아이를 저대
로 그냥 내버려 둘 순 없어요.

만만 난 네가 날 좀 가만 내버려 뒀으면 좋겠어, 예전
처럼.

거보     어떻게? 난 널 사랑하는데!

만만     사랑? 뭔지는 모르겠지만, 그것 때문에 난 정신이
없어.

거보     나도 그래.

만만     근데 왜 그래?

거보     왜냐고?

만만     내가 고통스럽기 때문에 날 사랑한다고? 네가 날
사랑하기 전엔 난 하나도 고통스럽지 않았어.

거보     지금은 고통스러워?

만만     그런 것 같아.

거보     나도 그래! 만만이 너 때문에. 너도 나 때문이지?

만만     그건 아닌 것 같아.

거보     뭐야? 그럼?

만만     없어졌어.

거보     뭐가?

만만     내가 제일 좋아하던 거.

거보     그게 뭐야?

만만     미중이 눈.

창대     미중이 눈? 여기 있잖아?

만만     아녜요! 예전의 그 눈이 아냐!

거보     나 때문이 아니라고?

만만     미안해. 어쨌든 난 너랑 같이 못 가.


만만, 줄을 잡고 달려 나간다.

거보　뭐야? (연암의 눈을 노려보고) 그렇게 안 봤는데, 도대
　　　체 우리 만만이한테 무슨 짓을 한 거죠? (달려 나가
　　　며) 만만아! 네가 어떻게 나한테 이럴 수가 있어? 만
　　　만아!


　　　거보와 만만, 어둠 속으로 사라진다.


창대　저, 저런…… 만만이 말대로 이게 다 너 때문이야.
　　　너만 입을 다물면 모든 일이 깨끗하게 해결된다 이
　　　말이야.
연암　나도 그러고 싶지만, 이제 말처럼 울 수는 없어.
창대　그러니까 연습해야지. 자, 시간이 없어. 곧 모래바
　　　람이 걷힐 거라고. 그때까지 넌 마을 사람들 앞에
　　　서 네가 말이라는 걸 증명해야 돼. 살고 싶다면 말
　　　이야.
연암　그럴 필요 뭐 있나? 저 꼬마 녀석 말대로 떠나 버리
　　　면 그만이지. 그래. 당장 가자고.
창대　이 모래바람 철에, 너처럼 제정신도 아닌 말을 데
　　　리고? 마을 밖에 나서자마자 길을 잃고 말 거야.
연암　더 좋지. 안 가 본 길로 가게 될 테니까.
창대　미친놈.
연암　네가 원한 게 그거 아니었나?
창대　젠장! 아무튼 지금은 못 가. 그래 가자고! 모래바람
　　　이 걷히거든. 그때까진 살아 있어야 가든 말든 할

거 아냐.

연암　원 참 말 좀 한 거 가지고 참 말들이 많군……. 좋
　　　아. 네 말대로 입을 다물지. 말 울음도 연습하지.

창대　그래, 그래야지.

연암　다 좋은데.

창대　다 좋은데?

연암　창대 너 자꾸 반말할래, 나한테?

창대　뭐야? 이 녀석이 정말. 넌 말이고 내가 네 주인이야.

연암　아니. 넌 마부고 내가 네 주인이야.

창대　억지 쓰지 마. 네가 주둥이 좀 놀린다고 착각하는
　　　모양인데 그래 봐야 넌 말이라고.

연암　이 녀석아, 눈에 보이는 게 다가 아니라고 몇 번을
　　　얘기해야 알아듣니? 먼 길 가는데 집을 지고 갈 수
　　　있나?

창대　그건 또 무슨 소리야?

연암　이 육신도 마찬가지라 이 말이야. 장작 하나가 다
　　　타고 나면 불길은 다른 장작으로 옮겨 붙지. 그 장
　　　작이 참나무가 될 수도 있고, 소나무가 될 수도 있
　　　고, 오동나무가 될 수도 있어. 내 비록 어쩌다가 이
　　　런 몸을 하고는 있지만 네 주인인 건 분명하다 이
　　　말이다.

창대　시끄러워! 말은 그만하고 말 울음이나 연습해!

연암　너 자꾸 반말하면 연습 안 하고 계속 말할 거다.

창대　네가 죽지 내가 죽어?

연암    내가 마부 놈한테까지 반말 짓거리 듣고는 못 산
       다. 나 죽는 꼴 보려면 맘대로 해.

창대    이런…… 알았어. 반말 안 할게……요.

연암    겠습니다, 나리.

창대    겠습니다! 나리. 자 날 따라 하십시오. (말 울음을 흉
       내 낸다.)

연암    오, 제법인데. 역시 마부 녀석이라 다르구먼.

창대    주둥이 닥치고…… (분을 삭이며) 말씀은 그만두시
       고 절 따라 하시라니까요. (말 울음)

연암    (어설프게 따라 한다.)


       창대와 연암, 말 울음을 연습할 때, 하늘 위에 별들이 하나
       둘 돋아난다. 어두워진다. 어둠 속에 외치는 소리.


소리    **모래바람이 물러간다!**


       방울 소리가 온 동리에 울려 퍼진다. 한순간, 방울 소리가
       일시에 멎는다. 침묵. 뒤이어 라디오에서 흘러나오는 듯한
       음악 소리가 희미하게 들려오기 시작한다.



                          5장


       새벽하늘이 푸르게 밝아온다. 밝아지면 마을 공터 한가운

데에 수레 한 대가, 바퀴 한쪽이 모래밭에 빠져 기울어진
채 서 있다. 수레의 포장 천막은 닳고 닳아 바래었으나, 전
에는 요란하고 화려했을 원색의 문양들이 남아 있다. 수레
에 다닥다닥 붙은 꼬마전구들 중 몇 개가 살아남아 겨우
깜박거린다. 천막 꼭대기에 달린 확성기에서 음악이 흘러
나온다. 마을 사람들, 뜻밖의 광경에 당황하여 말을 잃고
서 있다. 촌장이 장로들을 데리고 들어온다. 사람들, 장로
들 주변으로 소리 나지 않게 모여든다.


추오      저기.


장로들, 수레를 보고 놀란다.


추오      도대체 저게 뭘까요?
강량      (호체에게) 뭐야?
호체      (손에 든 책을 뒤적인다.) 으음…… 없는데, 없어.
강량      없어?
호체      응.
강량      (사람들에게) 여기 원래 저런 게 있었나?
유유      우리 마을에 원래 저런 게 있을 리 없잖아요.
강량      그건 그렇지.
기여      있는데 못 봤을 수도 있잖아.
부혜      모래바람 불기 전엔 없었어. 그건 확실해.
기여      언제부터야, 저게 여기 있는 게?

구여 　오늘 새벽에 내가 밭에 나가다가 봤어.

유유 　방정맞기는!

구여 　뭐야?

유유 　네가 안 봤으면 그냥 없어졌을 수도 있잖아.

구여 　말이 되는 소릴 해!

추오 　쉿, 목소리들 낮춰!

호체 　유유 말이 맞아. 구여 네 잘못이다.

구여 　네?

호체 　그래. 우리 마을에 산이 없는 이유를 아나?

기여 　그건 또 무슨 소리예요?

호체 　그건 여기 여편네들이 새벽잠이 많아서야. 세상이
　　　만들어질 때, 새벽이면 땅 밑에서 산들이 올라와
　　　서 더러는 하늘로 아주 올라가는 놈도 있고, 더러
　　　는 새벽에 나온 여편네들한테 들켜서 주저앉아 산
　　　이 되기도 한 것인데, 이 마을 선대 할머니들은 다
　　　들 늦잠꾸러기였거든. 그러니 산들이 죄다 하늘로
　　　올라가 버렸지.

구여 　도대체 뭔 말씀인지, 그래서요?

호체 　그러니까 네 잘못이지! 구여 네가 유구한 우리 마
　　　을 전통을 어겨서 이런 사달이 일어난 게라고!

구여 　할 일은 많은데 사내들은 손 하나 까딱 안 하고 어
　　　쩌란 말이에요!

추오 　목소리 낮추라니까! (강량에게) 어떡하죠? 불을 질러
　　　버릴까요?

강량    아니. 그건 이치에 맞지 않아. 저건 아무것도 아니고, 원래 없는 거라고. 없는 거에다 불을 지를 순 없잖나? 그럼 저게 있는 게 돼 버릴 테니까.

추오    그럼요?

강량    그냥 못 본 척해.

추오    네?

강량    자, 다들 잘 들어. 우리가 끼어들수록 일은 복잡해진다. 우리가 저걸 있게 한 건 아니지? 갑자기 있게 된 거야. 그러니 갑자기 없어지게 내버려 두란 말이야. 알아듣겠나? 우린 아무도 저걸 못 본 거야. 저건 없는 거야. 다들 돌아가서 할 일들이나 해.

기여    구여, 네가 잘못했네.

음악 소리가 멈춘다. 수레 밑에서 사람 하나가 기어 나온다. 요란한 원색의 옷을 입고 먼지를 잔뜩 뒤집어썼다. 마을 사람들, 그 자리에 굳어진다.

어사    (수레 앞자리에 달려 있는 라디오를 탁 치며) 또 말썽이네.

문득 이상한 낌새를 챈 어사, 둘러선 사람들을 발견한다. 양쪽 모두 놀란다. 사이. 마을 사람들, 슬그머니 흩어져 가려 한다.

어사    이봐!

추오    (속삭이듯) 못 본 척해.

어사    어이, 거기!

산고    들리는 건 어떡해요?

추오    아무 소리도 우린 못 들은 거야.

어사    내 말 안 들려?

산고    안 들려요! 우린 아무것도 못 봤어요!

추오    대답하지 마, 이 바보야!

부혜    어, 날씨 좋다. 금년 모래바람은 다른 때보다 더 길
       었어!

유유    서둘러 수수 밭에 씨를 뿌려야 할 거야!

어사    (웃으며) 날 무시하겠다는 건가? 내가, 못 본 체하면
       당황하고 풀이 죽어 사라질 그런 사람쯤으로 보이
       나? 나는 그런 사람이 아냐. 나, 황실 직속 계내계외
       기사기물총람국(界內界外奇事奇物總攬局)을 관장하
       는 계내계외기사기물총람순력어사는 황제 폐하의
       황지를 받들어 명령한다!


마을 사람들, 놀랐다기보다는 '어사'의 괴상한 말들을 곰곰
이 생각해 보느라 자리에 멈춰 선다. 어사, 라디오를 두들
기며 소리친다.


어사    다들 제자리에 서!

라디오에서 웅장한 음악이 울려 퍼진다. 음악에 압도된 마을 사람들, 얼떨결에 땅에 엎드려 고개를 조아린다. 어두워진다.


## 6장

밝아지면 수레 앞. 어사, 수레 앞자리에 걸터앉아 수수떡과 물을 게걸스레 먹고 있다. 마을 사람들이 그 앞에 공손히 앉아 있다.

기여    천천히 드세요.

구여    길을 잃고 여러 날 굶으신 모양이야.

어사    뭐야? 지금 그걸 말이라고 하나? 내가 길을 잃었다구? 황명을 받드는 내가 길을 잃을 수 있다고 생각해? 식량도 물도 충분해! 허나 백성들의 정성을 야박하게 거절할 순 없지. 모든 건 예정돼 있어! 난 여기 예정대로 정확한 시간에 도착한 거야.

강량    예정대로요?

어사    그래. (수첩을 뒤져) 정확히 586년 전 오늘, 이 수레가 이곳에 이르렀었고, 오늘의 방문은 그때 예고되었지! 이건 586년마다 한 번씩 돌아오는 정기 순력 행사야. 당신들은 행운아라고! 그런데 나를 못 본 척하려 들어?

호체    너무나 갑작스럽다 보니 몸 둘 바를 몰라서.

어사    갑작스럽다고? 예정된 정기 순력이라고 몇 번을 얘기해야 알아듣겠나?

강량    이 보잘것없는 작은 마을에까지 오시리라고는 꿈에도.

어사    그러니까 586년이 걸렸지. 제국은…… 넓어. (일어서며) 자, 그럼 일을 시작해 볼까?

추오    무슨 일을……?

어사    그야 물론 내 직함과 관련된 공무지.

추오    실례지만 아까 직함이 뭐라 하셨지요?

어사    촌놈들이란. 황실 직속 계내계외기사기물총람국 총책임자 계내계외기사기물총람순력어사.

추오    네?

어사    간단히 말해 이 세상의 온갖 기이한 것들을 찾아 모아들이는 것이 내 일이야.

교충    모아서 뭐 하게요?

어사    뭐 하냐고?

교충    에, 그러니까 기이한 것들을 모으는 목적이 있을 거 아닙니까?

어사    이런 젠장! 하나같이 바보 같은 질문들뿐이군. 자네 숨은 왜 쉬나?

교충    살려고요.

어사    왜 사는데?

교충    (감격하여 눈물을 흘린다.)

어사   왜 사냐니까 울어?

교충   (눈물을 흘리며) 너무나 감격스러워서요. 누군가 저
       에게 그런 질문을 해 주길 얼마나 기다려 왔는지
       모릅니다. 밥 먹었냐, 일 다 했냐, 잘 잤냐 이런 질
       문 말고요…….

어사   아, 정말 짜증 나게 하는군.

교충   저는 항상 그 문제를 생각해 왔습니다. 에, 그
       건…… 인간으로서 이 세상에 태어난 이상……
       무언가…… 의미 있는…… 에, 그러니까, 이를 테
       면…….

어사   솔직히 말해 봐. 생각도 안 해 봤지?

교충   아닙니다! 전 항상 생각합니다! 물론 아직 해답을
       얻진 못했지만, 제 인생에도 분명 어떤 목적이 있
       을 거라고.

어사   이 어린 녀석아. 넌 그냥 살아 있으니까 사는 거야.
       다른 이유나 목적 따위는 없어. 설령 있다 해도 네
       놈 따위가 알 수 있는 것도 아니고, 알 필요도 없어.
       그걸 알면 넌 십중팔구 미쳐 버릴 테니까.

교충   (머리를 조아리며) 미쳐도 좋습니다! 부디 알려 주십
       시오!

어사   가망이 없는 놈이군. 쟤 좀 어떻게 해.


유유와 부혜가 교충을 어사가 앉은 자리로부터 멀리 끌어
낸다.

어사   이 일도 마찬가지다. 황제란 세상의 모든 기이한
       것들을 손아귀에 틀어쥐고 있는 분이라 할 수 있
       지. 그렇지 않다면 황제라 할 수가 없어. 이쯤이면
       내가 하는 일이 얼마나 중요한 일인지 알아듣겠나?
       좋아. 너희들이 알아듣기 쉽게, 모으는 것 자체가
       목적이며 이 일 자체가 황제라고 해 두지. (마을 사
       람들이 못 알아듣고 술렁이자) 그만, 그만! 더 이상 시
       답잖은 너희들 질문이나 듣고 있을 시간이 없어.
       촌장, 이 마을엔 뭔가 기이한 것이 없나?

추오   글쎄요.

어사   나는 이곳에 하루 동안 머무를 것이다, 586년 전에
       그랬듯이. 그동안 너희들은 폐하를 만족시킬 만한
       기이한 것을 찾아 바쳐야 한다.

강량   글쎄요, 찾아보긴 하겠습니다만, 우리 마을에 그런
       것이 있을는지…….

어사   그래? 잘 생각해서 말해. 모래바람을 뚫고 수만 리
       를 찾아왔는데, 기이하다고 할 만한 게 하나도 없
       다면 얼마나 맥 빠지는 노릇인가? 그래서 이번 순
       력을 통해 기이한 것이 없는 마을들은 제국 지도에
       서 지워 버리기로 했다.

추오   지운다구요?

어사   말 그대로. 깨끗하게 없애 버리는 거지. 마을도, 거
       기 사는 놈들도 함께.

마을 사람들   세상에!

| 산고 | 저기요. |
|---|---|
| 어사 | 난 저기가 아냐! 따라 해 봐. 계내계외기사기물총람순력어사님! |
| 산고 | 계, 내, 계, 외…… |
| 어사 | 젠장. 뭐야? |
| 산고 | 그건 좀 심한 것 같은데요. |
| 어사 | 뭐가 심해? 기이한 것 하나 없는 마을은, 그리고 그런 데서 사는 놈들은 있을 필요가, 존재할 가치가 없어! |
| 산고 | 그냥 지도에서만 지우면 안 될까요? |
| 어사 | 뭐야? 네놈이 지금 무슨 말을 하고 있는지 알고나 있는 거냐? 어린놈만 아니었으면 벌써 반역죄로 목이 떨어졌을 거다! 감히 제국의 지도를, 폐하를 능멸해? 제국의 지도는 실제와 털끝만큼도 달라서는 안 돼! 지도에 없으면 실제로도 없는 거야! |

마을 사람들, 무거운 침묵에 빠진다.

| 추오 | 저기…… |
|---|---|
| 어사 | 또, 또! |
| 추오 | 계내계외기사기물총람순력어사님! |
| 마을 사람들 | 오! |
| 어사 | 또 뭐야? |
| 추오 | 어사님의 일정이 바쁘신 줄은 알지만 하루는 너무 |

빠듯합니다.

어사  빠듯하다고? 이따위 마을은 하루도 과분해! 사실 난 시간 낭비할 것 없이, 그냥 여길 지워 버리고 지나갈까 생각도 했었다고.

아낙들  세상에!

어사  하지만 폐하께선 모든 마을에 공평한 기회를 주어야 한다고 말씀하셨어. 평등이야말로 그분께서 가장 중요하게 여기시는 덕목이거든.

아낙들  암요, 그래야죠!

어사  나같이 공정한 사람을 만난 걸 행운으로 알게. 질문 있나?

강량  저, 예전에, 그러니까 586년 전에, 우리 조상님들께서는 무엇을 바치셨던가요?

어사  (수첩을 뒤적이며) 어디 보자……. 수수 한 줌이었군. 모래밭에서도 잘 자라는 수수 종자.

추오  (환호하며) 수수라면 우리 마을에 얼마든지 있습니다!

어사  (비웃으며) 이젠 다른 곳에도 얼마든지 있어. 더 이상 기이할 것이 없다고. (수첩을 보며) 1172년 전에는 무고녀(無睾女), 불알 없는 여자.

기여  여자는 원래 불알 없어요.

부혜  그땐 여자들한테도 불알이 붙어 있었나?

교충  말도 안 되는 소리! 아마 그 고자는 괴로울 고(苦)자를 잘못 쓴 걸 거야. 옛 문헌에는 종종 그런 경우

가 있거든. 그렇죠? 괴로움도 없이 항상 즐거운 여
자! 괴로움을 씻은 듯 없애 주는 여자!

구여   미친 여자였나? 아니면 백치?

어사   그게 너희들의 한계야. 상상력이라곤 눈곱만치도
없는 것들아. 이건 정확히 불알 고자야. 무고녀, 이
'불알 없는 여자'란 말을 들으면, 이 여자도 남자도
무엇도 아닌 것에다 이름을 붙이려고, 이 기록을
남긴 사람이 얼마나 고심했는가가 느껴지지 않나?
뭐 고통이 어쩌고 미친년, 백치가 어째?

교충   아, 그렇군요!

산여   (혼잣말로) 차라리 불알을 붙이는 게 쉬웠겠네.

어사   아무튼 이 여잔지 남잔지는 평생 황제를 곁에서 모
시며 총애를 한 몸에 받았다는군.

교충   아, 그렇군요!

어사   자, 이제 대충 알아들었나?

기여   말로만 해서는 잘 모르겠어요.

구여   그래요. 실제로 뭔가 보여 주실 수는 없나요?

산여   네. 어사님께서 모아 오신 것들 중에서 몇 개만 보
여 주시면 저희들에게는 크나큰 도움이 될 겁니다.

어사   아 정말 귀찮군. 하긴 촌것들이 최신 유행에 어두
운 것도 무리는 아니지. 좋아. 내 너희들에게 특별
히 선심을 쓰도록 하겠다. 금번 순력의 테마는……
이념이야.

마을 사람들, 어리둥절한 침묵.

구여　이념?

기여　양념은 알겠는데 이념은 또 뭐야?

어사　제법 말귀를 알아듣는군. 그 비슷한 거다. 너무 세
　　　면 음식을 망치지만 아주 없어도 심심하지. 옛날엔
　　　흔했는데, 요샌 영 귀해져 버렸어. 요샛것들은 이
　　　념, 양념은 고사하고 아주 날로 먹으려 드니까. 자,
　　　눈을 크게 뜨고 잘 보라고!

　　　어사, 라디오를 켠다. 반선(班禪)의 주제곡이 흘러나온다.

어사　낙타 반선!

　　　수레의 포장막 사이로 낙타, 반선이 등장한다. 마을 사람
　　　들, 탄성을 지른다.

기여　희한하게도 생겼네!

구여　뭐라고 중얼대는데?

산여　조용히 해요. 안 들리잖아.

　　　반선, 고행과 수련을 암시하는 동작을 하며 중얼댄다.

반선　나, 689대 반선 라마는 말한다.

사막을 건너가는 배여,
사막이 뜨거우면
사막보다 뜨거워져라.
사막이 차가우면
사막보다 차가워져라.
사막이 드넓으면
사막보다 드넓어져라.
사막이 어둡다면
사막보다 어두워져라.
삶이 고통스럽다면
삶보다 더 고통스러워져라.
나, 689대 반선 라마는 말한다.
지금까지 말한 건 모두, 뻥이다.
지금 내가 뻥이라고 말하는 것 또한, 뻥이다.
이 세상, 뻥 아닌 것이 없다.
사막은 사막이 아니요,
너는 배가 아니요,
나는 689대 반선 라마가 아닌데
뭘 빤히 쳐다보고 있어?


반선, 가부좌를 틀고 앉아 눈을 감아 버린다. 마을 사람들,
어리둥절하다.


기여    도대체가 이념이든 양념이든 짜든 달든 시든 맵든

쓰든 해야지, 이건 뭐…….

어사　그게 이 이념의 포인트야.

구여　비쩍 말라서 영 기운이 없네요.

어사　이 녀석은 지금 689일째 단식 중이거든.

기여　왜요?

어사　그것이 이 녀석의 이념이니까. (반선에게) 들어가.


반선, 중얼대며 어슬렁어슬렁 포장막 뒤로 들어간다.


교충　아직도 잘 모르겠습니다. 좀 요약해 주실 수는 없
　　　나요?

어사　한마디로 고통의 이념이라 할 수 있어. 고통이 어
　　　디서 오느냐, 나한테서 온다, 그러니 나를 버려라.
　　　그러면서도 이 녀석은 자기가 689대 동안 계속 반
　　　선 라마였다고 우기지.

부혜　여전히 아리송한데요?

어사　그러니까 이 수레에 실릴 자격이 있는 거야.

유유　아! 이념이란 건 아리송해야 하는 거군요?

어사　대체로 그래. 앞뒤가 안 맞을수록 더 좋지. 자, 다
　　　음! 호랑이 초정(楚亭)!


초정의 주제곡과 함께, 포장막 사이로 초정이 무서운 기세
로 뛰쳐나온다. 초정은 사슬에 묶여 있다.

초정　　깨어라! 억눌린 자들아!

　　　　굴레를 벗어던져라!

　　　　뒤집어라! 뒤엎어라!

　　　　낡고 썩은 질서를!

　　　　굶어 죽을지언정

　　　　썩은 고기를 탐하지 마라!

　　　　끌어내려라! 황제를!

　　　　물어뜯어라! 사나운 네 이빨로

　　　　새 세상을 열어젖혀라!

부혜　　이건 좀 알아듣겠군.

유유　　근데 이건 너무 위험하지 않나요?

어사　　전혀.

유유　　황제 폐하를 물어뜯자고 덤벼들면 어떡합니까?

어사　　가끔 그러기도 하지. 그게 이 녀석의 임무야. 폐하
　　　　께서는 이 녀석을 보면서, 편안한 자리에서도 위
　　　　태로울 때를 생각하신다네. 사실, 이건 흔해서 딱
　　　　히 기이하다고 할 순 없지만, 그래도 필요해. 폐하
　　　　께서 거둥하실 때 이런 녀석을 앞장세웠다가, 가끔
　　　　짜증이 나실 때면 활로 쏘아 죽이시거든. 요즘은
　　　　좀 물량이 딸려서, 썩 쓸 만하진 않지만 아쉬운 대
　　　　로 데려왔어. 들어가. 다음은…… 이번 건 걸어 나
　　　　올 수가 없겠군.


어사, 포장막 뒤로 들어가 자그마한 분재 화분 하나를 들

고 나온다.


어사 　나도 이게 아직 남아 있으리라고는 꿈에도 생각 못
　　　했어. 이거야말로 기이하면서도 위험한 물건이지.

부혜 　별로 위험해 보이지는 않는데요?

어사 　모르는 소리! 이게 지금은 이래도, 예전엔 이 가지
　　　와 잎으로 온 세상을 덮고 있었던 나무였다네. 온
　　　천지가 이 녀석 그늘 아닌 곳이 없었지.

교충 　나무요?

어사 　이 나무는 사람의 피를 먹고 자라 돈이라는 열매를
　　　맺는데, 이름하야 민주목(民主木)이라 하지. 이 그늘
　　　밑에 들어간 사람은 누구나 자기가 황제라고 믿게
　　　된다네. (웃는다.) 세상에, 그런 사기가 통하는 시절
　　　도 있었다니 우습지 않나?

교충 　그때 폐하께서는 어디 계셨나요?

어사 　나무 꼭대기에 앉아 계셨지. 휴가 중이셨거든. 여
　　　길 봐. 여기 번데기 비슷한 게 하나 보이지?


마을 사람들, 분재 곁으로 모여든다.


어사 　하지만 번데기가 아니라 분명 사람이라고. 무관(懋
　　　管)이란 녀석인데, 그 시절 사람 중에는 아마 유일
　　　하게 살아남은 놈일 거야.

기여 　이게 사람이라고요?

구여  어쩌다 이렇게 작아졌죠?

어사  생각해 봐. 온갖 놈들이 다 황제라고 설쳐 대니, 천
      지는 좁고, 그래도 황제 노릇은 해야겠고, 그러니
      스스로 작아질 수밖에. 그래도 다른 놈들이 귀찮게
      하니까, 이렇게 아예 고치를 틀고 들어앉은 거야.
      여전히 중얼대고 있군.

유유  아무 소리도 안 들리는데요?

어사  잘 들어 봐. "나는 누구인가? 나는 누구인가?" 중
      얼대고 있잖아.

교충  아, 들립니다! 들려요!

어사  자, 이만하면 됐지? 잘들 찾아봐.

어사, 분재를 들고 하품을 하며 포장막 안으로 들어간다.


추오  자, 다들 서둘러요! 온 마을의 모래를 세서라도, 내
      일 아침까지는 이념이란 것을 찾아와야 합니다!

어두워진다. 어둠 속에 요란하고 분주한 음악이 흐르는 가
운데, 사람들이 방울을 딸랑이며 분주하게 오가는 소리. 부
연 모래 먼지가 피어오른다. 그 사이로 연암이 내지르는
말 울음소리가 울려 퍼진다.

## 7장

밝아지면 창대네 집. 오후. 마을 사람들이 몰려와 있다. 창
대와 연암, 아연실색하여 이들을 건너다본다. 사람들은 먼
지를 잔뜩 뒤집어쓰고 가쁜 숨을 몰아쉰다. 사이.

강량    (헐떡이며) 그렇게 됐네.

사이.

창대    에이…… 설마요.
호체    설마설마하다가 결국은 이런 날이 오고 만 거야.
창대    지금 절 놀리시는 거죠?
강량    우리 꼴을 보고도 그런 말이 나오나?
기여    하루 종일 온 마을을 이 잡듯이 헤집고 돌아다녔지
        만, 죄다 퇴짜를 맞았어요. 우리 마을엔 도통 그 양
        반이 원하는 게 없더라구요.
구여    그런 게 있을 리가 없잖아! 예전부터 우리 마을에
        선 이상한 것만 생기면 죄다 없애 버렸으니까.
부혜    혹시나 해서 부옥이네 주전자도 가져가 봤었는데,
        노래를 안 하고.
유유    난 모래밭을 뒤지다가 사람 하나를 파냈지. 분명히
        숨은 안 쉬는데 하나도 안 썩고 따뜻한 게, 얼굴엔
        윤기가 돌더라고. 어사한테 가져갔었는데 그런 건

흔하다는 거야. 그래서 도로 파묻어 버렸어.

호체 교충이 녀석은 불알을 잘라 내려고 했다네. 헌데 불알 없는 사내는 흔한 거라대. 산여가 안 말렸으 면 공연히 불알만 뗄 뻔했어.

강량 불알을 뗀다고 이념이라는 게 생기나?

교충 혹시 알아요?

산여 시끄러워! (교충을 쥐어박으며) 너한테 달렸다고 그게 네 거야? 누구 맘대로!

교충 난 어떻게든 우리 마을을 구하겠다는 생각으로 그런 거라고!

산여 (꼬집으며) 나는? 나는 어쩌라고!

호체 마을은 무슨. 그저 출세에 눈이 멀어 가지고. 바보 같 은 녀석.

산여 뭐예요? 이 사람이 오죽했으면 그랬겠어요? 사실 말이지, 이런 일엔 장로님들이 앞장서야 되는 거 아니에요? 이 젊은 사람이 그런 생각을 하도록 장 로님들은 뭘 했는데요?

부혜 그건 아니지. 떼나 마나 한 거 뗀다고 누가 알아줘?

호체 뭐야? 이 자식이! 네가 봤어? 봤어, 이 자식아?

부혜 그거 뭐 꼭 봐야 압니까?

호체 내가 이래 봬도 이 자식아…….

추오 그만! 그만들 하세요! 아무튼 다들 제정신이 아니 라, 이 녀석을 까맣게 잊고 있었지 뭡니까?

기여 그러게 괜히 헛고생만 했어.

부혜  어사 양반 말대로라면 역시 우리 마을엔 이 녀석밖
      에 없어.

유유  그래, 이 녀석 말은 알쏭달쏭하니까, 분명히 이놈으
      로 쳐 줄 거야.

강량  이 녀석 아직 말을 하겠지?

창대  천만에요. 이젠 멀쩡합니다.


창대가 손짓하자, 연암이 길게 말 울음소리를 내지른다.


마을 사람들   (절망적으로) 안 돼!

호체  안 돼, 이 녀석은 말을 해야 돼!

강량  큰일 났군, 큰일 났어! 이 녀석이 이렇게 된 지 얼마
      나 됐나?

창대  며칠 됐죠.

기여  아직 늦진 않았을 거야.

구여  빨리 다시 말하라고 해요!

창대  이제 와서 그게 무슨 소리야? 말하면 죽인다더니.

산여  우린 안 그랬어요, 장로님이 그랬지.

창대  얼마나 애를 먹은 줄 알아, 저놈이나 나나? 하지만
      마을을 위해서……

호체  마을을 위해서 빨리 다시 말하라고 하게!

부혜  그래요, 우리 마을을 구할 건 이 녀석밖에 없다구요.

유유  따지고 보면 우리 마을에 이런 불상사가 생긴 건
      다 저 녀석 때문이야. 저놈이 나불대기 시작하면서

부터 뭔가 불길했어.

창대  그래서 이제 말 안 하잖아! 뭐가 문제야?

기여  이제 와서 말 안 한다고 해결될 문제예요, 이게?

구여  그럼! 계내계…… 뭐시긴가 하는 어사가 무작정 왔
     겠어요? 다 저 녀석 냄새를 맡고 왔겠지. 저 녀석이
     불러온 거라고!

산여  결자해지. 저놈 주둥이가 일을 만들었으니 저놈 주둥
     이로 풀어야 해!

기여  이럴 게 아니라 말을 시켜 보자고!


아낙들, 연암을 둘러싼다.


구여  야! 말 좀 해 봐.

산여  그래 가지고 말하겠어? 야, 입만 열었다 하면 순 구라
     만 치는 뻥쟁이! 고상한 척, 제 잘난 척만 하고 그래
     서 어쩌라는 거야?

기여  네 얘기는 겉만 번드르르하지 알맹이가 없어. 요리
     조리 미꾸라지처럼 빠져나가기나 잘하지!

구여  천하가 어떻고 도가 어떻고 뜬구름 잡는 소리 늘어
     놔 봐야, 이불 안에 활갯짓이지. 너는 어차피 말도
     못 되는 나귀 새끼야. 내 말이 틀려?

산여  네가 입만 열면 딴 세상 얘기만 해 대면서 거기 좋
     은 게 있다고 떠들더니, 고작 온 게 이거냐? 네놈
     주둥이 덕분에 우린 다 죽게 생겼어!

연암이 대답 대신 말 울음소리를 길게 내지른다. 아낙들, 몰려들어 연암을 꼬집고 할퀴며 난동을 피운다. "안 해? 안 해? 이래도 말 안 해?" 등등.

창대  (연암에게서 아낙들을 밀어내며) 그만들 해! 말 못하는 짐승이라고 이렇게 함부로 해도 되는 거야?

기여  그러니까 말 좀 하라고 하란 말이에요!

창대  소용없어. 이 녀석 병은 이제 깨끗이 나았다고.

기여  (주저앉으며) 아이고, 이제 우리 마을은 망했어! 우린 꼼짝없이 다 죽는 거야!

강량  부탁하네. 말을 못하게도 만들었으니 다시 하게 만들 수도 있을 것 아닌가?

창대  그러고 싶지 않아요.

호체  뭐야?

창대  얘가 말을 하면 그 수레에 실려 가게 될 텐데, 그럼 결국 난 이 녀석을 잃고 마는 거 아닙니까.

구여  어쩜 사람이 그렇게 이기적일 수가 있죠?

산여  그래요! 우리 그이는 마을을 위해서 자기 소중한 거시기까지……. 흑!

구여  그래 그 말인지 나귄지 때문에 마을 사람들이 다 죽게 돼도 좋단 말예요?

기여  어차피 다 죽는 거예요! 그 잘난 짐승도, 어르신도!

창대  설마…….

호체  설마가 아니라니까!

사이. 모두들 창대 얼굴만 바라본다.


창대    무조건 윽박지른다고 될 일이 아니라…….

호체    (반색하여) 그래, 그래! 어찌해야 되나?

창대    기분을 맞춰 줘야 합니다.

호체    어떻게?

창대    우선 반말은 절대 금물입니다. 최대한 공손하게 대
        하고 부를 땐 나리, 마님, 연암 어르신, 이렇게 불러
        야 합니다.

부혜    (웃는다.)

기여    (부혜를 쥐어박으며) 웃지 마! 그리고 또요?

창대    근데 언제까지 말을 해야 되는데?

강량    내일 아침까지.

창대    그렇게 빨리요? 말 못하게 하는 데 보름이 걸렸다
        고요.

강량    안 돼, 그렇게 늦어서는!

호체    그 전에 우린 다 죽고 말 거야!

창대    (고심하다) 술이 들어가면 더 신나게 이야기를 늘어
        놓긴 하던데.

추오    술이요? 그건!

창대    (아차 싶어) 물론 나도 알아. 우리 마을에선 절대 술
        을 빚어선 안 되는 거. 하지만 이 녀석, 아니 나리께
        서 하도 채근하시는 바람에.

강량    좋아! 당장 가서 술들을 빚어!

추오   하지만 그건 수백 년이 넘도록 우리 마을이 지켜
      온 전통인데요.

강량   마을이 있어야 전통도 있는 거야.

기여   근데 그게 어디 그렇게 금방 되나?

강량   그럼 그냥 손 놓고 앉아만 있을 거야? 하는 데까지
      는 해 봐야지. 자, 어서! 최대한 빨리 술을 빚어 다
      시 모이는 거야. 그리고 이 녀석, 아니 이 어르신께
      들은 이야기들을 기억하고 있겠지?

부혜   다 잊으라면서요.

강량   다시 기억해 내! 이분 앞에서 그 이야기들을 해 드
      리는 거야. 다 못하셨던 얘기를 다시 하실 수 있도
      록. 말씀을 안 하시고는 못 배기도록 만들어야 돼!
      서둘러!

마을 사람들, 흩어져 간다. 연암이 비웃는 듯, 길게 말 울음
을 내지른다. 어두워진다.


## 8장

밤. 하늘에 별이 총총하다. 장복이네 밭. 별빛 아래, 초매가
소 대신 장복이에게 쟁기를 매어 밭을 갈고 있다. 초매는
눈을 감고 있다.

| 초매 | 이려, 이려! 저려, 저려! |
|------|----------------------|
| 장복 | 꼭 이 밤중에 밭을 갈아야 해요? |
| 초매 | 나한테는 밤이나 낮이나 마찬가지고, 네놈은 낮이면 잠만 자잖아. |
| 장복 | 밤에 이렇게 일을 시키니까 그렇죠! |
| 초매 | 네가 밤일을 똑똑히 못하니까, 밤일을 시키는 거냐! |
| 장복 | 똑똑히 못한 건 또 뭐가 있어요? |
| 초매 | 내가 그렇다면 그런 거지, 말이 많아! (장복을 후려 친다.) |
| 장복 | 아야! (허리를 잡고 쓰러진다.) |
| 초매 | 일어나. |
| 장복 | 아이구구, 허리야! |
| 초매 | 자꾸 꾀부릴 테냐? |
| 장복 | 나도 이제 환갑이라고요. 좀 쉬었다 해요. 허리가 끊어질 것 같다고요. |
| 초매 | 물러 빠진 놈. |

장복, 쟁기를 벗고 밭에 주저앉는다.

| 초매 | 장복아. |
|------|--------|
| 장복 | 네? |
| 초매 | 하늘이 어떠냐? 별이 많으냐? |
| 장복 | 눈 뜨고 보세요. |

초매    (장복을 쥐어박으며) 대답이나 해! 별이 많으냐?

장복    쏟아질 것 같아요.

초매    네가 벌써 환갑이라고?

장복    그렇대요.

초매    나한테 장가온 지 40년인가?

장복    그렇죠.

초매    너 어쩌다 이렇게 됐냐?

장복    내가 뭐요?

초매    젊었을 땐 그래도 제법 사내다웠는데, 기억나냐?

장복    몰라요.

초매    에라, 이 등신 같은 놈아!

장복    왜 또 그래요?

초매    넌 밸도 없니? 발도 없니?

장복    아, 좀 쉴 때는 쉬게 가만 놔둬요. 자꾸 말 시키지
       말고.

초매    너 내가 미워 죽겠지? 콱 뒈져 버렸으면 좋겠지?
       콱 죽이고 싶지?

장복    또 무슨 트집을 잡으려고 그래요?

초매    아니다……. 별이 쏟아질 것 같다고?

장복    진짜로 쏟아지는 것도 있어요.

초매    그래?

장복    휙 또 하나 지나갔어요.

초매    휙 지나가?

장복    네.

초매    그렇구나…….


        사이.


초매    장복아.

장복    네?

초매    장복아.

장복    왜요?

초매    너 내가 누군지 아냐?

장복    네?

초매    알아, 몰라?

장복    물론 알죠.

초매    그런데도 안 무서워?

장복    네?

초매    나는 내가 무서운데.

장복    좀 그렇긴 해요.

초매    (지팡이로 장복을 후려친다.)

장복    왜 때려요? 참 알다가도 모르겠네.

초매    (낄낄대며 장복을 끌어안고 모래 위를 뒹군다.)

장복    (초매에게 붙잡혀 꼼짝 못하고 모래 위를 뒹굴면서) 아!
        아! 허리! 허리!


        초매, 한참 만에야 장복을 풀어 준다.

장복    아, 정말.

초매    일어나.

장복    못 일어나겠어요.

초매    오늘 밤일은 이만하면 됐으니 들어가.

장복    (신나서 벌떡 일어서 가려다가) 안 가요?

초매    바람 좀 쐬련다.


장복, 고개를 갸웃하다가 쟁기를 챙겨 들고 집으로 돌아간
다. 초매, 잠시 망설이다 눈을 뜬다. 문득 두려움에 질려 다
시 눈을 감는다. 두 손으로 눈을 가린다.


초매    ······간지러워, 간지러워······. 이것들아······. 언제
        냐······. 수십 년······ 수백 년······ 수천 년······ 수
        만년······ 너희들 떠나던 때······ 눈을 감아도 방울
        소리가, 짤랑대는 방울 소리가······ 싫어, 나는 싫
        어······. 그게 왜 나야? 왜 하필 나야? 저리 가, 오지
        마라, 들어오지 마······. 장복아, 장복아······ 장복
        아······.


초매, 이윽고 눈을 가렸던 두 손을 내리고 눈을 들어 밤하
늘에 가득한 별빛을 똑바로 응시한다. 초매, 자리에서 일
어나 성큼성큼 걸어 어둠 속으로 사라진다. 다른 쪽. 기여
와 구여, 산여가 술동이를 하나씩 안고 모래밭을 가로질러
간다.

기여    재주도 좋네. 솔직히 말해 봐. 너희들 그거 지금 담근
        거 아니지?

구여    사돈 남 말 하네.


세 여자, 웃는다.


산여    근데 이렇게 빨리 가져가면 트집 잡히지 않을까요,
        나중에?

기여    일단 급한 불부터 꺼야지, 지금 그런 거 따지게
        됐어.

구여    이 문제에 대해서 안 구린 놈 어디 있나?

산여    그래도 좀 천천히 가요.

기여    그럴까.


세 여자, 멈춰 선다.


구여    제기랄, 별빛도 좋네.

기여    우리 마을에선 그래도 이것밖에 볼 게 없지.

산여    (술을 마신다.)

기여    야, 너 지금 뭐 하냐?

산여    술 마셔요.

기여    이게 지금 미쳤나.

산여    까짓 거, 될 대로 되라지요.

구여    교충이 때문에 화났냐?

기여  어쨌든 불알은 아직 멀쩡하잖아.

산여  불알이 문제예요, 지금? 그 사람 마음이 문제지. 평
      생 같이 산 나한테는 말도 없이, 떠나려 한 거 아
      니에요. 아무리 마을을 위해서라지만 어떻게 그럴
      수가 있어? 내 인생은 뭐냐고? 다 소용없어, 인생이
      허망해요. (술을 마신다.)

구여  야, 그만 마셔!

기여  너 그거 모르는 소리다. 마음? 그런 거 필요 없어. 불
      알만 있으면 돼.

구여  에이. (술을 마신다.)

기여  야…… 넌 왜 마셔?

구여  불알도 불알 나름이지. 있으면 뭐해.

기여  이것들이! 지금 과부 앞에서 유세하냐? 에이. (술을
      마신다.)

구여  아, 이거 핑 도는데.

산여  우린 어떻게 되는 걸까요?


세 여자, 한숨을 내쉬며 창대네 집을 향해 간다. 무대 다른
쪽. 부혜와 유유, 교충이 일렬횡대로 서서 밤 들판을 향해
오줌을 누고 있다.


부혜  우라질, 별도 밝다.

유유  저 별들도 다 땅덩이라고? 우리가 밟고 서 있는 땅
      이 허공에 둥둥 떠 있는 방울이라?

부혜 누가 그따위 미친 소릴 해?

유유 그 나귀 녀석이 안 그러든? 넌 뭘 들은 거냐?

부혜 말 같지도 않은 소리.

유유 그러게. 근데 오늘은 왠지 그 녀석 말대로 몸이 허공에 붕 뜬 것만 같다. 그때 생각나?

부혜 언제?

유유 나 열네 살 때. 수수 밭에 갔다 오다가 모래 폭풍에 길을 잃었었잖아.

부혜 봄도 아니었는데 굉장했지.

유유 그때 내가 마을로 못 돌아왔으면 어떻게 됐을까?

부혜 죽었겠지.

유유 안 죽고 딴 마을에 들어갔으면?

부혜 쫓겨났겠지. 결국 죽었을 거야.

유유 너는 왜 그렇게 매사에 부정적이냐? 그 사람들이 날 받아 줬을 수도 있잖아.

부혜 나라면 몰라도 너는…….

유유 이 자식이! 난 그때, 모래바람 속을 헤매면서 밖엣사람들을 만나는 상상을 했었다. 그러다 뭐가 발에 탁 걸려서 몸이 붕 떠서 자빠졌는데, 그게 마을로 돌아오는 길이더라. 허겁지겁 줄을 잡고 뛰었어. 저 앞에서 우리 어머니가 날 부르는 소리가 들리데. 아이고, 이제 살았다 싶은데, 거참 묘한데, 가슴이 막 답답해지더라고.

부혜 이 자식이 안 하던 옛날 얘기를 하는 거 보니, 죽을 때가 된 모양이네.

유유 　그러게 말이다. 이왕 죽을 거 콱 그냥! 야, 교충, 넌
　　　어떻게 생각해?

부혜 　너 아까부터 불알 잡고 뭐 하냐? 제사 지내냐?

유유 　이 자식 기어이 불알 뗀 거 아냐?

부혜 　어디 좀 보자.

교충 　쉿!

유유 　쉿은 뭐가 쉿이야, 이 자식아.

교충 　아, 정말! 왜들 이래요! 나 좀 가만 놔둬요.

부혜 　가만 놔두면 불알 떼려구?

교충 　불알 안 떼고 그 이념이란 걸 만들어 보려는 거라
　　　고요.

유유 　이념? 네가?

교충 　연암이 입을 안 열면 어떡할 겁니까? 그 녀석이 했
　　　던 얘기라도 잘 꿰어맞춰서 이념을 만들어야 될 거
　　　아닙니까?

부혜 　이념을 만든다고?

교충 　내가 기억력은 좋잖아요.

유유 　쓸데없는 쪽으로만.

교충 　연암이 했던 얘기들은 다 기억나는데.

부혜 　기억나는데?

유유 　정리가 안 되지?

교충 　정리가 너무 잘돼서 탈이에요.

부혜 　정리가 잘돼서 탈이라고?

교충    이념이란 건 아리송하고 앞뒤가 안 맞아야 되는 거라잖아요. 연암 말은 원래 그랬는데, 어째 내가 생각만 하면 정리가 돼 버린단 말이에요. 아, 참…….
(다시 궁리하기 시작한다.)

유유    정말 정리 안 된다.

부혜    젠장. 내일 밤에도 우리가 오줌을 눌 수 있을까?


사내들 쪽 어두워지고 수레 근처가 밝아진다. 산고와 제건이 만만을 붙들고 서 있고, 바닥에 거보가 몹시 얻어맞아 널브러져 있다.


산고    조금만 늦었어도 큰일 날 뻔했어!

제건    너무 심하게 때린 거 아냐?

산고    이놈은 더 맞아야 돼. 다들 마을을 구하겠다고 난린데. 혼자 만만이하고 도망을 치려 해? 만만이가 네 거야?


산고, 거보를 마구 밟는다. 거보, 정신을 잃는다.


만만    그만! 그만해! 너희들이 시키는 대로 할 테니까 그만 때려!


수레에서 어사가 나온다.

어사    뭐가 이리 소란스럽냐?

산고    우리도 무얼 하나 가져왔어요.


산고와 제건, 만만을 데리고 수레 앞으로 간다.


어사    무얼?

산고    (만만을 들이밀며) 얘요.

어사    얘가 뭔데?

제건    만만이요.

어사    만만? 뭐 하는 앤데?

산고    우리랑 자요.

어사    자?

제건    아시잖아요.

어사    창녀? 그런 건 흔해.

만만    창녀가 뭔데요?

어사    더러운 거다.

만만    그럼 난 아니에요. 난 이 마을의 순결을 위해서 일
            하고 있는걸요.

어사    맞아. 그게 창녀야.

산고    그럼, 이 신발은 어때요? 원래는 이걸 가져오려고
            했는데, 당최 벗겨지질 않아서 할 수 없이 통째로
            가져왔죠.

어사    이 신발이 뭐?

제건    그건 제가 잘 알아요. 오래전 옛날에 얘네 조상들

이 우리 마을을 먹었대요. 그러고는 우리 마을 여자들한테 죄다 이런 신발을 신게 했다는 거예요.

산고 그러다 얘네 조상들이 우리 마을에서 쫓겨나 도망 갔는데, 그때 도망 못 가고 붙잡힌 여자가 얘네 할머니의, 할머니의, 할머니…… 아무튼 할머니래요.

제건 조상님들은 얘네 할머니한테 이 신발을 신겼는데, 그건 얘네 할머니를 올라탈 때마다 그때의 치욕을 기억하라는 뜻이죠. 그 신발이 얘한테까지 물려 내려온 거예요.

어사 흐음, 순결을 위한 더러운 신발이라…….

산고 역시 알아보시는군요! 어때요? 이 정도면 이념이 될 만하지 않아요?

어사 만만.

만만 네?

어사 억울하지 않으냐?

만만 아뇨.

어사 부끄럽지 않아?

만만 뭐가요?

어사 고통스럽지도 않고?

만만 전혀요. 얼마 전까지는.

어사 얼마 전까지는? 그럼 지금은?

만만 잘 모르겠어요.

어사 음. 아직은 안 되겠다.

산고 왜요?

어사　너무…… 위험해.

제건　어서 억울하다고 말씀드려!

산고　부끄럽다고 고통스럽다고 말씀드리란 말이야!

만만, 어리둥절한 채 서 있다.

어사　가 봐. 소란 피우지 말고.

어사, 수레 안으로 들어가 버린다. 만만, 쓰러진 거보를 얼
싸안는다.

만만　거보야, 거보야.

제건　왜 넌 거보만 붙들고 지랄이야! 우리도 죽을 것 같
　　　다고!

산고　그래! 어차피 내일 아침이면 우린 다 죽어! 만만이
　　　넌 변했어!

제건　그래! 넌 거보만 좋아해!

만만　아냐, 난 그대로야. 너희들 모두 좋아해.

제건　우릴 버리고 거보하고만 도망가려 했잖아!

만만　난 안 간다고 했어. 그런데 거보가…….

거보　(겨우 눈을 뜨고) 만만…… 너 자신을 속이지 마.

산고　정말 눈 뜨고 못 봐주겠군!

제건　정말 우릴 다 죽일까? 전부 다?

산고　그럼 이게 장난인 줄 알아?

제건    어떻게 죽일까?

산고    지워 버린다잖아.

제건    그 지운다는 게 뭘까? 때 미는 거랑 비슷할까?

산고    때만 미는 게 아니라 우리가 아주 없어질 때까지 박
       박 문지르겠지.

제건    (울상이 되어) 무지 아프겠네.

산고    (울상이 되어) 때만 밀어도 아픈데.

제건    아, 이게 다 뻥이었으면!

산고    (문득 벌떡 일어서며) 제기랄! 만만! 가자! 갑자기 너하
       고 하고 싶어졌어!

제건    나도!

만만    싫어.

산고, 제건    싫어?

산고    너 지금 싫다고 했어?

만만    그래. 싫어.

산고    들었어? 분명히 싫댔지?

제건    야, 이것 참 기분이 묘해지는걸?

산고    이런 기분은 처음이야! 빨리 하러 가자!


산고와 제건, 만만을 억지로 들쳐 메고 달려 나간다.


만만    싫어! 싫단 말이야! 싫다니까!


거보, 가까스로 몸을 일으킨다.

거보 만만…… 만만…… 널 가질 수 없다면 남은 길은
하나뿐이다……. 별들이여. 길은 하나뿐이다…….


## 9장

창대네 집. 동틀 무렵. 마을 사람들이 연암 주위에 둘러앉
아 연암이 입을 열기를 애타게 기다리고 있다. 사이. 연암
은 홀짝홀짝 술만 마신다.


교충 에 또, 그러니까 어르신께서는 이용(利用)한 후에야
후생(厚生)할 수 있고, 후생한 연후에야 정덕(正德)
할 수 있다, 이렇게 말씀하셨지요? 그렇지요? 문제
는 이 이익이란 것은 항상 아귀다툼을 몰고 다닌다
는 점입니다. 누군가 이익을 보면 누군가는 손해를
보기 마련이죠. 그렇게 해서 얻어진 후생이라는 것
은 어느 한쪽의 일일 수밖에 없고, 그렇게 해서 세
워진 덕이란 것도 결국 반쪽짜리밖에 안 된다 이거
지요. 그걸 정덕이라 할 수 있겠습니까? 어르신 말
씀에서 남는 건 이용 단 두 글자뿐입니다. 후생도
정덕도 다 거짓말입니다. 어떻게 생각하십니까?


연암, 말이 없다.

| | |
|---|---|
| 교충 | 할 말이 없으십니까? 그렇겠지요. 어르신 말씀은 아름답지만 세상은 그렇게 아름답지가 않은 겁니다. |

장복이가 달려 들어온다.

| | |
|---|---|
| 장복 | 저기. |
| 호체 | 뭐야? |
| 장복 | 우리 마누라님 못 보셨습니까? 어젯밤에 안 들어오셨어요. |
| 호체 | 들어오겠지. 그 땅두더지가 어딜 가겠어. |
| 장복 | 아무리 찾아도 안 보이네. 여기도 안 계시고 어딜 가셨지? |
| 유유 | 안 들어오면 속 편하고 좋지 뭘 그래요? |
| 강량 | 여긴 없으니까 딴 데 가서 찾아 봐. 수선 떨지 말고. |
| 장복 | (나가며) 대체 어딜 가셨을까? |
| 강량 | 계속하게. |
| 교충 | 에 또, 어르신께서는 도가 이쪽도 저쪽도 아닌 그 사이에 있다고 말씀하셨는데, 도대체 그게 무슨 말씀입니까? 듣기엔 그럴듯하고 뭔가 있어 보이지만 그건 말장난에 불과합니다, 사람들이 살아가는 데 필요한 건 심오한 혼란이 아니라 단순하고 명쾌한 정리다 이 말씀입니다. |
| 부혜 | 도대체 뭔 소리야? |

교충  가만있어요, 중요한 얘기라고요!

기여  그렇게 몰아붙이는데 누가 얘기하고 싶겠어? 나라
     도 이야기하기 싫겠네.

유유  좀 쉬운 거부터 해. 그 과부하고 선생하고 했는지
     안 했는지 그거나 물어보라니까, 맨 골치 아픈 얘
     기만 하고 있어!

구여  어르신. 했습니까, 안 했습니까? 말씀 좀 해 보세요.
     네? 궁금해 죽겠어요.


     연암, 말이 없다. 조명 전환. 무대 다른 쪽. 모래투성이가 된
     만만이 무언가에 쫓겨 달아난다. 한참을 도망치던 만만, 숨
     을 몰아쉬며 주위를 살핀다. 어둠 속에서 문득 초매가 나
     타나 만만의 앞을 가로막는다. 만만, 소스라치게 놀라 초
     매에게서 도망치려 하지만, 이내 초매의 손에 붙들려 모래
     위에 쓰러진다. 초매, 만만의 발목을 잡고 그녀가 신고 있
     는 하이힐을 물끄러미 바라본다.


만만  ……이러지 마세요……. 엄마가 나한테 남긴 건 이
     신발뿐이라고요! 아! 아파요! 발목을 분지를 셈이에
     요! 제발! 그만……!


     초매, 만만의 발에서 하이힐을 벗겨 낸다. 말없이 하이힐을
     들여다보던 초매, 하이힐을 만만에게 던져 준다. 만만, 하
     이힐을 주워 들고 바라본다. 문득 눈물이 흐른다. 소리 없

이 흐르던 눈물이 흐느낌으로, 흐느낌은 온몸을 뒤흔드는 울음으로 변해 간다. 사이.

만만    할머닌 누구죠? 난 누구죠?

초매가 만만에게 손을 내민다. 만만, 잠시 초매를 바라보다가 초매의 손을 잡고 자리에서 일어나 함께 걸어 어둠 속으로 사라진다. 초매와 만만 쪽, 어두워지고, 마을 사람들이 모여 있는 곳이 밝아진다.

구여    아유, 정말 속 터져 죽겠네!

유유    젠장! 이게 뭐 하는 짓이야!

부혜    틀렸어. 물 건너간 거야!

산여    벌써 동이 트는데. (연암에게 술을 따라 주며) 제발 말씀 좀 하세요, 네?

유유    (산여에게서 술병을 빼앗으며) 그만 줘! 소용없다고! 괜히 아까운 술만 축내지! (술을 마신다.)

부혜    (술을 마시고) 그러게 애초에 촌장님 말대로 확 불질러 버렸으면 간단했을 거 아닙니까!

유유    (술을 마시고) 항상 말씀하셨잖아요! 우릴 이 마을까지 몰아낸 게 바로 저놈들이라고, 언젠가는 복수해야 된다고.

부혜    그래, 망설일 게 뭐 있어! 가는 거야!

호체    철없는 소리 말아. 상대는 황제야, 제국이라고! 한

번 돌아보는 데만 586년이 걸리는.

강량 　자네들 마음을 모르는 게 아냐. 그러고 싶은 마음
　　　은 누구보다도 내가 굴뚝같아! 뒷감당이 무서운 게
　　　아냐. 나는 진정으로 저들을 이기는 것이 무엇인가
　　　를 생각하고 있어.

부혜 　장로님들은 생각하세요. 우린 해치울 테니까!

유유 　뭐가 그렇게 복잡해? 죽기 아니면 살기지!

강량 　내 말 듣게. 우린 밖엣놈들과 달라. 그 점에 대해
　　　우린 자부심을 가져야 하네. 수모를 감당하고서라
　　　도 그걸 지켜야 해. 설사 지금 우리가 그놈들을 치
　　　고 성공한다 해도 그놈들과 똑같아질 뿐이야.

호체 　그래 시간은 아직 있어. 정 저 녀석이 입을 안 열면
　　　내일 아침에 쳐도 늦지 않아.

부혜 　그렇게 미적거리고 있으니 항상 당하기만 하는 겁
　　　니다!

유유 　장로님들한테 같이 가자고 안 할 테니까 걱정 마
　　　세요!

호체 　뭐야?

장로들과 사내들 사이에 팽팽한 긴장이 흐른다. 누군가 박
수를 치며 웃음을 터뜨린다.

유유 　누구야? 어떤 놈이 웃어?

연암 　아주 좋아! 마음에 들어!

| | |
|---|---|
| 기여 | 말을 했어! 연암이 말을 했어! |

마을 사람들, 얼싸안고 환호성을 지른다.

| | |
|---|---|
| 아낙들 | 만세! 만세! |
| 기여 | 우린 살았어! |
| 구여 | 하늘이 우릴 버리지 않으신 거야! |
| 호체 | 그러게 내가 뭐랬나? 기다려 보자고 하지 않았어! |
| 강량 | 늙은이 말을 우습게 알지 말라고! |

마을 사람들, 왁자지껄 떠들어 댄다.

| | |
|---|---|
| 연암 | 조용, 조용! |
| 기여 | 네, 네! 무슨 말씀이든 그저 많이만 하세요. |
| 연암 | 너무들 좋아하지 마. 지금은 내가 말하지만, 그 어산지 뭔지 앞에 가서 말하고 안 하고는 내 맘이니까. |
| 유유 | 뭐야? 저 자식이 아직 매운맛을 덜 봤군! |
| 연암 | 너 입조심해. |
| 기여 | 그래, 괜히 성깔 건드리지 마. 다시 입 다물면 어쩌려고. |
| 연암 | 잘 들어. 내가 입을 연 것은 이깟 목숨이 아쉬워서가 아냐. 그 어사란 놈한테 끌려가서 황제의 애완동물이 되느니 차라리 죽는 게 나으니까. 지금도 그 생각엔 변함이 없어. 하지만 네놈들 꼬락서니를 |

보고 있노라니 한심하고 답답해서 한마디 안 할 수가 없다.

호체     그러니까 어사 앞에 가서 말을 하겠다는 거야, 말겠다는 거야?

연암     자꾸 말 끊으면 안 하겠다.

구여     가만 좀 있어 봐요!

연암     따져 보자. 내가 어사 앞에서 말을 하면 어떻게 되지?

산여     그럼 아무 일 없는 거지.

유유     우리도 살고 너도 황제한테 가서 호강할 거고.

연암     아무 일 없다고? 그래 적어도 586년 동안은 그렇겠지. 하지만 586년 뒤는 어쩔 셈이지?

부혜     젠장, 그렇게 먼 일까지 우리가 생각해야 돼?

연암     586년 전 자네들 조상이 조금만 길게 앞을 내다봤더라도 오늘 자네들이 이런 일을 겪진 않았을 거야. 지금 나를 보내는 것은 언 발에 오줌 누기, 눈 가리고 아웅밖에 안 돼. 근본적인 해결책은 못 된단 말이지. 다음, 내가 어사 앞에서 말을 안 하면 어떻게 되지?

유유     끝장을 보는 거지!

연암     끝장? 어사 하나 죽이면 끝장인가? 그 후에 일이 어떻게 되리란 건 너희들도 짐작할 거다. 너희들은 황제의 군대를 당해낼 수 없어.

강량     그래서 도대체 어쩌자는 거냐?

연암 　나는 끌려가지 않아도 되고 너희들은 죽지 않아도
　　　되는 길을 알려 주려는 거다. 물론 어사를 죽여 공
　　　연히 곤란한 일을 만들 일도 없다.

추오 　어떻게 하면 그럴 수가 있지?

연암 　지워지기 전에 지워 버리는 거지.

부혜 　대체 무슨 소리야?

연암 　다들 집으로 돌아가 당장 짐을 꾸려. 최대한 가볍
　　　게. 꼭 필요한 것만.

기여 　짐을 꾸리라고?

연암 　떠나는 거다. 동이 트기 전에.


　　　사이.


강량 　떠나? 지금 떠난다고 했나?

연암 　그래. 너희들이 지금 이런 곤욕을 당하는 것은 이
　　　땅에 붙어, 이 땅에 매여 있기 때문이야. 너희들이
　　　이곳에 머무는 까닭이 무엇인가? 주위를 둘러봐.
　　　모래밭, 모래밭, 어딜 가도 모래밭, 세 걸음만 떼어
　　　도 너희들을 숨차게 만드는 모래밭뿐 아닌가? 고작
　　　있다고 해 봐야, 걸핏하면 모래바람에 묻혀 버리는
　　　수수 밭 몇 뙈기, 금방이라도 허물어질 듯 낮게 찌
　　　그러져 너희들 등을 굽게 하는 움막 몇 채, 그것 말
　　　고 뭐가 더 있지?

부혜 　……없지, 없어.

연암    너희들 모습을 돌아봐. 모래 먼지에 눈은 흐려졌고, 빈약한 음식에 야윈 몸은 햇볕에 바싹 말라 쪼그라들어 버렸다. 그 속에서 너희들의 정신 또한 말라붙은 수수 이삭처럼 움츠러들고 말았다. 유유, 말해 보게. 자네가 모래밭에서 파냈다던 그 시체와 너희들이 다를 게 무엇이지?

유유    ……없어. 맞아. 우린 시체나 마찬가지야.

연암    도대체 여기에 미련 둘 것이 뭐가 있나? 왜 여길 벗어나지 못하지? 떠나! 떠나는 거야! 사라져 버리는 거야!

호체    하지만 황제가 가만있을 리가 없잖아.

강량    결국 붙잡혀서 끝장나고 말 거야.

연암    황제의 수레가 움직인다면 너희들도 움직이는 거야! 먼저 움직이는 거야! 멈추지 말고 움직이는 거야! 황제의 수레는 너희들을 찾아낼 수 없어. 왜냐하면 우리는 머물지 않으니까! 지우고 지우며 끝없이 움직여 다닐 테니까! 나는 알고 있어. 푸른 풀들이 자라는 평원을…… 나무들이 무성한 산들을…… 맑은 물이 흘러내리는 계곡을…… 강물을…… 언덕에 핀 붉은 꽃들을…… 바다를!

유유    푸른 풀…….

부혜    나무들…….

산여    바다…….

연암    그래! 그곳들을 지나가며 너희들의 굽은 등은 곧게

펴질 것이고, 흐린 눈에는 생기가 돌 것이며, 힘찬 걸음으로 우렁찬 목소리로 삶의 기쁨을 노래하게 될 것이다! 동이 터 온다. 자, 떠나! 어사가 눈을 뜨기 전에, 황제가 눈을 뜨기 전에. 조용히, 흔적도 없이 떠나 버리자! 사라져 버리자! 너희들이 원한다면 나는 너희들과 함께 가겠다!

사이.

유유   그래! 이분 말씀이 옳아! 여긴 살 곳이 못 돼.
부혜   젠장! 가다 죽더라도 가는 데까지 가 보는 거야!
강량   동요하지 말아! 그건 말처럼 쉬운 일이 아냐!
추오   앉아서 죽는 것보다는 낫겠죠.
강량   촌장, 자네까지!
호체   왜들 이래? 이 녀석만 넘겨주면 일은 깨끗이 해결되는 거야!
추오   그건 비겁한 짓입니다. 눈앞의 일만 생각하는 것입니다.
호체   뭐야?
추오   저도 이분 말씀에 공감합니다. 우린 먼 미래를 내다봐야 합니다. 먼 옛날에 우리 조상님들께서는 이곳으로 오셔서 이 터전을 일구셨지요. 하지만 이제 이 마을은 마를 대로 말라 버렸습니다.
산여   그래, 사실 어딜 가도 여기보다 못하려고?

구여  좀 힘들겠지만 자식들을 위해서라면.

유유  그래요! 이제는 우리가 새로운 땅을 찾아 떠날 때
     라고요! 조상님들이 그랬듯이!

강량  아직은 때가 아니야!

부혜  도대체 그때가 언제냐고요!

유유  바로 지금입니다! 지금!

추오  우리는 선택해야 합니다! 용기를 갖고 나아가 우리
     후손들에게 새로운 땅을 열어 줄 것입니까? 아니면
     이대로 눌러앉아 우리 후손들이 수모와 가난을 짊
     어지게 만들 것입니까? 떠나시겠다는 분들은 보안
     경을 써 주십시오!


마을 사람들, 하나둘 보안경을 쓴다.


호체  안 돼! 이제 씨앗을 뿌릴 때라고. 대체 여길 떠나
     어디로 간단 말이야?

추오  죄송합니다만, 장로님들, 결정은 이루어졌습니다.
     자, 다들 집으로 돌아가 신속하고 조용하게 짐을
     꾸리도록 하세요! 최대한 가볍게! 꼭 필요한 것만!


마을 사람들, 결의에 찬 모습으로 흩어져 나간다. 동트기
전의 어둠.

## 10장

밝아지면 촌장과 창대, 보따리를 둘러메고 서서 사람들을
기다린다. 촌장은 보안경을 쓰고 있다. 연암이 그 곁에 서
있다.


창대    이봐, 촌장. 난 아무래도.
추오    그만두세요.
창대    난 우리 아들 미중이를 기다려야 해. 혹시 그 애가
        돌아왔는데 내가 없으면?
추오    미중이는 죽었어요.
창대    살아 있을지도 몰라.
추오    왜들 이렇게 늦는 거지?


기여가 들어온다. 빈손이다.


추오    아주머니. 아니, 왜 빈손입니까?
기여    저기, 난 아무래도. 우리 영감 묻은 곳이 여긴데. 내
        가 보살피지 않으면…… 자네들은 가. 난 그냥 여
        기 남을래.
추오    아주머니!


산여와 교충, 산고 일가족이 들어온다. 빈손이다.

추오　자네들도?

교충　저기, 그게. 우리 집사람이 아무래도…….

추오　아무래도 뭐?

교충　얼마 전부터 자꾸 구역질을 하더니, 아무래도 그게 입덧인가 봐요.

산여　길바닥에서 애를 낳을 순 없잖아요.

추오　왜 못 낳아?

교충　꼭 그것 때문만이 아니라, 아시다시피 제가 잘하는 건 기억하는 일밖에 없잖아요? 전 이 마을의 모든 일들을 하나도 빠짐없이 기억하고 있는데, 여길 떠나면 그게 죄다 아무 소용없게 되잖아요. 전 언젠간 그 기억들을 바탕으로 저만의 이념을 만들어 보고 싶어요. 그래서…….


구여와 부혜, 제건 일가족이 들어온다. 빈손이다. 잔뜩 부아가 나 있다.


부혜　그래, 그깟 낡아 빠진 농짝을 꼭 지고 가겠다는 심사가 뭐야?

구여　그깟 농짝? 말 다 했어? 그건 우리 친정 엄마가 시집올 때 해 준 거야. 절대 못 버려!

부혜　그럼 네가 지고 가!

구여　그걸 내가 어떻게 져!

부혜　농짝뿐이면 말도 안 해! 문짝에 탁자에…….

구여　그럼 버리고 가? 내가 그것들을 어떻게 장만했는데!

부혜　아예 기둥뿌리까지 뽑아 가지 그래?

구여　왜 못해?

부혜　속 터져서 정말!

추오　그래서 뭡니까?

부혜　아니, 내가 안 가겠다는 게 아니라…… 이 여편네
　　　하는 짓 좀 보라고! 뭐 손발이 맞아야 일을 해 먹지!

구여　그건 내가 할 소리야!

추오　(낙담하여) 유유는? 장로님들은?

교충　유유 형님은 저희 집에 누워 있어요.

추오　뭐야?

교충　그 형님이 집을 부수다가.

추오　집을 부숴?

산여　이왕 가는 거 다 때려 부수고 가겠다고요. 근데 갑
　　　자기 집이 무너지는 바람에 그 밑에 깔렸대요. 겨
　　　우 기어 왔더라고요. 입으로는 "가야지, 가야지." 하
　　　는데 꼼짝도 못해요.

　　　장로들이 등장한다. 역시 빈손이다. 그 뒤에 어사가 모습을
　　　드러낸다.

추오　장로님들!

강량　(외면하며) 어쩔 수 없었네.

어사　이 양반들 욕할 거 없어. 고작해야 뒷북이나 치러

온 셈이니까. 이 계내계외기사기물총람순력어사를 물로 보지 말라고. 수레에서 수수떡이나 먹으면서 자고 있었던 게 아니니까. 이놈에 대해서는 다 알고 있었어. 자네들이 이 물건을 완성시켜 주길 기다리고 있었을 뿐이야. 잘해 주었네.

어사, 연암 앞으로 간다. 사람들이 물러서며 길을 내어준다.

어사　딱 내가 찾던 물건이로군. 사람들의 마음을 달뜨게 하지만 전혀 위험하지는 않은 것……. 연암이라고 했나? 네놈이 모르고 있는 게 있어. 아니면 알면서도 모른 척하고 있는 거겠지. 그건 네가 말한 그곳들에는 모두 이미 주인이 있다는 사실이다. 지나갈 수는 있겠지. 구경할 수는 있겠지. 하지만 거기서 살 수는 없어. 계속 지나가기만 하면 된다고? 구경만 하면 된다고? 얘들이 그걸 감당할 수 있을 거라고 생각하나? 그건 너도 마찬가질걸? 인간이란 결국 주저앉을 곳을 찾게 마련이야. 어디 더 떠들어 보지 그래?

연암　난 더 이상 입을 열지 않겠다. 나를 데려가 봐야 그건 껍질일 뿐이야.

어사　내가 필요한 게 바로 그 껍질이야. 네가 말 안 해도 상관없어. 너의 말들은 이미 기록되었으니까.

연암　오!

어사  이 녀석을 묶어.

호체  뭣들 하나? 어서 묶게! 이 녀석이 마음에 드신다잖아! 모든 일이 잘 해결된 거야!


사람들, 망설인다.


강량  뭘 망설이고들 있는 거야? 어서!


어느 순간엔가 달려 들어온 거보가 연암에게 달려들어 목에 밧줄을 건다.


거보  다들 물러서요!

어사  뭐야, 넌?

강량  거보, 이놈! 지금 뭐 하는 짓이야?

거보  난 이놈을 죽이고 말 겁니다!

호체  뭐야? 저놈이 지금 제정신이야?

강량  네놈이 지금 무슨 짓을 하고 있는지 알기나 해? 그분을 죽이면 우리 모두 다 죽는 거야!

거보  내가 원하는 게 바로 그거예요! 이따위 마을은 없어지는 게 나아요! 지워져 버려야 해!

기여  대체 저 녀석이 왜 저래?

산고  만만이 때문에 저러는 거예요!

호체  만만이?

거보  그래요! 난 만만이를 원해요!

기여　　그래, 가져! 누가 뭐랬냐?

거보　　나만 가지길 원한단 말이에요! 난 만만이를 사랑하
　　　　니까! 하지만 이 마을이 남아 있는 한, 난 만만이를
　　　　가질 수 없어!

어사　　허 참, 웃기는 녀석이군.

거보　　이념? 이게 이념이라고요? 고통과 치욕 속에 빠져
　　　　있는 여자애 하나도 건져 내지 못하는 게 이념이라
　　　　면, 그따위 이념은 필요 없어! 이런 이념은 죽여 버
　　　　려야 해! 가까이 오지 마! (연암의 목을 밧줄로 조른다.
　　　　연암이 캑캑거린다.)

마을 사람들　　안 돼!

추오　　누가 가서 만만이 좀 데려와! 어서!

어사　　죽이든 살리든 빨리 하라고 해. 이제 떠날 시간이
　　　　니까.


갑자기 모래바람이 거칠게 휘몰아친다. 사람들, 이리 밀리
고 저리 밀리며 갈팡질팡한다.


## 11장


어사　　뭐야? 갑자기 웬 바람이지? 흩어지지 마! 다들 모여
　　　　있어!

이윽고 바람이 멎고 수레가 홀연히 사람들 앞에 나타난다.
수레 안에서 누군가의 목소리가 들린다.

소리    세상이 바뀔 때는 한바탕 큰 바람이 일게 마련이지.

어사    누구야? 감히!

수레의 포장막이 걷히고 초매가 앉아 있는 것이 보인다.
만만이 그 곁에 앉아 있다.

장복    여보! 마누라님!

거보    만만!

어사    뭐야! 너희들이 뭔데 거기 앉아 있어? 그 안에 있던
것들은 다 어디로 갔지?

초매    가뜩이나 수레도 좁은데, 어찌나 주둥이를 나불대
는지. 시끄러워서 견딜 수가 있어야지. 그래서 다
쫓아내 버렸다.

어사    뭐야? 쫓아 버렸다고?

초매    바람을 일으키면서 꽁지가 빠지게 도망가더군.

어사    이런! 내가 그것들을 모으느라고 얼마나 고생을 했
는데!

초매    수선 떨지 마. 너의 이번 순력은 그따위 허접쓰레
기들을 모아들이라는 게 아니야. 네가 이 수레에
싣고 갈 것은 바로 나다.

어사    너? 네가 뭔데?

초매     내가 누구냐고? 넌 눈만 뜨고 있지 볼 줄을 모르는
        구나. 아직도 모르겠느냐?

        어사, 문득 놀란다.


초매     2344년 전 나를 이곳으로 데려온 것이 네놈 아니었
        더냐? 오늘의 일을 말해 주었던 것도 네놈의 입이
        아니었더냐?

        어사, 뒷걸음질 친다.


초매     알겠느냐? 내가 바로 새로운 황제니라.

        라디오에서 음악이 울려 퍼진다. 어사가 무릎을 꿇고 머리
        를 조아린다. 마을 사람들도 엉겁결에 머리를 조아린다.


초매     나의 유배는 이제 끝났다. 이젠 돌아갈 때가 되었
        어. 어사, 수레를 이끌어라.

        어사가 수레 앞에 선다. 거보, 수레 앞을 막아선다.


거보     만만!

        초매, 거보 앞에 만만의 하이힐을 던진다.

| | |
|---|---|
| 초매 | 네가 사랑하는 만만이는 거기 있다. |

거보, 멍한 얼굴로 하이힐을 집어 든다.

| | |
|---|---|
| 초매 | (만만을 쓰다듬으며) 만만. 모래투성이로구나. 내가 물을 부어 주마. 깨끗이 씻어 주마. 너에게는 아무런 고통도, 부끄러움도, 분노도, 절망도, 욕망도 없을 것이나, 세상의 모든 사람들은 너를 고통으로, 부끄러움으로, 분노로, 절망으로, 욕망으로 기억하게 될 것이다. 너는 내 딸이요, 후계자가 될 테니까. |
| 만만 | 엄마. |
| 초매 | 가자. |

엎드려 있는 사람들 위로 다시 모래바람이 불어와 눈앞을 가린다. 수레가 사라진다. 어두워진다. 어둠 속에 장복이의 실루엣이 보인다. 장복이는 갑작스레 얻은 자유, 그로 인한 기쁨을 참지 못하고 소리치며 이리저리 날뛴다. "만세! 난 자유야! 난 자유야!" 한참 뛰던 장복이 문득 멈춰 선다. 침묵. 장복의 실루엣이 어둠 속에 묻힌다.


## 12장


다시 밝아지면 벌판. 밤하늘에 별이 총총하다. 장복이 벌판

에 서서 태엽이 풀리거나, 끈 떨어진 인형처럼 어찌할 바
를 모르고 훌쩍훌쩍 운다.

장복　　가 버렸어, 가 버렸어…….

창대와 연암이 벌판으로 나온다.

창대　　나리…… 이제 나리 혼자 가시면 난 어쩝니까?
연암　　따라오너라.
창대　　전 너무 늙었습니다.
연암　　그때도 넌 그랬지.
창대　　또 옛날 얘깁니까?
연암　　넌 말발굽에 발을 밟힌 데다 몸살까지 앓아서, 걷
　　　　지도 못하고 기어 오면서 나를 불렀지. 울면서. "나
　　　　리! 나리 혼자 가시면 난 어쩝니까?"
창대　　저를 말 등에 태워 이불을 덮어 주시고, 나리께선
　　　　걸어가셨다죠?
연암　　아니. 난 널 버리고 갔었다.
창대　　…….
연암　　그런데도 넌 다시 따라와서 날 불렀지.

사이.

창대　　나리께선 모르시겠지만, 나리께서 어렸을 때요, 그

234

러니까 말을 시작하시기 전엔 눈이 참 예뻤답니다. 그 눈을 들여다보는 게 참 좋았습니다. 사람을 참 근질근질하게 하는 눈빛이었지요……. 그래요. 그렇게 근질근질하던 때가 있었습니다. 이 마을을 떠나 멀리 가고 싶었지요. 말 한 마리를 살 만한 돈이 생겼을 때 난 스물다섯이었어요. 정말 갔을 겁니다. 떠나기 전날 밤에 그 여자만 안 만났어도. 그 여자는 아이를 갖고 싶어 했죠. 아이 하나만 생기면 가도 좋다고 했습니다, 울면서. 그 눈물에 말 한 마리가 녹아 치마저고리가 되고 냄비가 되고 수수밭 한 뙈기가 됐습죠. 10년 만에 우리 미중이를 낳았는데, 이 빌어먹을 여편네가 덜컥 뒈져 버리지 뭡니까? 그래 또 17, 8년이 흘러서 미중이 녀석이 사내구실 좀 하겠다 싶어 이젠 정말 가야지 했더니, 그 녀석이 먼저 가 버렸지요……. 이런 넋두리야 나리 같은 분한테는 우습게 들리겠지만 말입니다.

연암  아니다. 그렇지 않아.

창대  아니라고요?

연암  나는 너 같은 사람들에 기대어 사는 허깨비일 뿐이야. 살갗이 없이는 가려움도 없을 테니까……. 그러나 또한 그 가려움이 살갗에만 매인 것도 아니니, 이를 어찌하면 좋으냐.

사이.

창대   묘하지요? 마누라 얼굴도, 아들놈 얼굴도 가물가물
     한데, 그때 사지도 못했던 말 생김새는 아직도 또
     렷하게 생각난단 말입니다.

     연암, 말없이 걸음을 옮기기 시작한다.

창대   나리…… 어디로 가실 겁니까?
연암   몰라.
창대   무얼 하실 건데요?
연암   그냥…… 어슬렁거릴 거다. 우린 그러려고 태어났
     으니까.

     연암, 노래를 흥얼대며 멀어져 간다.

연암   화덕 위에 된장국이 보글보글 끓고 있네.
     거품 하나 나 하나 거품 둘 나 둘
     방울 하나 나 하나 방울 둘 나 둘
     거품이 뻥 나도 뻥 방울이 뻥 나도 뻥
     뻥 뻥 뻥 뻥 어디로 갔나,
     어디로 갔나, 뻥 뻥 뻥 뻥!

장복   (울먹이며) 가 버렸어, 나만 남겨 놓고…… 가 버렸어!

모래바람이 불어와 벌판 너머로 멀어져 가는 연암의 모습을 지운다. 노랫소리 멀어지며 방울 소리만 희미하게 이어지다가 멀리서 말의 것도 아니요, 나귀, 노새의 것도 아닌, 슬프지도 않고 기쁘지도 않고, 노엽지도, 즐겁지도 않은, 어중간한 외침 하나가 길게 들려온다. 창대와 장복의 모습마저 모래바람 속에 지워진다. 어둠 속에서 연암의 목소리가 들려온다.

연암     사람들은 그날의 사달과 짐승을 곧 잊었다. 피차에 외로운 처지가 된 창대와 장복이는 살림을 합쳤다. 소년들은 떠나 버린 만만이를 생각하며 손장난을 쳤지만, 어느 모래바람이 부는 철에 혼자 마을로 흘러 들어온 계집아이 하나가 곧 새로운 만만이가 되었다. 거보는 만만이가 남기고 간 하이힐을 달인 물을 먹고 보름 동안 잠들었다 일어난 후에, 만만이를 깨끗이 잊었다…….

연암이 말하는 동안, 마을 사람들이 하나둘 등장하여 일상의 풍경을 펼쳐 보여 준다. 한쪽에 아낙들이 모여 떠들어 댄다.

기여     그러니까 뭐야, 연암이가 시장 바닥에서 술에 취해 자고 있더란 말야?

구여     털이 불그레하고 귀가 하얀 게 틀림없더래!

산여　　그 녀석이 술을 좋아하긴 했었지.

기여　　잘난 척은 혼자 다 하더니 고작 주정뱅이란 말야?


다른 쪽. 사내들.


부혜　　그게 천산으로 약을 캐러 들어갔다가 벼랑에서 떨
　　　　어져서 죽었다던데?

유유　　죽은 게 아니라 산속 바위굴에서 도 닦고 있다잖아.
　　　　그 굴 안에서 뭐가 환하게 비쳐 나오는데, 그게 연암
　　　　이 눈빛이라는 거야. 가끔 그 녀석 하품하는 소리가
　　　　산 아래까지 들린다더군!

교충　　언제 적 얘기를 하고 있어요! 벌써 도 다 닦고 내려
　　　　와서 도적 떼 두목으로 날리고 있다던데.

추오　　그 말이 맞을 거야. 걔가 원래 불만이 많았잖아.


다른 쪽. 소년들.


산고　　진짤까? 연암이가 무지개를 타고 하늘로 올라갔다
　　　　는 게?

제건　　말도 안 돼.

산고　　분명히 봤다잖아. 그 사람은 눈이 다섯 개나 되는
　　　　데 잘못 봤을 리 없지.

제건　　네 수수떡을 뺏어 먹으려고 뻥을 친 거야.

산고　　아냐. 그 녀석이라면 충분히 그럴 수 있어. (거보에

게) 안 그래?

거보　응?

제건　약이 독했나 봐.

산고　참 재밌긴 했어. 그치?

제건　웃기는 녀석이었지.

산고　하늘로 올라간 게 아니면 지금은 어디 있을까?

제건　안 죽었으면 어디 가서 또 뻥을 치고 있겠지.

거보　응?

산고　응은 뭐가 응이야, 이 자식아.

연암　그렇다. 평소 같으면 거들떠보지도 않고 지나쳤을
　　　이 마을에도 모래바람 철에는 길 잃은 사람들이 찾
　　　아들곤 하였다. 그들 중에는 가끔 그 짐승에 대한
　　　소문을 전하는 이들도 있었다. 그것이 밥 한 끼 잘
　　　얻어먹자는 희떠운 수작일지도 모른다는 생각을
　　　하면서도, 이 마을 사람들은 그런 얘기를 들으면서
　　　들창 너머로 먼지 자욱한 벌판을 바라보면서 그 귀
　　　가 희고 얼굴이 불그레하던, 술 잘 먹고 괴상한 얘
　　　기 잘하던 짐승을 떠올리곤 까닭 없이 한숨을 내
　　　쉬기도 하고 공연히 쓴웃음을 지어 보기도 하였던
　　　것이나, 이내 고개를 흔들고, 쉴 새 없이 집 안으로
　　　몰려드는 모래를 퍼내러 달려가곤 하던 것이었다.

연암이 말하는 동안, 잠시 하던 일을 멈추고 몽상에 잠긴
마을 사람들. 무대 서서히 어두워질 때, 장로들이 일제히

흔드는 방울 소리.

호체    (소리) 집합! 집합!

강량    (소리) 자, 모두들 『선조어록』을 펴라! 오늘의 말씀
은 3장 18절! "평범함의 미덕에 대하여." 촌장, 선창
하게!

어두워진다.

# 화전가

## 때

1950년 4월 하순 (음력 3월) 어느 날

## 곳

경북 내륙, 어느 반촌(班村)

## 등장인물

| | |
|---|---|
| 김씨(1890~) | '닭실할매' |
| 고모(1894~) | 권씨, '내앞고모' |
| 장림댁(1921~ ) | 김씨의 큰며느리 |
| 금실(琴室)이(1923~ ) | 김씨의 큰딸 |
| 박실(朴室)이(1924~ ) | 김씨의 둘째 딸 |
| 봉아(1931~ ) | 김씨의 막내딸 |
| 영주댁(1928~ ) | 김씨의 둘째 며느리 |
| 독골할매(1888~ ) | 행랑어멈 |
| 홍다리댁(1919~ ) | 사고무친. 어미 아비가 누군 줄도 모른다. 그녀를 발견한 곳의 지명, '홍다리'만이 그녀의 택호에 남아 있다. 독골할매가 딸처럼 거두어 키웠다. 시집가기 전까지 이 집에서 함께 지냈다. |

## 무대

무대에서 쓰일 여러 공간을 관통하는 열쇳말은 '여인들이 모여 있는 자리'이다. 주요한 공간들은 고가(古家)의 안방, 대청마루 언저리, 고방(庫房), 우물가, 마을 들이 건너다보이는 동구(洞口) 정자나무 아래, 들 가운데 자리잡은 마을 못, 길게 나 있는 못둑 길 위, 마을이 내려다보이는 솔숲 언덕 위 작은 정자(亭子), 뒷절 암자터 등이다. 따라서 이 공간들을 무대 위에 실제의 모습 그대로 재현하기는 어려우며, 각각의 공간을 압축적으로 제시하는 등의, 비사실적인 방식의 공간 운용이 필요하다.

# 1장 종소리

어둠 속에서 누군가의 목소리가 들려온다.

소리(봉아)    When I consider every thing that grows

　　　　　　(돌아보면 살아 있는 모든 것들)

　　　　　　Holds in perfection but a little moment,

　　　　　　(빛나는 시절은 잠시,)


　　　　　　서서히 밝아지면

　　　　　　마루 끝에 봉아와 내앞고모 권씨가 앉아 있다.

　　　　　　봉아는 고모에게 시[1]를 읽어 주는 중이다.


봉아    That this huge stage presenteth nought but shows

　　　　(이 세계는, 말없는 저 별들의 손길 아래)

　　　　Whereon the stars in secret influence comment;

　　　　(움직이는 거대한 무대;)

　　　　When I perceive that men as plants increase,

　　　　(초목도 사람도 같은 하늘 아래,)

　　　　Cheered and checked even by the self-same sky,

　　　　(고임받고 미움받으며 자라나,)

　　　　Vaunt in their youthful sap, at height decrease,

---

1　　　셰익스피어 소네트 15번.

(한껏 물오른 그때, 청춘은 이내 시드네,)

And wear their brave state out of memory;

(화려한 날들은 어느새 기억 저편에;)

Then the conceit of this inconstant stay

(덧없는 마음으로)

Sets you most rich in youth before my sight,

(반짝이던 그대를 눈앞에 그려 보노라,)

Where wasteful Time debateth with decay

(무정한 시간이 밤의 재 흩뿌리며)

To change your day of youth to sullied night,

(그대의 한낮을 어둡게 물들일 때,)

And all in war with Time for love of you,

(시간이 앗아간 그 모든 것을,)

As he takes from you, I engraft you new.

(나 여기 다시 새기네, 그대를 위하여.)


봉아의 시 낭송을 따라 무대, 매우 느리게 밝아진다.
봄날의 늦은 오후.
권씨, 조용히 눈물을 훔친다.


봉아   (책을 덮으며) 참, 빌 거를 다 시갠다. 됐나? (권씨를 보
      고) 고모야…… 우나?
권씨   아이래.
봉아   와 우노?


246

권씨   누가 운다꼬.

봉아   에에!

권씨   가사가 좋네.

봉아   좋아? 어데가?

권씨   다 좋다. 마…… 실푸네.

봉아   고모, 머를 알아딛꼬 그르나?

권씨   맹 인생이 헛부고 헛부다는 말 아이래?

봉아   어매야! 어애 알았노, 그거를?

권씨   가사라는 기 마캐 그 타령이따. 맞제?

봉아   (소리 내어 웃으며) 맞다, 맞다! 대학은 내가 아이라
       고모가 댕기야 될따!

권씨   (으쓱하여) 머, 난도 시월만 잘 타고 났이만.

봉아   안 될따, 고모, 내캉 같이 서울 가자.

권씨   서울?

봉아   가가 같이 대학 댕기자.

권씨   그라까?

봉아   모할 거 있나?

권씨   치아라. 내는 오라배, 니 아배 어깨 너매로 천자문
       백에 몬띴다. 소학도 모했는데 대학얼 어애 할로?

봉아   내가 갈채 주께.

권씨   아이고, 선상님요 내겉이 나(나이) 많은 이도 될니껴?

봉아   옮에 및 살인공?

권씨   쉰일곱이시더.

봉아   열일곱백이 안 빈다.

| 권씨 | 이래 쪼골쪼골 늙어 부랬는데요? |
|---|---|
| 봉아 | 으음…… 안 될따. |
| 권씨 | 인자 아시니껴? |
| 봉아 | 아이, 이래 팬팬하이 곱으이 총각깨나 돌릴따. 대학 가가주골랑 공부는 아하고 주장 연애질만 하구러 생깄다. |
| 권씨 | 요거, 요거…… (키득거리는 봉아의 볼을 살짝 꼬집다 부드럽게 어루만지며) 아이구, 우리 봉아, 어매 젖도 몬 묵고 빼빼 말라가 다리는 똑 가시게(가위) 겉은 기, 내 등거리에 대랑대랑 매달리가 메란도 없드이마는, 하매 이클 커가 대학 댕긴다꼬 미국말을 지끼 쌓고, 맥제 고모를 놀리 쌓고…… (목소리를 낮추어) 말해 바라. |
| 봉아 | 머를? |
| 권씨 | 니 좋다꼬 따라댕긴다는 총각. |
| 봉아 | 머! |
| 권씨 | 어디 댕긴다 캤지? |
| 봉아 | 몰라. |
| 권씨 | 경성제대라 캤더나? |
| 봉아 | 경성제대가 어데 있노? 경성대학 됐다가 지금은 서울대학이다. |
| 권씨 | 어애뜬동 그기 댕긴다 카만 머리는 존 총각 아이래? |
| 봉아 | 머리가 좋기는 머, 그양 골샌님이래. |
| 권씨 | 어애 돼 가노? |
| 봉아 | 어애 되기는, 아무 일또 없다. |

| 권씨 | 와, 눈에 안 차나? 못나이래? |
|---|---|
| 봉아 | 고마 해라. |
| 권씨 | 말해 바라, 까꿉어구러. |
| 봉아 | 답답어라. 말할 기 없다 안 하나! 이상한 사람이래. |
| 권씨 | 어디가? |
| 봉아 | 아이, 고모가 이상타 이 말이라. |
| 권씨 | 야야, 내가 탁 보만 모리나? 봉아 니 말 안 하만, |
| 봉아 | 머? |
| 권씨 | 다 불어 뿔 게래. |
| 봉아 | …… 미칠따, 내가 미칠따. |
| 권씨 | 생각만 해도 미치겠나? |
| 봉아 | (한숨을 내쉬며) 이상한 사람이래…… 다리(다른이)한 테는 말하지 마라. |
| 권씨 | (고개를 끄덕인다.) |
| 봉아 | 어매 환갑은 어애 알아 가주고…… |
| 권씨 | 니가 말했으이 아지…… 아이다. 계속해라. |
| 봉아 | 집이 니리온다꼬 서울역에 나갔거덩? 나갔는데 그 사람이 거 섰는 게래. 우리 집이를 같이 올게라꼬, 어애 애를 믹이든동…… 제구 띠놓고 왔는데. |
| 권씨 | 왔는데? |
| 봉아 | 저 신탄진쯤 왔나? 옆칸서 누가 비식비식 건너오는 데, 그 사람이래. 안동에 친구가 있어가 그기 놀러 간다꼬. 치, 능구레이걸이…… 머? 천전리에 유동주 이라 카든가? |

| | |
|---|---|
| 권씨 | 동주이? 천전리 동주이? |
| 봉아 | 아나? |
| 권씨 | 알따마다. 우리 두째 시동새 시아재네 셋째 아들 아이 래? 맞다, 가가 경성제대 다닌다 캤다. 가가 그 총각하고 친구라? 동주이 가는 하매 졸업 맡았다 카든데? |
| 봉아 | 그이는 국대안 반대운동하다가 쫓기나가 꿇었다 카드라. |
| 권씨 | 국, 머라? |
| 봉아 | 그런 기 있다. |
| 권씨 | 우리 봉아, 그 총각 마이 아네. |
| 봉아 | 몰라. 오는 내, 옆에 앉아가 지끼 쌓데. |
| 권씨 | 천전리만 여 굼방 아이래? |
| 봉아 | 그러이 내가 안 미칠때? 그 능구레이겉은 기 내일 아칙 (아침)이라도 딜이닥치만 어애노? 이상한 사람이래! |
| 권씨 | 잔치에 오는 손을 무신 법으로 내쫓을로? (봉아를 놀리며) 하매 이것도 인연이라만 인연일따? |
| 봉아 | 무신! |
| 권씨 | 긇게도 운동하는 이는 몬 씨는데…… |
| 봉아 | 그러든동 말든동 무신 상관이고 내는 시집 안 갈껜데. |
| 권씨 | 참말로? |
| 봉아 | 진짜시더! |

봉아 골난 얼굴을 보고 권씨, 참았던 웃음이 터진다.
독골할매가 안마당으로 들어온다.

손에 든 소쿠리 안에 아직 덜 여문 청보리 이삭이 가득하다.

독골할매 머이가 그래 자미지신공? (소쿠리를 마루에 내려놓고
앉는다.)

권씨 그래, 우리 봉알랑은 시집 가지 마라. 시집 가가, 우
리겉이 사지 마고, 공부도 마이 하고, 마 천지에 훠
얼훨 돌아댕기매 귀경도 원대로 하고. 시집은 가가
머하겠나? (독골할매에게) 안 그룷소?

독골할매 얄궂애라! 고모님도 참, 액씨한테 모하는 소리가
없소.

권씨 아깝어가 하는 소리래. 이 곱은 거를 애닯으고 아
깝어가 뉘기를 주겠나?

독골할매 곡석인동 사램인동 야물만 거돠야지, 아깝다꼬 썩
쿠까요.

봉아 머, 보이 시집가이 썩디마는 머.

독골할매 액씨요, 다리덜이 얼매나 말이 마은 줄 아니껴? '그
집이 낭펠레라. 뿔이 나가 낭펠레라. 딸은 뭐한데
안즉 안 보낼꼬. 그래 붙잡고 있는동?'[2] 캐 싸니더.

봉아 디기들 일또 없다.

독골할매 고마 마님 말씀대로, 이참이 올라가지 마고 여 있

---

2    김점호 구술, 유시주 편집, 『베도 숱한 베 짜고 밭도 숱한 밭 매
     고』(뿌리깊은나무, 1990), 64쪽 부분 인용. 이 밖에도 이 작품에
     쓰인 안동 말은 이 책을 많이 참고하였다.

소. 여 얌저이 있다가…….

봉아　(듣기 싫다는 듯 활개를 치며) 에, 에!

독골할매　삼팔서인동 뭔동 긋어 가주고 맹 투닥거리싸고, 오 늘인동 내일인동 언제 나도 난리가 나기는 나고 말 따, 사램들이 다 그카던데.

봉아　어디 가만 다리까. 천지사바이 난린데 머.

독골할매　삼동(三冬)이래도 음지 양지가 다린 뱁이니더. 늙으 이 말 듣소. 머를 그래 지새(흘겨) 보니껴? 아이고, 무섭어라. 무슨 말을 모하겠네.

권씨　(슬몃 웃고 소쿠리 안의 보리이삭을 뒤적이며) 야물도 않은 보리는 뭐할라꼬?

독골할매　액씨가 잡숫고 숲다 캐가.

권씨　시퍼러이, 이거를 어애 먹노?

독골할매　이기 손이 마이 가니더. 이거를 짱두로 수염을 쪼 아 가주고 챙이(키)[3]다 까불러 뿌고 솥에다가 살살 소금을 뱅 돌래 가매 볶아요. 볶아 가주고 방앗간 에 가가주고 한 아홉 번을 쩧어야 되니더. 아홉 번 을 그라믄 고 새파란 껍질이 벗거져요. 그라믄 그 속을 호박(절구)에 옇고 쩧어가 죽 끓이는 게래요.[4]

권씨　봉아 니는 이런 거를 어애 아노?

봉아　그클 복잡은 줄은 몰랐다.

---

3　곡식 등을 까불러 쭉정이나 티끌을 골라내는 도구.

4　김점호 구술, 위의 책, 156쪽. 필자 부분 수정.

252

권씨      난도 이런 거는 몬 먹어 봤는데.

독골할매 마님액씨덜이 먹을 음석은 몬 되지요. 마 울 사램
        덜이 먹을 거는 쫓애고, 목궁게 머이라도 넝과야
        살겠으이 해 먹던 긴데, 그때가 언제로? 액씨 다섯
        살인동 여섯 살인동? 학질을 디기 앓고 나가, 멀쩌
        이 존 쌀로 밈이야 죽이야 끓이 딜여도 안 드시더
        이, 이거는 잡숫디더. 그래가 기운 차렸잖니껴? 어
        애 그거를 안 잊아뿌고 이래 사람 애를 믹이시는
        공?

봉아      잊아뿌고 있었는데 생각나더라.

독골할매 성가시구러.

봉아      이리 도. 내가 가가 짱두로 쪼아 주께.

독골할매 됐니더. 액씨요, 그라만 내가 만날 이거 끓이 디릴
        테이께네, 서울 가지 마고 여 있소. 그깟 놈으 공부,
        쪼매만 떳다가 고마 쪼끔 잠잠해지마 또 올라가만
        되잖니껴?

봉아      할매는 머 공부가 그래 숩은 긴줄 아나? 떳다 붙칫
        다 하구러.

독골할매 그라지 마고…….

봉아      고마 해라. 내 책 안 보나.

독골할매 액씨요…….

봉아      소년(少年)은 이로(易老)한데 학(學)은 난서(難成)이니,
        일촌광음(一寸光陰)이 불가겨(不可輕)이라.

봉아, 짐짓 두 노인에게서 몸을 돌리고 책을 보는 척하며 뒤란으로 돌아가 버린다. 독골할매는 혀를 차고 권씨는 미소짓는다.

독골할매 (혼잣말처럼 그러나 들으라는 듯) 어레서부텀 시더이 서울 가드이 더 배렜다, 배렜어. 머한다꼬 서울은 보내가주골랑…….

권씨 두고 보이시더. 우리 봉아는 잘될께래, 자알 살께래.

독골할매 저래 어구시 가주고 어애 잘 사겠니껴?

권씨 우리는 뭐, 할매나 내나, 그래가 참 보드랍기 잘 살았드나? 그냥 죽은디끼 잡채가 딘소리 큰소리 한번 모하고?

독골할매 뭐 팔자가 그러이 빌 수 있니껴.

권씨 내 말이 그 말이라. 다 시제마끔(제각각) 지 팔자대로 가는 거이께네. 우리 봉아 사주가 큰 사주래. 점바치가 그러디더. 머심아겉으만 큰 인물이 될 사주라꼬.

독골할매 아드님겉으마 무신 걱정을 하겠니껴.

권씨 역마가 꼈는데, 그기 존 역마라 캐. 천지를 활개치고 댕기야 좋고, 물 건네가믄 더 좋고. 가돠놓만 답답어가 몬 씬대. 지 성을 몬 이기가 고만에 지가 꼽부라져 부랜단다. 시집은 늦게 덜일수록에 좋고. 굵게야 남편복도 자석복도 있다 카데.

독골할매 어매야, 갈수록 태산이따…… 뭐 봉아 액씨 걱정이사나 고모님만 하겠니껴. 따님이나 한 가지제, 마

캐 고모님이 다 키왔는데…… 그적새는 마님이 아
무 정황(경황)이 없었잖니껴. 기주이 서방님은 몸이
옳잖애가 그릏지, 금실이, 박실이 액씨, 기햅이 서
방님 주루루 딸리가…… 마 고모님 은공이 크지요.

권씨    은공이야 봉아 은공이라. 내 자 덕분에 적막치 않
       았으이께네.

독골할매 그러이 말이지마는, 디에(나중에) 고모님이 외손봉
       사라또 받을라 카만 봉아 액씨를 어애뜬동 버뜩 시
       집 보내야 안 되니껴?

권씨    죽고 나만 머를 아나. 내는 그런 거 안 바랜다. 봉
       아만 잘되만 그뿐이래.


       독골할매, 한숨을 깊이 내쉰다. 무심히 보리수염을 뜯으며.


독골할매 나리마님은 어데 가 기시꼬? 우째 이래 소식이 돈
       절하시꼬?

권씨    …….

독골할매 하매 및 해고, 해방된 지가. 다섯 해 아이라?

권씨    …….

독골할매 때되만 안 오시겠니껴. 무소식이 희소식이시더. 살
       아는 계시이께네 딴 소식이 없는 게래요…….


       사이.

권씨     형님은 와 이래 안 오시노?

독골할매 아칙 먹고 큰 미느님하고 나가셨는데……

권씨     윗마 큰딕이?

독골할매 예. 기주이 서방님 기일 지내시고설랑 한 보름을
            내 들눕어가 일나지도 모하고 기시더이…… 가 보
            실라니껴?

권씨     거를 왜 가셨이꼬? 무신 존 소리를 들을라꼬?

독골할매 모리지요. 인자 눈도 더 옳잖으서가 혼차는 몬 다
            니시는데, 시갤 일 있으시만 내 갔다 온다 캐도, 직
            접 가신다꼬. 그러이 큰 미느님이 따라 나셨지요.

권씨     금실이는?

독골할매 아레(그저께) 오셨디더.

권씨     혼자?

독골할매 (소리를 낮추어) 그딕 서방님은 이북에 가가 기시다
            는데요, 머.

권씨     이북에?

독골할매 뺄개이라꼬 하도 조채서, 여는 있을 수가 없다 캐
            요. 거 가가 자리는 잡았다꼬, 어애 소식이 닿았든
            동 금실이 액씨도 올라오라 칸다디마는……

권씨     그래, 금실이는 간다니껴?

독골할매 머, 그 액씨는 통 말씀이 없으이께네……

권씨     야가 어데 있노?

독골할매 뒷절 암자에 가셨니더. 두째 서방님딕하고. 저번에
            기주이 서방님 기일에 몬 와봤다꼬, 거라도 댕기

오신다디더.

권씨    인자 삼팔선 넘을라 카믄 목심 걸어야 칸다던데…….

독골할매 마님도 몬 가게 말리는 모양인데, 머…… 여필종부
        라, 간다 카만 그거를 어애 말리겠니껴? 고집 시기
        는 금실 액씨가 봉아 액씨 웃질 아이래요.

권씨    박실이캉 박서방은?

독골할매 마님은 박서방님 바쁘이께네 오지 말라 캐도, 온다
        카디더. 홍다리덕이 역전에 마중나갔니더.

권씨    와야지, 어매 장모 갑일인데.

독골할매 마님은 펄쩍 뛰시는데요, 뭐. 지끔 갑일이 다 뭐꼬
        내가 환갑 받아먹게 생겠냐꼬.

권씨    어애뜬동 환갑은 환갑 아이래.

독골할매 긇게도 생겠지요. 나리마님은 죽었는동 살았는동,
        어느 골에 헤매시는동 모리고, 아드님 둘 있는 거
        한나는 앞시고, 한나는 가막소 가 기시는 파이니,
        참 생각하만 중치가 탁 맥힐 일 아니니껴…….

권씨    내 저번 장날에 보낸 거는 형님 모리게 잘 받아 돘소?

독골할매 예.

권씨    시절이 이러이 빌 수 없다 캐도, 옛날겉으만 큰 경
        사라. 집안이 어른들, 동류들 다 모이가 큰 잔치를
        했을 낀데…… 잔치는 모해도 그양 넝구마는 옳잖
        애. 아무리 형님이 펄쩍 떠도 그라만 몬 쓰지.

독골할매 ……기햅이 서방님이래도 있었이만…… 그 서방님
        이 무신 쥐(罪)가 있을로? 참, 알다가도 모를따…….

권씨    쥐라…… 무신 쥐가 있어가 온 집안이 만주로 간도
       로 그 숱한 고상을 다하고 풍비박산이 났던공? 잽
       히가고 죽고 상한 사램이 그 얼매로? 먼 타지에 묻
       고 온 집안어른, 동기간에 또 및및이드노? 아까운
       얼라들은 또 얼매나 마이 식었드노? 그기 다 무신
       쥐가 있어 그랬나…….

독골할매  왜정 때야 그랬다 캐도…… 시상이 와 이렇니껴?
       모를따…… 알다가도 모를따…… 마캐 헛부고 헛
       부니더…….


독골할매는 하릴없이 보리수염을 뜯고.


권씨    봉아 니는 머 이런 거를 먹는다 캐가 할매를 애믹
       이노? 할매 바쁜데!


봉아, 못 들은 척 뒤란을 서성인다.
세 사람이 있는 곳 어두워지고 무대 다른 곳이 밝아진다.


뒷절 암자. 터만 남은 폐허. 첫째 딸 금실이가 앉아 있다.
그녀 앞에 진달래 한 다발이 놓였고 그 곁에 초 한 자루가
탄다. 금실이 품에서 궐련과 성냥을 꺼내 궐련에 불을 붙
인 후, 초 옆에 향 대신 꽂는다. 금실, 피어오르는 담배 연
기를 멍하니 바라보다가 나직이 콧노래를 흥얼거린다.

금실이   (콧노래 끝에 콧노래처럼) 오빠야, 오빠야, 기주이 오
        빠야…… 내는 인자 고만에 갈란다…… 자알 있거
        래이…… 여서는 잘 모 있었으이께네 거서라도 자
        알 있어라…… 머 만개 좋지, 오빠야는…… 맘 펜
        하고 아프도 아하고 꽃 피만 꽃 보고 새 울마 새소
        리 듣고…… 오빠야, 기주이 오빠야…… 아이그, 울
        못나이 오빠야…….

        둘째 며느리 영주댁이 소매 끝으로 눈가를 훔치며 금실이
        곁으로 온다.


금실이   다 빌었나?
영주댁   예아.
금실이   실실 니리가자.
영주댁   …….
금실이   쪼매 더 앉아 가까?
영주댁   예아.


        영주댁과 금실이, 산 아래를 내려다본다.


영주댁   멩당은 멩당이네요.
금실이   절도 좋았지, 오래 묵고 아담하이.
영주댁   언지 이클 되뿟니껴?
금실이   그기 해방되기 전 해 봄이라. 불이 크게 나뿌 가주고

영주댁    산불이래요?

금실이    아이. 불은 절에서 난 모양이래. 난도 보지는 모하
         고 듣기만 들었는데, 절만 말끔히 탔다 캐. 가 보이
         여 기시던 시님은 죽었는동 살았는동 온데간데 없
         고…… 머 사램들은 수군수군 캐쌓데.

영주댁    머라꼬요?

금실이    (손가락으로 한곳을 가리키며) 저 짝, 저어가 종루가
         있고 종이 하나 있었그덩? 내 키만 하이, 그클 크진
         아해도, 똑 처매자락 이클 봉긋하이 벌어지가 내린
         것맨치 모양도 이쁘고 문양도 곱으고, 소리가 좋았
         지. 새복에 지녁에 여서 종을 치만 저 아래 말꺼정
         종소리가 니리오는데, 은은하이 푸근하이, 참 듣기
         좋았어. 그기 오래된 종이래, 오라배 말로는 조선
         때도 아이고 고려 적 종이라 카데.

영주댁    아깝어라.

금실이    그때가 한참 놋쇠 공출할 때 아이라. 구장이 집집
         마다 쑤시고 돌아댕기매 놋쇠란 거는 머 하다 못해
         요강, 타구, 밥주게, 수저꺼정 마캐 거돠가는 판인
         데, 그러이 재바린 이들은 파묻고 숨과 놓고 안 내
         놓잖나? 우에서는 할당량 채우라꼬 조채고 볶이고
         하이께네, 구장이 답답어가 가마이 생각하이, 이거
         는 번히 밖에 나와 있그덩? 크기도 크고, 숨굴 수도
         없고. 그러이 구장이 절에 와가 시님한테 그 종을
         내 돌라 캤는 게래.

영주댁   아이고, 무신 쥐를 다 받을라꼬…….

금실이   시님이 그거를 내 주겠나? 촛대고 향로고 다린 거
         는 다 거돠가도, 이 종은 안 된다꼬, 구장, 순사가
         암만 으르딱딱거래도, 내 몸에 불 들어가기 전에는
         절대 안 된다꼬. 그러이 빌 수 없이 그양 니리왔는
         데, 얼매 안 있어가 그 불이 난 게래.

영주댁   세상에!

금실이   그러이 말들이 없겠나?

영주댁   그래 가주고 그 종은 어애 됐니껴?

금실이   맹 녹아가 바우덩거리맨치로 메란도 없이 되뿐 거
         를, 구장이 인부들 디꼬 가 목도질해가 니리왔다
         데. 모리지, 머…… 포탄 껍질이 되가 만주벌판으
         로 날아갔는동, 태평양 어데 가 떨어졌는동…….

영주댁   나무관세음보살.

금실이   그거를 마을서 실어 내는데, 기주이 오라배, 돌아
         간 자네 시아주바님이 쫓아가가 그 덩거리를 끌안
         고는 목을 놓고 울더란다, 아아덜맨치로. 구장 멱
         살을 붙들고 쥑인다꼬 난리를 치고…… 그클 순
         하고 생전에 큰소리, 딘소리 한번 안 내든 양바
         이…….

영주댁   참, 그클 곱고 정한 양바이 또 있겠니껴.

금실이   (슬며시 웃으며) 영주덕이 자네가 울 오라배를 아나?

영주댁   머 오래는 몬 뵀지만도, 저 시집 온 지 석달 만에
         그래 돌아가셨으니…….

금실이　날 때부텀 약했는걸 만주 가가 아주 골벵이 든 게
　　　　래. 말로는 다 몬 한다 캐, 그 고상은. 어른들도 숱
　　　　하이 돌아가셨는데, 다섯 살배기 그 쪼매한 아아가
　　　　오죽했을로? 죽을 고비도 여럿 넝구고. 어매가 그
　　　　래. 아 생각하만 당장이래도 조선으로 가고 숲은
　　　　데, 일가가 다 나와 고상하는 판에, 어데 돌아간다
　　　　는 말을 낼 수가 있나. 아는 굼방이라도 시들 것만
　　　　겉고 마 속만 끓이고 있는데, 울 아부지가 조선 왔
　　　　다가 덜컥 붙들린 거라. 아부지가 조선하고 간도를
　　　　오매가매 소식도 전코 돈도 전코 하셨그덩. 그러니
　　　　어애노? 널랑은 가가 옥바라지를 해야 안 하겠나,
　　　　집안 어른들 영이 떨어져가 인자 오라배를 디꼬 돌
　　　　아오는데, 아부지 걱정도 걱정이지마는, 아이고 지
　　　　긋지긋한 만주 바람도 인자 고만이다, 인자는 살았
　　　　다 숲고 마 날아갈 것 겉드란다.

　　　　두 여인, 잠시 미소짓는다. 사이.


금실이　그러이 어매가 그래. 오라배 덕에 너덜은 만주 귀
　　　　경 모했다꼬. 오라배는 아부지 덕에 한번 살고 아
　　　　부지 덕에 한번 죽었다꼬.
영주댁　그기 무신 말씀이니껴?
금실이　병인년 순종 인산 때 만세운동 안 있었나.
영주댁　병인년이마……

금실이  천구백이십육녀이라.

영주댁  지는 나기도 전이시더.

금실이  난도 네 살 때라 잘은 모린다. 들어서 알지. 인자
아부지는 다섯 해를 감옥 살고 나오시가 잠깐 집
이 계셨는데, 그때 내를 맹그셨지. 그 담 해 박실이
나고, 한 해 걸러 자네 서방 기햄이가 어매 배 속에
있을 때라. 생각하만 재주도 희한하제?

영주댁  예?

금실이  나 나고 나서버텀은 아부지가 집에 안 계셨그딩.
안 그래도 그양 앉아 기실 양반도 아이지마는, 만날
순사들 들락거리쌓고 오라가라 캐싸이께네, 머 있
을 수가 있나. 나가시마 일 년에 한두 버이나 다리
이(다른 이) 모르구러 잠깐 오셨다 가시는 중에, 어
애 아아들은 그래 따박따박 맨드셨던공? 재주가 신
통 안 하나? 어매 재준동 아배 재준동 모를따마는.

영주댁  아이구, 얄궂애라, 형님도 참.

금실이  어애뜬 그때 오라배가 대구고보 댕깄그딩. 만세운
동 터지이께네, 오라배를 붙들어 간 거라. 아부지
가 관련이 있던 모양인데, 아부지는 몬 잡고 대신
에 붙들어 간 게래. 배는 남산만 해가, 어매가 이리
띠고 저리 띠고, 제구 석 달만에 풀리나오기는 했
는데, 사램이 아주 고만에 몬 씨게 돼 뿌렀어.

영주댁  그 길로 여 올라오셔서가 안 니리 오셨니껴?

금실이  처음에야 및 달 요랑허고 올라오셨지. 그래 몸은

쪼매 추스러가 집이 니리왔는데, 쪼맨한 내가 바
도, 이 양바이 지 정시이 아이라. 가심이 탁 맥히가,
여서는 숨을 쉴 수가 없다 카매 딜이 띠는데, 그거
를 어애노? 그래가 도로 올라간기 및 해고? 십오 녀
이 후쩍 넘어부랬지…… (제 앞의 땅을 가리키며) 여
가 오라배 내애 계시던 데래.

영주댁    그 속이 어앴을로…….

금실이    너무 놀랜게라. 그 색씨 같은 양바이 모진 꼴을 당
해노니, 너무 놀래 가주고 몸도 몸이지마는 맘에
벵이 짚이 들어뿐 게래. 세상에 뜻이 완저이 없어
져 부린 게래…….


영주댁, 제 걱정에 찔끔 돋는 눈물을 훔친다.


금실이    멘회는 가 봤드나?

영주댁    예아.

금실이    언제?

영주댁    아주바님 기일 메칠 지내서 댕기 왔니더.

금실이    어떻드노?

영주댁    머…… 메란없지요.

금실이    박서바이 손써 본다 카드이……

영주댁    앞으로 한 석 달은 더 있어야 한다 카디더.

금실이    박서바이 손을 써도?

영주댁    예아.

금실이 　언제 또 가노?

영주댁 　낼 어무님 갑일 지내고 댕기 올라 캅니더…… (참다
　　　　못해) 어애 그래 사램이 답답은공!

금실이 　와?

영주댁 　그 전향서인동 머인동, 잘모했다 종이 한 장만 떡
　　　　써가 주만 당장 고만에 풀어 준다 카는데도, 그거
　　　　를 모하겠다꼬. 잘모한 것도 없는데 그런거새나 다
　　　　린 놈들도 아이고 친일파 놈들 앞에다가 어애 빌겠
　　　　냐꼬…… 긇게서는 아부님 뵐 낯도 없고, 때리직이
　　　　든 징역을 살리든 그래는 절대 몬한다꼬, 무가내로
　　　　그러이…… 어얘니껴.

금실이 　……석 달이마…… 칠월이만 나오겠네.

영주댁 　이럴 줄 알았이만 작년 가읅에 보도연맹인가 들라
　　　　칼 때 그양 들었으만 이런 일이 없을 껜데. 구장이
　　　　만날 와가 그클 뵊아도 일없다 카고 뻗대드이……
　　　　해방되고 건준인동 인민위원휀동 잠깐 참예헌 거
　　　　가주고 그기 무신 쥐라꼬…… (점점 흥분해 가며) 그
　　　　때도 좌익들 말 안 통한다꼬, 만날 싸우고 와가 답
　　　　답어 해쌓는 거를 내 다 들었니더. 그것도 몽양인
　　　　가 하는 양반 돌아가시고 나서는 아주 낙담을 해
　　　　가 집안일이나 본다꼬 다 치아뿟는데. 그 사람이
　　　　무신 뻘개이라꼬…… 이거는 머 이박산가 카는 양
　　　　반 펜 아니만 마캐 뻘개이라꼬 몰아치이. 진짜 뻘
　　　　개이야 잡아딜여야 한다 캐도…… (아차 싶어) 죄송

합니더…….

금실이　아이다. 괘않다.

영주댁　하도 답답어가.

금실이　울 금서바이야 갈 데 없는 뻘개인데 머.

영주댁　죄송합니더.

금실이　빌일이야 있겠나. 기햅이는 또 기주이 오라배하고는 다르이께네. 너무 걱정 마라.

영주댁　그 사램 말 듣다 보이, 얼른에 전향서 씨고 나오라꼬 말은 그캐도, 속으로는 참 억울하기는 억울하겠다 싶디더……. 형님 아주바님도 말이지, 그 얼매나 똑똑하고 공부도 마이 하고 덕있는 분이시니껴.

금실이　(다 타 버린 궐련을 뽑아내고 궐련을 새로 하나 붙여 다시 올린다.)

영주댁　형님이 암만 그캐도 지는 몬 믿겠디더. 그런 부이 뻘개이라니……. 가마이 보마 진짜로 나라 우하느라꼬 양심 있게 사신 이덜은 마캐 죽고 상하고 뿔뿔이 흩어져가 씨가 말라뿌고, 활개치고 댕기는 거는 맹…….

금실이　고마해라. 그러다 영주딕이 자네도 뻘개이로 몰릴따.

영주댁　형님은 그래 생각 안 하니껴?

금실이　존 생각만 해라. 자꾸 그런 생각해가 배 속에 아꺼정 뻘건 물 드만 어앨라꼬 그라노?

영주댁　형님도 참.

금실이　산달이 언제로?

영주댁   여섯 달째이께네……

금실이   희한네. 어애 그래 표가 안 나노?

영주댁   칠팔월 안 되겠니껴.

금실이   그때는 기햅이도 안 나오겠나. 석 달 굼방 지내간다.

영주댁   (한숨을 폭 내쉬며) 석 달…….

금실이   산신님이 뭐라시드나?

영주댁   암 말또 안 하디더.

금실이   자네 말이야 다 안 들으셨겠나.

영주댁   아주바님은 뭐라시니껴?

금실이   으응, 담배맛 좋다 카네…… 잘 있다 칸다…… 더럽은
        꼴 안 보이 좋다 칸다…… 요거만 다 타만 니리가자.


금실이와 영주댁, 타들어 가는 담배를 물끄러미 바라본다.
두 여인이 있는 곳 어두워지고 무대 다른 쪽이 밝아진다.
멀어져 가는 자동차 소리와 함께 다음 장면으로 이어진다.


마을 어귀 회화나무 아래. 신록 사이로 비쳐드는 봄볕. 바
로 앞에 마을 못, 물 위에도 봄볕이 반짝인다. 그 너머로 너
른 들이, 반대편으로 산 아래 자리잡은 마을이 건너다보인
다. 회화나무 아래 돌 위에 박실이가 앉아 있고 홍다리댁은
못가(무대 밖)에 허리를 굽힌 채 헛구역질을 하고 있다. 박
실이 곁에는 짐꾸러미들이 놓여 있다. (박실이 말투에는 사
투리 억양이 여전하나 그래도 그새 서울말이 약간 묻었다.)

박실이 　(홍다리댁이 요란하게 헛구역질하는 소리에 눈쌀을 찌푸
　　　　리며) 괜찮나?

　　　　홍다리댁이 소매로 입가를 훔치며 비칠비칠, 박실이 곁으
　　　　로 온다.

홍다리댁 붕어새끼들이 머 물 거 없나 올라왔다 고만에 쏙 드가
　　　　뿐다. 똥물만 널찌고 건데기가 없으이, 히히. 우엑!
박실이 　아유, 가서 마저 하고 와!
홍다리댁 다 했다. (트림) 마 생전 자동차는 처음이라. 기차하
　　　　고는 마이 다리네. 하늘이 빙빙 도는 기 똑 술 먹은
　　　　거 겉다. 아이구야, 우리 정아 덕분에 자동차를 다
　　　　타 보고 이클 호강하네, 으이? (헛구역질)
박실이 　아유, 정말!
홍다리댁 (박실이 얼굴을 부여잡고 제 얼굴을 들이대며) 가마 있
　　　　어 바라. 우리 정아, 얼골 좀 자세 보자. 으이? 끄윽.
박실이 　아이고, 꾸린내야!
홍다리댁 야야, 그러지 마래이. 니 내캉 코맞추고 입맞추고
　　　　하던 거 잊아뿟나?
박실이 　언제!
홍다리댁 궁금타고 한번 해 보자, 그랬잖나. 막 내 젖을 만주고
박실이 　이기 미쳤나! 내가 언제! 캤으만 니가 그랬겠제!
홍다리댁 히히히! 아이구야, 그 비린내나던 기 인자 마나님
　　　　태가 다 나코.

박실이    저리 가라니까!

홍다리댁 말하는 것도 서울 사램 다 돼 뿟네. 으이?

박실이    (홍다리댁을 밀쳐내며) 고마 몬 치우나! 으이! 내꺼정
         넘어올라 칸다!

홍다리댁 (깔깔대고 웃으며) 내 꾸린내 맡으이께네 고마 정신
         이 드제? 집에 온 거 겉나?

박실이    으유, 정말!

홍다리댁 이기 얼매 마이고? 내가 열여덟에 시집 가가 옭에
         서른두이께네······

박실이    열네 해 마이네.

홍다리댁 참 시월 빠르다.

박실이    여는 어앤 일이고?

홍다리댁 어앤 일은, 놀러 왔지.

박실이    언제?

홍다리댁 아레.

박실이    어데였드노? 맞다. 영천 어데 대창인가, 거로 시집
         갔었지? 안즉 거 사나?

홍다리댁 어데. 지끔은 김천 있다. 있었다.

박실이    있었다이 무신 말이고?

홍다리댁 인자 갈 일이 없으이께네.

박실이    와?

홍다리댁 그래 됐다. 말하자만 길다.

박실이    말해 바라.

홍다리댁 그 까꿉헌 이약을 만다꼬 하라 카노? 정아 니 얘기

나 해 바라. 서방님이 마이 높은 양바인가 보데. 마
갱찰서장이고 조합장이고 머이고 마캐 역전꺼정
나와 줄을 서가, 굽실굽실하이.

박실이  뭐 그냥.

홍다리댁  아는?

박실이  둘 있다. 아들 하나 딸 하나.

홍다리댁  와 안 디꼬 왔노?

박실이  요새 기차 사정 모리나? 어른도 힘든데, 어린 아아
들을 어애 디꼬 오노.

홍다리댁  그라만?

박실이  집에 유모도 있고 시어머님도 계시니까.

홍다리댁  어매야, 니는 잘될 줄 알았다. 정아 니라도 잘됐으
이 얼매나 다행이따! 마 들어 보이 금실이도 긇고
다들 메란도 없디마는……

박실이  희아 언니 왔드나?

홍다리댁  응. 봉아도 오고. 내앞고모님도 오시고.

박실이  희아 언니 앞에서는 그런 말 마라.

홍다리댁  안 한다.

박실이  언니야 니 얘기 좀 해 바라. 어애 된 거고?

홍다리댁  어애 되기는. 내가 서방 복이 터져가 안 그릏나. 지
끔 김천 사나가 넷째 서방이이께네. 그라만 말 다
했제? 히히.

박실이  어매야.

홍다리댁  영천이 첫서방은 사램은 좋은데 술 잘 먹드이 이

태 만에 술로 가뿌고, 그러이 포항으로 개가를 했
그덩? 그거는 가다끔 주 패는 거 말고는 패않았는
데, 그것도 시 해만에 바다이 가뿌고. 셋째 부산 서
방은 징용 끌리가 패뿌고, 그쯤 되이 서방질도 안
지겹드나? 그래 인자는 고만이다 카고 어애어애 떠
돌다 보이 김천 여관집에 가 있는데, 이놈으 영감
이 들러붙는 게래. 그기 넷째라. 이거는 장사꾼인
데 속을 알고 보만 순 모리꾼, 도독놈이제. 어애 수
완은 좋은동 돈은 잘 버이 가는 디마동 첩을 하나
썩 두고 그랬는 모양이래. 머 살기도 폭폭한데 살
림 차리준다 카이, 난도 모리겠다, 및 해 그러고 살
았는데, 얼매 전에 본처가 안 찾아왔드나. 히히. 와
가 패악질을 하드이 나중에는 울고불고 비는데, 마
이거는 사람으로 모할 짓이따 숲어가 탁 털어뿌고
왔다.

박실이　에그…… 아는?

홍다리댁　없다. 둘째, 셋째서 하나썩 보기는 했는데, 마 어레
　　　　　서 다 실패해뿌고.

박실이　(홍다리댁의 손을 그러쥐며) 언니야 고상 마이 했구나.

홍다리댁　머 심심치는 않게 살았제, 히히.

박실이　인자 어애노?

홍다리댁　모리지, 나도. 어매 얼골 보고 쪼매 있다가 또 살
　　　　　길 찾아가 바야지, 머. 어데 가만 내 한 몸 몬 먹고
　　　　　살겠나……

박실이　머 또 존 사람 안 있겠나.

홍다리댁　긇제? 서방복 터진 녀이 서방 하나 또 없을로? 히
　　　　히…… 아나…… 서방은 쓸데없고 그냥 아나 하나
　　　　있이만 좋겠구마는…… 암만해도 하나 두이 나(나
　　　　이) 먹으니 그런 생각은 든다, 히히.

박실이　…….

홍다리댁　어매야, 이거를 어애 다 들고 가노?

박실이　몰라. 언니야 때문에 여 내맀으니 니가 다 들고 가라.

홍다리댁　머를 이래 마이 사왔노?


　　　　독골할매가 마을 어귀로 나온다.


독골할매　홍다리야, 거서 뭐하노? 어매야, 박실 액씨 오시니껴!

박실이　할매!

독골할매　아이고, 얼매나 고상이 많았니껴. 먼 질 오니라꼬.

홍다리댁　고상은 내가 죽을 고상했다. 정아캉 자동차 타고
　　　　오다 멀미를 해가.

독골할매　이기 미칬나! 정아가 뭐꼬! 액씨한테. 서방님은요?

박실이　읍내에 볼 일이 있어가.

홍다리댁　여 우리 니리주고 도로 읍내로 갔다. 마 그 대접 다
　　　　받을라카믄 오늘 밤으로는 몬 오지 숲다.

박실이　잘 있었나. 다리는 와 그라노?

독골할매　늙으이 그러니더. 어애 액씨 얼골이 마이 애빘는
　　　　것 겉네?


272

박실이 애비기는, 자꾸 살만 찌는데.

독골할매 오셨으만 얼른에 오시지 않구서.

박실이 여 얼골 누랜 거 바라. 토악질을 해 싸고 어지럽다
캐가, 쪼매 쉬고 있었다.


홍다리댁, 다시 토악질을 하며 못가(무대 밖)로 내려간다.


독골할매 저거, 저거, 마중을 나가랬드이마는……

박실이 쪼매 앉으소.


독골할매, 박실이 곁에 앉는다. 홍다리댁이 토악질하는 소리.


독골할매 (혀를 차며) 아이구, 저거를 어데다 쓸로? (들을 건너
다보며) 모낼라꼬 하매 물들을 다 대 놨구나…… (한
숨) 저기 다 딕이 따이었는데……


홍다리댁이 목에 걸린 것을 돋워올리느라 컥컥거리며 나
무 밑으로 온다.


독골할매 다 녹아뿌고, 저어 물가새 논도 아이고 밭도 아인
거 및 뙈기밖에 안 남았으이……

홍다리댁 그기 말하자만 선견지며이라.

독골할매 저거 또 헛소리한다.

홍다리댁 이북서는 토지개혁을 해 가주고 땅 마은 이들은 다

뺏아뿌고, 사던 디서도 몬 살게 아주 다린 디로 쫓
아부랬다 안 하디껴? 그러이 그 사램들이 마캐 니
리와가주고 뻘개이라 카만 이를 간다 카데.

독골할매 여가 이북이래?

홍다리댁 여서도 토지개혁인동 농지개혁인동 하기는 할 모
양이라 카디만. 그란 꼴 안 볼라꼬 미리 다 팔아가
존 다다 쓰셌다, 이클 생각해야지. 머 이북겉지야
아하겠지마는.

독골할매 그 말겉지도 않은 소리 고마 하고 춤이나 닦어래이.

홍다리댁 히히, 우리 어매 눈도 좋네. 머 또 우리 정아가 잘
됐으이 그양 두고 보겠나.

독골할매 저, 저놈으 주디를 확 마 그양!

홍다리댁 정아도 가마이 있는데 와 그래쌓노? 펭등한 자유대
한민국에 으이? 우아래가 어딨다꼬? 나도 내가 다
섯이나 마은데.

독골할매 그라만 희아 액씨, 봉아 액씨한테도 해라 카지, 와
공대하는데? 다 니보다 나 어리고 봉아 액씨는 띠
동갭인데.

홍다리댁 정아는 다르다. 안 그릏나, 정아야?

독골할매 아이고, 아이고…… 오갈 데 없는 거를 거돠 킨 은
공도 모리고. 하느님은 머하시노, 저런 거를 베락
을 때리 주지 않고.

홍다리댁 날만 좋구마는. 저, 저 물괴기 띠는 거 쫌 바라! (박
실이에게) 생각나나? 니 요맨할 때, 여 드갔다가 다

274

죽게 된 거를 내 껀져 좄던 거.

박실이 　몰라. 꾸린내 난다. 저리 가라.

홍다리댁 　히히, 머 잉어를 잡아가 기주이 오라배 고아 디린
　　　　　다꼬. 아이고 내가 우습어가. 정아 니 생각나제?

독골할매 　(자리에서 일어서며) 이녀이 쫌 맞아야 정신을 차릴따.

　　　　독골할매는 팔을 휘두르며 홍다리댁을 때리려 달려들고,
　　　　홍다리댁은 낄낄대며 박실이 뒤로 몸을 피한다.

독골할매 　이녀이, 이녀이, 웅? 아무리 시상이 벤했다 캐도, 으
　　　　　이? 분수가 있어야제. 분수를 모리고, 아이고 이런
　　　　　거를, 내가 딸이라꼬 거돠 키왔으이. 이리 몬 오나!
　　　　　가 뿟으마 고마이제, 머한다꼬 또 기들와가, 이래 사
　　　　　람 애를 믹이노, 으이? 고만에 가뿌라! 이리 몬 오나!

홍다리댁 　오라 카고 가라 카고 어애라꼬?

박실이 　아이고, 와들 이카노? 고마 해라! 정신없다!

　　　　홍다리댁 도망쳐 다시 못가로 내려간다. 독골할매, 쫓아가
　　　　진 못하고 숨만 몰아쉰다.

독골할매 　아이구, 저거, 저거…….

홍다리댁 　와아! 저 고기 띠는 것 좀 보래이!

　　　　세 사람이 있는 곳 어두워지고 무대 다른 곳이 밝아진다.

윗마을에서 내려오는 길의 언덕바지 솔무데기(솔밭).

김씨와 첫째 며느리 장림댁이 걸어온다. 두 사람 다 흰 소복을 입었다.

앞장서 천천히 걷던 김씨가 멈추어 선다.

짐꾸러미를 들고 뒤따르던 장림댁도 따라 멈추어 선다.


장림댁    어무임?

김씨      (흐린 눈으로 주위를 둘러본다.)

장림댁    괜찮으시니껴?

김씨      으응.


김씨, 다시 걸음을 옮기려다 돌부리에 발이 걸려 쓰러질 듯 휘청인다.

장림댁이 황급히 달려들어 김씨를 붙든다. 엉겁결에 김씨가 장림댁의 품에 폭 안긴 모양새가 된다. 두 사람, 잠시 그러고 있다.


장림댁    또 어지럽으시니껴?

김씨      아이다. 솔무데기 그늘에 있다 밝은 디로 나오이께네, 눈이 부셔가 돌뿌레기를 몬 봤니라…… 그래, 저게 쪼매 쉈다 가자.


장림댁, 김씨를 부축하여 언덕바지에 불거져 있는 평평한 바위 있는 곳으로 간다. 두 사람 바위 위에 앉는다.

| 김씨 | 아가, 장림댁아. |
|---|---|
| 장림댁 | 예아. |
| 김씨 | 니 그…… 살내가 좋네. |
| 장림댁 | 예아? |
| 김씨 | 내는 아까부텀 '이기 어데서 오는 낼로? 꽃내는 분며이 꽃낸데, 이기 무신 꽃낼로?' 했드이. |
| 장림댁 | ……. |

김씨, 외면하는 장림댁을 보고 슬며시 웃는다.

| 김씨 | (앉은 바위를 툭툭 두드리며) 야야, 이것도 무덤이란다. |
|---|---|
| 장림댁 | 예아? |
| 김씨 | 기주이가 그카데. 그냥 바우가 아이고, 옛날옛날에 묘를 씨논 자리래. |
| 장림댁 | 에이. |
| 김씨 | 진짜래. |
| 장림댁 | 그냥 바우 같은데요. |
| 김씨 | 이 밑에를 파 보만 분며이 머가 나올 게라 카데. |
| 장림댁 | 다 흩어져 뿟지 머가 있겠니껴. |
| 김씨 | 바우는 여 안 있나. |
| 장림댁 | 바우는 쩌어도 있는데요. |
| 김씨 | 저 바우하고 이 바우는 다리잖나. |
| 장림댁 | 맹 바운데요, 머. |
| 김씨 | 알마는 그냥 바우가 아이지…… 언제 한번 파 본다 |

카드이…….

사이.

김씨    하매 팔 녀이라?

장림댁    …….

김씨    니 여 온 지가.

장림댁    예아.

김씨    그라만 옳에 서른이고나. (조용히 웃는다.)

장림댁    와 웃으시니껴.

김씨    아이다.

장림댁    말씸하시소.

김씨    희한해가 안 그러나.

장림댁    뭐가 희한하시니껴?

김씨    팔 년을 이래 같이 살아도 몰랐으이…… 니 살내가
그래 존 줄은 오날 처음 알았다.

장림댁    (무안하여) 무신 내가 난다꼬 자꾸 그러시니껴?

김씨    기주이 그놈아는 알았을로?

장림댁    어무임도 참…….

김씨    몰랬을따. 몰랐으이 그래 산으로 들로 어만 꽃만
찾아 댕겠지. 못나이, 바보겉은 기.

장림댁    (말을 돌리느라) 어르신들이 기력이 없으마 더러 없
는 내도 나고 칸다디마는, 어무임이 그러신가 봅니
더. 요번에 펜찮으세가 기력이 축이 마이 난 게래

278

요. 거둥허시는 것도 그릏고, 자꾸 허방띠시는 거
보이, 눈도 버쩍 더 잘 안 비시는 것 겉고……

김씨    아이다. 빌 거는 다 빈다.

장림댁    옳게 말씸하시야지 긇게 짐작으로 댕기시다, 어데
널쩌가 뻬라도 상하시만 큰일 아니니껴.

김씨    훤하게 잘 빈다이께네 와 그라노. 저게 홍정골로
덕고개로 앞뒷산 들 건너 화산 아래 우수골로 산자
락도 산날맹이도 참꽃은 뿔도그레, 산수유에 영춘
화에 개나리는 노릿노릿하고…… 안 그릏나?

장림댁    ……예아.

김씨    행정댁네 담자에 살구낭구는 보얗고,
자미골댁네 마당에 자두낭구는 포르스름하이 마캐
몽글몽글 피었고.

장림댁    예아.

김씨    도지미댁네 우물가새 홍도화는 연지곤지 찍은 거 겉고,
대밭 너머 산비탈 놋점댁네 복상밭에 복사꽃,
희여골댁네 사과밭에는 사과꽃,
동신당 가는 길에 산벚낭구는 안즉 몽우리만 맺었고,
내 건너 갱변에 매실밭에 매화는 하매 다 져 뿟고.
으이?

장림댁    예아.

김씨    물 받아 논 논은 멘갱겉이 하눌이 얼룽얼룽 비치고,
그 우로 제비새끼들이 나고,
못가새 버드낭구, 동구에 회화낭게 퍼룻퍼룻 새수

이 돋챘고,

뚝방 우에는 제비꽃, 까치꽃, 냉이꽃 오종종하이
피었고,

지녁 물 우로 고기들은 촘방촘방 띠고

먼 산 아랠로 지녁 이내 푸르스름하이 낑는데,

석양은 비끼고 산그늘은 물 건너고 까막까치는 자
러 안 오나.[5]

장림댁    ……예야.

김씨    이래 똑띠 비는데 머.

장림댁    예야.

김씨    봄이라…… 봄이고나.

장림댁    …….

김씨    날이 저무는고나.


김씨와 장림댁, 불어오는 훈풍을 맞으며 마을과 들을 내려
다본다.

문득, 김씨는 멀리서 울려오는 어떤 소리를 듣는다.

김씨의 얼굴이 희미한 놀라움에 흔들리다가, 그 놀라움은
이내 어떤 기쁨과 반가움이 되어 얼굴 가득 번진다. 김씨
는 저도 모르게 두 손을 모아쥐며 눈을 스르르 감고 그 소
리를 듣는다.

---

5    작자미상, 박혜숙 편역, 『덴동어미화전가』(돌베개, 2011)에서 여
인들의 택호와 일부 구절을 따와 썼다.

김씨      ……아이구.

장림댁, 놀라 김씨 얼굴을 본다. 그 얼굴엔 알 수 없는 평
온함과 충만함이 가득하다. 희미하게 울려오던 종소리 (김
씨에게만 들리 가 점점 커진다.

김씨      어애 저런 리가 있을로…… 이생에 소리는 아닐따.

장림댁     리둥절하여 귀를 기울여 본다.

김씨      반쯤 이생을 나가 있으이, 그 얼매나 쓸쓸하노?
         그 이런 소리가 나는 게래.
장림댁     …… 어무임.
김씨      시 들은 예불 디리러 법당에 올러가시겠고,
         우 기주이는 어데서 이 종소리를 듣고 있이꼬?
장림댁     ……

앞 나왔던 공간들이 종소리를 따라 희미하게 밝아진다.
(그 나 네 공간이 서로 분리된 채로) 모두 황혼에 물든다.
다 제각각 하던 일의 와중에, 잠시 멈춰서서 저무는 빛
을 다. 고모는 청보리 이삭을 다듬다가, 봉아는 마루 끝
에 아 책을 들여다보다가, 독골할매와 홍다리댁, 박실이
는 섬주섬 짐을 들고 일어서다가, 금실이와 영주댁은 불
어 초를 챙겨들고.

김씨    방 안에 눕어 있나? 마루 끝에 앉아 있나?

　　　　산보를 나가가 걸가새(개울가에) 앉아 있나?

　　　　어데 있든동 안 듣기겠나……

　　　　이래 샅샅이 맨져 주시고, 골골이 품어 주시이……

　　　　게서라도 숨이 쫌 쉬아지마는 마 그걸로 된 게래……

　　　　담배는 쪼매 덜 피아야 될 낀데…….


가득히 울려 퍼지는 종소리와 함께 천천히 어두워진다.


## 2장 경신야[6] 1


김씨의 집.[7] 저녁 어스름. 대청마루. 여인들이 이제 막 저녁
을 먹고 상을 물리는 중이다. 김씨와 내앞고모는 안방 앞
마루에 앉아 이우는 저녁빛을 받고 있고, 나머지 여인들은
제각각 손을 도와 도래상(둥근상)과 소반을 부엌으로 내려
가고, 마루에 걸레를 치고 하는 중에, 봉아는 이제야 독골

---

6　　庚申夜. 실제 1950년 이 무렵의 경신일(庚申日)은 3월 26일과 5
　　　월 25일에 있었다. 실제와는 다르나 이야기의 요구에 따라 이날
　　　을 경신일인 것으로 설정하였다. 경신일의 뜻과 수경신(守庚申)
　　　신앙, 그에 따른 풍속에 대해서는 정민 저, 『초월의 상상』(휴머니
　　　스트, 2002) 7장 「삼시설과 수경신 신앙」 참조.
7　　이 집의 얼개는 안동 가일(佳日)마을 수곡고택(樹谷古宅)을 그
　　　본으로 하였다.

할매로부터 소반에 올린 청보리죽을 받았다. 봉아, 기대에
차서 청보리죽을 한 술 떠 입에 넣는다.


독골할매 (봉아가 입안에 죽을 굴리는 것을 곁에서 지켜보며) 어떠
　　　　 시니껴?
봉아　　 (고개만 갸웃거린다.)
독골할매 ……안 맞으니껴?
봉아　　 (다시 한 술 떠넣고 오물거린다.)
독골할매 (답답해서 들고 있던 숟가락으로 한 술 먹어 보고) 퍼지
　　　　 기는 잘 퍼짓는데…… 쪼매 싱겁은가? (부엌으로 소
　　　　 금을 가지러 가려 한다.)
봉아　　 아이다. 간은 맞는데…….


　　　　 금실이와 박실이 지나가다가


박실이　 어데…….
봉아　　 (죽그릇을 가리며) 내 해다.


　　　　 두 언니, 아랑곳하지 않고 한 술씩 맛본다.


금실이　 음, 보리죽이네.
박실이　 마이 무라. 맛있네.


　　　　 두 언니, 제각각 볼 일을 보러 간다.

봉아     (고개를 절래절래 저으며) 아…… 이 맛이 아인데…….

독골할매  (짜증을 감추느라 한 술 푹 퍼먹고 뜨거워하며) 맛만 있
          구마는, 꼬숩고.

봉아     꼬숩은 건 꼬숩은데…… 그때는…….

독골할매  (짜증을 내며) 그땐동 지끔인동 맹 이 맛인데요, 머!

봉아     맛이 쪼매 다리다.

독골할매  액씨가 배가 부르이 긇지!

봉아     아이다.

독골할매  (지나가는 장림댁에게) 이 시엄씨 따문에 내가 몬 사
          니더. 늙으이가 한나절을 조채가, 제구 해다 바칫
          드이, 음석 타박이나 해 쌓고.

봉아     누가 타박을 했노? 다린 거를 다리다 캤지. 맛있다. 맛은
          있는데…… 그때는 쪼매 더 향긋하이…… 맞다, 풋내는
          아인데, 풋내 비싯하이 향긋한 맛이 있었다.

장림댁    (웃으며) 그때는 더 들 야문 보리로 해가 드셌나 봅니더.

봉아     맞다. 쪼매 들 야문 걸로 해야 되는 긴데.

독골할매  하이고, 그거를 어애 맞추니껴!

봉아     쪼매 들 야문 거는 없나?

독골할매  다 똑겉이 익어뿌는데 머.

봉아     옳에는 틀렜나? 에이, 그라만 내년에 다시 해 묵자.

독골할매  (부엌으로 가며) 내는 모해, 액씨가 해가 드소.


     봉아, 아쉬운 얼굴로 청보리죽을 먹는데,
     박실이 보따리 하나를 들고 대청마루 가운데로 온다.

박실이  다들 일로 오소. 엄마! 고모!


　　　　여인들이 대청마루 위로 모여든다.
　　　　박실이 보따리를 풀어 초콜릿과 깡통(가루커피)을 꺼내놓는다.


권씨　　이기 뭐고?

홍다리댁 꼬초레뜨네!

독골할매 꼬초레?

박실이　초꼬레뜨.

봉아　　촉릿.

권씨　　머라는 기고?

김씨　　머를 이래 마이 가 왔노?

박실이　엄마 심심할 때 드시라꼬.

독골할매 먹는 거래?

홍다리댁 미국 아아들이 먹는 긴데, 맛이 희한타.

독골할매 희한해?

홍다리댁 먹어 보만 안다.

김씨　　샀나? 비싼 거 아이라?

박실이　아이다. 박서바이 어데서 선물로 받았다디더.

홍다리댁 이기 귀한 게래요. 우리겉은 사램은 돈 주고도 몬
　　　　사니더.

권씨　　그래? 그클 귀한 거를 누가 거저 선물로 주노?

금실이　세상천지에 거저가 어데 있노.

박실이　…….

봉아     제사 지내나. 얼른 먹어 바라. (초콜릿 포장을 벗겨 김
           씨에게 준다.)

김씨     농가 먹자.


김씨, 초콜릿을 부러뜨려 한 토막씩 여인들에게 나누어준다.


금실이    내는 됐다. 마이 먹어 봤다.

김씨     받아라.


금실이도 할 수 없이 초콜릿을 받아든다. 여인들, 모두 초
콜릿을 입에 넣고 오물거린다.


박실이    어떠시니껴?

김씨     음, 맛있네.

권씨     이기 머이라꼬?

홍다리댁  꼬초레뜨요.

박실이    초꼬레뜨.

봉아     촥릿!

독골할매 (미간을 잔뜩 찌푸리고) 아인 게 아이라, 희한키는 희
           한타. 달달하이 씹씰하이, 실실 녹아 뿌네.

금실이    하나 더 까 바라. 영주덕이 자 눈 티나오겠다.

영주댁    (부끄러워하며) 아이시더!


여인들, 왁자하게 웃으며 초콜릿을 다시 나누어 먹는다.

영주댁   (깡통을 집어들고 살펴보며) 이거는 뭐니껴?

박실이   커피.

봉아     (깡통을 넘겨받아) 이기 인스턴트 커피라 카는 긴데,
         원두커피만은 모해도 그런대로 먹을 만하다.

박실이   뜨신 물에다가 타만 삭 녹아뿌가 주고 찌끼도 없고
         펜하그덩.

금실이   와, 궁금나? 이것도 먹고 숲나? 함 타 먹어 보까?

영주댁   아이시더.

봉아     내는 한 잔 먹을란다.

영주댁   (반가워서) 뜨신 물 가 오까요?

김씨     그래, 그거는 또 무슨 맛인동 한 잔썩들 먹어 보자.

권씨     쪼꼬레뜨야 커피야 우리 정아 덕분에 호강하네.


         영주댁과 봉아, 홍다리댁, 부엌으로 달려간다.


박실이   지금 먹으만 잠 안 올 긴데.

권씨     마침 잘됐다.

박실이   에?

권씨     오늘이 경신일이래.

금실이   경신일?

권씨     육십갑자 따라 두 달에 한 번썩 경신일 안 돌아오
         나. 경신일 밤에는 잠 안 자는 게래.

박실이   와?

권씨     난도 자세는 몰래. 나 어릴 때, 옛날 어른들은 다

그래셌니라. 친구들캉 얼리가 온 집안이 밤새두룩 이약허고 술 자시고 놀고 그랬어. 잠 안 잘라꼬. 그 기 삼신가 머인가 무신 벌거지 따문에 그런다 카데, 형님은 아시니껴? 내는 딛기는 딜었는데 다 잊아뿟다.

김씨 삼시(三尸)라꼬, 사램 몸에가 벌거지가 시 마리 산 단다. 머리에 한나, 배에 한나, 아랫도리에 한나. 이 기 가마이 들앉아가 요래 보고 있다가, 지 쥔이 지은 쥐를 치부책에다가 따박따박 씨논단다. 그래가 주고 두 달에 한 번, 경신일에 하늘로 올라가가 옥황상제님한테 마캐 일러바채. 그라만 상제님이 그 진 쥐만큼 맹부책에서 그 사램 맹을 제하는 게래.

금실이 그란데 와 잠을 안 자노?

김씨 이 삼시라 카는 거이는 쥔이 잠을 자야 하늘에 올러갈 수가 있그덩. 그라이 아예 몬 올러가게, 고자 질 모하게 하구러 그라제.

독골할매 섹유를 마시만 회는 잘 떨어진다 카든데요.

김씨 (웃으며) 이거는 회하고는 달래.

금실이 아, 그라이 그 비싯한 거래?

박실이 머?

금실이 와, 섣달 그믐에 잠을 자만 눈썹 신다꼬 몬 자게 하잖나.

독골할매 아아들이 자만 어른들이 장난한다꼬 아아 눈썹에다가 쌀가리, 밀가리겉은 거 흐옇게 발러 놓고.

김씨      맞다. 그것도 맹 그 속이래.

권씨      정지에 조왕님도 그날 올러가시는데, 그거는 잠 안
         자도 못 막그덩. 그라이 어애노?

독골할매  그거는 난도 아니더.

권씨      부뚜막에 조왕님을 그리놓고 그 입에다가 엿을 딱
         붙이놓는다.

독골할매  올러가도 입이 딱 붙어가 아무 말또 모하라꼬.

박실이    그라만 일 년에 한 여섯 번만 잠 안 자만 불로장생
         하겠네?

권씨      펭생 그르기가 숩나, 어데. 한 번만 삐끗하마 도로
         아미타불이이께네.

금실이    맹 미시이지 머.

김씨      긇게도 우리 아부님, 너그 위(외)할아버님은 그거
         꼭 지키셌니라.

금실이    일 년에 여섯 번을?

김씨      그래는 모하지. 상경신이라 캐가 그해 첫 경신에
         만, 일 년에 한 번 그래 했다.[8] 머 그거를 고대로 믿
         어가 그래셌겠나. 원캉 사램 좋아허시고 놀기 좋아
         허시든 양바이이께네, 그기 존 펭계라. 집안이 손
         우 어른들은 만날 씰데없다 카고 안 좋다 캐도, 머
         먹고 노자는데 싫다는 사램 있나? 음석, 술 장만해

---

8        여기까지 경신일에 대한 내용은 정민, 『초월의 상상』(휴머니스
         트, 2002)에서 참고하였다.

가 오시라꼬 청하만, 혀를 쩟쩟 차믄서도 다 오신
다. 그래가 닭실 우리 친정집, 사랑에는 바깥사램
들, 안채에는 안사램들, 내외노소로 자박자박하이
모이가 새복 닭이 우도록 노는 게래…… 그것도 잠
깐이라…… 내 일고여덜 땐가, 그걸로 마지막 끊쳐
부랬지.

박실이   와?

독골할매   머 나라 망한다꼬 의병 나고, 나라 망해뿌고, 집안
이 다 만주로 간도로 떠돌아가는 파인데…… 그런
잔치를 어애 했을니껴.

박실이   삼신동 머인동 와 지 줜을 몬 잡아먹어 안달이꼬?
줜이 죽으만 지도 죽을겐데?

김씨   그거는 구신이래. 줜이 죽어야 풀리나가 자유로 댕
기매 젯밥도 얻어먹고 하그덩.


봉아와 영주댁, 홍다리댁이 뜨거운 물이 든 주전자를 들고,
쟁반에 사기대접들을 받쳐들고 대청마루로 온다.


봉아   에이, 파이다!

박실이   (커피깡통을 따며) 와?

봉아   잔이 없잖나.

박실이   할 수 있나.

봉아   담에 올 때는 잔도 좀 가 와라.

박실이   알았다.

봉아      (대접을 들고) 이기 뭐꼬?

권씨      머 어떻노. 넘어가마 똑겉제.

봉아      에이.

금실이    무신 대접이 이래 많나?

봉아      한 사람에 하나씩.

금실이    이걸로 한 대접씩 마신다꼬?

권씨      한 시 개만 타라, 갈라 먹구로.

김씨      그래, 먹고 썰라만 그것도 일이다.

봉아      내는 따로 타도.

박실이    가마 있어 바라, 정신 없다.


박실이 숟가락으로 커피를 대접에 퍼 넣고 물을 따른다.


김씨      뭘 그래 마이 하노?

박실이    둘썩 갈라 묵고, 봉아 자는 따로 돌라 카이, 다섯 개.

권씨      다 된 게래?

독골할매  먹어도 되니껴?

박실이    아이다. 설탕…….


박실이, 짐꾸러미 쪽으로 가 안을 뒤진다.


봉아      내는 설탕 필요없다. (커피를 마신다. 보고 있던 독골할
         매에게) 할매도 먹어 바라. 이거는 그냥 먹어야 진
         짜래. 설탕 타만 커피맛 베리뿐다.

독골할매 (자신과 홍다리댁 몫으로 받은 커피를 한 모금 맛본다.)

봉아　　맛있제?

독골할매 (얼른 삼키고 오만 상을 쓰며) 하이고, 씹어라!

봉아　　한나도 안 씹은데?

독골할매 씹은데 머, 소태겉이!

홍다리댁 (대접을 들며) 그래 씹나?

독골할매 갱개랍(금계랍)매이 씹다.

홍다리댁 갱개랍매이? (대접을 내려놓는다.)

금실이　(박실이에게) 설탕 없나?

박실이　(짐을 뒤지며) 분며히 챙게 왔는데…… 어데 있
　　　　노…… 어데가 빠져 뿟나? (안방에 둔 다른 짐을 뒤지
　　　　러 간다.)

금실이　집에 설탕 없나?

장림댁　설탕은 없고 조청은 쪼매 있니더.

봉아　　(독골할매를 놀리느라) 후떡 삼키이 긇지. 가마이 물
　　　　고 요래요래 돌리 바라. 구수하이 새고롬하이 빌
　　　　맛이 다 있다이께네.

독골할매 아이고, 내는 됐니더!


　　　　독골할매, 손사래를 치는데 김씨가 먼저 커피를 마신다. 봉
　　　　아가 시킨 대로 입에 물고 돌려본다. 여인들, 차례로 커피
　　　　를 입에 물고 우물거린다. 각양각색의 표정으로 서로를 힐
　　　　끔힐끔 건너다보며. 사이.

| | |
|---|---|
| 권씨 | 음…… 박실아. |
| 박실이 | 어. |
| 권씨 | 안즉 설탕 모 찾았나? |
| 박실이 | ……귀시이 곡하겠네. |
| 김씨 | 음…… 조청 가온나. |
| 장림댁 | 예아. (고방으로 조청을 가지러 간다.) |

봉아가 소리내어 웃는다. 여인들도 참았던 웃음을 터뜨린다.

| | |
|---|---|
| 박실이 | (안방에서 대청으로 나오며) 이상하네. |
| 장림댁 | (고방에서) 어매야! |
| 금실이 | 와? 쥐 나왔나? |
| 장림댁 | 요 있니더, 설탕! |
| 박실이 | 거 있나? |
| 장림댁 | (고방에서 설탕봉지를 들고 나오며) 조청단지 옆에 얌<br>저히 모시가 놨구마는. |
| 박실이 | 맞다! 낼 음석할 거 챙게 노만서, 설탕도 거 둔 거<br>를 잊아뿟네. 아이고 정신머리야! |

박실이, 장림댁에게서 설탕봉지를 받아들고, 커피대접에
설탕을 한 숟갈씩 타 휘휘 젓는다.

| | |
|---|---|
| 독골할매 | 야, 고거 희기는 백옥겉이 희다. |
| 권씨 | (커피 맛을 보고 대접을 내밀며) 쪼매 더 치 바라. |

박실이    (권씨, 김씨의 대접에 설탕을 치고 장림-영주 댁 몫에) 쪼
         매 더 치까요?

장림댁    됐니더.

영주댁    쪼매만…….

홍다리댁  (대접을 내밀어 설탕을 더 받는다. 맛보고) 인제 간이 맞
         다. (독골할매에게 대접을 내민다.)

독골할매  됐다. 니나 마이 무라.

금실이    (설탕봉지 쪽으로 손을 뻗는 봉아를 제지하며) 와?

봉아      조 바라.

금실이    커피맛 베린다 카드이.

봉아      쪼매만.

금실이    됐다.

봉아      아이, 쪼매만!


         금실이와 봉아, 설탕봉지를 두고 실랑이하다 설탕이 조금
         마루에 쏟아진다.


독골할매  아이고, 아깝은 거를! (무릎걸음으로 가 설탕을 찍어먹
         는다.)

봉아      (설탕봉지를 차지해 제 커피에 설탕을 타고) 할매. 손 내
         봐라. (독골할매의 손바닥에 설탕을 퍼 준다.)

독골할매  (받아든 설탕을 키질하듯 양 손바닥 위로 옮겨 보며) 하
         이고 곱네, 보드랍고 반짝반짝하이…… (혀로 설탕
         을 맛본다.)

봉아      고모도 쫌 주까?

권씨      아이다.

봉아      받아라.

봉아, 여인들의 손바닥에 차례로 설탕을 퍼 준다. 여인들,
커피를 마시고, 혀로 설탕을 핥는다. 그 모습이 의식을 치
르는 듯 경건해 보인다.

봉아      (독골할매에게) 다나?

독골할매  예아…… 꼬초레고 커푸고 내는 이기 젤이시더.

금실이    그라만 할매는 설탕물 한 그륵 타 디리라.

독골할매  아이시더!

봉아      가마 있어라. (설탕물을 대접 가득 탄다.)

독골할매  아이고, 쪼매만, 쪼매만…….

봉아      (대접을 내밀며) 자.

독골할매  아이고, 어애 내만…….

권씨      우리도 커피 다 마시만 입가심할 기다.

독골할매  아이 이거를, 황감해가 어애노…….

독골할매, 설탕물을 받아들고 마신다.
입안에 단맛은 퍼지는데, 독골할매는 왜인지 눈물이 난다.

홍다리댁  어매야.

독골할매  (눈물을 훔치며) 와?

홍다리댁  그래 다나?

독골할매  달다.

홍다리댁  내도 쫌 도.

독골할매  하매 다 마샀나?(설탕물 대접을 건네며) 니 잠은 다 잤다.

홍다리댁  오늘은 자만 안 되는 날이래.

권씨  (대접을 봉아에게 내밀며) 우리도 다 마샀다.

봉아  머?

권씨  얼른에 타 바라. 씹어 죽겠다!

금실이  (웃으며) 오늘로 설탕 동나겠다.

권씨  까이꺼 다 먹어뿌제, 설탕잔치 한분 해 보자.

김씨  (웃으며) 그래, 머 양대로 잡숫소. 이거로 잔치 심
(셈)하고 낼랑은 아무것도 마입시더.

권씨  어데요!

김씨  내가 무신 멘(面)으로 환갑상을 받겠나. 그거는 말
또 아이다.

독골할매  말또 아이기는, 환갑을 그양 지나는 게 말또 아이지요

김씨  머 이래 오랜마에 얼골 보고, 초코레뜨도 먹고, 커
피도 먹고, 설탕도 먹고 했으이, 마 이만하만 환갑
상으로 차고 넘친다. 됐다.

봉아  되기는 머가 돼!

김씨  다 알잖나. 알만서 와들 이카노.

봉아  머를! 몰래!

박실이  엄마는 가마이 있어라.

금실이  우리가 다 알아서 한다.

봉아     일생에 한 번 아이라.

김씨     해마둥 돌아오는 생일을 머.

박실이   한 번도 제대로 몬 챙겠잖나.

금실이   고집 쫌 고만 부래라.

박실이   엄마는 그래 우리를 불효녀 맨들고 숲나?

권씨     그래, 형님은 멘이 없다 카지만은 야들 멘은 생각
         아하니껴?

봉아     그래!

권씨     그라고 형님이 멘 없을 일이 머가 있니껴?

김씨     시절이 안 이렇소.

권씨     시절 이런 기 머 형님 탓이니껴?

박실이   엄마, 재작년에 아부지 환갑상은 그래 뻐근하이 채
         맀잖아.

금실이   오지도 모하시는데.

봉아     그때는 머 시절이 좋아 그랬나? 와 그캤는데?

김씨     머…… 섭섭하이 그랬지.

봉아     그래!

금실이   우리는 안 섭섭나?

박실이   우리도 섭섭하이 이런다!

김씨     ……아이고 야야, 그라만 쪼매 물릿다가 기햅이나
         나오고 나만 하자.

권씨     에이, 그거는 안 될 소리시더. 형님 속이야 난도 아
         지마는…… 기햅이가 좋다 칼니껴? 지 따문에 엄마
         환갑도 몬 챙기드렜다는 소리 들으만?

영주댁  ······예아. 고모님 말씀이 옳으시니더.

사이.

권씨  그때 되만 기햅이도 나오고 (영주댁을 가리키며) 여
손주도 안 나오겠니껴. 그때는 또 따로 잔치를 크
게 하이시더.

김씨  아이고 참······ 모리겠다.

봉아  우리가 다 알아서 한다이께네!

금실이  니가 머를 할 줄 안다꼬.

봉아  머!

권씨  우리 봉아야 다 잘하제. 모하는 게 없다. 미국말도
얼매나 잘하는둥, 새새끼 지저귀는 것맹이로. 한분
해 봐라.

봉아  됐다!

홍다리댁  아이고 희한하다.

독골할매  가마 있어라. 어른들 말씀하시는데.

홍다리댁  가심이 벌렁벌렁하이, 와 이렇노?

박실이  그거를 다 마싰으이 그렇지.

홍다리댁  다들 괜않니껴? 내만 이릉나?

권씨  내도 쪼매 그렇다.

영주댁  원래 이러니껴?

금실이  원래 그렇다.

마을 뒷편 산중에서 소쩍새 소리가 아득히 들려온다.


권씨    크일났다. 촌 사램들이 안 먹던 거를 먹어노이 가
        심은 벌렁벌렁, 눈은 번들번들해 가주고.

김씨    두 번은 몬 마실따.

박실이  엄마야. 난중에 '와 요번에는 커피 안 가 왔노?' 그
        라지나 마라.

권씨    (커피깡통을 집어들고 살펴보며) 미국것들은 만다꼬
        부러 이런 씹은 거를 마시는공?

독골할매 씹은 맛을 들 봐가 그르나 보지요.

권씨    이기 글씨래? 글씨도 희한네. (봉아에게) 머라 써 있노?

봉아    맥스웰 하우스 커피. 굿 투 더 라스트 드랍. (Good
        to the last drop.)

권씨    응?

봉아    맛있다는 말이다. 마지막 한 방울까지.


        사이.


김씨    무신 빛깔일로?

권씨    예아?

김씨    지끔 저 산중에 꽃들 말이요.

권씨    무신 빛깔은……

독골할매 이클 깜깜하이 시커멓겠지요, 머.

김씨    시커멓다…… 그라만 고 울긋불긋하던 거이는 다

어데로 가노?

독골할매 거 있지 가기는 어데를 가니껴?

김씨　　그란데 와 시커멓노? 어데를 갔으이 시커멓지.

박실이　어데로 가는데?

김씨　　어데는. 하늘로 간다. 지녁마동 하늘로 올러갔다 아칙
　　　　에 도로 니리온다. 고 알룩달룩허고 울긋불긋헌 거이를
　　　　마캐 데불고 올러가니라꼬, 지녁에 놀이 그래 요란하단
　　　　다. 날마동 그래 올러갔다 니리왔다 하이 그 얼매나 힘
　　　　드노? 그러이 꽃이 그래 쉬 지는 게래.

금실이　에이.

봉아　　엄마야. 그기 엄마 생각이래?

김씨　　아이. 우리 기주이 말이따.


　　　　사이.


김씨　　가가 소핵교 댕길 때다. 요런 봄에, 밤에, 둘이 앉아
　　　　가 있는데, '엄마야, 지끔 저 산중에 꽃들은 무신 빛
　　　　깔일로?' 이카더이 그래 한참을 지끼 쌓데.


　　　　김씨, 조용히 웃는다. 사이.


김씨　　야야, 우리 이래 하자.

금실이　머를 또?

김씨　　잔치를 하기는 하는데.

박실이　하는데?

김씨　기왕에 할 게믄 자미나게 해 보자.

봉아　어애?

김씨　날도 이래 좋고 꽃도 이래 좋은데, 답답하이 집 안에만 있지 마고.

권씨　예아?

김씨　내일은 우리 마캐 화전놀이나 한분 가자.


　　　여인들, 어리둥절하다.


박실이　화전놀이?

김씨　그래. 머 이래 우리 말고는 새로 올 사램도 없잖나.

권씨　하하, 형님도 참 빌나시더. 환갑잔치로 화전놀이?

김씨　와 모할 거 있소?

권씨　모할 거는 없지만도. 화전놀이라……

독골할매　화전놀이라…… 허, 얼매 만에 들어보는 소리고.

봉아　그기 뭐꼬?

금실이　니는 그것도 모리나?

봉아　해 봤으야 알제.

금실이　여자들끼리 놀러가는 기다.

봉아　언니는 해 봤나?

금실이　아이, 난도 말로만 들었다.

봉아　모르만서 머.

독골할매　봄에, 삼짇날 지내고 딱 요만 때시더. 음석도 장만

하고 술도 장만하고, 그륵도 싸들고 해가, 경개 존
데로 나가니더. 집안 어른들, 액씨들, 동기간에 시
집간 액씨들꺼정 다 모이가 이쁘게 단장허고, 꽃매
이 채리입고 나가니더. 나가가 바람도 시컨 쎄고
꽃도 보고 꽃지지미도 부치가 농가 먹고 노래도 하
고 춤도 추꼬, 그래 일 년에 딱 하루 놀다 오는 게
래요…….

권씨   하이고, 언제 적 일이고…… 까마득하이 옛날 일이라.
　　　시집가든 해 봄이이께네, 내 열일곱 시절이고 나라 망
　　　하던 해라…… 머 그때도 몬 간다는 거를 우리 할매가
　　　섭섭타꼬, 내 보내기 전에 한분 가자꼬, 그래가 갔던 기
　　　마지막이래. 형님은 그때 근친 가셨었지요?

김씨   으응, 내는 봉화 친정 가가 화전놀이 갔었니더.

권씨   그때는 난도 처네고 형님은 새액씨고.

독골할매 참 다들 곱으셨지요…… 꽃겉이 곱으셨지요.

권씨   그래 모이 노다가 헤어지가주고 영 몬 보게 된 이
　　　들이 또 및일로?


밖에서 누군가 대문을 두드리는 소리.
김씨, 놀라 자리에서 일어선다.


금실이   누꼬? 누가 왔나?

독골할매 나가 바라.

홍다리댁 뉘시니껴?

홍다리댁이 대문간으로 나간다.

장림댁이 불안하게 서 있는 김씨를 자리에 앉힌다.


권씨      박서바이 왔나?

박실이    벌써요? (마루에서 내려선다.)

김씨      나가 바라.

박실이    벌써 올 리가 없는데. (대문께로 나간다.)

독골할매 아이고 요새는 누가 문만 뚜드리도 가심이 벌렁벌
         렁한다.

김씨      아이지?

금실이    아이다.

봉아      형부만 벌써 들어왔을따.

금실이    머를 두런두런 하고 있노? 갔나?


         박실이와 홍다리댁이 마당을 가로질러 대청 쪽으로 온다.

         홍다리댁이 한 말들이쯤 되는 술독을 들고 있다.


권씨      누고? 그거는 뭐꼬?

홍다리댁  소주래요.

박실이    저 연동골에 이샌 어른 기시잖니껴? 아부지 친구
         분이라 카든.

김씨      이샌 어른?

박실이    응. 그 딕이서 보냈네. 엄마 환갑인데 인사도 몬 디
         리고 미안하다 카믄서, 그 집도 헹펜이 그러이, 전

에 니리논 소주나마 쪼매 보내이 자시라꼬, 미안
타꼬.

김씨　아이고, 그양 보내만 어애노?

박실이　들어왔다 가라 캐도 그양 가데.

김씨　인사는 잘했나?

박실이　웅.

권씨　고맙어서 어애노.

김씨　(초콜릿을 까먹고 있는 봉아를 보고) 다 먹지 마고 및
개 남가 놔라.

봉아　안즉 많다, 머.

권씨　마이도 보내셨다. (술독을 열어 냄새를 맡아보고) 향도
좋다.

김씨　이 인사를 어애 하노…….

권씨　허허, 이 술이 오빠 대신에 온 게니더. (김씨에게) 몸
은 몬 오이 섭섭해가 서방님끼서 보내셨구마는.


사이.


독골할매　안 갈라 캐야 안 갈 수가 없구마는. 이래 술도 오고.

권씨　인자 보이 형님이 아까버텀 이 생각만 하셨구마는.

봉아　웅?

권씨　큰덕이 가세 가주고, 찹쌀이야 멥쌀이야 챔지름이
야 들지름이야 얻어가 오셨길래, 이거이 머인가
했다.

독골할매 이상타 했너더. 잔치도 아하시겠다는 양바이, 그
 쌀을 마캐 물에 담가노시이. 어데 쓰실라 그러니
 껴, 여쭙어도 암 말또 아하시고.

금실이 그런 거래?

독골할매 예아! 가입시더, 화전놀이.

박실이 진즉에 말을 하지, 언제 준비하노?

독골할매 밤도 긴데, 머 빌 거 있니껴?

금실이 머를 하만 되노?

권씨 불콰는 찹쌀 멥쌀, 호박에 빵과 가주고, 반죽만 해가 놓
 만 된다. 참꽃이야 가만 지천에 널레 있을 게고

독골할매 고모님이야 박실 액씨야 해 온 음석들은 고대로 들
 고 가가, 지자먹고 뽂아 먹고 꽳아 먹으만 되고.

권씨 (처마 끝으로 하늘을 올려다보며) 별이 총총하이 날도
 좋을따.

봉아 엄마야, 어애 그래 신통한 생각을 했노?

독골할매 가자, 홍다리야.

홍다리댁 가심이 벌렁벌렁해.

독골할매 누가 그래 마이 처묵으랬나?


 독골할매와 홍다리댁, 장림댁, 영주댁은 부엌 쪽으로 가고,
 올케와 시동생, 세 딸은 커피 먹은 자리를 치운다.


독골할매 (부엌으로 오는 장림댁과 영주댁을 말리며) 머 할 게 있
 다꼬 오시니껴. 우리 둘이 하만 되니더.

봉아　　우리는 머하꼬?

김씨　　안방으로 드가자.

봉아　　응?

김씨　　화전놀이 가자 카만 이삐게 채리입어야 안 되겠나.
　　　　느들 입을 마한 거이 있나 보자. (두 며느리에게) 야
　　　　들아, 니들도 가가 옷 갈아입고 건네오니라.

영주댁　　예아?

김씨　　니들 옷 중에, 젤 곱으고 이쁜 거로 채리입고 온나.


　　　　김씨와 권씨, 봉아, 안방으로 들어간다.


금실이　　참 빛나다, 엄마도.

박실이　　어애겠노, 소원이라 카만.


　　　　장림댁과 영주댁도 얼떨떨한 얼굴로 상방으로 들어간다.


금실이　　밤이 길겠다. (술독을 열어 숟가락으로 한 술 떠먹어 본
　　　　다.) 좋네. (한 술 더 떠 박실이에게 내민다.)

박실이　　됐다. (마루에서 내려서 마당을 가로질러 간다.)

금실이　　어데 가노?

박실이　　작은 사랑에.

금실이　　와?

박실이　　머 가올 게 있다. (무대 밖으로)

금실이, 뜬 술을 자기가 먹고 안방으로 들어간다.

멀리서 밤새들이 우는 소리. 조명 잠시 어두워진다.


### 3장 경신야 2


다시 밝아지면 안방에는 김씨, 권씨, 금실이, 봉아가 모여
앉아 장롱에서 알록달록한 저고리며 치마며 옷가지를 꺼
내 입어 보고 있다. 대청마루에서는 홍다리댁이 자배기에
화전반죽을 치대고 있다. 독골할매가 곁에서 들여다본다.


독골할매 소금은 넣나?

홍다리댁 넣다.

독골할매 물 더 쳐라.

홍다리댁 (반죽을 뜯어 손바닥 사이에 궁글려 경단처럼 만들어 보
          고) 됐다, 이만하만.

독골할매 물그레하이 해야 좋다.

홍다리댁 쫀득쫀득해야 좋지.

독골할매 그래 해 놓만 난중에 말라가 딱딱하이, 두고 먹기
          안 좋다.

홍다리댁 머 이거를 두고두고 먹나. 지지가 바로 먹어뿌만
          그마이제.

독골할매 시갠 대로 해라.

홍다리댁 됐다.

독골할매, 물을 더 부으려 한다. 홍다리댁, 자배기를 들어
옮겨 버린다.


독골할매 하이고 참말로.
홍다리댁 물크덩하이 안 좋다이께네!
독골할매 니는 그기 탈이라.
홍다리댁 머?
독골할매 앞날은 생각 아하고.


홍다리댁, 다 된 반죽을 면포에 곱게 싸 갈무리한다. 면포
에 싼 반죽을 투덕투덕 두드린다.


독골할매 인자 어앨로?
홍다리댁 어애기는.
독골할매 내캉 여 있자. 마님한테는 내가 청을 디리보게.
홍다리댁 싫다.
독골할매 와?
홍다리댁 까꿉어가.
독골할매 니 꼬라지가 더 까꿉다.
홍다리댁 내가 머?
독골할매 갈 데는 있나?
홍다리댁 대구로나 나가 볼란다.
독골할매 대구?
홍다리댁 내가 바느질은 쪼매 하잖나. 대구 가만 서문시장에

포목점도 많고, 손만 재바리만 일거리는 많다 캐.
(반죽을 내려놓고 술독을 열어 냄새를 맡는다.)

독골할매 대처 살림이 말처럼 숩나, 어데. 여자 혼차 몸으로.

홍다리댁 대처이께네 사나도 안 많겠나. (못 참고 술구기로 술
을 떠 먹는다.)

독골할매 아이고 참말로. 야야!

홍다리댁 (입술을 훔치고 입맛을 다시며) 마 됐다. 인자 서방 바
래고는 모 살겠고, 내 혼차 살란다. 혼차 사다가, 내
곁이 오갈 데 없는 아 하나 업어다 키고 하만서 사
제, 머. 자리잡으만 어매도 부르께.

독골할매 어느 시월에…… 내는 머 영영 사는 주 아나. (홍다
리댁이 또 술을 떠먹는 것을 보고) 고만 먹어라.


사이.


독골할매 참말로 안 가볼래?

홍다리댁 …….

독골할매 오늘내일 한다 캐, 벵이 중해가.

홍다리댁 …….

독골할매 몰랬으만 몰래도…… 마참 왔으이께네.

홍다리댁 시끄럽다.

독골할매 긇게도 그런 게 아이래. 천륜이라는 거이는…….

홍다리댁 시끄럽다 안 하나!

홍다리댁, 반죽을 자배기에 담아들고 일어서 부엌으로 간다.
작은 사랑에서 나와 마당을 가로질러 오던 박실이가 보고.

박실이    와?
독골할매  아이시더.

독골할매, 홍다리댁을 따라 부엌으로 간다. 뒤이어 상방에
서 장림댁과 영주댁이 나온다. 두 며느리 모두 곱게 차려
입었다. 장림댁은 꽃분홍색 모시속적삼을 받쳐 입은 위에
노란색 생고사 삼회장저고리를 입고 누비허리띠를 두르고
홍색 갑사치마를 차려입었다. 영주댁의 옷도 그렇듯 화사
하다. 두 동서, 쑥스러워하면서도 약간은 상기되어, 이리저
리 서로 옷태를 잡아 준다.

박실이    이게 누꼬? 우리 올케들 맞나? 이야…… 드가자.

세 여인, 안방으로 들어간다.
그에 따라 대청마루는 어두워지고 안방 쪽이 밝아진다.
그동안 안방에서는 금실이와 봉아도 고운 한복으로 차려
입었다.
박실이야 워낙 내려올 때부터 고운 한복을 입고 있었다.
여인들, 서로의 모습을 보며 감탄한다.

권씨     야, 참말로 곱다! 방 안이 다 환하네.

영주댁   아이고 살이 쪄가, 입겠니껴?

금실이   괜않다.

영주댁   암만 해도 진동을 쪼매 늘쿠야 안 될니껴?

권씨    아이다. 그래 꼭 끼게 입어야 태가 난다.


그러나 권씨와 봉아, 금실이, 박실이의 관심은 장림댁의 옷
에 쏠린다.


봉아    (장림댁의 옷을 이리저리 만져 보며) 이쁘다.

금실이   큰올케 태가 좋네.

봉아    목숨 수 자도 있고 호리벵도 있고…… 이기 무신
천이래요?

장림댁   (저고리를 가리키며) 이거는 생고사(生庫紗)고 처매는
갑사(甲紗)래요.

금실이   머가 다린데?

장림댁   난도 어매한테 들어 이름만 알지 자세는 모르니더.

박실이   시집올 때 해 온 거래요?

장림댁   예아.

금실이   새것 겉은데요?

장림댁   머 입을 일이 있었어야지요.


사이.


봉아    처매가 더 보들보들하다.

| 금실이 | 비싯한데? |
|---|---|
| 김씨 | 안 삶은 멩주실로 짜만 생고사, 삶은 걸로 짜만 숙고사 칸다. 갑사는 그 중가이고. 생고사는 날도 씨도 생사로 짜지마는, 갑사는 날만 생사로 한다. 그러이 갑사가 쪼매 더 보드랍지. |
| 봉아 | (금실이에게) 맞잖아! |
| 권씨 | (장림댁의 저고리 앞섶을 펼쳐보며) 안도 생멩주로 대코, 요 모시속적삼 빛깔 쫌 바라. |
| 금실이 | 이쁘긴 한데 쪼매 얄궂다. |
| 권씨 | 아이고, 누가 지었는공 바느질도 참 얌저이 옳게 했다. |
| 장림댁 | (여인들이 하도 더듬어 대자 몸 둘 바를 몰라 일어서며) 아이고 그만 하이시더. |
| 박실이 | 어데 갈라꼬요? |
| 장림댁 | 고만 갈아 입을라꼬요. |
| 권씨 | 그양 있어라. 이쁘기만 하구마는. |
| 봉아 | 그래, 사램이 달라 빈다. |
| 박실이 | 가끔 그래 입으소. 만날 소복만 입지 마고. |
| 장림댁 | 누구 보라꼬요. |

사이.

| 김씨 | 앉아라. |
|---|---|
| 장림댁 | (자리에 다시 앉는다.) |
| 금실이 | 작은올케 섭섭겠다. 작은올케 옷도 쫌 바 조라. |

영주댁  아이시더.

박실이  작은올케 옷도 이쁘다.

영주댁  지는 형님매이 태가 안 나니더.

박실이  (문득 봉아가 입은 옷을 보고) 봉아 니 그거.

봉아  머?

박실이  그거 내 해 아이라?

봉아  엄마 꺼다.

박실이  엄마가 내 준다 캤던 거다. 엄마!

김씨  (웃으며) 니는 지끔 입은 것도 곱잖나. 봉아는 양장
        뱍이 없고.

박실이  내 준다 캤잖아!

봉아  언니야는 뚱뚱해가 몬 입는다.

박실이  얼른 벗어라!

봉아  싫다.

박실이  이기!

김씨  그래그래, 정아 니 해 해라. 내일만 봉아 입고.

박실이  싫다!

봉아  (금실이에게) 큰언니가 바도 내한테 맞제?

금실이  내는 모리겠다.

권씨  (웃으며) 봉아 니는 까꿈다고 양장만 해 돌라 카드이.

봉아  입어 보이, 딱 이거는 내 옷이다.

박실이  저거 바라. 얼른 몬 벗나?

금실이  낼만 입고 준다잖나.

박실이  그거를 어애 믿노? 저거 분며이 지 해 한다꼬 돌라

칸다.

금실이 그라만 또 어떻노.

박실이 머?

금실이 니는 해 입을라만 얼매든동 해 입을 수 있잖나.

박실이 그기 같나?

금실이 아휴…… 니는 머 그래 욕심이 많노?

박실이 머?

금실이 아이다.

박실이 누가 욕심이 마은데?

금실이 고마 해라.

박실이 약속했잖아. 내 준다꼬……. (울음이 터진다.)

금실이 머 그만 일로 우노?

박실이 (울먹이며) 그만 일? 그만 일? 한두 번이가! 만날 내 만…….

금실이 아이고 참, 또 시작이다.

권씨 봉아야 언니야한테 약조해라. 준다꼬. 니는 고모가 난중에 한 벌 이삐게 채리주께.

봉아 알았다. 주께. 주만 될 거 아이래. (입을 비죽이며 작게 종알거린다.) 치, 입지도 모하겠구마는…….


박실이, 울며 자리에서 일어나 밖으로 나가려 한다.


봉아 어데 가노?

금실이 고만해라. 올케들 보기 챙피하지도 않나?

권씨     그래. 니 머 가지러 칸다 안 했나?

박실이, 돌아선 채 잠시 서 있다가 돌아서서 다시 자리에
앉는다. 눈물을 훔치며 품에서 작은 반지함을 꺼내, 무뚝뚝
하게 김씨 앞에 놓는다.

김씨     이기 뭐꼬?
박실이   몰라.

김씨, 함을 열어 본다. 제법 두툼한 쌍금가락지가 들어 있다.

봉아     금가락지네.
권씨     하이고, 한 개에 두 돈썩 넉 돈은 될따.
김씨     머 이런 거를 해 왔나.
권씨     얼른 끼아 보소.
김씨     내는 어애 끼는동 몰래. 정아야.
박실이   …….
김씨     정아야. 이기 어애 끼는 게래?
박실이   …….
김씨     아이구, 암만 해도 안 된다.

박실이, 그제야 김씨 앞으로 가 가락지를 엄마 손가락에
끼워준다.

김씨    으응, 이래 끼는 거래?

박실이  칫.

김씨    고맙다.

박실이  ……맘에 드나?

김씨    응. 가락지는 이래 이쁜데, 손가락이 옳잖아가 파이다.

박실이  머, 이쁘다.

영주댁  예아. 이쁘니더.

김씨    이거를 내가 어애 받노.

권씨    어애 받기는요. 고맙게 받으만 되제.

김씨    무겁어서 댕기겠나, 어데.

금실이  (자리에서 일어서며) 머 선물 증정 시간이라?

봉아도 제 짐에서 무언가를 꺼낸다. 금실이, 가져온 선물을
김씨 앞에 내민다.

금실이  머 내는 정아만큼 시절이 좋지는 몬해가, 제구 이
        런 기다.

김씨, 금실이의 선물을 펼쳐 본다. 쪽가위와 바늘 한쌈, 색
실함 등 바느질에 필요한 도구들이다.

김씨    무신 말이고. 제구 이런 거라이. 좋다. (쪽가위를 움직
        여보며) 예전부터 이기 하나 있었으만 숲었다. 색실
        도 있고, 바늘도 있고. 고리고리 야물게도 사 왔네.

봉아    엄마, 여 좀 바라.

김씨    응?

봉아, 김씨의 앞섶에 꽃 모양의 화려한 브로우치를 달아 준다.

김씨    니가 무신 돈이 있다꼬?

권씨    노리개네.

봉아    브로치다.

권씨    눈을 모 뜨겠다, 번쩍번쩍하이.

두 며느리와 두 딸도 이쁘네, 잘 어울리네, 한마디씩 거든다.

권씨    아이고, 부럽어가 몬 살따.

봉아    고모 환갑이 언제고?

김씨    내가 범띠고 고모가 말띠이께네, 네 살 터울이다.

봉아    그때는 또 우리가 고모 환갑 안 채리겠나.

권씨    애가 달아 어애 기다리노?

봉아    금방 돌아온다.

권씨    (웃으며) 됐다. 그양 위시개 소리다.

김씨    위시개는. 고모 환갑은 니들이 꼭 챙게야 된다, 잊
       아 뿌지 마고.

금실이   고모는 가을이제?

김씨    구월 초사흘이라.

권씨    (브로치를 들여다보며) 이기 무신 꽃인공?

장림댁   모란 아이니껴?

영주댁   작약 겉은데요?

봉아   장미화다.

권씨   장미화? 모란 겉은데?

봉아   비싯하이 생겠다.

금실이   진짜는 아이제?

박실이   이거는 유리다. 딱 보만 모리나?

봉아   (뿌루퉁해져서) 자알 알아가 좋겠네! 차암 똑똑네!

박실이   머.

봉아   그거를 꼭 말해야 쏙이 씨언하나?

박실이   진짠동 가짠동, 엄마도 알아야 안 되겠나?

봉아   그래, 가짜다. 됐나?

김씨   진짜, 가짜가 어데 있노? 이클 곱은데. 진짜 꽃 아이
       만 다 가짜 아이라? 내는 가짜가 더 좋다.

금실이   어애 가짜가 더 좋노?

김씨   가짜가 더 오래 간다.

금실이   가짜가 더 오래 가?

김씨   팔아묵을 일도 없고. (권씨에게 넌지시 우스개로) 눈독
       딜일 사램도 없고.

권씨   (웃으며) 또 그 말씸이라? 난중에 이실직고했잖니껴.

봉아   무신 말이고?

권씨   야들은 형님이 시집올 때 해가 온, 패물 노리개 귀
       경도 모 했지요?

김씨   모 했지. 야들은 나기도 전에 저어 만주서 다 녹아

뿟는데 머.

권씨 　형님이 시집을 오싰는데, 집안이 아지맴들이 쎄를
　　　내두른다. 이야, 패물도 장하다꼬, 그래 장하게 해
　　　가주고 왔다꼬. 그란데 내는 안 비주는 게래.

김씨 　비 달라꼬 아하이께네.

권씨 　꽁꽁 숨가 놓고 안 비주이께네……

김씨 　내가 언제?

권씨 　더 보고 숲은 게라. 그래가 몬 참고는 한번은 형님
　　　모르구러, 딜이다 안 봤나. 마 눈이 돌아가가 정신
　　　을 몬 채리고, 고만에 요맨한 옥비네 한나를 덜컥
　　　안 집어 왔더나. 어애 그랬는동 내도 몰래. 막 가심
　　　이 콩닥콩닥 카고……

금실이 　엄마는 몰랐나?

권씨 　어애 모르겠노? 다 알만서도 암 말또 아하이께네,
　　　사램이 더 죽겠는 게래.

봉아 　도로 가주다 놓제?

권씨 　및 번 그랄라꼬 했는데, 이기…… 너무…… 으이?
　　　너무 이쁜 게래.

봉아 　하하!

권씨 　또 사램 마음이 얼매나 간사하노? 하루이틀, 한달
　　　두달, 아무 일 없으이께네, 첨에는 그래 조마조마
　　　하더이 머 어떨로 숲고, 그런 일이 있었나 숲고, 원
　　　캉 내 꺼 겉고. (여인들, 웃음을 터뜨린다.)

금실이 　에에!

박실이  봉아랑 똑같다. 봉아가 고모 닮았구마는.

봉아  내가 언제?

권씨  그라다가 내 시집가기 전에 이실직고를 했제.

박실이  참 빨리도 했다.

권씨  내가 막 우이께네, 형님이 우지 마라꼬. 안 그래도 시집갈 때 줄라 캤다꼬, 내 해 하라꼬, 고연히 맘 고상 시겠다꼬. 그러이 눈물이 더 안 나나.

금실이  고모도 참 약았다.

박실이  그래. 그때 이실직고하만 그거를 어애 도로 돌라 카나.

권씨  헤헤, 그러니껴? 아깝었니껴?

김씨  그양 웃음만 나디더. 머 지끔 생각하만, 그때, 만주 가기 전에, 고모한테 다 주뿔 거를 그랬다.

금실이  와?

김씨  그랬으만 다만 및 개라도 남았을 거 아이라…… 서간도에 첨 가 노이, 머 농사가 옳게 되나, 입고 먹고 자고 머 한나 벤벤한 기 있나. 그런거새나 수토벵⁹꺼정 돌아가, 어른이고 아고 다들 골골하제. 들러가는 손님들은 또 얼매나 많노? 한 개썩 빼다가 먹을 거야, 입을 거야, 약값이야, 의원이야, 돈 사고 하다 보이 머…….

박실이  그기 다 위(外)할머니가 해 준 거 아이래.

---

9    수토병(水土病). 당시 만주 이민자들은 열악한 식수, 위생 상태 때문에 장티푸스로 고생했다.

영주댁    아깝어라.

김씨      머 그랄 때 씨라꼬 해 준 거이께네.

영주댁    긇게도 그거는 그양 물거이 아이고…….

장림댁    얼매나 섭섭하셌을니껴.

권씨      (쓸쓸하게 웃으며) 안즉도 눈에 서언한데…… 그 많
         던 은이야 금이야, 옥이야 비취야, 산호야 칠보야,
         비네야 노리개야 마캐 팔아묵고, 남은 거는 (김씨의
         비녀를 가리키며) 요 백동(白銅) 비네 뿌이네.

금실이    (권씨에게) 그 옥비네는 가주고 있나?

권씨      없다.

금실이    와?

권씨      몰래. 없어져뿟다.

봉아      고모네 시뉘가 돌라갔나?

권씨      그랬는동 어앴는동.

박실이    그거를 어애 잊아뿌노!

김씨      잊아 뿌기는. 그거는 기주이한테 갔다.

금실이    오빠야한테?

김씨      응. 오빠야 감옥소 드갔다 나왔을 때라. 그해가 큰
         숭년이라. 가물다가 늦가읅에 큰 물이 지가. 기주
         이는 지씨가(골병이) 들어 가주고 나왔는데, 집에
         쌀 한 말, 고린전 한 푸이 있나. 고모가 그거 팔아
         가 약도 지오고 의원도 부르고 했다.

박실이    (권씨에게) 그거를 누구한테 팔았노?

권씨      그기 언제 적인데.

박실이   기억해 바라.

권씨    대구에…… 보성당인가.

박실이   시청 옆에?

권씨    맞다.

박실이   자전거포 옆에?

권씨    아나?

금실이   머 가 볼라꼬?

권씨    그기 안즉 거 있겠나?

박실이   모리잖나, 혹시.

김씨    씰데없는 소리. (브로치를 매만지며) 좋다. 요거는 팔
       아묵을 일도 없고, 누가 눈독 딜일 일도 없고, 요대
       로 달고 있다가 갈 때도 요대로 달고 갈란다.


       사이.


박실이   내 가락지는 팔아묵을라꼬?

김씨    아이다.

박실이   팔아묵기만 해 바라.

김씨    알았다, 알았다.

권씨    보자…… 머 꽃놀이 따로 갈 거 있나? 여가 꽃밭이
       다. 늙은 꽃, 젊은 꽃, 으이? 마캐 다 있네.

봉아    (무심히) 꽃만 있으만 머하노? 벌 나부가 없는데.


       두 언니는 실소하고, 두 며느리는 몰래 웃고, 권씨는 크게


322

소리 내어 웃는다.


금실이   쪼꼬만 기 모하는 소리가 없다.

봉아     내가 머를 쪼꼬매?

권씨     (웃음기 섞어) 누가 아나? 쪼매 있으만 벌 나부가 팔
         랑팔랑 날라올라는동?

봉아     (질겁하여) 고모야!

권씨     쪼매 기다리고 있으만, 박서방 나부야 말할 것도
         없고, 우리 오빠 나부도, 금서방 나부도, 기햄이도
         팔랑팔랑 안 날아오겠나? 이래들 이쁜데 어애 안
         오고 배기겠노? 봉아 나부야 어데 가 있는동 모를
         따마는. (봉아가 몰래 꼬집자) 아야야, 아프다.

김씨     (봉아에게) 야가 와 이카노?

봉아     배고프다.

김씨     배고픈데 와 고모를 꼬집노?

봉아     배고프이께네.

김씨     참, 아도 빌나다.

봉아     머 쫌 묵자.

금실이   지끔 및 시고?

봉아     (손목시계를 들여다보고) 열 시 반.

박실이   니 아깨 보리죽 시컨 먹었잖나.

봉아     그기 언제고. 다 꺼짓다.

금실이   고마 실실 자제, 머를 또 지끔 먹노?

봉아     자다이!

| | |
|---|---|
| 금실이 | 그라만 안 자나? |
| 봉아 | 자만 안 된다. 오늘이 경신일이라 안 하드나. |
| 금실이 | 니는 자지 마라. 내는 잘란다. |
| 봉아 | 내가 몬 자게 할 기다. |
| 금실이 | 와? |
| 봉아 | 언니 오래 살라꼬. |
| 금실이 | 참 빌. |
| 봉아 | 아무도 몬 잔다, 오늘은. 자기만 해 바라. 가만 안 둘기다. |
| 박실이 | 이기 순 불량패라. |
| 봉아 | 언제 또 우리가 이클 모이 보겠노? 안 그릏나, 고모야? |
| 권씨 | 예아, 그러니더. |
| 봉아 | 오늘은 밤새도록 노는 기다. |
| 박실이 | 낼 아칙에 화전놀이 가기로 안 했나? |
| 봉아 | 밤새도록 노고 아칙에는 화전놀이도 가고! |
| 금실이 | 젊은 니는 그래 해라. 내는 늙어가 그래 몬 한다. |
| 봉아 | 어떻노, 고모야? |
| 권씨 | 예아, 좋니더! 그래 하이시더! |
| 봉아 | 바라, 고모도 좋다 카는데 언니야들은 할 말 없다. |
| 금실이 | 봉아 버르쟁이는 고모가 다 베맀다. |
| 박실이 | 그라만 이 긴긴 밤을 머 할낀데? |
| 봉아 | 일단…… |
| 박실이 | 일단? |
| 봉아 | 머 쫌 묵자. |

나머지 여인들, 실소를 터뜨린다.


김씨     할매한테 밥 남은 거 있나 물어 바라.

봉아     밥은 말고.

김씨     그라만 머?

봉아     괴기 쫌 꿉어 먹으만 안 되나?

금실이     이 밤에?

박실이     니 혼차?

봉아     다 같이 먹으만 되제.

금실이     안 돼. 그거는 내일 씰 거래.

봉아     쪼매 땡기 묵는다꼬 머 탈나나?

금실이     안 된다만 안 돼.

봉아     (떼를 쓰며) 아아…… 배고프다, 배고프다, 배고프
다아!


김씨, 밖을 향해 독골할매를 부른다.


김씨     할매요!

독골할매 (부엌에서 소리) 예아?


금실이와 박실이는 봉아를 향해 눈을 흘기고 봉아는 신이 났다.
독골할매와 홍다리댁이 부엌에서 나와 안방 앞으로 온다.


독골할매 부르셨니껴?

김씨      정지에 숯 쪼매 있니껴?

독골할매 예아.

김씨      그라만 화로에 불 쫌 여가⋯⋯

독골할매 머 대리미 하실라꼬요?

김씨      아이, 우리 막냉이가 괴기가 먹고 숲다 카네.

독골할매 예아? 이 밤에요?

김씨      봉아 믹이는 짐에, 다 같이 먹으이시더.

독골할매 예아.

금실이    (봉아에게) 니는 할매 쫌 고만 부리먹어라.

봉아      (일어서며) 할매는 불만 여도. 내가 맛있게 꿉어 주께.


          봉아, 독골할매, 홍다리댁과 함께 부엌으로 간다. 장림댁과
          영주댁도 자리에서 일어서 고기를 가지러 고방으로, 부엌
          으로 간다. 봉아, 부엌으로 가며 재잘거린다.


봉아      우리 얄팍하이 썰어가 육전 부치 먹자.

홍다리댁 육전 좋제!

봉아      콩가리 찍어 먹으만 맛있는데. 콩가리 있나?

독골할매 있니더.

홍다리댁 칼버텀 쪼매 갈아얄따. 얄팍하이 썰자마는⋯⋯


          안방에 남은 김씨, 권씨, 금실이, 박실이.
          김씨, 장롱 앞으로 가 무언가를 뒤적인다.


326

금실이   참말로 밤을 샐 거래?

권씨    머 샐 사램은 새고, 잘 사램은 자고.

금실이   커피 마시가 그런가, 말똥말똥하기는 하다. 니는
        괘않나?

박실이   응.

금실이   오늘 니리오니라 안 피곤하나?

박실이   괘않다.

금실이   박서방은 속이 안 좋다 카드이, 그래 만날 술 마시
        가 되겠나?

박실이   그기 일이라 카이 빌 수 있나.

김씨    (장롱에서 천을 꺼내 오며) 그래 쫌 어떻노?

박실이   머 똑같다. 만날 약 달고 산다.

권씨    속뱅에는 삼씨를 대리 먹으만 좋다 카든데.

김씨    쪼매 받아 둔 거 있다. 올러갈 때 가주고 가.

박실이   아아들도 디리꼬 올 거를 그랬다.

권씨    디리꼬 오제.

김씨    머를. 길이 험한데.

권씨    위손주들 안 보고 숲소?

김씨    언제 한분 내가 올러가가 보만 되제.

박실이   언제?

김씨    기햅이 나오고, 영주딕이 자 몸 풀고 하만. 자.


        김씨, 두 딸에게 둘로 나눈 베를 건넨다. 김씨 손에는 치마
        하나가 들려 있다.

금실이    이기 머꼬?

김씨      비(베)라.

박실이    (만져 보고) 이기 삼베래?

권씨      (만져 보고) 무신 삼베가 이래 곱나?

김씨      그기 납닥생냉이라는 거래.

권씨      납닥생냉이요?

김씨      고모도 모리니껴?

권씨      어애 하만 이클 팬팬하이 좋나?

김씨      그거는 삼을 째 가주골랑 안 비비고, 그양 잇아 가
         주고 매 가주고 하는 거래.

권씨      안 비비고 어애 잇니껴?

김씨      그러이 아무나 몬 한다 캐요. 공이 마이 드이 마이
         도 몬 하고.

박실이    귀한 거네?

권씨      난도 이거는 처음 본다.

금실이    (김씨 손에 든 치마를 만져보며) 이것도 이 비로 맨든
         거래?

김씨      웅.

박실이    이뻬네.

김씨      이거는 옛날에도 맹 멋 부리는 사람만 해 입던 거라.[10]

금실이    이것도 위할머이가 물리 준 거래?

---

10    '납닥생냉이'에 대한 대목은 김점호 구술, 위의 책, 125쪽을 참고
      하였다.

김씨      으응. 어애 용케 안 팔아묵고 요거는 남았다.

박실이    위할머이가 짠 거래?

김씨      아이. 동네 아지매가 짠 거래. 그때도 이거 하는 이
        는 빌로 없었다. 저 바래미 살다 온 아지맨데, 딸
        하나 키우만서, 밥 묵으만 밤이고 낮이고 비만 짰
        제. 내 시집 오고 얼매 안 되가 죽었는데, 갈 때도
        비틀에 앉아가 갔다 카데.

금실이    이거는 엄마 가주고 있어라.

김씨      내가 이거 돘다 머할로. 잘 돘다가 처매 하나썩 해
        입어라.

금실이    긇게도.

김씨      얼른 넣어라, 봉아 보기 전에. 암만 요량해 바도 처
        매 두 감밲이 안 돼. 똑겉이 둘로 농갔다.

박실이    이 처매는 봉아 줄라꼬?

김씨      (웃으며) 아이다. 이거는 내 해다. 아무도 안 준다.


        금실이와 박실이, 자기들 짐 속에 베를 넣는다. 김씨는 금
        실이가 사 온 색실첩에서 실을 고른다.


김씨      야야, 요 비하고 젤 비싯한 거로 골래 바라.

금실이    눈이 그래 안 비나?

김씨      노르스름한 거로. 처매 말기가 쪼매 틀어짔는데,
        맹 흐연 실 뿌이라 몬 꼬매고 있었다.

금실이    (실을 골라 치마에 대 보고) 비싯하나?

권씨   응, 됐다.

금실이   (바늘과 실을 김씨에게 건네며) 자.

박실이   이리 도. 내가 해 주께.

금실이   그래 니가 해라.


금실이, 박실이에게 바늘과 실을 건넨다.


금실이   내는 까꿉어가 모해, 바느질은.

박실이   (바늘귀에 실을 꿰며) 언니가 머 안 까꿉은 기 있나.

금실이   잘하는 사램이 하만 되제.

박실이   그래가 내 다 했잖나, 바느질은.

금실이   머 니가 다 했노? 홍다리가 마이 했지.

박실이   난도 마이 했다.

금실이   어구시게 생겼어도 바느질은 참 잘해, 홍다리가.

박실이   얌저이 하지.


밖에서 봉아가 외치는 소리.


봉아   (소리) 자, 다들 나온나! 꾀기 묵자!


네 여인, 웃는다.


박실이   저게 와 저러노?

금실이   말만한 기.

봉아    (소리) 얼른 나온나! 안 나오만 내가 다 먹어뿐다!

금실이  저래가 시집이나 가겠나?

독골할매, 홍다리댁, 봉아, 장림댁, 영주댁이 대청 마루 위
로 화로며 상이며 그릇들, 수저들을 나르느라 분주히 오갈
때, 무대 잠시 어두워진다.


## 4장 화전놀이

밝아지기 전 어둠 속에서 여인들이 웃고 떠드는 소리가 잔
잔히 들려온다. ─ "참말로?" "아이고, 그거는 말또 아이다."
"분며이 들었다이께네." "그 양반이 그럴 리가 없다." "하매
그래 되뿟는가?" "아이고, 얄궂어래이." 등등 ─ 가끔 밤새
소리.
밝아지면 자정을 넘긴 깊은 밤. 대청마루 위에 여인들이
음식상을 둘러싸고 앉아 있다. 이미 한바탕 푸근히 잘 차
려먹고 난 터라, 상은 어지럽고, 여인들도 다들 술기운이
올라 몸가짐이 다소 느슨해졌다. 홍다리댁이 술구기로 술
독에서 남은 술을 퍼 주전자에 담는다. 술구기가 독 바닥
에 긁히는 소리가 난다. 그녀의 몸이 잠시 휘청거린다. 화
로에 남은 숯불이 가느다란 연기를 피워 올린다. 봉아가
상 앞에 앉아 중얼거리며 꾸벅꾸벅 졸고 있다.

독골할매 아이고, 밥이 어데 있니껴? 귀경도 모 해요. 만주 사
램들은 맹 서속죽 아이만 강내이떡인데, 서속이 얼
매나 묵었는동 벌거이 뜬내가 나치, 또 그 사램들
은 머이든 맹 돼지기름에다 볶아가 주그덩요? 마,
그 기름도 다 썩었는동 냄새가 진동을 하코, 이거
는 도저히 먹을 수가 없는 게래요. 그러이 하루는
여관 주인딕이 가가 장을 쪼매 얻어 왔그덩요? 그
거를 반찬해 먹을라꼬 빙 둘러가 앉았는데, 장 속
에가 머이 질쭉하이 건데기가 있어. 아이고, 그거
를 똑 꼬치꼬투린 줄만 아고, 꼬치 박아 놓은 주만
아고, 그 얼매나 반갑니껴? 그러이 그 양바이 덤썩
집어먹었는데.

권씨 그 양바이 누꼬?

김씨 팽나무집 당숙 아재 말이래요.

독골할매 덤썩 집어먹더이 질겁을 하매 도로 뱉아뿌는데, 가
마이 딜이다 보이 꼬치꼬투리가 아이라 쥐꼬리라.

영주댁 으아!

나머지 젊은 여인들도 질겁을 한다.

독골할매 장독에 쥐새끼가 빠졌던 모양이라. (웃는다.)

홍다리댁 까이거 잘강잘강 썹어먹어 뿌제.

박실이 (홍다리의 어깨를 치며) 으이그, 고마 해라!

독골할매 하이고, 지끔도 장 뜨러 가만 그 생각이 나가 혼차

속으로 웃니더.

권씨    그 아재가 지끔 김천 기시지요?

김씨    셋채 아드님 따라 가셨지. 재작년에 아지매 돌아가
       시고 나가.

권씨    첫째가 홍식인가……

김씨    홍식이는 만주서 수토뱅에 갔고.

권씨    두채는 이북으로 갔으이……

김씨    셋채가 김천서 무신 사업을 한다 카드마는.

권씨    그 아재도 인자 칠수이 후쩍 넘었을따.

김씨    긇게도 안즉 정정하시다 캐요. 근력도 좋으시고.

권씨    위시개 소리도 잘허시고, 암만 힘든 일이 있어도
       웃는 낯이고, 그래쌌지.

김씨    쥐꼬리도 쥐꼬리지마는 내는 그 아재 카만 진달래
       생각이 나.

금실이   진달래요?

김씨    우리 만주 갈 때. 신의주에 내리가 배를 타고 압록
       강을 한 보름 거실러 올러가는데, 그때가 음력 사
       월이라. 갱물이 줄어가 배가 가다 서다 하그덩. 다
       내리가 배를 끌코 가기도 하고. 배는 곯제, 멀미하
       제 다들 무신 정신이 있노. 가다 보이 갱변 산기슭
       에 양짝으로, 진달래가 한창이라. 여서는 시들헌
       거 보고 갔는데, 거는 그래. 잠깐 배 대코 점심 먹
       고 쉬는데, 그 아재가 아아들을 디리꼬 꽃 핀 데로
       가시더이, 진달래로 꽃목걸이를 맨들어 가주고, 한

사람썩 목에다 걸어주는 게래. 그 아재 하만 그 생
각난다.[11]

독골할매 하이고, 어애 살았는공. 고상도 고상도 말로 몬 할따.

금실이　할배도 거서 돌아가셌나?

독골할매 머 그래 됐니더.

홍다리댁 좋다 카는 사람도 없더나?

독골할매 머?

홍다리댁 그때만 어매도 서른 전 아이라.

독골할매 내가 니 겉은 줄 아나?

홍다리댁 좋다 카는 사램도 없었던 모양이네.

독골할매 하이고.

홍다리댁 있었나?

독골할매 시끄럽다.

홍다리댁 없었구마는.

김씨　　없기는 와 없노?

홍다리댁 예아?

박실이　누가 있었나?

독골할매 아이고 마님요!

김씨　　황서바이라꼬 좋다꼬 따러댕긴 홀애비 하나 있었다.

독골할매 고만하소.

---

11　이상 만주 시절의 이야기들은 허은 구술, 변창애 기록, 『아직도
　　내 귀엔 서간도 바람소리가』(민족문제연구소, 2010)를 참고하
　　여 수정, 변형하였다.

김씨   휠휠 돌아댕기는 장사꾸인데, 사램도 괘않고.

독골할매 괘않기는 머가 괘않니껴? 맹 아펜 장사꾸인데.

김씨   긇게도 사램이 착실해가 아펜은 손도 안 댔다꼬.

독골할매 그 말을 어애 믿니껴?

홍다리댁 아펜 장사꾸이만 돈은 많았을따.

김씨   존 일 마이 했제. 독립자금도 마이 대고. 할매하고
     기주이하고 조선으로 올 때도 그 사램이 신의주꺼
     정 딜따 좄다.

박실이  할매 띠 갈라꼬 따러 왔구나!

김씨   머 그랬나?

홍다리댁 와 안 따러갔노?

독골할매 마님하고 도렌님 두코 내가 어데를 가노?

박실이  마음은 있었네?

독골할매 마음은 무신.

홍다리댁 머 괘히 혼차 생각이지.

독골할매 머? 혼차 생각? 이기!

김씨   내 다 들었다. 그 신의주 여관이서 황서바이 얼매
     나 매달리든동.

금실이  엄마가 잘모했네. 가라꼬 떠다 밀었어야지.

김씨   그래 말이다. 머 내 코가 석자이, 모린 체하고 가마
     이 있었다.

박실이  몬 됐네.

김씨   할매한테는 미안치.

독골할매 아이고, 무신 말씀을.

홍다리댁  안 아숩나?

독골할매  이기…….

홍다리댁  아숩제?

독골할매  그래 아숩다, 아숩어가 죽을따! 그때 그 사램 따러
　　　　　 갔으마는, 니곁은 거는 볼 일도 없었을껜데.

홍다리댁  어매가 아숩으이께네 그랬제, 머 내가 디리다 키아
　　　　　 달라 캤나?

독골할매  말이나 몬 하믄.

홍다리댁  맞잖아.

독골할매  그래. 자업자득이다. 그러이 니는 내곁이 사지 마
　　　　　 고, 서바이고 머이고 생각도 마고, 니곁은 아아 디
　　　　　 리다 킬 생각도 마고, 훨훨 니 한 몸이나 잘 묵고
　　　　　 잘 살어래이.

권씨　　　 그라만 씨나. 앞질이 구만린데. 서방인동 아안동
　　　　　 맴 부칠 디가 있어야 안 하겠나.

금실이　　 그라는 고모는 와 그래 살았는데?

권씨　　　 팔자가 그러이 빌 수 있나.

박실이　　 미칠 만이라 캤었제?

김씨　　　 딱 이레 만이라.

박실이　　 하이고.

금실이　　 (은밀하게) 머 어애, 첫날밤이나 치렀드나?

권씨　　　 (부끄러워하며) 야야.

금실이　　 맹 처네로 늙은 거 아이라?

박실이　　 그릏나?

336

| 권씨 | 그기 머가 중하나. |
|---|---|
| 금실이 | 말해 바라. |
| 권씨 | 첫날밤이야 머……. |
| 금실이 | 첫날밤은 치렀구나? |
| 권씨 | 고마해라, 참말로. |
| 박실이 | 그나마 다행이라? |
| 금실이 | 다행은 무신. 그기 더 탈이다. 아예 몰랬으만 몰라도 |
| 권씨 | (짐짓 화를 내며) 이것들이 모하는 소리가 없다, 떽! |
| 박실이 | 그 시덕에서 보낼 때는 고모도 새 길 찾어가란 말 아이래? |
| 권씨 | 어데. 집안이 어른들 누이 시퍼런데. 친정에 와 보이 식구들은 마캐 만주 가가 집아이 텅텅 빘는데, 그러이 어애? 집안일 건사하코 돈 모대가 보내코, 혼차서 머 정시이 있나? 그라다가 형님 기주이 오시고, 머 그래그래 살았제. |
| 금실이 | 지끔도 이클 곱은데, 곁에서 가마이 뇌 두드나? |
| 권씨 | 말했잖나. 사나한테 눈 돌릴 저를이 어데 있드노. |
| 금실이 | 그짓말. |
| 권씨 | (술잔을 만지작거리며) 참말이다. |
| 금실이 | 사램이 그랄 수 있나, 어데? |
| 권씨 | 그랬다. |
| 금실이 | 목석이가? 스물도 안 된 처네가? |
| 권씨 | 처네 아이라이께네. |
| 금실이 | 그러이 더 안 그르나? |

| | |
|---|---|
| 권씨 | 아이고 무신 말을 모하겠다. |
| 금실이 | 다 지낸 일인데 모할 말이 어데 있노? |
| 권씨 | 머…… 눈에 차는 사램도 없고. |
| 박실이 | 고모부가 그래 좋았나? |
| 권씨 | 머 정 붙일 새나 있었나. |
| 금실이 | (박실이에게) 눈치 없구러. 지끔 고모부 얘기하는 기 아이잖나. |
| 권씨 | 참말로, 희야 니는 어애 그래 얄궂노? 왜정 때 순사 보담 더하네, 꼬치꼬치. 그래 있었다. 됐나? (술잔을 탁 털어마신다.) |
| 금실이 | 그라만 그렇지. |
| 박실이 | 그게 누꼬? |
| 권씨 | 말하만 아나? (포기하고) 울 오라배 친구분 중에 한 분 있었다. 가다끔 오빠캉 집이도 놀러오시고. |
| 김씨 | 오창현 씨? |
| 권씨 | (말문이 막히고 얼굴이 붉어진다.) |
| 김씨 | 인물 좋고 똑똑코. 옥골선풍이라. |
| 금실이 | 고모 얼굴 좀 바라. |
| 권씨 | 참 몬 됐다. |
| 박실이 | 말이나 해 봤나? |
| 권씨 | 머를? |
| 박실이 | 좋다꼬. |
| 권씨 | 어데. 그때는 하매 정혼이 돼가 있었는데 머. 그거를 아시이께네, 그 양반도 머, 암 말도 몬 하고. 그 |

　　　　　양 치다만 봤제.

김씨　　디에도 및 번 왔다 가셌잖니껴?

권씨　　두 버인가? 오라배 심부름 맡아가 오셌지. 그때도
　　　　　그양 치다만 보다가 보냈다. 지대로 치다볼 수나
　　　　　있나, 어데.

　　　　　사이.

금실이　　어애 보만 홍다리 팔자가 상팔자다.

홍다리댁 (잠시 꾸벅꾸벅 졸다가) 예아?

금실이　　거칠 기 없잖나.

홍다리댁 머…… 그릏지요.

권씨　　딘동어매라꼬 있다.

김씨　　으웅, 화전가에?

영주댁　　그거는 지도 아니더.

김씨　　으웅? 니는 언제 또 나왔드노? 가 눈 쫌 붙이라이께
　　　　　네. 술도 안 묵는데.

영주댁　　잠이 안 오니더.

권씨　　커피를 마시가 그런갑다. 니가 딘동어매 이약을 아나?

영주댁　　예아. 우리 친정동네 사램들은 다 아니더. 어떤 할
　　　　　매는 다 위아가 줄줄 이약도 해 주고요.

권씨　　어애뜬 이 딘동어매가 와 딘동어맨고 하이, 아 하
　　　　　나 있는 기 불에 디가 딘동이고 딘동어매라. 이 딘
　　　　　동어매하고 동네 여자들하코 봄에 화전놀이를 가

그덩. 가가 잘 노는데, 똑 내겉이 시집와가 이레 만
에 청상이 되뿐 색씨 하나가 한탄을 해 가매 우는
게라. 그러이 딘동어매가 우지 마라꼬, 그거 달래
니라꼬, 지 살아나온 이약을 주욱 하그덩. 머 이 아
지매가 팔자가 얼매나 사나운동, 첫서방은 단오에
그네 띠다 널쩌가 죽고, 두채 서방은 욤벵에 죽고,
세채 서방은 어애 죽었더라?

영주댁     큰물에 사태가 나가, 씰리가 죽었다디더.

권씨     그래 맞다. 그라고 네채 서방은 엿장신데, 엿을 고
다가 불이 나가 타 죽고. 그 통에 아아도 불에 몬
씨게 디가, 아주 사램 구실 모허게 돼뿄어.

독골할매     시상에!

권씨     인자 나아도 먹었제, 오갈 디는 없제, 카이께네, 그
아 한나 디꼬 죽어도 친정 동네 가가 죽는다꼬 찾
어온 게라. 그래가 죽지는 모하고 사는 게래. 그러
이, 이런 팔자도 있으이, 너무 설웁다 마라꼬, 팔자
도망은 모하니, 개가할 생각은 마라꼬 달래코 타이
른다. 그러이 그 청상 색씨가 알아딛고, 눈물 썻치
고 다들 자알 논다 카는 이약인데……[12]

홍다리댁     칫. 그 아지매, 우숩네.

독골할매     응?

---

12     이정옥 주해·편, 『경북대본 소백산대관록 화전가』(경진출판, 2016) 참고.

홍다리댁 지는 천지사방 댕기매 헐 짓 다 허고, 볼 자미 다
보고설랑, 놈들한테는 그러지 마라 카이, 그기 무
신 심보래? 순 놀보 심보 아이래요.

여인들, 웃는다.

독골할매 이거는 한나버텀 열꺼정 쳉개구리 심보라. 머를 옳
게 갈채조도 똑 까꾸로만 간다.
금실이 홍다리 말또 맞네, 머.
독골할매 니는 그래 돌아댕기보이 자미지드나?
홍다리댁 내는 그런 생각 안 해. 그클 잘난 소리 할 생각도
없고. 시제마끔 사는 대로 사는 기지, 놈 사는 일에
머 감 나라, 배 나라 캐 쌓노?
박실이 그 양반은 어데 계실따?
금실이 누구?
박실이 그 오창……
김씨 오창현 씨.
금실이 (장난으로 고모의 앞섶을 가리키며) 요 있겠제, 머.
권씨 치아라.
박실이 생각 안 나나?
권씨 인자 얼굴도 기억 안 난다. 딘동어매한테는 딘동이
있고, 내한테는 봉아 안 있나.

여인들, 봉아를 바라본다. 봉아는 여전히 졸고 있다.

박실이 (봉아의 어깨를 두드리며) 야야, 봉아야!

봉아 (겨우 눈을 뜨고) 응?

박실이 자지 마라! 바라, 저어기!

봉아 (박실이가 가리키는 대로 위를 올려다본다.)

박실이 저기 삼시 올러간다.

봉아 (다시 고개를 숙이며) 응.

김씨 가마이 뒤라. 쪼매 자게.

박실이 자만 가만 안 나둔다꼬 설치드이, 하매 꼽부라졌나?

봉아 (웅얼웅얼) 에이프럴…….

박실이 응?

봉아 에이프럴.

금실이 머라 카노?

봉아 이스 더 크루얼리스트 먼쓰!

박실이 미국말 아이라?

봉아 브리이딩! 브리이딩! 으음…… (생각이 안 나는 듯 인상을 잔뜩 지푸린다.)

권씨 (웃으며) 자는 술 지정도 미국말로 하네.

독골할매 공부 시긴 보람 있니더.


여인들, 왁자하게 웃는 가운데, 봉아는 눈을 감은 채 손을 휘저어 가며 나머지 시구[13]를 읊는다. 여인들은 그 모양을

---

13    T. S. 엘리엇, 「황무지」의 첫 부분. "April is the cruellest month, breeding/ Lilacs out of the dead land, mixing/ Memory and

보며 배꼽을 잡는다.


봉아      라일락스 아웃 오브 더 데에드 랜드, 믹싱
          메모리 앤 디자이어, 스티어링
          더얼 루츠 위드 스프링 뤠인! (눈을 뜨고 주위를 둘러
          본다.)
          스프링 뤠인…… 음…….

박실이    다 했나?

봉아      및 시고? (손목시계를 들여다보고) 세 시. (눈을 부릅뜨
          고) 자는 사람 없제?

금실이    니 빼고는 없다.

봉아      내가?

금실이    그래.

봉아      내가 언제!

금실이    언제? (몸을 꺼떡이며) 요래요래 보릿대 춤을 추만서,
          장과이든데?

박실이    니 삼시는 하매 저 우로 올러가뿟다.

봉아      어데? 여 멀쩌이 잘 있는데. (제 몸을 더듬으며) 요놈
          들, 거 있제? 가마이 있거래이. 내가 잔 게 아이고,
          생각했다. 띵킹.

금실이    씽킹?

봉아      씽킹이 아이라 띵킹. 씽킹은 까라앉는 기고 생각. 띵킹.

_____

desire, stirring/ Dull roots with spring rain……"

김씨 그래, 무신 생각을 그래 장하게 했노?

봉아 인생, 인생에 대해서.

김씨 (터지려는 웃음을 겨우 참으며) 생각해 보이 어떻드나?

봉아 머 빌거 없는데.

김씨 없는데?

봉아 빌것도 없는 인새이 와 이래 힘드노?

권씨 (웃느라 거의 데굴데굴 구르며) 아이고, 나 죽는다.

봉아 웃지 마라.


금실이, 제 잔에 술을 따르고 영주댁만 빼고 다른 이들에
게도 술을 따른다.


금실이 (돌아가며 술을 따르며) 다들 잘 묵는다. 큰 올케도 술
잘 묵네? 이래 잘 먹는 술을 몬 먹고 어애 참았노?

봉아 내는 와 안 주노?

독골할매 액씨는 고만 드소.

봉아 도. 한나도 안 췠다.

금실이 (봉아에게 술을 따르며) 안 췌기는.

봉아 언니야가 췠네. 아깝은 술은 와 흘리노?

금실이 (봉아에게 술을 따르고 나자 주전자가 비었다.) 이기 다라?


홍다리댁, 비틀비틀 걸어가 술독을 들고 와 기울여 주전자
에 붓는데, 조금 떨어지고 그만이다.

금실이  하매 다 먹어뿟나? 누가 다 먹어뿟노?

홍다리댁 누구는요, 다 같이 먹었제. 사램이 및이니껴.

박실이  이상해. 다들 미칫는갑다.

권씨  경신일 추렴은 제대로 한다.

박실이  어애다가 이래 술파이 돼 뿟노?

금실이  다 봉아 때무이다.

봉아  내는 술 먹자 칸 적 없다. 엄마가 먹자 캤지. 꾀기
      먹고 낙낙하다(느끼하다)꼬.

금실이  엄마도 술 잘 묵네? 얼골빛 한나 안 벤하고.

박실이  엄마 술 자시는 거는 첨 본다.

김씨  와? 내 갭일에 술 한잔 몬 묵나?

권씨  사돈딕이 원캉 말술이라. 느이 위갓집, 위삼추이
      그래 술 잘 자시드이, 느그들도 위탁했는갑다.

봉아  위삼춘 보고 숲다.

김씨  니 위삼춘 기억 나나?

봉아  그럼…… 기주이 오빠도 보고 숲고, 기햅이 오빠도
      보고 숲고, 아부지도 보고 숲고…….


봉아, 무릎에 올린 두 팔에 고개를 폭 파묻는다. 금실이, 괜
히 구운 더덕 하나를 입에 넣었다가 도로 내려놓는다. 영
주댁은 조용히 돌아앉아 눈물을 찍는다. 장림댁이 품에서
손수건을 꺼내 영주댁에게 슬쩍 건넨다.


금실이  에이, 몬 묵겠다. 괘히 쥐꼬리 소리를 해가, 질쭉한

거는 맹 쥐꼬리로 빈다.

박실이  쫌!

금실이  봉아 니 아부지 얼굴 기억이나 나나?

봉아  본 적도 없는데 머.

금실이  그란데 머가 보고 숲노?

봉아  머 비싯 안 하겠나, 기주이 오빠야캉.

박실이  아부지 탁한 거는 기헵이지. 기주이 오빠는 엄마
탁했다.

봉아  어째뜬…… 내는 어레서 기주이 오빠야를 아부지
로 알았다.

권씨  나아로는 아부지 뻘 안 되나.

봉아  다린 심부름은 그래 싫어도, 암자에 기주이 오빠한
테 댕게오라 카만 그래 좋았다…… 오빠야랑 산질
로, 골짝으로 뛰댕기고 노다가, 니리올라 카만 어
애 서운하든동, 간다 카고는 패애니 산질로 배앵뱅
돌다가, 다 지녁에, 종소리가 데엥뎅 울리만, 도로
올러간다. 마악 올만서, 질 잃어부렜다꼬…… 그래
가 암자 방이서 오빠야랑 자고…….

박실이  우리가 얼매나 걱정한동 아나? 이기 호랭이한테 물
리갔나.

봉아  오빠야가 글도 갈차 주고, 옛날이약도 해 주고, 책
도 읽어 주고…….

권씨  (한숨을 내쉬며) 하눌도 무심하시따. 어애 후사도 없이.

금실이  머 하눌을 바야 빌을 따지.

금실이, 말해 놓고 머쓱하여 장림댁을 슬쩍 쳐다본다.

장림댁    머…… 수정과 담과 논 거라도 쫌 뎁히가 오까요?

다들 별말이 없자, 장림댁이 일어서 부엌으로 간다. 영주댁
도 따라간다. 독골할매도 멍하니 정신을 놓고 있고 홍다리
댁은 그새 모로 누워 잠이 들었다.
어디선가 희미하게 무언가 덜걱이는 소리. 김씨, 소스라쳐
놀라 일어난다. 여인들, 어리둥절하게 김씨를 바라본다.

금실이    와?

김씨, 말릴 새도 없이 토방으로 내려서더니 대문간을 향해
구르듯 달려간다.

금실이    와 그라노?
박실이    어데 가?
봉아      엄마?

부엌에 있던 장림댁이 소리를 듣고 나와 황급히 김씨를 쫓
아간다.
금실이와 박실이, 봉아도 토방으로 내려서서 대문 쪽을 바
라본다.

금실이　와 저러노?

권씨　누가 왔나?

봉아　아무 소리도 몬 들었는데?

박실이　널찌만 어앨라꼬 저래.


밖에서 김씨와 장림댁이 두런두런 말을 주고받는 소리.
장림댁이 김씨를 달래는 듯하다. 옆집에서 개 짖는 소리.


금실이　누가 온 모양인데?

박실이　이 밤중에 누가?

봉아　머라 캐쌓는데?

박실이　아이, 무섭게 와 저러노?


사이. 이윽고 장림댁이 김씨를 부축하여 돌아온다.
김씨의 얼굴이 어리둥절하고 해쓱하다. 자꾸만 대문간을
돌아본다.


장림댁　(김씨에게) 드가이시더, 드가이시더.

박실이　(달려와) 엄마, 괘않나?

장림댁　괘않니더.

봉아　누가 왔나?

장림댁　아이시더.

금실이　그란데 와?

박실이　엄마 나 쫌 바라. 괘않나?

김씨    으응, 괜않다.

박실이   아인데?

김씨    올러가자.

권씨    머를 쪼매 잘몬들으셨는갑다.

박실이   머를 들었는데?

김씨    아이라이께네. (대청으로 올라온다.)

박실이   (장림댁에게) 엄마가 머라꼬 하디껴?

장림댁   잠깐 혼동이 오셨나 봅니더.

권씨    괜않다. 나도 가다끔 그랄 때 있다. 괜않지요?

김씨    예아.

박실이   사램을 놀래키노.

김씨    미안타. 내가 술이 췌가 그룽다. 괜않으이께네 앉아라.

봉아    머를 밨는데?

김씨    내가 까막 졸았나 바. 삼시란 놈이 휘이 문간으로
       안 나가나? 그거 잡는다꼬 갔었다.

박실이   (미심쩍은 얼굴로) 크일이네…….

김씨    크일은. 이 나아쯤 되만 구신하고도 친구하고 그러
       는 게래. (애써 웃는다.) 술이나 한잔 더 먹었으만 씨
       겠는데…….

권씨    (술잔을 건네며) 요 쪼매 남었소.

금실이   ……머, 기주이 오빠야라도 부르더나?


       사이. 무언가 요란하게 떨어지는 소리. 여인들, 놀란다.

김씨   고방에 머가 널쪘다. 가 봐라.


장림댁, 부엌 옆에 있는 고방으로 간다.

안방으로 들어가는 김씨를 권씨, 박실이, 금실이가 걱정스

레 바라본다.

금실이, 마루에서 내려와 토방에 선다.


박실이   어데 가?

금실이   담배. (토방에 서서 담배를 붙여문다.)

권씨   니는 또 언제 담배를 배았노?

금실이   오빠한테 배우코 금서방 따문에 인 백있지, 머.

박실이   그란 일만 없었으만……

금실이   머 못나이라 그렇제. 그보담 더하게 쩎고도 잘들만
        사는데.

박실이   그때만 생각하만……


박실이, 눈물을 흘린다.


봉아   또 시작이다.

권씨   야가 또 와 이라노. 우지 마라, 정아야.

금실이   (돌아보지도 않고) 또 우나?

박실이   그래! 멀 잘했다꼬 운다!

금실이   (그제야 돌아보고) 먼 소리고?

박실이   안 그캤나? "멀 잘했다꼬 우노? 이 등시이! 니겉은

거는 나가 죽어라!"

금실이   내가? 니한테?

박실이   그래!

금실이   언제?

박실이   내 일곱 살 때.

금실이   그런 적 없다.

박실이   내는 그때 언니 얼굴을 잊아뿌릴 수가 없다.

금실이   없는 얘기 지어내지 마라.

박실이   없는 얘기? 그때, 기주이 오빠 또 주재소에 붙들리 갔을 때.

금실이   그때? 그때는 한 사나흘 만에 안 나왔나.

박실이   내 때문에 오빠야가 붙들리 갔다고.

금실이   그기 와 니 때문이고?

박실이   니가 그랬잖나!

금실이   하이고 참…… 내는 그런 적 없어.

박실이   오빠야 저 대밭에 숨어가 있는데, 순사가 안 딜이 닥쳤나. 내보다 더 큰 칼을 차고. 얼매나 무섭든동. 내는 오빠야 걱정이 되가 그런 긴데…… 내가 꽤이 거기서 어정거레 가주고 오빠야가 잽혔다꼬, 막 순 사가 오빠를 끌고 가는데, 울도 몬하고 하늘이 노 래가주고 섰는데, 니가 그랬잖나? 나가 죽어라꼬, 집에도 들어오지 마라꼬.

금실이   내는 기억도 안 나.

박실이   머 내가 못에 잉어 잡을라꼬 드간 줄 아나? (서럽게 운다.)

권씨　(박실이를 안아 토닥이며) 아이고 야야······.


김씨가 안방에서 대청으로 나온다. 우는 박실이를 본다.


박실이　그때 홍다리 언니가 안 봤으만.

홍다리댁　(싸우고 우는 소리에 깨어 일어나 눈을 비비다가 퍼뜩)
　　　　　　응? 내 불렀니껴?

봉아　그래, 불렀다.

홍다리댁　와?

봉아　내캉 벤소 쫌 같이 가자.

홍다리댁　그래.


봉아와 홍다리댁, 비틀비틀 마당을 지나 변소로(무대 밖으
로) 간다. 홍다리댁은 무대 끝(보이지 않는 변소 앞)에 서서
끄덕끄덕 존다.


권씨　그때는 언니도 어레가 그랬제, 머를 알고 그랬겠
　　　나. 머 그런 거를 맘에 두고 있노?

박실이　아무도 모리더라. 신경도 안 쓰드라. 아가 홈빡 젖
　　　　어가, 뺄 칠갑을 해가 왔는데도, 눈길 한분 안 주
　　　　드라.

권씨　그래, 그래, 얼매나 서럽었을공. 머 마캐 정신이 없
　　　어가 그런 게래.


352

박실이 　만날 그랬제, 머. 있는동 없는동. 내헌테 누가 신겨
　　　　 이나 썼나.

권씨 　　고만에 잊아 뿌레라. 니 때무이 아이다. 니 때무이
　　　　 아이야. 언니도 어린 맴에 놀래가 그랬지, 머.

금실이 　(버럭 화를 내며) 죽으란다꼬 참말 죽으러 가는 등시
　　　　 이 어데 있노!

권씨 　　야야.


금실이, 담배를 토방에 비벼 끄고 마루에 걸터앉는다. 근처에
있던 술잔을 되는 대로 들어 마신다. 김씨도 자리에 앉는다.


금실이 　(고개를 떨구고) 내가 죽을 쥐를 지었네, 죽을 쥐를
　　　　 지었어.

김씨 　　내가 미안타. 마캐 내 쥐다. 니들 잘못이 어데 있노?
　　　　 다 내 탓이이께네, 싸우지들 마라.

금실이 　그런 소리 마라! 더 짜증난다! 그기 와 엄마 탓이고?
　　　　 (혼잣말로 중얼거린다.) 으이그, 등신겉이…… 마캐
　　　　 다 등시이야, 등신…….


사이.


김씨 　　금실아…… 희야.

금실이 　와?

김씨 　　니 참말로 갈게래?

금실이   어데를?

김씨    금서방한테.

금실이   ······.

김씨    꿈도 꾸지 마래이.

금실이   와?

김씨    지끔 거기를 어애 가노? 삼팔서이 난리라 카는데.

금실이   그놈으 인간, 얼골은 한분 바야 안 되겠나.

김씨    안 된다.

금실이   가가 그 인간 귓방매이 한 대 올리뿌고, 고만에 갈
        라설란다.

권씨    그기 무신 말이고. 말또 아이다.

금실이   말또 아인 거는 그 인가이 말또 아이다······ 지가
        머 그래 잘났노? 머 그래 잘났나 말이다.

김씨    희야.

금실이   다 똑겉다. 헛똑똑이다. 혼차 잘나 가주고, 으이? 암
        것도 모리만서······ 금서방 그 인간은 말할 것도 없
        고, 아부지도 그릏고, 기협이도 그릏고, 온 집아이
        사나들이란 거는 맹······.

김씨    그래 말하만 몬 씬다.

금실이   머가 몬 씨는데? 내 말이 머가 그른데? 바라. 옳은
        거는 박서방 한나 뿌이 없다. 똑똑헌 거는 박서방
        한나 뿌이 없어.

김씨    니 마이 쳈고나.

금실이   아이, 말짱하다. 박서방 바라. 눕을 자리를 보고 발

354

을 뻗는다 안 카나. 왜정 때는 왜정 때대로, 또 지
끔은 지끔대로, 얼매나 똑똑노?

박실이, 일어나 마당가로 걸어가 버린다.
수정과를 들고 부엌에서 나오던 두 며느리, 부엌 문간에
멈춰선다.

금실이   어데 가노? 정아야, 정아야…… 내 미안코 부럽어
        가 하는 소리다.
김씨     고만에 가서 자라.

        김씨, 일어나 안방으로 들어간다.

금실이   이기 머꼬? 그 놈으 운도이 그래 중하나? 밥이 나오
        나, 떡이 나오나? 그것도 다 사람 사자는 노릇 아이
        라? 이기 머꼬? 살게 됐나? 집안 다 말아묵고!
권씨     (금실이를 붙안고 울며) 희야, 희야…….
금실이   나라 우한다꼬? 그래 우했는데, 와 그놈으 나라는
        그래 우한 사램들을, 다 잡아 몬 죽이가 안달인데?
권씨     희야, 희야…….
금실이   암것도 모리만서, 암것도 모리만서! 내가 무신 쥐
        고? 우리가 무신 쥐고? 우리가 와 이라고 있노? 이
        기 다 누구 때무이고? 모리겠다, 모리겠다! 암 것도
        모리겠다!

권씨     어이고, 희야, 그라지 마라, 그라지 마라…….

금실이   갈게다! 삼팔서인동 머인동, 내가 죽든동 살든동,
        내 가가 그놈으 인간, 귓방매이를 올리뿌고, 고만
        에 갈라설란다! 다 똑겉다! 마캐 등시이다! 헛똑똑
        이다!


        권씨, 금실이를 붙안고 함께 운다. 독골할매도 마루 끝에
        어정쩡하게 서서 눈물을 훔친다. 김씨는 안방에 앉아 있고,
        두 며느리는 부엌 문간에, 박실이는 마당 가운데, 홍다리댁
        은 변소 앞(앞무대 끝)에 서 있다. 권씨, 금실이가 흐느끼는
        소리. 간간이 금실이가 중얼대는 소리. ("다 헛똑똑이야, 등
        시이야……")


봉아     (변소 안-무대 밖-에서 소리) 언니야, 거 있나?

홍다리댁  으응.

봉아     어디 가지 마래이.

홍다리댁  와 이래 안 나오노?

봉아     큰 거다.

홍다리댁  밤똥 누만 안 좋은데.

봉아     노래나 하나 불러 도.

홍다리댁  노래?

봉아     어디 안 간 줄 알게.

홍다리댁  알았다.

홍다리댁, 노래를 부른다.

홍다리댁  비오는 거리에서 외로운 거리에서
　　　　　울리고 떠나간 그 옛날을
　　　　　내 어이 잊지 못하나
　　　　　밤도 깊은 이 거리에 흐미한 가로등이여
　　　　　사랑에 병들은 내 마음속을
　　　　　너마저 울려 주느냐

　　　　　흐미한 등불 밑에 외로운 등불 밑에
　　　　　날 두고 가버린 그 사람을
　　　　　내 어이 잊지 못하나
　　　　　꿈도 짙은 이 거리에 비 젖는 가로등이여
　　　　　이별도 많은 내 가슴속을
　　　　　한없이 울려 주느냐[14]

　　　　　홍다리댁이 노래하는 동안, 권씨는 울먹이며 중얼대는 금
실이를 부축해 방으로 데려간다. 장림댁과 영주댁은 마루
에 수정과를 내려놓고, 독골할매와 함께 먹은 자리를 치운
다. 한 동안 마당에 서 있던 박실이도 일을 거든다. 홍다리
댁의 노래, 그릇과 상을 치우는 소리, 간간이 방에서 들려
오는 금실이와 권씨의 울음과 말소리 속에 무대 잠시 어두

---

14　　「외로운 가로등」, 이부풍 작사, 전수린 작곡, 황금심 노래, 1939.

워진다.

안방 쪽이 밝아진다. 다른 곳은 희미한 새벽빛에 물들어 있다. 안방에서 김씨가 장림댁에게 '납닥생냉이'로 지은 치마를 입혀 보고 있다. 다른 이들은 보이지 않는다.

김씨          잘 맞네.
장림댁       …….
김씨          곱구나.

장림댁, 치마를 벗어 김씨에게 건넨다. 김씨 고운 보에 치마와 함께, 박실이가 주었던 쌍가락지가 든 함을 넣고 정성스레 싼다.

김씨          큰 악아.
장림댁       예아.
김씨          니 근친 댕기온 지가 언제고?
장림댁       머…….
김씨          한사년 될따. 기주이 삼 년 치루코도 일 녀이 지냈으이.
장림댁       …….
김씨          악아, 장림아.
장림댁       예아.
김씨          고상 마이 했다.
장림댁       아이시더.

| 김씨 | 내일일랑은 화전놀이 갔다가, 친정에 댕게오니라. |
|---|---|
| 장림댁 | 예야? |
| 김씨 | 친정 갈라 카만 대구 거체 안 가나? 마침 박실이가 차로 대구꺼정 나간다이께네, 그거 같이 타고 가만 씨겠다. |
| 장림댁 | 아이시더! |
| 김씨 | 시갠 대로 해라. |
| 장림댁 | 도렌님 일도 그릏고, 어무임 혼차 어애…… |
| 김씨 | 내 다 알아가 할 거이께네. |
| 장림댁 | 쪼매 더 있다, 난중에 갈라니더. |
| 김씨 | 니 그라다 영 몬 간데이. |

사이.

| 김씨 | 안사둔 어른도 혼차 기신데, 내가 멘목도 없고. 자. |

김씨, 치마와 가락지를 싼 보자기를 장림댁 앞으로 민다.
장림댁, 어리둥절하다.

| 김씨 | 미안타. 니한테 줄 게라고는 이거 뿌이네. |
|---|---|
| 장림댁 | (당황하여) 어, 어무임…… 아, 안 되니더, 이거는! |
| 김씨 | 받아라. |
| 장림댁 | 처매는 그릏다 캐도 가락지는, 이거는……. |

장림댁이 보자기를 풀려 하자, 김씨가 그 손을 잡는다.


김씨      공딜이 싸 났는데, 푸지 마라.

장림댁    ……어무임.

김씨      내가 그거 돚다 어데 쓸로. 가주고 가.


두 여인, 한동안 말없이 서로 눈길을 주고받는다.


장림댁    어무임…… 어무임…… 지한테 와 이러시니껴……?

김씨      …….

장림댁    잘모한 기 있으만 잘모했다꼬 나무래시고, 맴에 안
         차는 기 있으만 말씸을 하시지, 와 이러시니껴……
         너무 하시니더…… 어무임, 지가 머를 그래 잘모했
         니껴, 예야? 어무임…….

김씨      니가 무신 잘못이 있노… 아무 잘못도 없다.

장림댁    그란데 와 이러시니껴……?

김씨      …….

장림댁    지가 잘하겠니더. 이라지 마시이소, 지헌테 이라지
         마시이소, 어무임…….


장림댁, 김씨의 손을 붙잡고 엎드려 조용히 흐느껴 운다.


김씨      악아, 장림아. 우지 마라, 우지 마라…….

장림댁    어무임…….

김씨    니가 울만 내 마음을 어앨로? 으이? 아숩어가 어애
       노…… 아숩어가 어앨로…….

장림댁   몬 가니더…… 그래는 몬 하니더…….

김씨    이라만 안 된다. 잘모하는 게래…… 아숩다꼬 이라
       만 안 돼…… 모리겠나?

장림댁   어무임…….

       김씨, 잠시 흔들렸던 마음을 다잡는다.

김씨    건네가가 짐 싸두코 나오니라.

장림댁   …….

김씨    사당에, 산소에 인사는 디리야 안 하겠나.

       장림댁, 김씨를 바라보기만 한다.

김씨    얼른. 애들 깨기 전에. (보자기를 장림댁 손에 들려 준
       다.)

       장림댁, 한참 만에 마지 못해 일어난다. 안방을 물러나와
       상방으로 건너간다. 김씨도 옷매무새를 추스르고 대청마
       루로 나와 장림댁을 기다린다.
       먼 하늘에서 아득하게 총성이 몇 번 울린다. 어느 집 새벽
       닭이 운다. 이제 새벽빛이 완연하다. 그사이 봉아가 부스스
       한 얼굴로 나온다.

| 봉아 | 안 잤나? |
|---|---|
| 김씨 | 으응. |
| 봉아 | 그래가 화전놀이 가겠나? |
| 김씨 | 일없다. |

이윽고 장림댁이 마루로 나온다. 김씨와 장림댁, 마당으로 내려선다.

| 봉아 | 어데 가노? |
|---|---|
| 김씨 | 바람 씨러. |
| 봉아 | 나도 가자. |
| 김씨 | 니는 다들 깨우고 준비해라. |
| 봉아 | 준비? |
| 김씨 | 화전놀이 가야제. |
| 봉아 | 진짜 가나? |
| 김씨 | 그라만 가짜로 가나? |
| 봉아 | 알았다. |

김씨와 장림댁, 함께 나간다. 봉아, 두 사람을 이상한 듯 잠시 바라보다가 소리친다. 이방 저방을 들쑤시고 다니며.

| 봉아 | 자, 다들 일나라! 머하노? 날 다 밝았다! 언니야! 자만 어애노? 경신일에. 으이? 자, 일나라! 소세하고 준비해 가주고 가자. 고모도 빨리 일나라! |
|---|---|

박실이  (소리) 어데를 가?

봉아  화전놀이 가기로 안 했나?

박실이  이래가 어애 가노?

봉아  간다 카만 가는 기제, 말이 많노? 얼른!

박실이  (소리. 금실이에게) 언니야, 일나라. 화전놀이 간단다!

금실이  와, 미치겠네.


문간에서 누군가 문 두드리는 소리. 봉아, 멈춰선다.


홍다리댁  누꼬? 이 새복에…… 예야! 나가니더!


홍다리댁, 하품하고 눈을 비비며 문간으로 가는데, 봉아가
황급히 달려와 홍다리댁을 막아선다.


홍다리댁  와?

봉아  내가 나가께.


봉아, 홍다리댁을 마당 가운데로 밀치고, 다급히 옷매무새
를 고치며 대문으로 나간다. 홍다리댁, 영문을 몰라 대문간
쪽을 기웃이 건너다본다. 여인들이 하나둘, 대청 위로, 마
당 위로 기지개를 펴고 하품을 하며 나온다. 무대 환하게
밝아졌다가 천천히 어두워진다.

## 5장 종소리

밝아지면 저물녘. 동구 회화나무 아래. 못물에 비친 황혼이
사람들의 얼굴에 어룽거린다. 금실이, 박실이, 봉아, 홍다리
댁은 제각각 짐을 들고, 권씨, 독골할매, 영주댁은 떠나는
이들을 배웅하러 나왔다. 가까운 곳에서 자동차 엔진 소음
이 들린다. 봉아는 공연히 주위를 두리번거린다.


독골할매  해도 짧다. 하매 이래 져뿟노.

금실이  박서방은 얼굴도 몬 보고 가네?

박실이  대구서 만내기로 했다. 일이 많은가 바.

독골할매  (홍다리댁에게) 미칠 더 있다 가제.

홍다리댁  대구로 간다 카이 가는 짐에 가지, 머.

박실이  니 또 멀미하만 안 된다?

홍다리댁  머, 자동차 한두 번 타 보나, 히히.

독골할매  갔다가 힘드만 언제든동 오고.

홍다리댁  펜해지만 모시러 온다이께네.

독골할매  (한숨을 내쉬며) 그래. 그거는 그래 하는데, 그전에……

홍다리댁  됐다.

독골할매  난중에 후회한데이. 그래 포한이 되는 게래.

홍다리댁  …….

독골할매  생각해 바라.

박실이  작은올케는 언제 가노, 기햅이한테?

영주댁  내일 가니더. 음석 쪼매 장만해 가.

금실이    하로에 오가기는 어렵을 겐데?

영주댁    거 친척 아재가 한 분 있니더. 거서 자고 아칙에 한
         번 더 보고.

금실이    잘 달래 보고, 너무 걱정 마고.

권씨      그래, 박서바이 손 씨고 있다이께네.

박실이    가도 참, 쪼매만 고집을 꺾으만 될겐데.

금실이    피가 어데 가나.

권씨      사둔 남말한다. 금실이 니나 삼팔선 넘어간다는동,
         그런 소리는 아예 마라.

금실이    머 방법이 아주 없는 거는 아니라 카드마는.

권씨      이바라, 참말로.

박실이    그래 보고 숲으만 지가 니리오라 캐라.

금실이    ……니는 형부한테 지가 머꼬?

박실이    박서바이 그래. 하매 총질을 해가매 올러갔다 니리
         왔다, 갈수록에 머…… 어애뜬 영 좋지가 않다 캐.

권씨      큰 난리나 안 나알 겐데.

금실이    봉아는 머하노? 그 총각 찾나? (여인들이 웃는다.)

봉아      머!

금실이    고마 찾어래이. 대구역 가만 안 보겠나.


         봉아, 못가로 걸어 내려간다.


박실이    저거 공부는 아하고 연애질만 했구러.
독골할매   좋디더! 그 총각!

봉아        할매!

권씨        고마해라. 골났다.

박실이      큰올케는 와 이래 안 나오노?

독골할매    저어기 나오시니더.

박실이      고부간에 사이도 좋네.


          김씨와 장림댁이 회화나무 아래로 걸어온다.

          봉아도 회화나무 아래로 올라온다.


박실이      머하노? 빨리 와라! 늦었다. 기차 놓치만 어앨라꼬?

김씨        간다.


          이제 떠나는 사람들과 배웅하는 사람들이 갈라선다.


김씨        챙길 것들은 다 챙겠제? 어여들 가거래이. 또 올러
          갈라만 힘들겠다.

박실이      힘들기는 힘들다. 너무 장하이 놀아가.

김씨        고맙데이. 니들 덕틱이 경신 추렴이야 화전놀이야,
          이클 호강을 하고. 환갭이 좋기는 좋구마는.

봉아        좋았나?

김씨        그라만.

박실이      우리도 엄마 덕틱에 자알 놀았다.

봉아        맹년 봄에 또 가자.

김씨        그래, 그래.

금실이   그때는 밤새지 마고 맑은 정신으로 가자.

봉아     머, 몽롱하이 꿈인동 생신동, 그것도 그대로 좋더라.

박실이   그전에, 기햅이 나오고 작은올케 몸풀고 하만 한번
         오께. 봉아 니도 그때 방학 아이래?

봉아     응.

권씨     (봉아를 끌어안고) 아이고 내 새끼, 또 언제 보노? 몸
         조심하고, 공부 열심히 하고.

독골할매 홍다리야. 부탁이다.

홍다리댁 (딴청하며) 가만 있어. 내 들어 디리께.

독골할매 굼방 한분 댕기가. 그거 굼방이다.

홍다리댁 자, 고만 가이시더! 운전사 썽낼따!


         여인들, 인사를 하며 헤어진다. 장림댁, 마지막까지 남아 있다.


장림댁   ……한 미칠 있다가 굼방 오겠니더. 진지 잘 챙게
         자시고요…….


         장림댁, 말을 잇지 못하고 허리를 굽혀 인사한다. 한동안 고
         개를 들지 못한다. 김씨, 다가가 장림댁을 안아 준다. 사이.


권씨     하이고, 그래 섭섭나? 얼른에 가라. 자동차 안 가나?


         장림댁, 몸을 돌려 천천히 걸어나간다.
         이윽고 자동차가 떠나는 소리.

권씨, 독골할매, 영주댁, 멀어져 가는 자동차를 향해 손을
흔든다.
김씨, 회화나무 아래 돌 위에 천천히 걸터앉는다.
네 여인, 한동안 석양 속으로 멀어져 가는 자동차를 눈으
로 좇는다.


독골할매 (혼잣말로) 이클 굼방인동도 모르고, 난중에 얼매나
        아숩어 할라꼬…… 자아, 지녁 지러 들어가야제.
권씨     지녁은 머, 화전 남은 게나 먹고 마제.
독골할매 그래가 씨겠니껴. 맴도 헛분데, 지녁이라도 옳게
        해가 먹으이시더.


        독골할매와 영주댁, 집을 향해 멀어져 간다.
        저녁빛이 천천히 스러지고 어스름이 찾아든다.


권씨     (가사조로) 산그늘은 물 건네고 까막까치 자려 드네
        각기 귀가하리로다 언제 다시 놀아볼고
        꽃 없이는 재미 없네 맹년 삼월 놀아보세……[15]
        형님…… 드가이시더.
김씨     …….
권씨     형님.

---

15      이정옥 주해·편, 『경북대본 소백산대관록 화전가』(경진출판,
        2016), 213쪽 인용.

| 김씨 | ……. |
|---|---|
| 권씨 | 잘하셨니더. |
| 김씨 | ……. |
| 권씨 | ……하이고, 저 물괴기 띠는 것 좀 보래이! |

저녁 바람이 불어와 회화나무 새순을 흔든다.
두 여인, 저무는 빛을 바라보며 앉아 있다.
이윽고 하늘 저편에서 희미한 소리.
종소리가 울려오기 시작한다.
두 여인 위로 어둠이 밀려오고, 그 어둠처럼
고요하며 충만한 종소리가 그들을 완전히 감싸 안을 때까지,
두 여인은 그 자리에 가만히 앉아 있다.


### 에필로그
### 사금파리


앞 장면의 어둠을 전쟁의 폭음이 내리누른다.
무지막지한 살상의 소리들이 한동안 이어진다.
그 소리와 싸우듯 봉아의 목소리가 울려퍼진다.


| 봉아 | Where wasteful Time debateth with decay |
|---|---|
| | (무정한 시간이 밤의 재 흩뿌리며) |
| | To change your day of youth to sullied night, |

(그대의 한낮을 어둡게 물들일 때,)

Where wasteful Time debateth with decay

(무정한 시간이 밤의 재 흩뿌리며)

To change your day of youth to sullied night,

(그대의 한낮을 어둡게 물들일 때,)


And all in war with Time for love of you,

(시간이 앗아간 그 모든 것을,)

As he takes from you, I engraft you new.

(나 여기 다시 새기네, 그대를 위하여.)


폭음이 잦아들고, 봉아의 외침에 가까운 시와 함께 무대
밝아지면,
앞 무대에 봉아가 서 있다. 이제 그녀는 단정한 노부인의
모습이다.
폐허. 마당가 한 귀퉁이에서 봉아, 허리를 굽혀 깨진 대접,
사금파리를 집어 든다.
뒷무대(예전의 대청이 있던 자리)에 김씨, 권씨, 장림댁, 금
실이, 박실이, 영주댁, 독골할매, 홍다리댁이 꿈처럼 앉아
있다. 그날처럼.


봉아    엄마야,
        고모야,
        희아 언니야,

정아 언니야,
큰올케야,
작은올케야,
할매야,
홍다리 언니야……
자지 마라.
자만 안 된다.
자기만 해 바라,
내 가만 안 둘 기다.
언제 또 우리가 이클 모이 보겠노?
아무도 몬 잔다, 오늘은.
자지 마라.
자만 안 된다.

# 1945

**때**

1945년 늦가을 / 1946년 여름

**곳**

만주 장춘, 조선인 전재민 구제소 서울.

**등장인물**

이명숙

미즈코

김순남

구원창       순남의 남편

숙이         남과 원창의 딸

철이         순남과 원창의 아들

오영호

이 노인

이만철       이 노인의 아들

송끝순       만철의 아내

장 씨

박선녀

훈           원창의 친구

최 주임

그 외 일종의 코러스로서, 일인 다역 배우들

깊은 밤. 어둠 속 멀리 가끔 총소리.

거친 숨소리. 누군가 무언가를 게걸스럽게 먹는 소리.

밝아지면 두 여인이 보인다.

명숙과 미즈코, 숨을 몰아쉬며 볼이 미어지게 떡을 먹는다.

명숙, 꼬깃꼬깃한 지폐를 세어 미즈코에게 건넨다.


명숙    히토쯔<sup>一つ</sup> 니햐쿠엔<sup>200円</sup>, 이츠쯔데<sup>五つで</sup> 셍엔<sup>1000円</sup>, 후따리데<sup>二人で</sup> 와케떼<sup>分けて</sup> 고햐큐엔<sup>500円</sup>……. 호라<sup>ほら</sup>, 안따노<sup>あんたの</sup> 분<sup>分</sup>. 모찌다이<sup>餅代</sup> 주엔와<sup>50円は</sup> 와따시가<sup>私が</sup> 다시타까라네<sup>出したからね</sup>.(하나에 200엔, 다섯 개 1000엔, 둘로 나눠 500엔……. 받아, 네 몫이야. 떡값 10엔은 내가 냈다.)

미즈코    …….

명숙    나니요<sup>なによ</sup>, 소노<sup>その</sup> 까오와<sup>顔は</sup>? 누슨다<sup>盗んだ</sup> 모노오<sup>ものを</sup> 웃다와께쟈<sup>売ったわけじゃ</sup> 나이다로<sup>ないだろ</sup>!(왜 그렇게 보는 거야? 훔친 물건을 판 것도 아니잖아!)

미즈코    모노자나끄떼<sup>物じゃなくて</sup>……. 고도모데쇼<sup>子どもでしょ</sup>……. 히토쯔자나끄떼<sup>一つじゃなくて</sup>, 히토리데쇼<sup>一人だよ</sup>!(물건이 아냐……. 아이야……. 한 개가 아니라 한 명이야!)

명숙    다까라<sup>だから</sup> 난닷떼<sup>何だって</sup> 유우노<sup>言うの</sup>?(그래서, 뭐? 뭐, 그게!)

미즈코    이야<sup>いいえ</sup>……. 난데모나이<sup>何でもない</sup>.(아냐……. 아무것도 아냐.)

명숙    이라나이노<sup>要らないの</sup>?(안 받을 거야?)

미즈코, 명숙이 건넨 돈을 받아 들고 떡을 우물거리며 훌쩍거린다.

명숙　그 여자들은 움직이지도 못했어. 너도 봤잖아. 누운 채로 설사를 줄줄 흘리면서. 지금쯤은 아마⋯⋯ 내버려 뒀으면 그 애들도 죽었을 거야. 훔치거나 뺏어 온 게 아냐, 그 여자들이 우리한테 맡긴 거라고. 우리가 그 애들을 살린 거야. 그 애들 덕분에 넌 떡을 먹고! 난데 나꾸노? 나끄노와 야메나사이! (왜 우는 거야? 울지 마!)

미즈코, 여전히 떡을 우물대고 훌쩍거리며 받아 든 돈을 세어 본다.

미즈코　(중얼대며) 쭈고끄진와 니혼진노 고도모낭까 가떼 도스룽다로오?[1] (중국인들은 일본 아이를 사서 무얼 하려

<hr>

[1] "⋯⋯만주에서는 15년 전 중국에 온 일본인이 소련군 침공으로 허둥지둥하다 본국으로 못 들어가고(대부분의 운송 수단이 일본 군대나 고위 일본 관료를 위한 것이었기에) 암시장에 기모노와 가구, 골동품 등 온갖 물품을 내다 팔면서 살아남았다. 어떤 경우에는 갓난아이까지 팔았다. 일본인 지능이 천부적으로 높다는 식민 시대의 신화 탓에 일본 아이들은 인기가 있었다. 특히 미래에 사용할 인력이 필요한 중국인 농부들에게는 더욱 그랬다. 나중에 일본은행 부총재가 된 후지와라 사쿠야(藤原昨彌)는 전쟁이 끝났을 때 만주에 살던 어린아이였다. 사쿠야의

는 걸까?)

명숙    잡아먹으려고.

미즈코    마사카!(설마!)

명숙    바카다네.(바보.) 너 같으면 잡아먹겠냐? 그렇게 비
싸게 주고 샀는데. 잘 키워서 두고두고 부려 먹겠
지. 그 애들은 운이 좋은 거야.

미즈코    운가 이이?(운이 좋아?)

명숙    적어도 일본 애로 태어났으니까. 망했어도 일본 것
들은 대접을 받네, 염병할. 시세가 좋아요. 중국 것
들, 일본 애들이 머리가 좋다고 환장하니까.

미즈코    모또 다카쿠 우레바 요카따. 산뱌쿠엔와 도레타노
니. 다카쿠 가에바 다이세츠니 스루데쇼.(좀 더 비싸
게 팔걸 그랬어. 300엔은 받았어야 하는데. 비싸게 사야
소중히 다룰 테니까.)

명숙    네단노 꼬오쇼오시따노와 안따다요.(흥정은 네가 했
잖아.)

미즈코    소오, 스즈란…… (다시 울먹이며) 와따시가 아노꼬
다찌오 우리토바시딴다, 아노 오사나이 고도모다
찌오.(그래, 스즈란…… 내가 그 아이들을 팔았어, 그 조

---

부모는 암시장에 가재도구를 팔았다. 그는 중국인들이 "아이들
도 팔아요? 아이들도 팔아요?" 하고 소리치던 장면을 기억하고
있다. 가격은 300~500엔이었다. 가끔 아이들을 더 비싼 값에 되
팔기도 했다……." 이안 부루마, 신보영 옮김, 『0년』(글항아리,
2016), 108~109쪽 참조.

그만 애들을.)

명숙　호까니 호오호오가 아루? 츠레떼이케루와케나이다

　　　　　　　他に　方法が　　　ある　　　連れていけるわけないだろ

　　　　로.(그러면 어떡해? 데려갈 수도 없잖아.)

미즈코　데모, 스즈란……(하지만, 스즈란……)

　　　　でも　鈴蘭

명숙　그 니미럴 개좆같이, 자꾸 스즈란, 스즈란 할래! 독

　　　　립이 됐어두 내가 스즈란이야? 말했지, 내 이름은

　　　　명숙이라고. 이, 명, 숙.

미즈코　면스끄.

명숙　면스끄가 아니라 명, 숙!

미즈코　면숙.

명숙　마타꾸!(나, 참!)

　　　　まったく

미즈코　네에 아노……(근데 저기……)

　　　　ねえ　あの

명숙　닝겐자나이. 모노다요, 스테라레타 모노.(사람이 아

　　　　人間じゃない　物だよ　捨てられた　物

　　　　냐. 물건이야, 버린 물건.) 미즈코 너도, 나도, 조셴노,

　　　　니혼노. 닝겐자나이. 여기 사람 같은 건 없어. 사람

　　　　들은 벌써 다 빠져나갔어. 돈 있고 힘 있는 것들은

　　　　소식도 빠르고 눈치도 빠르니까. 남아 있는 건 민

　　　　나 모노난다요, 스테라레따 모노.

　　　　안따모 와따시모 도오세 우리또바사레따 모노자

　　　　あんたも　私も　どうせ　　売りとばされた　　物じゃ

　　　　나이까?(어차피 너나 나나 팔린 물건 아니었어?)

　　　　ないか

미즈코　와따시가 이이따이노와……(내 말은……)

　　　　私が　　言いたいのは

명숙　(말을 끊으며) 물론 이제 우리는 풀려났지. 주인들

　　　　이 우릴 버리고 달아났으니까. 하지만 달라진 건

　　　　없어. 예전엔 그것들이 우릴 팔았지만, 이젠 우리

가 우릴 팔아야 한다는 거……. 달라진 건 그것뿐
이야. 소레가 카이호데 도쿠리쯧데 꼬또사. 와카
루까이?(그게 해방이고 독립이야. 알겠어?)

미즈코  소레와 와깟데루, 데모…….(그래 알아, 하지만…….)

명숙  데모, 난다이?(하지만, 뭐?)

미즈코  아노네…… 쥬엔 다리나인다께도.(저 그게…… 10엔
이 모자라서.)

명숙  뭐?

미즈코  고멘! 데모…… 도시떼모 키니나떼…… 난까이
가조에떼모 계이산가 아와나끄떼…… 이에, 이아
노!(미안! 하지만…… 아무래도 마음에 걸려서…… 계산
이 정확하지 않으면, 여러 번 세었는데도 역시…… 아냐,
아냐!)


명숙, 안 받겠다는 미즈코에게 10엔짜리 한 장을 기어이 건
네준다.

두 여인, 잠시 말이 없다.

제법 가까운 데서 총소리.

미즈코, 놀라 떡에 목이 메어 딸꾹질을 한다.


명숙  염병할 로스케들.

미즈코  이누모 호에나이네.(개도 짖지 않네.)

명숙  다 잡아먹었나 보지.

사이.

미즈코    네에…… 스즈란…… 아아, 면스꼬…… 와따시따

치 고레데 오와카레나노?(저…… 스즈란…… 아니, 명

숙…… 이제 우리 헤어지는 거야?)

명숙    응.

미즈코    혼또?(정말?)

명숙    혼또.(정말.)

미즈코    도오시테모?(꼭?)

명숙    도오시테모!(꼭!)

미즈코    도오시테?(어째서?)

명숙    도오시테모 고오시테모 나이데쇼! 니혼진와 니혼

진 도오시, 조센진와 조센진 도오시, 소레조레노

미치오 이꾼다요! 소레가 도쿠리츠데모노난다. 와

카루?(어째서는 뭐가 어째서야! 일본인은 일본인대로, 조

선인은 조선인대로, 제 갈 길로 가는 거다. 그게 독립. 알

겠어?)

사이.

미즈코    면스꼬와 도꼬니 이꾸노?(명숙은 어디로 가?)

명숙    몰라.

미즈코    와까라나이? 구니니 가에라나이노?(몰라? 고향으로 가

는 거 아니야?)

| | |
|---|---|
| 명숙 | 구니?(고향?) |
| 미즈코 | 와쓰레따노?(잊어버렸어?) |
| 명숙 | 안따 바까까이?(너 바보냐?) |
| 미즈코 | 고멘.(미안.) |
| 명숙 | ……다른 데는 다 가도 거긴 안 가. 거기만 아니면 어디든지. |
| 미즈코 | 도꼬데모?(어디든지?) |
| 명숙 | 그래……. 열차를 타고 남쪽으로 쭈욱 내려가다가, 마음에 드는 곳에서 내릴 거야. 마음에 드는 남자를 만난다든지. |

두 여자, 낄낄댄다.

| | |
|---|---|
| 미즈코 | 기메라레따 바쇼와 나이노네.(정해진 곳은 없구나.) |
| 명숙 | 이제껏 정해진 데로만 끌려다녔잖아. |
| 미즈코 | 혼또니네.(정말 그래.) |
| 명숙 | 넌 고향으로 갈 거야? 하카타……? |
| 미즈코 | 이에, 시코쿠.(아니, 시코쿠.) |
| 명숙 | 하카타라고 하지 않았어? |
| 미즈코 | 구니와 하카타다께도, 시코쿠니 이꾸노. 구니니와 다레모 이나이시.(고향은 하카타지만, 시코쿠로 갈 거야. 고향에는 아무도 없으니까.) |
| 명숙 | 시코쿠가 어딘데? |
| 미즈코 | 하카타요리 쥿도 미나미.(하카타에서 더 남쪽이야.) |

명숙    머네.

미즈코   지쯔와 와따시모 마다 잇다 고또 나이노.(실은 나도

       아직 안 가 봤어.)

명숙    거기 누가 있어?

미즈코   옹…… 이마와 모오 이나니 히토가 이따 바쇼……(글

       쎄…… 이제는 없는 사람이 있던 곳이지…….)

명숙    나니 잇데르노?(뭐라는 거야?)

미즈코   초슌마데 아또 도레끄라이?(장춘까지는 얼마나 남았

       을까?)

명숙    내일 아침 일찍 나서면, 걸어가도 아마, 오후쯤엔

       도착할 거야. 운 좋게 토락구(트럭)라도 얻어 타면

       더 빨리 갈 수도 있고.

미즈코   소꼬까라 기샤니 노룽데쇼?(거기서 기차를 타는 거야?)

명숙    모르지. 언제 탈 수 있을지……. 조선인, 일본인 할

       것 없이, 헤이허, 치치하얼, 목단강, 하얼빈 쪽에서

       죄다 장춘으로 내리밀리는 판이니까. 벌써 장춘은

       미어터질걸. 거기까지야.

미즈코   소꼬마뎃데?(거기까지?)

명숙    우리가 함께 가는 거.

미즈코   면스끄…….

명숙    기차를 타려면 피난민 증명서를 확인할 텐데.

미즈코   니혼진와 노세나이데쇼오네. 소시떼 니혼진와

       니혼진도오시데 아르이떼 이까나꺄 나라나이데쇼

       네……. 삿기노 아노 온나노히또따치 미따이니.(일

본 사람은 태워 주지 않겠지. 그리고 일본인은 일본인끼리 걸어가야 하겠지……. 아까 그 여자들처럼.)

명숙　조금 기다리고 있으면 차례가 올 거야. 조선 사람들이 좀 빠지고 나면…….

미즈코　데모 면스끄…… 와따시오 츠레뗏데?(하지만 명숙…… 날 데려가 주면 안 돼?) (명숙 앞에 무릎을 꿇으며) 오네가이! 와따시오 잇쇼니 츠레뗏데. 도오까 와따시오 스떼나이데초오다이!(부탁할게. 나하고 함께 가 줘, 날 버리지 말아 줘!)

명숙　알잖아. 그럴 수 없는 거. 난 조선 사람들 패에 끼어야 할 텐데…… 네가 일본 사람이라는 걸 알면, 나까지 맞아 죽을 거야.

미즈코　와따시닷데 안따노 유꼬또와 와깟떼루. 와따시 히또리나라 스나오니아끼라메루께도…… 와따시, 삿끼노 히또따치 미따이니 나리따끄나이. 와따시 히또리나라 도낫떼모 이이…… 데모 고노꼬다께와 나니가 앗떼모.(받아들여야 한다는 거 알지만, 나 혼자라면 얼마든지 받아들이겠지만…… 난 그 여자들처럼 되고 싶지 않아. 혼자라면 상관없지만…… 이 아이는 안 돼.)

명숙　뭐? (사이) 아이?

미즈코　소오나노, 면스끄.(그래, 명숙.)

명숙　죠단데쇼?(농담이지?)

미즈코　…….

명숙　혼또?

미즈코    응.


사이.


명숙     <ruby>안따노<rt>あんたの</rt></ruby> <ruby>시큐와<rt>子宮は</rt></ruby> <ruby>고우떼츠까이?<rt>鋼鉄かい</rt></ruby>(네 자궁은 강철이냐?)
        그렇게 긁어냈는데도 애가 들어섰단 말야?

미즈코    <ruby>소노 따비니<rt>その 度に</rt></ruby> <ruby>안따노<rt>あんたの</rt></ruby> <ruby>세와니<rt>世話に</rt></ruby> <ruby>낫다네.<rt>なったね</rt></ruby> <ruby>안따노<rt>あんたの</rt></ruby> <ruby>도끼와<rt>時は</rt></ruby>
        <ruby>와따시가<rt>私が</rt></ruby> <ruby>세와시떼.<rt>世話して</rt></ruby>(그때마다 네가 날 보살펴 줬었지.
        네가 그랬을 땐 내가 그랬고.)

명숙     웃어? 누구 씬지도 모를 애를 배구서, 언제 끝날지
        도 모르는 피난길에?

미즈코    <ruby>와깟데루.<rt>分かってる</rt></ruby>(알아.)

명숙     알아?

미즈코    오카다 상.

명숙     오카다?

미즈코    응.

명숙     그걸 네가 어떻게 알아!

미즈코    <ruby>소노꼬로<rt>その頃</rt></ruby> <ruby>삿쿠오<rt>サックを</rt></ruby> <ruby>츠께나이데<rt>つけないで</rt></ruby> <ruby>시따노와<rt>したのは</rt></ruby> <ruby>오카다 상<rt>岡田 さん</rt></ruby>
        <ruby>다께닷다까라.<rt>だけだったから</rt></ruby>(그즈음에 삿쿠(콘돔)를 안 쓰고 한 건
        오카다 상뿐이었거든.)

명숙     오카다는……

미즈코    <ruby>센시시따와.<rt>戦死したわ</rt></ruby>(죽었지.)
        (품에서 종이에 싼 작은 뭉치를 꺼낸다.) 고레가 <ruby>아노히또<rt>あの人が</rt></ruby>
        가 그레따 <ruby>사이고노<rt>最後の</rt></ruby> <ruby>오끄리모노.<rt>贈り物</rt></ruby>(이게 그 사람이 나

한테 준 마지막 선물이야.)


미즈코, 종이 뭉치를 조심스레 펼쳐 본다.

하얀 가루.


<table>
<tr><td>미즈코</td><td>
<ruby>자분와<rt>自分は</rt></ruby> <ruby>모오<rt>もう</rt></ruby> <ruby>이키떼<rt>生きて</rt></ruby> <ruby>가에레나이<rt>帰れない</rt></ruby>. <ruby>미즈코가<rt>ミズコが</rt></ruby> <ruby>로스케<rt>露助</rt></ruby>
</td></tr>
</table>

미즈코    지붕와 모오 이키떼 가에레나이. 미즈코가 로스케
도모노 나구사미모노니 사례루노와 가만데끼나이.
난또까시떼 기미노 메이요또 지손싱오 마못데
야리따리. 꼬꼬로까라 미즈코오 아이시떼룻데…….
와따시와 나니모 이에나깟다. "아나따노 꼬도모오
미고못다노요." 소오 이이따깟다. 데모 이에나깟다.
고레오 노무꼬또모 데끼나깟다.(이제 자기는 다시 오
지 못한다고. 미즈코가 로스케들 노리개가 되는 건 도저
히 참을 수 없다고. 어떻게든 명예와 자존심만은 지켜 주
고 싶다고. 정말 미즈코를 사랑한다고……. 난 아무 말도
못했어. "당신 아이를 가졌어요." 말하고 싶었어. 하지만
말하지 못했어. 이걸 먹을 수도 없었어.)


사이.

미즈코, 청산가리를 다시 곱게 접어 품에 넣고, 다시 무릎
을 꿇고 명숙 앞에 엎드린다.


명숙    미친놈!
미즈코    오네가이.(부탁해.)

명숙    내일 장춘에 가서 찾아보면, 거긴 의사가 있을지도
       몰라.

미즈코   이에. 와따시와 고노 꼬또 잇쇼니 시코쿠니 이꾸.
       시코쿠 다카마쓰, 오카다상노 꼬쿄오. 소꼬데 고노
       꼬오 운데 소다떼루노.(아니. 난 시코쿠에 갈 거야. 이
       아이하고 함께. 시코쿠 다카마쓰. 오카다 상 고향. 거기 가
       서 이 아이를 낳을 거야.)

명숙    너 혼자 가도 갈까 말까 한 길이야. 얼마나 걸릴지
       기약도 없어. 사람들은 침을 뱉고 돌팔매질을 하
       고, 일본 사람들한테는 먹을 걸 팔지도 않고, 주지
       도 않아. 기차도 태워 주지 않아. 그 여자들 봤잖아.
       걷고 걷다 녹초가 되고, 배가 고파 아무거나 주워
       먹다 탈이 나고, 콜레라나 이질에 걸려서 설사를
       쏟다가 길바닥에 쓰러져서…… 너도 그렇게 될 거
       야. 길바닥에서 애를 낳다 너도 죽고 애도 죽어!

미즈코   다까라 꼬오얏데 다농데룽자나이. 와타시와 안나
       후우니 나리따끄나이. 고노꼬오 시나세루와께니와
       이까나이노요.(그러니까 이렇게 부탁하잖아. 난 그렇게
       되고 싶지 않아. 이 아이를 그렇게 만들 수 없어.)

명숙    미즈코. 너하고 나는 적이야. 원수라고, 원수! 너하
       고 내가 몇 년 동안 한솥밥을 먹고 한 지붕 아래서
       가랭이를 벌리고 있었다고 해서, 그게 달라지진 않
       아. 나한테 왜 이래!

미즈코   다레모 이나이.(없잖아.)

명숙      뭐?

미즈코    이마노 와따시니와 안따시까 이나이노요.(나한테는

　　　　　 지금 너밖에 없어.)


　　　　　 미즈코, 명숙을 향해 빙긋이 웃는다.

　　　　　 어둠 속에 울리는 총소리.

　　　　　 미즈코, 불안한 듯 명숙 곁에 더 바짝 다가앉는다.

　　　　　 미즈코, 품에서 무언가를 꺼낸다.


명숙      뭐야?

미즈코    구찌베니.


　　　　　 미즈코, 립스틱을 빠알갛게 바른다.


명숙      왜, 로스케 소년병이라도 꼬드길려구?

미즈코    아사니낫다라 오토스.(아침엔 지울 거야.)

명숙      그럴 걸 왜 발라?

미즈코    다이끄츠데쇼, 소레니…… 고와인다면. 난다까

　　　　　 기모찌가 오치쯔끄노.(심심하잖아. 그리고…… 무섭잖

　　　　　 아. 왠지 마음이 편해지거든.)

명숙      별…….

미즈코    도오?(어때?)


　　　　　 미즈코 얼굴을 명숙 가까이 들이댄다.

미즈코　장또 미떼요.<sup>ちゃんと 見てよ</sup> 도오?<sup>どう</sup> 잘 봐. 어때?)

명숙　빨갛지, 뭐.

미즈코　(명숙의 얼굴을 끌어당기며) 네에, 젓 도 꽂지.<sup>ちょっと こっち</sup>(이리 대
봐.)

명숙　싫어!

미즈코　짓도 시떼떼!<sup>じっと してて</sup>(가만 있어 봐!)

명숙　미친년.


미즈코, 명숙의 입술에 립스틱을 바른다.

두 여자, 거울을 보듯 서로의 얼굴을 들여다본다.

멀리서 총소리.

천천히 어두워지며, 화목이 이글이글 타오르는 소리.

증기기관이 헐떡이며, 힘겹게 기차가 움직이기 시작하는
소리.

소련 병사들이 떼지어, 화음을 맞춰 부르는 러시아 민요를
이끌고, 요란하게 기적을 울리며 달려가는 기차 소리가 멀
어지며, 무대 천천히 밝아지면, 장춘시에 있는 '조선인 전
재민 구제소'의 전경이 보인다.

기차역에서 멀지 않은 곳에 있는, 예전에 정미소(精米所)였
던 건물.

정미 기계들은 이미 대부분 뜯겨 나갔고, 아무렇게나 뒹구
는 잡동사니와 간혹 남아 있는 기계의 부속들이, 혼란과
약탈의 흔적을 보여 준다.

피난민들은 그 잡동사니들(궤짝, 쌀가마니 등)을 당장 요긴

한 생활용구(밥상, 요 등)로 사용한다.

정미소였던 만큼 경사가 심한 천장은 제법 높고, 천장과 목
재로 두른 벽도 군데군데 부서지고 뜯겨 구멍이 나 있다.

무대 뒤편에 구제소로 들어서는 두 쪽짜리 커다란 판자문
이 있는데, 여닫을 때마다 문쩌귀 소리가 몹시 귀에 거슬
린다. 문도 반나마 부서져 있다.

아이들은 뚫린 구멍으로 드나들기도 한다.

구제소 안에는 피난민들의 짐이 어지럽게 널려 있다.

칸막이도 없이 여러 가족이 생활하나 나름대로 구역은 나
뉘어져 있다.

숙이와 철이가 구제소 문에 난 구멍으로 기어 들어온다.


숙이 센큐하끄 연주고넨 구가쯔, 와따시와 주잇사이.

(1945년 9월, 나는 열한 살.)

철이 보끄와 주우상사이.(나는 열세 살.)

숙이 바까, 와따시가 후따쯔 우에데쇼!(바보야, 내가 두 살
누난데!)

철이 치가우요, 보끄가 후따쯔 우에다요!(아니야, 내가 두
살 오빠다!)

숙이 맛다끄!(어휴!)

철이 꼬꼬와 신쿄.(여기는 신경.)

숙이 이마와 초슌.(이제는 장춘.)

철이 히또쯔끼 마에마데 신쿄닷다 초슌.(한 달 전만 해도
신경이었던 장춘.)

숙이    조셴진 센사이샤 큐사이이죠.(조선인 전재민 구제소.)

朝鮮人 戰災者 救済所


2²


아이로서. 일종의 만담(漫談)처럼.


철이    보꾸따찌 난데 꼬꼬니 기타노?(우리 여기 왜 온 거야?)
僕たち なんで ここに 来たの

숙이    기샤니 노루따메요.(기차를 타러.)
汽車に 乗るためよ

철이    기샤니 놋데 도꼬니 이꾸노?(기차 타고 어디 가는데?)
汽車に 乗って どこに 行くの

숙이    조셴.(조선에.)
朝鮮

철이    조셴떼 도꼬?(거기가 어디야?)
朝鮮って どこ

숙이    와따시모 시라나이.(나도 몰라.)
私も 知らない

철이    손나꼬또모 시라나이노, 네에짱노 꾸세니?(그것도
そんなことも 知らないの 姉ちゃんの くせに

모르냐, 누나가?)

숙이    고유 또끼다께 네에짱 아쯔까이 시나이데요. 와따시
こういう 時だけ 姉ちゃん 扱い しないでよ 私

닷데 잇다꼬또나인다까라 시라나이.(그럴 때만 누나
だって 一度も行ったことないんだから 知らない

지. 한 번도 안 가 봤으니 나도 모르지.)

철이    도오시떼 조셴니 이꾸노?(조선에는 왜?)
どうして 朝鮮に 行くの

숙이    도꾸리쯔시다까라 가에른닷데.(독립이 돼서 간대.)
独立したから 帰るんだって

----

2    이 장면은 김만선의 단편소설 「한글강습회」, 「압록강」(소설집
       『압록강』(동지사, 1948))과 채만식의 중편소설 「소년은 자란다」
       (정음사, 1973)에서 공간적 배경과 사건의 내용 등을 차용하여,
       본 작품의 흐름에 맞게 각색, 변형한 것이다.

철이 　<small>独立って</small><br>도꼬리쯧데?(독립이 뭔데?)

숙이 　<small>解放</small><br>가이호?(해방?)

철이 　<small>解放って　　　なに</small><br>가이호옷떼 나니?(해방은 뭔데?)

숙이 　<small>私も　　　知らない</small><br>와따시모 시라나이!(몰라, 나도!)

철이 　<small>ぼく　汽車に　乗りたくない　　家に　帰りたい</small><br>보꾸 기샤니 노리따꼬나이. 우찌니 가에리따이.(난

기차 타기 싫어. 집에 가고 싶어.)

숙이 　<small>家は　もう　　ないよ</small><br>우치와 모오 나이요.(이젠 집 없어.)

철이 　<small>線路　　こえたち　　すぐだろ</small><br>셀로 꼬에따라 수구다로?(철길만 건너면 바로 저긴데?)

숙이 　…….

철이 　<small>家は　　広いし　　　暖かくて　　清潔だよ</small><br>우치와 히로이시, 앗따까꼬떼 세이께쯔다요…….
<small>家に　帰ろうよ</small><br>우치니 가에로오요?(거긴 넓고 따뜻하고, 깨끗한데…….

우리 잠깐 갔다 올까?)

숙이 　<small>だめだめ</small><br>다메다메.(안 돼.)

철이 　<small>少年　倶楽部　　家に　置いて　きちゃった</small><br>쇼넨 크라부, 우치니 오이떼 기찻타.(소년구락부 두

고 왔단 말야.)

숙이 　<small>帰っても　何も　残って　ないよ</small><br>가엣데모 난니모 노콧데 나이요.(가 봐야 아무것도 없

을걸?)

철이 　<small>ちゃんと　隠して　来たんだ　一走り　行ってこようよ</small><br>쌍또 가꼬시떼 끼깐다. 히톳파시리 잇데꼬요오요.

(내가 잘 숨겨 놨어. 얼른 갔다 오자.)

숙이 　<small>だめだってば　母さんが　言ったでしょ　外に　出るなって</small><br>다메닷데봐! 까아상가 잇다데쇼. 소또니 데루낫데.
<small>日本人の　　子はさらわれるって　　さらわれて　　売り飛ば</small><br>니혼진노 꼬와사라와레룻데. 사라와레떼 우리또바
<small>されちゃうんだよ</small><br>사레짜은다요.(안 된다니까! 엄마 말 못 들었어? 밖에 나

가지 말라구. 일본 애들은 잡아간대. 잡아다 팔아먹는대.)

철이 　<small>ぼくは　朝鮮人だよ</small><br>보꼬와 조센진다요?(난 조선 앤데?)

| | |
|---|---|
| 숙이 | 안따와 도오미떼모 니혼진요.(너 일본 놈같이 생겼어.) |
| 철이 | 솟찌꼬소!(네가 그렇지!) |
| 숙이 | 와따시따찌, 조센고모 샤뱌레나이다까라!(우린 조선 말도 잘 못하잖아!) |
| 숙이 | 네, 그땐 그랬어요. 사실 우리끼린 다 일본말로. |
| 철이 | 아버진 조선인 학교에 보내자고 하셨지만. |
| 숙이 | 어머니가 여기저기 쫓아다니며 열심히 운동한 덕분에, |
| 철이 | 우리는 일본 애들 다니는 소학교에 다니고 있었거든요. 그런데 하루아침에 조선말을 하라니! |
| 숙이 | 일본말을 쓰면 막 혼나고, 경성에……. |
| 철이 | 서울. |
| 숙이 | 서울에 돌아오고 나서도 한동안, 우리는 말수가 적은 아이들이었습니다. |

기차가 지나가는 소리.
삐걱이는 소리와 함께 판자문이 열린다.
명숙과 미즈코가 구제소 안으로 들어선다.

| | |
|---|---|
| 철이 | 기차는 소련군만 잔뜩 태워서 가고. |
| 숙이 | 우리가 탈 기차는 오지 않고. |
| 철이 | 피난민들은 꾸역꾸역 몰려듭니다. |

명숙과 미즈코, 방 한 켠에 자리를 잡고 몸을 웅크린 채 누

위 잠이 든다.

숙이와 철이, 명숙과 미즈코 곁으로 다가가 잠든 그녀들을
내려다본다.


숙이　　그 여자들이 도착한 건 우리가 여기 온 지 열흘인
　　　　가 지난 뒤였어요.

철이　　하루를 내리 잠만 잤지요.

숙이　　먼 길을 온 피난민이 다 그렇듯, 지치고 꾸지레한
　　　　몰골이었지만.

철이　　뭔가 좀 달랐어요.

숙이　　무언가…….


미즈코가 가냘프게 잠꼬대를 한다.


미즈코　앗<sub>あ</sub>…… 이땃<sub>いた</sub>…… 이땃<sub>痛い</sub>…….(아…… 아파…… 아
　　　　파…….)


숙이와 철이의 엄마, 순남이 구제소 안으로 들어온다.
무언가 불만이 가득한 얼굴이다.


철이　　(반가워 달려가며) 까아짱<sub>母ちゃん</sub>(엄마!)

순남　　쓰읍!

철이　　(움찔하며 물러서 입을 비죽인다.)

순남　　누가 새로 왔어.

순남이 처녀들을 건너다보는데, 구제소 사무를 보는 최 주임이 왜장치며 들어온다.

최 주임 아니, 제엔장맞일! 당신네들 때문에 남들까지두 내쫓기겠으니, 염체들 좀 채려요, 염체 좀? 글쎄, 멀쩡하던 벽을 이렇게 뚫어 놓구 게다가 집을 꽝꽝 때려부시니 어떡허잔 셈들이요? 다들 어디 갔수?

순남 그걸 내가 어찌 알아요. 다들 먹구살겠다구 이리 뛰구 저리 뛰겠지.

최 주임 도대체 저기 판자는 누가 뜯어 땐 거요? 나중에 오는 사람들은 한뎃잠을 자두 상관없다는 건가? 하여간 지 멋대루들이지. 잠깐 있다 간다구, 쓰레기는 아무 데나 내다 버리구, 뒤에 일은 아랑곳을 않구, 당장 저 좋을 대루만 하면 그만이야! 사람들 질이 말야, 응? 왜정 때보담두 외려 떨어져! 이러자구들 독립을 하구 해방을 했나? 거 먹은 것들두 변변찮으면서, 똥은 어쩌나 천지 사방에 내깔려 놓는지!

순남 (듣다 못해) 아니, 측간을 맨들어 주구나 그런 말을 허세요. 먹어야 살고, 먹으면 싸는 걸, 어쩌란 말이우!

최 주임 지금 나한테, 썽을 내는 거요?

순남 썽을 내긴 누가…… 답답하니 그러죠. 조를 짜서 돌아가며 치워 봤지만 어디 소용 있어요? 사람들이 무더기니, 똥두 무더기루 쏟아지는걸.

최 주임  하여간 조선 것들은 안 돼. 거 역전 마당에 일본 사
        람들 못 봤수? 사내는 하나 없구, 맨 노인네들, 애
        들, 여자들만 오도 가도 못허고 굼실굼실 남어서,
        피죽두 못 얻어먹구 비실비실 산송장이 돼 가지구
        서두, 아침마다 역전 마당 소제허는 건 그 사람들
        뿐야. 그러구는 비실비실 또 제 새끼들, 노인네들
        묻은 데 가서, 어디서 꺾었는지 꽃을 올리구, 합장
        을 하구 섰는 걸 보믄, 참 웬수는 웬수래두 본받을
        점은 있다, 딱허고, 도와주고 싶은 마음이 절루 들
        구 그러거든.

순남    그렇게 딱허믄 좀 도와주지 그래요?

최 주임  가끔 도와주지. (느물거리며) 걔들은 자존심이 있어
        서, 강냉이 하나두 그냥 달라구는 안 해, 응. 그래두
        염치를 알지. 꼭 값을 치르거든.

순남    애들두 있는데, 뭔 소리를 하는 거야, 이 사람
        이……!

최 주임  (잠들어 있는 명숙과 미즈코를 발견하고) 이건 또 뭐야?

순남    들어와 보니 있네요.

최 주임  사무소에 신고는 했나?

순남    그걸 내가 어떻게 알아요.

최 주임  어이, 어이! (여자들을 흔들어 깨워 보지만, 여자들은 꿈
        쩍도 않는다. 숙이와 철이에게) 이따 일어나면 사무소
        로 오라구 해라, 알았지?

숙이와 철이, 고개를 끄덕인다.


최 주임  어른이 말하면 네, 하구 대답을 해야지. (나가며) 하
         여간 조선 것들은 아직두 멀었어! 남이 일본 이기
         는 운 덤에, 남의 불에 게 잡는 셈으루 독립을 해
         노니, 정신들 못 채리구, 제엔장맞일!


최 주임, 투덜거리며 나간다.


순남     체, 저는 무슨 조선 놈 아닌가…….
숙이     엄마, 영호 오빠랑 영자 언니 간 거야?
순남     여관 갔어.
철이     우리도 여관 가자.
순남     돈이 어딨어.
철이     돈 있잖아.
순남     있어두 애껴야지. 서울까지 가자면 무슨 일이 있을
         지 모르는데.
철이     근데 영호 형은 어떻게 간 거야?
순남     영자가 많이 아퍼서 헐 수 없이 잠깐 간 거야.
철이     나도 아픈데. (일부러 기침을 하다가 순남한테 꿀밤을
         얻어맞는다.)
숙이     (여자들을 가리키며) 저기 영호 오빠네 자린데, 어떡해?
순남     넌 오지랖두 넓다. 알아서들 하겠지.
철이     그럼 집에 가. (순남한테 꿀밤을 얻어맞는다. 씩씩거리

며) 언제까지 여기 있어!

순남    기차가 와야지.


순남의 남편, 원창이 책보를 들고 들어온다.


순남    벌써 오우?


원창, 말없이 책보를 내려놓고 앉는다.


순남    나갔던 일은 어떻게 됐우?
원창    …….
순남    허긴, 잘됐으면 이리 일찍 올 리가 없지.
원창    그만해. (딴청을 하느라 명숙과 미즈코 쪽을 보며) 영자
       가 왔나?
순남    아니.
원창    누구야?
순남    새로 왔나 봐요. 강습회엔 몇 명이나 왔어요?
원창    한 명도 안 왔어.
순남    애초에 한글 강습회라니…….
원창    그만하라니까.
순남    다들 입에 풀칠하기 바쁜 판에, 한글은 무슨…….
       게다가 기차만 무난히 통하기 시작하믄 다들 조선
       으로 떠날 사람들인데.
원창    사람이 밥만 먹구 사나? 제 민족 글두 모르구서야

어디…….

숙이와 철이, 주눅이 들어 비실비실 고개를 돌린다.
원창, 그 모양을 보며 입맛이 쓰다.


원창    에이! (바닥에 모로 돌아누워 버린다.)
순남    뜻이야 좋지만…….
원창    안 해. 때려치웠다구. 됐나?


사이.


순남    저기…… 숙이 아버지. 그러지 말구…… 우리두 떡
        장살 시작헙시다.
원창    …….
순남    지금 돈을 벌자면 떡장사밖에 자미나는 일이 없
        대요.
원창    …….
순남    하루에 삼사백 원씩이나 남는다는군요, 글쎄.
원창    …….
순남    정 선생네 좀 보구려. 그이들이라구 체면이 없겠
        우? 그래두 떡장살 시작해서 먹구 입구 하는 문제
        는커녕, 이젠 한 밑천씩 잡았다구, 저렇게들 자미
        가 나는데…… 우리같이 체면만 차리다가는 굶어
        죽기 똑 알맞어요.

원창    그 돈이 어디 하늘에서 뚝 떨어지나? 다 불쌍한 피
         난민들 등친 돈이지.

순남    그렇게만 생각헐 것은 아니죠. 서로 필요한 걸 주
         고받고…….

원창    마뜩잖어. 다 고만둬!

순남    오늘 저녁거리는 어떡헐 테요?

원창    누가 한 끼래두 굶길까 봐 이러나, 왜 이래?

순남    에그 큰 소리는…… 단돈 1원이 없어서 두부 한 모
         못 사고 맨밥 먹이는 것두 하루 이틀이지. 누가 술
         장사를 하겠다는 것두 아니구.

원창    아예 나가서 술장사를 하지 그래?

순남    챙피허다구만 마시구, 애들을 생각해 봐요. 얼굴은
         누렇게 떠서…… 철이 쟤가 오죽하면…….

원창    철이가 뭐?

순남    그 왜 역전에서 사람들한테 물 떠다 주구 돈 받는
         애들 있잖우, 요만한 한 고뿌에 50전씩을 받는다
         는데, 어제 끝순이가 역전을 지나가다가, 어째 아
         는 애 같다 해서 돌아보니까, 철이가 글쎄, 물고뿌
         를 들고 이리 뛰고 저리 뛰더란 거예요. 그 애들 꼬
         붕 노릇을 하구 있는 걸, 끝순이가 끌고 왔군요.

원창    철이 너, 이리 와! 너 이놈의 자식. 네가 거지냐? 애
         비에미 없는 고아야?

철이    아뇨.

원창    근데 왜 그랬어!

철이   돈 벌라구.

원창   엄마가 밥을 굶기던? 강조팝이래두 매일 두 끼니씩
      은 먹잖냐. 돈 벌어서 뭐 하려고, 뭐 사 먹으려고?

철이   아뇨.

원창   그럼?

철이   여관 가려고.

원창   ⋯⋯한 번만 더 그랬단 봐라. 알았어?

철이   이에.

원창   이 녀석 봐라.

철이   예! 라고 한 거예요.

원창   (어이가 없어 실실 웃음이 나는 걸 참으며) 그래 꼬붕 노
      릇해서 얼마나 벌었냐?

철이   못 받았어요. 한 고뿌 팔면 5전씩 준댔는데. 끝순이
      가 끌고 와서.

순남   끝순이가 뭐야! 끝순이 아줌마지. (한숨) 당장 먹는
      것두 먹는 거지만, 우리두 먼 길 가자면 도중에 무
      슨 일이 있을지 모르고, 또 노자라두 좀 마련해 두
      어야 하고⋯⋯.

원창   자네가 장사를 다니면 애들은 어떡허구? 안 그래두
      저 지경인데.

순남   당신이 좀 보면⋯⋯.

원창   내가?

순남   강습회도 그만뒀구, 딱히 할 일도 없잖우.

원창   내가 할 일이 왜 없어!

순남 입을 비죽이는데,

밖에서 누군가 원창을 부른다.


훈      (소리) 구 선생 집에 있나?


훈이 문을 열고 들어온다.


훈      아주머님도 계셨네요.

순남    네, 어서 오세요.


숙이와 철이도 훈에게 꾸벅 인사를 한다.


원창    안녕하세요, 해야지.

숙이/철이    안녕하세요.

훈      (숙이와 철이의 머리를 쓸어 주며) 그래. (주머니에서 종
        이에 싼 것을 숙이에게 준다.) 자, 인절미다. 노나 먹어
        라.

순남    아유, 뭐 이런 걸 다. 그 집 먹기두 바쁠 텐데.

훈      우리야 두 내외뿐인데요. 애들이 고생이지.

순남    (종이를 펴고 떡을 집어 입에 넣으려는 아이들을 보고) 고
        맙습니다, 해야지.

숙이/철이    고맙습니다.

순남    (한숨을 내쉬며) 말씀들 나누세요.


402

순남, 아이들을 데리고 밖으로 나간다.


원창    한글 강습회구 나발이구, 되지도 않을 일에 공연히
        부산만 피웠네그려.

훈       우리가 너무 우리 생각만 앞세운 거 같어.

원창    강습회 계획한 게 잘못이란 말인가?

훈       잘못은 아니지. 허지만 일반 사람들 마음에 우리가
        너무 어두웠던 것두 사실 아니냔 말이지.

원창    일반 사람들이야 그렇다 쳐도, 민단 직원이나 청년
        단체 것들은 올 줄 알았네. 그래도 이 장춘시에서
        조선 사람들을 대표한다는, 대한 민단이니 청년 단
        체에서 내다 붙이는 광고문, 선전문 꼴을 좀 보라
        구. 철자는 뒤죽박죽! '에'하고 '의'도 제대로 구별을
        못하니, 원, 챙피해서!

훈       허긴…… 한글 강습회야 실패했다 쳐두, 민단이 문
        제는 문제야.

원창    민단이 뭐 하라는 민단이야? 수만 동포들이 허덕이
        구 있는데, 그저 제 잇속만 채우라는 민단이지! 그
        것들이 마차루 거리를 달리구, 술, 계집을 마음대
        루 끼구 놀 수 있게, 보장해 주는 민단이야! 허긴
        거기 위원장이니, 사무장이니, 과장이니 하는 것들
        은 죄다 얼마 전까지 '협화회(協和會)', 만주국 관리
        질을 해 온 놈들이니! 에이!

훈       ……

원창  내일은 민단에 가서 간부들을 만나야겠어. 한바탕
     대거리라두 해야 속이 풀릴 것 같아.

훈   시비를 가리는 것두 중요하지만, 너무 과격하게 나
     가진 말구. 시비를 따지자면 뭐, 우리두…….

원창  무슨 소리야?

훈   만주국 관리나 만주국 소학교 훈도나, 사람들 뵈
     기엔 초록은 동색이요, 가재는 게 편이라는 셈으
     루…….

원창  아니, 그게 어찌 같아? 교육이라는 건 말야, 그런 세
     속적이구 정치적인 문제허구는…… (스스로 말문이
     막힌다.) 그러구 우린 어디까지나 조선인 소학교에
     서…… (이번에도 훈의 눈길을 느끼고) 그래, 뭐, 일본
     인 소학교에서는 받아 주지두 않았으니까…….

훈   내 자네하구 이물 없는 사이니까 하는 말이네
     만…… 자네 아이들이 일본인 소학교에 다니구, 아
     주머니가 일본 여자들하구 가깝게 지낸 건 민단 사
     람들두 다 알잖느냐 말야.

원창  나는 반대했어! 반대했는데두 그 소견머리 좁은 여
     편네가!

훈   알지. 자네를 비난하자는 게 아니라, 사정이 이러
     니, 분풀이한다구 건드렸다가 괜히 덤터기나 쓸까
     봐 걱정돼서 하는 말이야.

원창  제엔장맞일…….

훈.  ……내가 좀 있다 민단 강 과장을 만나기로 했거든?

원창  강 과장?

훈  응.

원창  왜?

훈  그게. 마누라 등쌀에 견딜 수가 있어야지…… 아
무래두 떡장사라두 해야 할까 보아.

원창  떡장사?

훈  별수 있나.

원창  이건 쬥일 떡 타령이군.

훈  돈을 돌리자면 강 과장뿐인데…… 선선히 오라더
군. 자네 얘기두 해 두었어.

원창  거 시키지두 않은 일을!

훈  같이 가지?

원창  해필이면 강 과장 그놈이야.

훈  이 시국에 흠 없는 사람 있나?

원창  에에이!

훈  (원창을 붙잡아 일으키며) 자네 사정이야 뻔하잖나.

원창  (마지못해 일어서며) 에에이!

훈  꼭 떡장사를 안 해두 돈은 필요하고. 가세 가. 응?

원창  에에이!


원창, 훈에게 이끌려 마지못해 문밖으로 나간다.

문밖에서 누군가 밀치고 당기며 숨죽인 목소리로 실랑이한다.

여자    (소리) 아유, 왜 이래.

남자    (소리) 들어와, 들어와.

여자    (소리) 이거 놔. 밝은 대낮부터…….

남자    (소리) 대낮이니까 좋지, 사람 없구.

여자    (소리) 정말 사람 없어?

남자    (소리) 낮엔 다 나가구 없다니까.

여자    (소리) 아유, 정말…….


문이 열리고 장 씨가 선녀를 끌어안다시피 해서 끌고 들어
온다.
마음이 급한 장 씨, 곧바로 선녀를 바닥에 누이고 서두른다.


선녀    저, 저기 누가 있는데?


장 씨, 반쯤 바지를 내린 채 엉금엉금 기어가 확인하고


장 씨    자네, 자. (다시 선녀에게 달려든다.)

선녀    (장 씨를 밀어내며) 아유, 싫어.

장 씨    그럼 여관 가?

선녀    돈이 얼만데.

장 씨    아이고, 우리 마누라 알뜰하네.

선녀    마누라? 언제 만나 놓구?

장 씨    초야까지 치렀는디. 그럼 마누라지 뭐야?

선녀    술김에 한번 그런걸. 두구 봐야지.

장 씨    그러니까 지금 다시 보자는 거 아냐.

선녀    아유, 참!

장 씨    뭐, 우리가 못할 짓 하나? 얼른 할게, 얼른.

선녀    뭐, 토끼야?

장 씨    토끼? (다가들며) 어젯밤, 응? 여관서, 응? 겪어 보구
         두? 응?

선녀    아유, 몰라!

장 씨    토끼? (달려든다.)

선녀    (장 씨를 안고) 깨면 어떡해?

장 씨    자네만, 조용하면, 돼.

선녀    어떻게! 아우!

장 씨    염치가, 있으문, 모른 척, 하겠지!


         장 씨와 선녀, 숨죽인 채, 거친 숨을 몰아쉬며 일을 치르는
         데, 마침 끝순이가 들어서다 보고 기겁하여 나간다.


만철    (소리) 뭐야, 왜?


         만철, 문을 열더니 바로 닫고 나간다.
         선녀가 장 씨를 밀쳐내려 하는데 장 씨 깔고 누른 채 놔주
         지 않고 계속한다.

장 씨    (일을 계속하며 밖을 향해) 일찍들 오네?

만철    (소리) 예, 좀 일이 있어서요.

장 씨    뭔 일?

만철    (소리) 좀 있다 말씀드릴게요. 허시던 거 마저 하시구요.

장 씨    뭔데? 급한 일여?

만철    (소리) 급한 건 아니고요. 영자가 그예 죽었다네요.

장 씨    영자가, 죽어?

만철    (소리) 예. 장사를 치를라면 손이 필요하니, 가서 도와줘야죠.

장 씨    그래?

이 노인  (소리) 왜, 안에 뭔 일 있냐?

만철    (소리) 아뇨, 아버지.


        장 씨, 마지막 용을 쓴다.
        선녀, 이를 악물고 장 씨를 밀어낸다.
        허겁지겁 옷을 추스르고 일어서는 두 사람.
        어수선한 통에 잠이 깨었던 두 여자, 못 일어나고 있다가
        그제야 잠이 깬 척, 부스럭거리며 일어난다.
        선녀, 외면한다.
        장 씨, 문 쪽으로 가 문을 연다.


장 씨    참, 그예 죽었구만!

만철과 끝순, 이 노인, 기웃이 들어온다.


이 노인   거 폐병이 사람 말리는 병이라…… 쯧쯧.

끝순     (괜히 혼자 중얼거리며) 맨몸으루 묻을 순 없구, 누더
          기지만 이불 홑청이라두 싸서 묻어야지. (보따리에
          서 천을 찾아 꺼낸다.) 그나저나 못 뵈던 분들이 많네?

장 씨     어허, 우리 마누라요. 인사드려. 응.

선녀     안녕들 하세요. 박선녀라구 합니다.

이 노인   안사람?

장 씨     예, 어르신. 그렇게 됐어요, 어허허.

이 노인   어젯밤에 안 들어오길래 어디 갔나 했더니, 장가
          드느라 그랬구먼?

장 씨     어허허, 그런 셈이죠. 어제 선술집서 만냈는데, 한
          잔 두 잔 권커니 받거니 얘기허다 보니께, 뭐 서럽
          고 고달픈 신세는 서루 매일반이구, 저나 나나 알
          거 다 알고, 거칠 것 없는 홀애비, 홀엄씨구, 술도
          꼴딱꼴딱 잘 마시구 화통헌 게 요것 봐라 싶기두
          허구, 이것두 인연이다 싶어 그냥 맺어 부렸어요,
          응! 어허허!

이 노인   그쪽 처녀들은?

명숙     예. 새로 왔어요, 잘 부탁드립니다. 저는…….

장 씨     수인사는 나중에 자세히 허고요, 이러고 있을 때가
          아니지. (만철에게) 날 밝을 때 광(壙)을 파자면 서둘
          러 가세.

만철    (장 씨와 함께 나가며) 곡괭이허구 삽은 빌려 놨어요.

끝순    (천을 들고 따라 나가며) 아버님은 그냥 여기 계세요.

이 노인    아니, 나도 가자.

만철    뭐 좋은 일이라구.

이 노인    그러니까 가 봐야지.


        장 씨와 만철, 이 노인, 끝순, 문 밖으로 나간다.


만철    (소리) 괜찮으시겠어요?

장 씨    (소리) 뭐가? 이 사람이!


        사람들 소리 멀어진다.
        정적.
        두 여자와 선녀 사이에 이상한 긴장이 흐른다.
        명숙과 미즈코는 선녀의 이름을 들었을 때부터, 선녀는 명
        숙의 목소리를 들었을 때부터, 이미 서로를 알아채고 있
        었다.


선녀    (피식 웃으며) 스즈란, 미즈코, 오랜만이야. 용케들
        여기까지 왔네.

명숙    겨우 여기까지밖에 못 왔니? 우릴 사지에다 팽개치
        구, 느이들만 살겠다구 내빼더니!

선녀    그렇게 됐네.

명숙    다들 어디로 갔는지도 몰라. 죽었는지, 살았는

지……. 서른 명 중에 겨우 열 명이 도망 나왔
어……. 나하고 미즈코, 둘 남았어. 그렇게 부려 먹
더니, 헌신짝처럼 버리구 가?

선녀    각자도생하는 거지, 그럼 도망을 떼루 하니?

명숙, 달려들어 선녀의 멱살을 잡고 올라탄다.

선녀    이런 쌍년이!

명숙, 선녀의 목에 칼을 들이댄다.
숨을 몰아쉬는 두 여인.

명숙    그 새끼 어디 있어?
선녀    누구?
명숙    가네다, 주인 새끼, 니 서방 김가 놈.
선녀    서방? 몰라. 그런 새끼.
명숙    몰라?
선녀    할빈까지는 같이 나왔는데, 그 뒤론 몰라.
명숙    거짓말하지 마!
선녀    일본 장교들이 타는 기차를 타고 갔어. 날 버리구
　　　　저 혼자! 지금쯤 서울에 있을걸. 서방? 흥, 서방 같
　　　　은 소리 하구 있네!
명숙    너 같은 거!
선녀    왜 찌르게?

미즈코가 명숙을 말린다.

미즈코   **다메, 야메떼!**(안 돼, 안 돼!)
명숙      왜 안 돼!

선녀가 있는 힘을 다해 명숙을 밀쳐 낸다.

선녀      어우, 피나네…… 하 참, 세상이 바뀌긴 바뀌었구
        나. 너 같은 년이 감히 나한테. 허!

미즈코, 돌아서서 헛구역질을 한다.
그 모양을 본 선녀, 알겠다는 듯 한참 배를 잡고 웃는다.

선녀      참, 지랄두 가지가지루 한다.
명숙      다 말해 버릴 거야, 전부 다! 네년이 어떤 년인치,
        우리한테 무슨 짓을 했는지!
선녀      흥, 내가 죽으면 나 혼자 죽겠니? 내가 위안소 포주
        였던 걸 사람들이 알게 되면, 느이들은 내가 데리
        고 있던 것들이고, 저건 일본 년이라는 것두 알게
        될 테지. 뭐, 기어이 끝장을 보자면 못 볼 것두 없
        지만, 피곤하게 그럴 것 있냐? 말하자믄 서루 불알
        을 맞잡은 셈인데. 거 좋게좋게 힘 빼구, 입 꾹 다
        물구, 응? 모른 체 조용히 가자, 얘들아. 에이, 재수
        가 없으려니! 겨우겨우 구워삶아 놈팽이 하나 꿰찼

더니…… 까짓거 나 하나야 어디루 튀어두 그만이
지만, 느이들은 그렇지 않잖니?

사이.

| | |
|---|---|
| 명숙 | 압록강만 건너가 봐. 넌 내 손에 죽어. |
| 선녀 | 아이구, 무서워라! (미즈코를 건너다보며) 그나저나 알다가두 모르겠다. 저건 왜 달구 다니는 거야? 요즘 같은 때, 일본 년을, 그것두 애까지 밴 년을. |
| 명숙 | 너 같은 년이 무얼 알겠어. |

숙이와 철이가 구제소 안으로 들어온다.

| | |
|---|---|
| 선녀 | 아이구, 우리 서방님은 어디루 가셨나. 얘, 어른들 어디루 가셨니? 무덤 말이야. |
| 철이 | 저기. |
| 선녀 | 저기 어디? |
| 숙이 | 기차역 건너편에 언덕요. |

선녀, 콧노래를 흥얼거리며 나가다 뒤돌아서서.

| | |
|---|---|
| 선녀 | 처녀들두 같이 가지? 큰일 치르는데 거들구 인사도 디리구? |

나가는 선녀의 뒷통수를 잠시 노려보던 명숙, 빤히 쳐다보는 숙이와 철이의 눈길을 느끼고, 애써 아이들을 향해 웃어 보인 뒤, 미즈코를 이끌고 구제소 밖으로 나간다.


4


숙이    그 언덕에는 언제나 사람이 많았습니다.

철이    사람들이 웅성거리고

숙이    울음소리가 들려오고

철이    그 소리가 잦아들고 사람들이 돌아간 자리에는

숙이    무덤이 하나씩 생겨났습니다.

철이    차가운 광(壙) 아래

숙이    가마니 한 장을 깔고

철이    입던 옷 그대로

숙이    이불 홑청으로 감싸고 새끼줄로 염을 해서

철이    사람들은 영자 누나를 그 언덕에 묻었습니다.

숙이    영호 오빠는 언젠가 다시 찾아오마고

철이    커다란 돌 하나를 굴려와

숙이    동생 무덤 발치에 묻었습니다.


장례를 마친 사람들이 돌아온다.

모두들 무거운 얼굴이다.

영호, 원창, 순남, 숙이, 철이, 이 노인, 만철, 끝순, 장 씨, 선

녀, 명숙, 미즈코, 구제소 안에 빼곡히 자리 잡고 앉는다.

잠시 아무도 말이 없다.

명숙이 술병 하나와 잔 하나를 들고 쭈뼛쭈뼛 일어난다.

명숙, 이 노인에게 한 잔 따라 준다.


이 노인   **부좃술인가? 왜 처녀들이?**

명숙     아무나 하면 어때요. 새루 왔으니 인사 턱이기두 하구.

이 노인   응. 탁주두 아니구 배갈이네. 비싼 걸.

명숙     드세요.

이 노인   하여튼 고마운 일이네, 고마운 일여.


이 노인이 마시고 명숙, 잔을 원창에게 건넨다.

원창, 명숙에게서 술병과 잔을 건네받아 한 잔 따라 마시
고 장 씨에게 건넨다.

술병과 잔이 이 손에서 저 손으로 건네진다.


이 노인   (영호의 어깨를 토닥이며) 너무 실심 말구 맘을 굳게
         먹어야지. 지금이야 도리 없이 이러구 가지마는,
         나중에야 좋은 시절 안 오겠나……. 자네 말대루
         그때 다시 와서, 잘 거두어다 고향 땅에 묻어 주자
         면은…… 아믄, 자네가 살어야지…….


이 노인, 말을 못 맺고 그만 제 설움에 눈물이 터진다.

영호, 자리를 박차고 일어나 밖으로 나간다.

원창  어이, 영호…….

순남  놔둬요.

만철  아이고, 아부지까지 왜 그래요!

끝순  이이가 꼭 다시 와서 어머니 모셔 간대잖어요.

이 노인  그래, 그래……. 내가 없더래두 너는 부디 잊지 말
구……. 이 차거운 호지(胡地)에 네 어미를 묻구 내
가…….

끝순  그만 우세요, 아버님. 가뜩이나 기력두 없으신데.

순남  (한숨을 내쉬며) 네에, 아니할 말이지만, 그래두 거두
어 모신 게 어딥니까.

선녀  그럼요. 이번 만인들 폭동에 일가족이 몰살을 당해
서, 거둘 이두 없는 주검이 널렸다는데.

장 씨  (만철에게) 어머님은 어쩌다가?

만철  병환으루요.

이 노인  다 못 먹구 고생해서 그렇지. 잘만 먹었으면 나을
병인데. 참 기맥힌 노릇이야.

장 씨  기맥히기는 참 그 집두 기맥힙디다.

끝순  무슨 말씀이우?

장 씨  영자 묻을 때 건너편에 아주머니 묻던 집 있었잖
아. 거기다 대면 영자는 아니할 말루 곱게 죽은 거
지, 거기다 대면 호상이야.

순남  처녀가 시집두 못 가구 죽었는데 호상은 무슨?

장 씨  그 집 말 들으면 호상이란 말이 절루 나온다니까.
참, 그놈의 소반 하나 때문에…….

순남   소반요?

장 씨   여기 장춘서 한 시오 리나 들어간 촌에서 살던 이
　　　  들인데요, 그 죽은 아주먼네가 변변한 소반 하나
　　　  없이 지내다가, 작년 가실에 큰 맘 먹고 소나무 소
　　　  반을 하나 장만했다는 거야. 글쎄, 그걸 피난길에
　　　  들고 나서겠다는 걸, 아저씨가 짐스럽다고 야단을
　　　  쳐서 헐 수 없이 두고 왔는데, 이제 역전에 나와서
　　　  땅바닥에다 밥을 먹으니까, 그 소나무 소반이 영
　　　  섭섭한 거라. 낯빛이 안 좋으니깐, 아저씨가 "어차
　　　  피 기차는 언제 올지 몰라 기약 없이 기대리는 판
　　　  이구, 시오 리 길백이 안 되니, 도로 가서 가져다주
　　　  마." 했대요. 그랬는 걸 글쎄, 이 아주먼네가, 아저
　　　  씨 맘 바뀔까 봐, 제가 얼른 가서 가져오리라, 말도
　　　  않구 새벽같이 길을 나섰던 모양이야.

순남   새벽에? 아이구…….

장 씨   암만 기대려두 안 오니까, 아저씨가 찾아 나섰는
　　　  데, 글쎄 살던 집까지 채 가지두 못허구, 길가 비탈
　　　  아래 사람들이 웅성웅성해서 가 보니, 아주먼네가
　　　  네 활개를 던지고 누웠더라는군요. 세상에, 실오라
　　　  기 하나 없이…….

끝순   세상에!

이 노인   되놈들 짓이지. 갈 데 없어. 그놈들은 으레 사람을
　　　  궂히거나 여자를 겁탈하구 나서는, 옷을 벳겨 간다
　　　  구 안 해.

장 씨 　아주머니 잇새에서 뭐가 뚝 떨어져 보니, 그게 물
　　　어 뗀 사람 귓부린데, 땟국이 새까만 걸 봐두, 만인
　　　들 짓이 틀림없다 이거지.

끝순 　그래서요?

선녀 　그래서는 뭐, 만인들 짓인 게 확실해두 누군 줄 알
　　　며, 알기로서니, 가뜩이나 사방에서 만인들이 들고
　　　일어나 조선 사람 못 잡아먹어 안달인데, 시비를
　　　가리자구 대들어. 봐. 자는 호랑이 코침 주기백이
　　　더 돼?[3]

원창 　죽일 놈들.

이 노인 　왜놈들이 그렇게 들볶더니 이제는 되놈들이.

끝순 　글쎄, 우리 조선 사람이 무슨 죄가 있다고.

원창 　만인들은 일본 사람이나 조선 사람이나 한가지로
　　　보니까. 일본 등에 붙어 자기네를 괴롭혔다 이거지.

장 씨 　영자는 그래두 그런 험한 꼴은 안 보고 죽었으니.
　　　그러니 내가…….

마침 영호가 흐느낌을 추스르고 돌아온다.

이 노인 　고생고생 일군 땅 뺏기구, 집 뺏기구, 세간 떨리구,
　　　목숨 상허구……. 허, 해방…… 그놈의 해방 값 참

---

3　　이 아주머니에 대한 사연은 채만식의 소설 「소년은 자란다」에서
　　차용, 변형한 것이다.

비싸다……!

사이.
명숙, 영호에게 술을 따라 건넨다.
영호, 말없이 받아 마신다.


장 씨   (명숙과 미즈코에게) 처녀들은 어디서 오는 길여?
명숙    치치하얼에서요.
장 씨   멀리서 오네.
명숙    (일어서 미즈코와 함께 인사하며) 저는 명숙이구요, 얘
        는 제 동생 미숙이에요.
선녀    미숙이, 옹.
명숙    (못 들은 체, 미즈코와 함께 인사하여) 잘 부탁드립니다.
        얘가 말을 못해요. 어렸을 때 되게 열병을 앓구 나
        서부터는.
선녀    세상에! 불쌍해라! 저렇게 이쁘게 생긴 처녀가!
명숙    울 어머니가 달도 못 채우구, 우리 미숙이를 낳다
        돌아가셨거든요. 그게 어디 얘 잘못이에요? 아버지
        는 괜히 얘를 미워라 하구, 언제 죽을지 모른다구,
        아예 민적에두 올리질 않았던 걸, 이번 피난 나오
        면서야 알았군요. "내가 언니다. 얘를 두고 나 혼자
        는 못 간다." 아무리 사정을 해두 증명서를 내줘야
        죠. 할빈에서는 용케 몰래 기차를 탔는데, 도중에
        표 검사하다가 그예 기차에서 떨려났지 뭐예요. 거

기서부터 걸어왔어요.

선녀    세상에! 그랬군!

만철    원, 사람이 번히 있는데, 민적에 없다고 없는 사람
취급하는 게 말이 되나.

명숙    참 큰일예요. 일단 오긴 왔는데, 증명서가 없으니.
얘가 몸이 약하거든요.

미즈코, 더 이상 참지 못하고 헛구역질을 한다.
명숙, 잠시 당황하나 이내 마음을 고쳐먹고 한숨을 내쉬며.

명숙    약한 데다, 그래요, 애까지 배 놔서.

순남    애 아빠는?

명숙    죽었어요. 학도병 끌려온 부산 총각인데, 어디서
어떻게 눈이 맞았던지. 에휴 철딱서니 없는 것이.
주소도 없이 이름 석 자 달랑 들고, 부산 가서 어떻
게 그 집을 찾는다구…….

끝순    세상에!

선녀    맙시사!

명숙    내가 아주 열녀 났다 그랬어요. 그놈의 씨 딱 떨어
지지두 않구.

이 노인    그런 말 말게. 그 집에서는 그 애가 하나 남은 핏줄
일지 누가 아나.

순남    홀몸도 아닌데 어쩌나. 기차를 타야 할 텐데.

이 노인    (다시 돌아온 잔을 받아 들고) 어따 그 술 무겁다.

끝순     너무 취하신 거 아녜요?

이 노인   한 잔은 초상술이요. 한 잔은 혼례주라…….


          이 노인, 취기에 흥이 올라 노래하기 시작한다.

          남인수의  울리는 만주선 (1938)


장 씨     허허, 취하셨네, 취하셨어!


          구제소 안의 사람들, 이 노인의 노래에 하나 둘 가담한다.

          사람들, 서로 어울려 노래하고 춤춘다.

          구제소 쪽이 천천히 어두워진다.




                          5



숙이      날이 저물고 또 해가 뜨고

철이      낮에도 밤에도

숙이      피난민들은 꾸역꾸역 몰려옵니다.

철이      기차는 좀처럼 차례가 오지 않고

숙이      거리엔 쓰레기가 쌓이고

철이      똥 무더기가 쌓이고

숙이      언덕엔 무덤이 늘어가고

철이      역전 마당에 일본 사람들은

숙이      아침이면 마당을 비질하고

| 철이 | 떨어진 낙엽처럼 |
|---|---|
| 숙이 | 고개를 폭 숙인 채 흐느적거리다가 |
| 철이 | 사람들이 쳐다보기라도 하면 |
| 숙이 | 바람에 뒤채는 낙엽처럼 |
| 철이 | 흠칫흠칫 놀라고 |
| 숙이 | 그중에는 내가 아는, 유코, 사치코, 노리코……. |
| 철이 | 이치로, 사부로, 히데끼……. |
| 숙이 | 가끔은 눈이 마주치기도 하지만 |
| 철이 | 이름을 부르지는 못합니다. |
| 숙이 | 그 사람들은 벌을 받는 중이라는데 |
| 철이 | 이치로가, 사부로가, 히데끼가 |
| 숙이 | 유코, 사치코, 노리코가 무슨 벌 받을 짓을 했을까……. |
| 철이 | 아무리 생각해도 모르겠어서 |
| 숙이 | 왠지 무서워졌습니다. |
| 철이 | 어느 날부터는 보이지 않게 되어서 |
| 숙이 | 왠지…… 차라리 마음이 놓였습니다. |
| 철이 | 가을이 깊어 가고, |
| 숙이 | 어느 날 아침 일어나 보면 바람에 낙엽이 쓸려 간 자리처럼 역전 마당이 텅 비어 있고 |
| 철이 | 또 새로운 아이들과 여자들과 노인들이 찾아와 |
| 숙이 | 고개를 폭 숙인 채, 아침이면 역전 마당을 쓸었습니다. |

숙이와 철이의 대사 첫 부분부터, 구제소 쪽에서는 잠들었던 이들이 굼실굼실 일어나, 피난지에서의 하루를 시작하기 위해 흩어져 간다.

이윽고 새벽의 푸른 빛 속에서 거리(앞 무대) 위로 한 무리의 일본 여자와 아이, 노인들이 유령과 같은 모습으로 비질을 하며 지나간다.

맞은편에서 걸어오던 명숙과 미즈코가 그들 일행과 마주친다.

미즈코, 한 걸음 물러나 차마 마주 보지는 못하고, 고개를 숙인 채 멈춰 서서 그들이 지나가기를 기다린다.

명숙도 몇 번 미즈코를 잡아끌어 보다가 할 수 없이 그 곁에 선다.

뒤처져 가던 일본 아이 하나가 문득 멈추어 미즈코를 물끄러미 바라본다.

사이.

아이는 어른들을 뒤따라 멀어져 가고, 미즈코, 잠시 휘청거린다.

명숙이 미즈코를 이끌고 걸어 나간다.

어두워진다.


6


밝아지면 저녁.

열려 있는 구제소 문으로 만주의 붉은 노을이 밀려든다.

노을을 등지고 문가에서 간이 화덕에 밥을 짓고 있는 끝순
과 미즈코, 명숙이 보인다.

순남은 문간에 기대어 서서 저무는 노을을 바라본다.


순남  에휴…….

끝순  너무 걱정 마세요. 다들 같이 갔으니까.

순남  어떻게 걱정이 안 돼. 우리 숙이 아버진 평생 책상
     물림에, 손에 흙 한번 묻혀 본 적이 없는 골샌님인
     걸. 겨우 이틀젠데 벌써…….

끝순  하긴 밤에 주무실 때 끙끙 앓으시더라.

순남  속상해서.

끝순  아저씬 민단에 아는 사람두 있지 않어요?

순남  내 말이. 강 과장한테 말 한마디만 하면 빼 줄 것
     을, 그 잘난 자존심 땜에 사서 생고생을 하네. 다
     같이 고생하는데 혼자만 빠지기 미안허다나. 참
     내, 사람마다 구실이 다르구 제각각 할 일이 따로
     있는 거지. 끙끙 앓지나 말든가.

끝순  그래두 잠깐이니까.

순남  잠깐이 뭐야? 스무 날은 더 뜯어내야 끝이 날 거래
     는데.

끝순  우리 그이는 철도 놓는 데 끌려가서 6개월 만에 돌
     아온 적두 있는걸요. 아유, 그때 시아버지하고 나
     하고 농사짓느라 고생한 걸 생각하면…….

명숙  (순남에게) 아무튼 그 공장만 다 뜯어서 실어 주면,

세상없어두 기차를 내주기로, 소련군 쪽하고 민단 하구 합의가 된 거래죠?

순남  그렇대네.

끝순  세상에 공짜가 없네요.

명숙  왜 없어. 뺏기는 건 꽁으루 뺏기잖아.

끝순  독립되구 이젠 징용도 끝인가 했더니.

명숙  기찻삯 내는 셈이지, 뭐.

끝순  이젠 서리두 치구 슬슬 추워지는데, 아직도 스무 날…… 아유, 그 일본 놈들은 무슨 공장을 그렇게 크게 지어 놨대?

순남  아유, 저러다 병이라두 나면…….

끝순  병이 나면 술 때문일걸요? 그냥 부려 먹는 건 아니구, 밥이라두 사 먹으라구 다만 몇 푼씩이라두 주는 모양인데. 그걸루 오는 길에 선술집에서 다 마시구. 엊저녁두 다들 거나해서 오잖었어요.

순남  힘드니까. 답답허니 술이라두 마셔야 속이 풀리는 모양이지.

끝순  그거 다 장 씨가 바람을 잡어서 그래요! 우리 그인 술 입에두 안 대던 사람인데. 아유, 그렇게들 철딱서니가 없을까? 그거 뫼서 반찬거리라두 사구 하면 좀 좋아요?

순남  사내들이 그렇지. 어리나 늙으나.

끝순  근데 이 여자는 도대체 왼종일 무얼 하구 싸돌아다니는 거야.

순남    누구?

끝순    밤에 끙끙 앓는 사람 또 하나 있잖아요.


      명숙과 끝순, 깔깔대며 웃는다.
      순남과 미즈코도 슬며시 웃는다.


끝순    밤에 앓는 걸루 모자라 여관 가서 앓구 있나?

순남    장 씨두 일 갔는데 무슨.

끝순    뭐 사내가 장 씨 아저씨뿐이에요?

순남    (웃으며) 선년가 하는 그 여자, 보통내기는 아니지?

끝순    괴춤이나 신발 밑창에다 허연 것이나 숨겨 가지구
      대니는 잠상꾼이나 아닌가 모르죠.

순남    허연 것?

끝순    아편 말이에요.

순남    설마.

끝순    아무리 혼자래두 짐두 너무 단출허구…….

순남    그러거나 말거나 신경 쓸 거 있어? 우리한테 해만
      안 끼친다면야.

끝순    아이고, 호랑이 온다.


      선녀, 콧노래를 흥얼거리며 돌아온다.


끝순    어딜 그리 싸돌아댕겨요?

선녀    응, 일이야 많지.

끝순    오늘 저녁밥 차렌 걸 잊었우?

선녀    그랬나?

명숙    법을 정했으면 지켜야지, 이게 몇 번째요?

선녀    그깟 깡조팝 한 솥 짓는 게 무슨 큰일이라구. 이게
        뭔지나 봐.


선녀, 품에서 북어 한 마리를 꺼낸다.


끝순    북어네! 이걸 어디서 구했우?

선녀    야미시죠(暗市場)에 없는 게 어디 있어. 애들두 사
        구파는데.

끝순    돈이 어디서 나서?

선녀    훔쳐 왔을까 봐?

끝순    아니, 비쌀 텐데.

선녀    우리 서방님들 고생하는데, 맨 깡조팝에 백탕만 마
        셔 가지구 되겠어? 얼른 두드려 패서 국이나 끓여.
        겨우겨우 구해 왔더니 고맙단 소린 못할망정.


끝순과 미즈코가 북어와 솥을 들고 국을 끓일 준비를 하러
간다.


순남    가만 있어 봐. 북엇국은 또 내가…… 계란은 없어
        두, 파가 있어야 하는데.

순남, 소매를 걷어 올리며 두 여자를 따라 나간다.


명숙     한 마리루 누구 코에다 붙이나. 재미 좋은 모양인
        데, 손이 그렇게 작어서야 어디.

선녀     내 손 작은 거 상관 말구, 너 혀 짧은 거나 걱정해라.

명숙     눈은 게게 풀려 가지구.

선녀     뭐 다른 낙이 있니? 왜, 너두 한 대 주랴?

명숙     여기 와서두 그 장사야?

선녀     인 백인 것들은 어디든 있고, 야미시쬬엔 없는 게
        없지. 아는 거라곤 이 바닥뿐인걸, 도리 있냐?

명숙     왜 색시 장사는 안 하구?

선녀     큰일 날 소리. 이제 서방님두 계신 몸인데.

명숙     미친년.

선녀     너 보기엔 어떻드냐, 우리 장 서방. 그만하면 괜찮지?

명숙     그걸 왜 나한테 물어? 끼구 자 본 년이 잘 알겠지.

선녀     이게 자꾸 이년 저년! 내가 나이를 먹어두 너보다
        열 살은 더 먹었는데.

명숙     늙어 빠진 게, 이 와중에두 서방질할 정신이 있던?

선녀     이 와중이니까 서방질두 해 보지. 으흐흐.

명숙     장 씨가 불쌍타. 어떻게 너 같은 년한테 걸려서.

선녀     내가 뭐 어때서?


여인들이 북어를 두드리는 소리가 들려온다.

선녀   너 나 너무 미워하지 마라.

명숙   네년이 우리한테 한 짓을 생각해 봐!

선녀   좋아서 그랬겠니? 안 그러면 내가 죽는데 어떡하니.

명숙   너만 살면 남은 죽어두 괜찮아?

선녀   넌 살아 있잖아.

명숙   죽은 애들은?

선녀   병들고 약해서 죽었지, 내가 죽였어?

명숙   네 년놈들이 죽인 거나 마찬가지야. 차라리 죽었으
      면 했었지. 몇 번이나…… 몇 번이나 죽을 뻔했어.
      네년 때문에.

선녀   우린 다 험한 시절을 산 거야. 죽은 사람들이 어디 한둘
      이야? 뭐 고생은 저 혼자 다 한 것처럼 까불기는.

명숙   주둥이 닥쳐.

선녀   너두 똑같았을걸? 내 자리에 네가 있었으면. 나두
      느이들처럼 팔려 왔어. 느이들보다 먼저. 오래전
      에…… 빚을 지구 가네다한테 매인 건 나두 마찬가
      지였다구. 가네다 그 새끼 독한 거야 잘 알잖아. 시
      키는 대루 하는 수밖에 없었어. 누가 됐든, 어차피
      해야 하는 일이었고. 그래, 느이들 속을 나만큼 잘
      아는 사람도 없지.

명숙   그런 년이.

선녀   나만큼 느이들을 잘 다룰 수 있는 사람두 없고. 어
      렵지두 않았지. 그냥 하던 대루, 내가 당하면서 몸
      으루 배운 대루, 똑같이 하면 되니까…….

명숙      …….

선녀      그래 못할 짓 많이 했지. 그래서? 못할 짓을 해야
사는 세상인데 어쩌란 말야! 그 시절에 못할 짓 안
한 놈이 어디 있어? 못할 짓 한 건 너두 마찬가지
아냐?

명숙      그게 같아? 그게 같아?

선녀      살자! 살자! 살려구 한 게 죄야? 제발, 나두 좀 살자!
응? 다 잊구, 새루 좀 살아 보자, 응?

명숙      다 잊어? 누구 맘대루? 니 맘대루?

선녀      내 목숨 내 맘대루지, 그럼 누구 맘대루야! 넌 너
대루 날 미워하려무나, 쫓아오려무나! 난 멀리멀리
도망갈 테니까! 새 출발할 테니까! 다 잊구! 그 놈팽
이하구 배 맞추구, 수더분하게, 알콩달콩, 살 거다!
살아 볼 거다!

선녀가 몸을 떨기 시작한다.
다급하게 허리춤 깊숙이 찬 전대에서 주사기를 꺼내 들고,
팔뚝에 찌른다.

명숙      ……웃기네…… 웃겨…… 주제에…… 약쟁이 년,
주제에…… 웃기구 있어…… 이……!

선녀      (한결 평온해져서) 조금씩만 하는 거야. 조금씩만. 힘
드니까. 그래, 힘들잖아……. 너두 힘들고, 나두 힘
들잖아……. 끊을 거야, 딱 끊을 거야……. 기차만

타면, 압록강만 건너가면…….

끝순과 순남, 미즈코가 돌아오는 소리가 들린다.


끝순    북어라구 쬐그만 게 말라비틀어져서.
선녀    말라비틀어졌으니까 북어지, 촉촉한 북어두 있나?
순남    어쨌든 덕분에 오늘 저녁엔 비린 국을 먹겠네.
선녀    '어쨌든'은 또 뭐유?


이 노인이 헛기침을 하며 돌아온다.


끝순    아버님은 어딜 다녀오세요?
이 노인  으응, 그냥 뭐. 거 무슨 냄새야?
선녀    북엇국이에요!
이 노인  북엇국? 아니 그걸 어디서?
선녀    그러게요! 이걸 구하느라구 제가! 제가 저어 원산포
        동해 바다까지 냅다 뛰어가서 배 타구 나가 주낙으
        로 잡아다가 말려 가지구 뛰어왔지요, 어르신 드시
        라구!
이 노인  허허. 기왕 게까지 갔으문 생태루 그냥 가져올 것
        이지, 무얼 말리기까지, 고생스럽게.
끝순    국만 잠깐 끓으면 돼요.
이 노인  응. 장정들은?
순남    아직이네요. 해가 다 저물었는데.

끝순　뻔하지, 뭐. 또 서울집에들 몰려갔겠지.

순남과 끝순, 한숨을 내쉰다.

순남　우리끼리 먼저 먹어야겠네. 밥이랑 국은 남겨 놓으면 되고.

끝순　근데 아버님, 그게…….

이 노인　으응? 이거? 그냥 실실 걸어 대니다가…….

이 노인, 옷춤 속에 숨겨온 서속 이삭 다발을 꺼낸다.
두툼한 옷 사이에서 이삭 다발이 자꾸자꾸 나온다.

끝순　아이구, 만인들 눈에 띄기라도 하면 어쩌시려구.

이 노인　어, 까끄랍네. 되놈들 거 추수두 않구 그저 내버려 둔 게 많드라, 그 아까운 것을……. 그게 다 조선 사람들이 지어 논 게지. 맘 같애선 우마차라두 끌구 가서 싹 다 비여 오고 싶다만…… 마츰 올해는 서속 농사가 풍작인데, 이 이삭 탐스런 것 좀 봐, 응? 이런 것을 추수두 못허구 그냥 두구 왔으니…… 아깝기두 아깝지만, 참으루 손복(損福)할 노릇이지, 천벌 받을 노릇이야…….

끝순, 이삭 다발을 받아 들고 눈물이 글썽글썽해진다.

432

순남　　애들은 또 어디 가서 안 와……. (아이들을 찾아 밖으로 나간다.)

이 노인과 끝순, 지는 노을을 바라본다.
명숙과 미즈코, 달그락거리며 저녁 밥상 차릴 준비를 한다.
무대 밖에서 순남이 아이들을 부르는 소리.

순남　　(소리) 숙아! 철아! 숙아!

노을이 저물며 어두워진다.


7


무대 다른 쪽이 밝아지면 사내들의 귀갓길.
장 씨와 원창, 만철, 영호가 노동으로 녹초가 되고, 술 몇
잔에 거나해진 모습으로 돌아오는 중이다.
영호, 자꾸 뒤를 돌아본다.

장 씨　　(영호를 잡아끌며) 자꾸 돌아볼 것 없어.
만철　　뭘 어쩌려구. 할 수 있는 게 없잖아.
영호　　꼼짝도 안 하던데, 그 여자…… 피도 많이 흘리구.
장 씨　　그러게 아무리 사랑엔 국경두 없다지만, 세상에 어
　　　　디 붙어먹을 게 없어서, 응?

만철  그럼요. 일본 놈들 때문에 우리 조선 사내들이 당
     한 걸 눈꼽만큼이라두 생각했으면, 그럴 수는 없죠!

장 씨  암! 다른 데 다 붙어먹어두 거기 붙어먹으면 안 되
     지! 구 선생님은 알고 계셨소?

원창  아뇨, 일본인 내외인 줄만 알았습니다.

영호  (원창에게) 아시던 사람들이에요?

원창  응, 여기 시내에서 잡화 가게를 하던 이들인데. 사
     람들은 뭐, 싹싹허구 붙임성 있구…… 그랬지. 우
     리 애들 가면 사탕이라두 하나씩 집어 주구…….
     행동거지며, 일본말 하는 거며…… 그 여자가 조선
     여잔 줄은 꿈에도 몰랐네. 노상 오비까지 단단히
     채려서 기모노를 입구 다녔거든.

장 씨  흥, 말허자믄 내선일체를 몸으루 실천한, 황민화의
     모범이구먼!

만철  그랬으믄 끝까지 일본 여자 행세를 할 것이지!

장 씨  사람들이 두들겨 패구 조리돌림을 하니까, 저두 모
     르게 조선말이 튀어나온 거지, 다급하니까.

영호  왜 그런 거래요?

장 씨  지금껏 용케 숨어 있다가 기어 나와서는, 기차를
     타려구 했다는 거야. 소련 군인한테 시계며 만년필,
     지화며 잔뜩 찔러 주고, 군인들 타는 기차에 몰래
     타구 도망치려다가, 민단 청년한테 딱 걸린 거지!

만철  우리 같은 피난민들은 정작 오도 가도 못허구, 기
     차를 타겠다구 이 고생을 하는데, 사람들이 꼭지가

안 돌고 배겨?

장 씨 그래두 제 서방이라구, 떨어지질 않으려구 발버둥
을 치구 감싸구 돌던걸. 허, 매를 벌었지, 매를 벌어.

영호 저대루 그냥 놔두면…….


영호, 원창을 바라보나 원창은 슬며시 눈길을 피한다.
사이.


영호 그 여자가 그렇게 죄가 많은가요?

만철 없다고는 할 수 없지.

장 씨 남들 다 고생하는데, 일본 놈한테 붙어 그만치 호
강을 했으면…….

만철 그만헌 대가를 치러야지. 맞아 죽어두 싸지!

영호 맞아 죽어두 싸?

만철 그럼!

영호 그럼 우리두 다 맞아 죽어야지!

만철 무슨 소리야?

영호 왜놈 밑에 빌붙어 산 건 그 여자나 우리나 마찬가
지 아냐?

만철 우리야 죽지 못해 산 거지만, 그 여자는…….

영호 그 여자는 아니구?

만철 다르지!

영호 뭐가 달라?

만철 뭐가 다르긴? 이 사람 이거 왜 이래!

영호   네가 그 여자 사정을 알아?

만철   누군 사정 없는 사람 있어?

영호   꼴같잖아서!

만철   뭐야?

영호   진짜 힘든 시절에는 다들 찍소리두 못허구 고개 처
      박구 있던 것들이…….

장 씨   어허, 영호. 거 말이 좀.

영호   아닙니까? 남들 험한 꼴 당할 때, 저는 살겠다구 고
      개 돌리구 살아 놓구서, 이제 와서 무슨, 다들 독립
      투사라두 된 것처럼 설치기는!

만철   그래, 그렇게 살았다. 그러는 너는? 너는 뭐 했냐?

영호   …….

만철   다 똑같은 것들이니까, 국으루나 자빠져 있으라 이
      말이야? 아무것두 하지 말어?

영호   그래서 한다는 게, 응? 힘없는 여자 하나 두들겨 패
      서 곤죽을 만들어 놓는 거야? 더럽고 추저분하다
      고? 지들은 얼마나 깨끗한데? 그럭허면 즈이들 더
      럽고 추저분하게 산 게 없어지기라두 해?

만철   내가 때렸어? 내가?

장 씨   우린 그냥 보기만 했지.

만철   죄를 지었으면 죗값을 받는 거지! 그렇게 가슴이
      아프고 짠했으면, 그때 나서서 말릴 것이지, 왜 이
      제 와서 나한테 지랄이야? 내가 뭘 어쨌다구!

원창   그만들 해.

영호, 몸을 돌려 오던 길로 되돌아 나간다.


만철    야, 어디 가?
장 씨   어이, 영호……!


영호, 대꾸 없이 나간다.


만철    저 자식, 저거 왜 저래! 중뿔나게!
장 씨   에이, 술 다 깨네.


이 노인이 구제소 밖으로 나와 사내들 곁으로 온다.


이 노인   왔으면 들어올 일이지, 왜들 그러구 있어? 저녁들
         먹었나? 밥 넘겨 놨던데.
만철    대충 먹었어요. 한잔하면서.
이 노인   영호는?
만철    몰라요.
이 노인   같이 안 왔어?
원창    잠깐.
만철    뭐 데리구 오기라두 할 참인가? 에에이!
이 노인   으응?
장 씨   아녜요, 아냐.


사이.

이 노인   어 참, 북엇국도 있는데.

장 씨    북엇국이요?

이 노인   자네 안사람이 원산까지 가서 구해 왔다더군.

장 씨    허 참. 아침에 해장하면 되겠네.


        사이.


만철    구 선생님, 정말 그 사람들 말대루 될까요?

원창    뭐가?

만철    이제 독립이 됐으니 조선에 돌아가면, 땅은 농사짓
       는 사람 차지가 되구, 노동하는 사람, 농민이 새 조
       선의 주인이 되구, 가난과 압제가 없는 세상을 살
       게 된다는 게?

원창    글쎄…… 두구 봐야 알겠지.

이 노인   그런 꿈같은 일이 있을라구.

장 씨    안 될 것두 없지요? 도무지 가망 없는 소리 같던 독
       립두, 이렇게 꿈같이 되지를 않았어요!

이 노인   땅을 차지허구, 새 조선의 주인이 되구, 가난과 압
       제가 없는 세상을 산다……. 그 좋은 노릇을 누가
       마다겠소마는, 그것까진 바래지두 않어. 내 땅 아
       니믄 어떤가? 일본 사람들 수태 많은 땅을 내놓고
       갔을 테니, 좌우간 그것을 부쳐 먹게는 될 것이고,
       남의 소작이라두 넉넉히 부쳐 먹으면서, 자식들 교
       육이나 시키구, 그러다 고향에다 뼈나 묻히고 한다

믄, 오죽이나 좋을 일인구.

장 씨    꿈이라두 흐벅지게 꾸어 볼 일이지, 원! 우리 같은 사람들이 새 조선 주인이 되면 못할 것두 없지요.

이 노인   주인? 사람이 그리 없어, 호미 쥐고 땅 파는 재주밖에 없는 무식꾼, 농투산이가 나라 주인이 되나? 가당치두 않은 소리. 우리야 그저 배운 재주대루 농사지어 먹구살면 그만이지.

장 씨    그 잘나구, 배워서 약삭빠른 놈들한테 그렇게 압제를 당허구두 그런 소리가 나우? 일본 놈 순사, 그 밑에 조선 놈 순사, 돈놀이허는 우편국장, 일본 농장 감독…….

만철     그 밑에 조선 놈 사무원들…….

장 씨    면 서기, 군 서기, 구장…….

만철     지주, 마름, 지주네 집 사환 놈까지…….

장 씨    층층시하루다가 그렇게 들볶이구두?

이 노인   압제가 있대두 왜정 때 같기야 하겠나? 순사두, 일본 정치 아래서 일본 순사 밑에서 일을 하던 때나 무단히 때리구 욕하구 잡아다 가두고 하면서 싫구 무섭게 굴었지, 독립이 되구, 우리 조선 사람끼리만 사는 다음에야 그렇게 악독한 짓을 할 며리가 있나.

장 씨    그것도 두구 볼 일이지요.

이 노인   그러하고 우리 같은 농투산이가 압제를 아주 안 받겠다는 것은 억지 소리여. 압제두 웬만큼은 있어야

질서가 잡히구 하는 게지…….

장 씨 　그러니 노상 당허구만 사는 게요!

이 노인 　어쨌든 하지하(下之下)루다가 줄이고 줄여 잡어두
　　　　 지금보다야 안 낫겠나.

장 씨 　(낮게 투덜거리며) 하여간 나두 낫살이나 먹었지만
　　　　 늙은이들은 안 돼……. 그렇게 어물어물하다 이런
　　　　 세상을 자식들한테 물려주구두 정신들을 못 채리
　　　　 구, 한다는 소리가…….

만철 　조선 땅은 만주보다 농사짓기가 그렇게 좋아요?

장 씨 　그럼! 여기가 델 게 아니지.

만철 　난 젖먹이 때 만주 와서 아는 게 없어요, 조선은.

장 씨 　산 좋지, 물 좋지, 농사하기 꼭 알맞지! 건 땅에 벼
　　　　 농사 지어, 기름 자르르 흐르는 입쌀밥을 먹으면
　　　　 서…….

만철 　딱딱거리구 따귀 올려붙이는 순사 꼴두 아니 보
　　　　 면서?

이 노인 　공출두 이젠 없겠지?

장 씨 　그럼요!

만철 　면소로, 주재소로 붙들려 다닐 일두 없을 테고…….

이 노인 　자식들 공부시키기 좋고…….

장 씨 　일가친척이 있고, 선산이 있고…….

이 노인 　죽으면 고향에 묻히고…….


사이.

| 이 노인 | 빨리 돌아가야 할 텐데. 먼저 간 사람들이 땅이야 |
| | 집이야, 말끔 차지해 버린 거나 아닌지 몰라. |
| 만철 | 그럼 어떡하지요? |
| 이 노인 | 닭 쫓던 개 지붕 쳐다보는 꼴 되는 거지, 뭐. |
| 장 씨 | 제엔장맞일! 두구 봅시다! 이놈의 해방인지 막덕인 |
| | 지가 얼마나 우리를 호강시켜 주나![4] |

장 씨, 자리를 털고 일어나 구제소 안으로 들어간다.
만철도 이 노인을 부축해 그 뒤를 따른다.


| 만철 | 안 들어가세요? |
| 원창 | 으응, 영호 오는 것 보고. |
| 만철 | 그 참, 쓸데없이. |
| 이 노인 | 왜에? |
| 만철 | 아니에요. 들어가세요. |

원창, 혼자 남아 쪼그리고 앉아 밤하늘을 올려다본다. 사이.
영호가 돌아온다.


| 원창 | 어떻게……. |
| 영호 | (원식 곁에 쪼그려 앉으며) 없어요. |

---

4    해방된 조선에서의 삶에 대한 기대와 희망에 관련된 부분은 채
     만식의 소설 「소년은 자란다」에서 차용, 변형한 것이다.

원창   없어?

영호   네…… 그새 어디루 갔는지…….

원창   제 발루 갔다면 다행이고.

영호   글쎄요.

원창   누가 데리구 갔을 수도 있지.

영호   누가요?

원창   뭐, 자네 같은 사람이…….


사이.


원창   좋게 좋게 생각해야지.

영호   좋게 좋게요…….

원창   좋은 일은 하나두 없으니까.

영호   죄송합니다. 주제넘게…….

원창   아냐, 아냐. 자네 말 하나두 그른 게 없네.

영호   저는 그런 말할 자격두 없는 놈이에요.

원창   너무 그러지 말게.


사이.


영호   형이 하나 있었어요.

원창   영자허구 둘뿐이라 하지 않았어?

영호   저보다 여덟 살 많은. 10년두 전에 산으루 갔죠.

원창   산? 아아.

영호　　　제가 열 살 땐가 마을에 빨치산이 내려왔었어요. 일본 순사 하나 다치구, 조선 사람 순사 하나 죽구, 여기는 이제 해방구라구, 마을 사람들 죄 모아 놓고 연설을 하구, 양식을 거둬 가지구 다시 산으로 올라갔는데…… 그때 우리 형두 따라갔어요. 형 말 구두 동네서 다섯인가 갔죠. 피가 끓는 청년들이니까. 그 뒤에 일은 뭐 말 안 해두 아시겠구……. 유격대루 나간 청년 둔 집들은 말 그대루 박살이 났죠. 독립운동하는 옳은 아들 둔 죄루, 아버진 주재소 끌려가 죽을 만큼 얻어맞고 얼마 못 가 돌아가시구, 어머니두……. 영자허구 저허구 둘만 남았죠. 그 잘난 형 때문에……. 한 해 뒤ㄴ가 유격대가 다시 와서, 양식을 거두는데…… 그중에 형이 있더군요. 두리번두리번 우릴 찾는 것 같애요……. 난 영자 손을 잡고 주재소로 뛰었어요. 죽어라고 뛰었어요……. 이가 갈렸어요. 그때는 세상에 형만큼, 독립운동한다는 사람들만큼 미운 게 없었어요, 어린 마음에는…….

원창　　　…….

영호　　　여럿이 죽었죠, 그날.

원창　　　그만하게. 다들 험한 시절을 산 거야. 죄를 묻자면 우리 모두 죄인이지. 그 바닥을 들여다보자면 살아 있을 머리가 없지. 그렇다고 다 죽자고 들 건가? 그 사람들이 다들 떳떳하고 부끄러운 게 없어서 그럴까? 아니. 떳떳지 못허구, 부끄러워서 더 그러는 거야. 거짓말루래두, 아주 못쓰게 살진 않았다, 자기를 위로허구 변명허구, 그런데두 왜 이 지경이 되었는가 따지자니 분풀이를 헐 데가 필요허구……. 그게 옳다는 게 아니네……. 그저 사람이란 건 그렇게 비겁하고 옹졸한 족속이고, 산다는 건 그렇게 추저분한 일이라는 말이야.

사이.

영호  무얼 어째야 할지 모르겠어요. 이젠 영자두 없구, 가 봐야 아무것두 없는데, 내가 왜 조선에 가려고 하는지…….
원창  조선 사람이니까.
영호  선생님은 조선 사람인 게 좋으세요?
원창  좋고 싫을 게 있나……. 조선 사람은 조선 사람인걸.

영호와 원창 묵묵히 앉아 있다.
무대 어두워진다.

8

무대 밖에서 들려오는 여인들의 소리.

선녀    (소리) 뭐? 무얼 한다고?

순남    (소리) 떡장사?


무대 급히 밝아지며, 명숙과 미즈코, 순남, 끝순, 선녀가
무대 위로 등장한다.


명숙    네. 공장 다 뜯구 기차 뜨려면 아직두 한참일 텐데,
        주저앉아서 돈만 착실히 까먹다가, 기차 뜨기두 전
        에 빈 주머니가 되구 나면, 그 먼 길에 여비는 어떡
        하냐는 거죠.

끝순    글쎄, 좋긴 한데…….

순남    밑천이 있어야지.

선녀    할래믄 술장사가 이문은 많이 남지.

순남    에그, 술장사는…… 떡장사를 하겠대두 우리 집 그
        양반은 펄쩍 뛰는걸.

명숙    밑천은 저희가 댈 테니까…….

끝순    옹? 그럴 돈이 있어?

명숙    급할 때 쓰려구 묶어 둔 돈인데, 그냥 이러구 있을
        일이 아닌 것 같아서. 우리가 다섯이니까 할 만할
        거야. (순남에게) 나가서 파는 건 저하구 미숙이가
        할 테니까, 아주머니는 걱정하실 것 없구요…….

끝순    그럼 좋지!

순남    우리 집 양반두 뭐라고는 못하겠네.

선녀    나는 빼 줘. 바뻐서 안 돼.

명숙  아무리 피난 살림이래두 한 지붕 아래, 한솥밥 먹는 식군데, 행동을 통일해야지, 혼자만 쏙 빠지려구!

선녀  난 떡 같은 거 만들어 본 적도 없어. 할 거면 술장사해, 술장사.

명숙  시끄럽구, 빠질 생각 말어요, 아주머니 할 일은 따루 있으니까.

선녀  뭐?

명숙  쌀을 사자면 야미 쌀인데, 그쪽 일이야 아주머니가 훤하니까. 북어두 구해 오는데, 뭐 쌀쯤이야. 아주머니는 시장에서 쌀을 사다 대구, 우리는 떡을 하구. 먼저 시루부터 하나 장만해야겠네.

선녀  시루?

명숙  야미시쬬엔 없는 게 없다면서.

끝순  우리 진짜 하는 거야?

명숙  그럼.

끝순  내일부터?

명숙  쇠뿔두 단김에 빼야지.

끝순  무슨 떡을 하죠?

순남  인절미지, 뭐. 다른 건 구하기 힘들고 콩은 그래두 여기 흔하니까.

끝순  팥을 구할 수 있으면 팥시루떡을 하면 좋은데!

명숙  팥이 있을까 모르겠네.

선녀  백설기, 난 백설기가 푸근푸근하고 좋더라.

끝순  설탕허구 소금!

순남　아이고, 그걸 **빼먹을** 뻔했네.

끝순　떡 해 본 지가 하두 오래돼서!


여인들, 떡 이야기를 하며 아연 화색이 돈다.

"목판은 이걸루 하면 되겠네.", "떡메가 있어야 될 텐데?",

"밀가루도 있어야 된다. 시루밑 붙이려면.", "필요한 게 많

네." 등등.

여인들이 수다를 떨며 흩어져 간다.

무대 다른 쪽에 숙이와 철이가 보인다.


숙이　역전에는 밀려오는 피난민을 상대하는 장사꾼들이

　　　　많았습니다.

철이　먼저 와서 기차를 기다리던 피난민들이

숙이　이제 막 도착해 어리둥절하고, 배고프고, 목마른

　　　　피난민들에게

철이　담배와 술, 김밥과 우동, 떡과 사과를 팔았습니다.

숙이　(철이를 놀리듯 가리키며) 물을 떠다 주고 돈을 받는

　　　　아이들도 있었지요.

철이　(호객하듯) 한 고뿌에 50저언!


위의 대사 동안, 여인들이 제각각 떡을 찌는 데 필요한 도

구들을 들고 무대 위를 바삐 오간다.

떡이 익어 가는 시루에 서리는 김이 무럭무럭 피어오른다.

순남은 쌀을 골라 씻고, 끝순은 화덕에 불을 때고, 명숙과

미즈코는 다 익은 쌀을 천으로 감싸 목판 위에 올리고 마
주서서 발로 밟는다.

선녀는 쌀자루며 재료들을 들고 와 내려놓고 또 어디론가
바삐 나간다.


숙이　참 신기했어요. 도대체 그 먹을거리와 물건들이 어
　　　디에 꽁꽁 숨어 있다 흘러나오는 건지.

철이　드디어 우리두 떡장사를 시작했습니다!

숙이　구제소 앞마당에 화덕을 만들고

철이　솥을 올리고 그 위에 시루를 올리고

숙이　화덕에 불을 피워 쌀을 찌고

철이　떡메가 없으니 발로 꽁꽁 밟아서

숙이　인절미를 만들어 이고 역전으로 나갔습니다.

철이　화덕에 타오르던 불, 시루에 무럭무럭 서리던 김.

숙이　보기만 해도 왠지 마음이 푸근했지만,

철이　그 여자가 발뒤꿈치로 꽁꽁 밟아 만든 인절미는 그
　　　보다 더 푸근푸근, 쫄깃쫄깃, 맛이 좋았습니다.

숙이　이마에 땀이 송글송글 맺히도록 떡을 밟으면서, 뽀
　　　얗게 웃던 그 여자.

철이　이…… 이땃…… 이따이…….

숙이　사실 우린 그 여자가 벙어리가 아니라는 걸 알고
　　　있었지만,

철이　왜 벙어리 행세를 할까?

숙이　왜 거짓말을 하지?

| 철이 | 생각이 들 때도 있었습니다만, |
|---|---|
| 숙이 | 그때, 그 여자가 한 잠꼬대 |
| 철이 | 아…… 이따…… 이따이……. |
| 숙이 | 아…… 아파…… 아파……. |
| 철이 | 그건 아무래두 거짓말은 아니어서. |
| 숙이 | 아, 정말…… 아픈가 보다, 아프구나. |
| 철이 | 아마 우리처럼 조선말을 잘 못해서 많이 혼나서 그런 거라고, |
| 숙이 | 그래서 아예 말을 안 하기로 작정한 게 틀림없다고, |
| 철이 | 생각하기로 했습니다. |

숙이와 철이의 대사가 진행되는 동안, 이 장면은 일종의
활인화(活人畫)처럼 구성된다.
음악과 함께 춤에 가까운 동작으로.
오래전에 잃어버린 평화롭고 고즈넉한 한때처럼, 무대 위
에 환한 순간이 잠시 흐른다.
여인들은 쌀을 일어 씻고, 불을 때고, 떡을 밟고, 이 노인은
판자 쪼가리를 주워 들고 들어와 끝순에게 건네고, 화덕
근처에 앉아 시름없이 타오르는 불과 김을 바라본다.
일을 끝낸 사내들이 하나 둘 돌아와, 더러는 수건으로 낯
을 씻고, 아픈 어깨와 팔다리를 두드리고 주무르며, 여인들
이 떡 짓는 모양을 바라보거나 공연히 참견을 하기도 한다.
가장 외떨어진 곳에서 영호가 이 모든 모양을, 특히 미즈
코와 두 손을 맞잡은 채 조용히 춤추듯, 떡을 밟고 있는 명

숙의 환하게 상기된 얼굴을 물끄러미 바라본다.

밝아졌던 빛이 점차 좁아져, 명숙과 미즈코, 영호에게만 남았다가 서서히 스러진다.


9


밝아지면 구제소.

장 씨 혼자 누워 있다.

선녀가 돌아온다.


선녀　　다들 어디 갔어? 이렇게 집을 비워 놓구.

장 씨　　내가 지키고 있잖아.

선녀　　아픈 사람 혼자 있는데, 쯧……. 좀 어때?

장 씨　　그냥 그래.

선녀　　(장 씨의 머리를 짚어 보며) 열이 가시질 않네. 머리두 계속 아파?

장 씨　　응.

선녀　　으슬으슬 춥구?

장 씨　　응.

선녀　　설사는?

장 씨　　아까 한 번. 열나는 것부다 배 아픈게 지랄 같네.

선녀　　감기 몸살인 것 같은데, 심하네.

장 씨　　낫겠지. 일이 좀 고됐나 봐.

선녀  다른 사람들은 멀쩡한데.

장 씨  내가 또 일을 하면 두 사람, 세 사람 몫을 하잖어. 자네허구 하루라두 빨리 조선 가려구 말야, 응?

선녀  으이구, 술 때문이지, 술! 이 술고래야. (물을 뜨러 간다.)

장 씨  어디 가?

선녀  약 먹자. (물그릇을 들고 와 약병들을 꺼내 든다.)

장 씨  뭔 약이 그렇게 많아?

선녀  이거는 노바폰, 감기약. 이거는 정로환.

장 씨  돈 다 쓰구 빈털뱅이루 주저앉을 셈이야?

선녀  내 알아서 하니 걱정 마셔.

장 씨  뜯지 말구 도로 물러 와. 며칠 쉬면 나을걸, 쓸데없는 데 돈을 쓰구 있어. 야, 그 돈이믄, 여관을 가두 몇 번을 가겠다. 그래, 기차 타문 한참 동안은 거시기두 못할 텐데, 기차 뜨기 전에 그 돈으루 여관이나 가서 미리 실컷 몸이나 풀구 가자, 이히히.

선녀  어이구, 이 화상아. 그저 입만 살아 가지구! (장 씨의 가슴패기를 때린다.)

장 씨  아! 아픈 사람을!

선녀  얼른 나아야 기차를 타구 가든, 여관을 가든 할 거 아냐! 이제 일두 거의 다 끝났구, 며칠 새루 기차가 뜰지 모른다는데! 검사를 해 가지구, 병자는 기차에 태우지두 않는대. (약을 들이밀며) 얼른 먹어.

장 씨  빼갈이나 한 병 사오지. 감기엔 그저…….

선녀, 장 씨를 쥐어박는다.

장 씨, 선녀가 주는 약을 받아먹는다.

선녀, 다른 갑에서 캐러멜을 하나 꺼내 장 씨에게 준다.


장 씨    뭐야?

선녀    미루꾸. 약 잘 먹은 상이야.

장 씨    까 줘야지.

선녀    으이구. (캐러멜을 까서 장 씨 입에 넣어 준다.)


장 씨, 오물오물 캐러멜을 먹는다.


선녀    맛있어?

장 씨    다네.

선녀    (캐러멜 갑을 장 씨 손에 쥐어 주며) 갖구 있다가 하나
        씩 먹어.

장 씨    자네두 하나 먹어.

선녀    난 단 거 싫어.

장 씨    어허, 서방님이 주시는 건데.


장 씨, 캐러멜을 까서 선녀 입에 넣어 준다.


장 씨    (선녀를 끌어당기며) 이리 와 봐.

선녀    아이, 왜 그래.

장 씨    아무도 없는데, 뭐. 있으면 또 어때. 내가 아퍼서,

추워서, 우리 각시 좀 안고 있겠다는데.

장 씨, 선녀를 등 뒤에서 안고 모로 눕는다.

선녀   좀 들 추워?

장 씨   으응.

선녀   따뜻해?

장 씨   으응. 유담뿌가 따로 없네.

선녀   어, 유담뿌도 하나 장만해 둬야겠네. 길 떠나기 전에.

장 씨   우리 각시는 재주도 좋아. 어디서 이런 우렁각시가 나한테 뚝 떨어졌누?

사이.

선녀   왜 안 물어봐?

장 씨   응? 무얼?

선녀   내가 무얼 하던 여자였는지. 안 궁금해?

장 씨   그러는 자네는?

선녀   알아서 뭣 하게.

장 씨   내 말이. 물어보고 자시고 헐 게 뭐 있어, 이렇게 따따앗헌디.

선녀   나중에 알면 화낼려구?

장 씨   나중은 나중 일이구. 우리가 뭐 나중 보고 산 사람들인가. 뭐, 말해야 알어?

선녀  말 안 해두 다 알어?

장 씨  응. 자네는 착한 사람이여.

선녀는 장 씨에게 안긴 채, 조용히 눈물을 흘린다.


무대 다른 쪽이 밝아지면 길가에 자리 잡은 명숙과 미즈코
의 떡 좌판.
최 주임이 그 앞에 앉아 느물느물 떡을 집어먹고 있다.


최 주임  글쎄, 내가 막아 주는 것두 한도가 있지. 피난민은
자꾸 몰려들구, 구제소에 들어오겠다는 사람은 줄
을 섰는데, 민적에두 없는 사람이 구제소에 딱 들
어앉았으니, 위에서 알면 난 모가지가 달아날 판이
라구…….

명숙  여태껏 사정 봐주셨으니까, 어떻게 조금만 더 눈감
아 주세요. 기차가 뜰 때까지만. 제 동생이 홑몸두
아니구, 어떻게 한뎃잠을 자겠어요.

최 주임  사정 딱한 거야 다 마찬가지지. 요즘은 피난민들
속에 잠상꾼들이며 일본 놈들이며, 친일파, 부역자
놈들이며 자꾸 숨어들어서 말썽이 나는 통에, 위에
서두 조사를 확실히 하라구 어찌나 닦달을 하는지,
원칙대루 하는 수밖에 없어, 원칙대루.

명숙, 돈을 꺼내 몰래 최 주임에게 쥐어 준다.


최 주임  이거 왜 이래. 누가 이런 걸 바라고…….

명숙  그냥 넣어 두세요.

최 주임  아니, 나두 도와주고 싶지. 아이구, 떡 맛있네. 뭐,
아주 방법이 없는 건 아닌데.

명숙  무슨 방법요?

최 주임  내가 사무소 딸린 방에서 혼자 지내거든. 셋이 있
긴 그렇구, 둘은 있을 만해.

명숙  네?

최 주임  동생은 아가씨 이름으루 구제소에 있구, 아가씨가
거기 와서 있으문, 문제는 해결되지. 서류허구 인
원수가 맞어야 하는데 그럭허믄…… 왜 그런 눈으
루 보는 거야?

명숙  아저씨허구 나허구 둘이 한 방에서요?

최 주임  아저씨라니? 나 이래 봬도 총각이야! 장가 한번 못
가 본 숫총각이라구.

명숙  그렇겠죠.

최 주임  다들 뒤섞여서 뒹구는 건 어디나 마찬가진데, 호젓
허구 좋지 뭘 그래?

명숙  호젓하기야 할 테지만…….

최 주임  낮엔 어차피 나와서 지낼 테구 잠만 자면 돼, 잠만!

명숙  (속을 감추고 짐짓 순진한 척으로) 그래두 남녀가 유별
한데.

최 주임   아니, 난 도와주고 싶어 그래, 어떻게든. 누가 잡아
         먹나? 응? 사람의 선의를 갖다가 이상한 식으루 오
         해하면 안 되지, 그럼!

명숙      (한숨을 내쉬며) 생각해 볼게요.

최 주임   생각하구 말 게 뭐 있어? 오늘 밤이래두 당장 오면
         나두 편쿠, 아가씨두 편쿠…….

명숙      아이, 그래두 그렇지이. 당장은…….

최 주임   좋은 게 좋은 거지, 뭐, 이것저것 따질 때야, 지금?

명숙      (최 주임의 팔을 잡아 일으키며) 알았어요, 알았어. 내
         며칠만 더 생각해 보구…….

최 주임   이런 비상시국에는 말야, 줄을 잘 서야 돼, 줄을.
         응? 어디가 내가 살 줄인가, 딱 보구, 이거다 싶으면
         말야, 응? 언제든 방은 비어 있으니까, 응?

명숙      알았다니까…….


         명숙, 최 주임을 떠밀어 보낸다.
         최 주임, 느물대며 나간다.


명숙      저런 개…… 개만도 못한 새끼. 에이, 더러워서.


         영호가 뒷짐 진 손에 떡메 하나를 들고 걸어온다.


명숙      (영호를 아직 보지 못하고 미즈코에게) 어쩔까? 그냥 한
         번 주고 말어?

미즈코, 명숙에게 눈짓한다.

명숙, 뒤돌아 영호를 본다.


영호　　뭘 줘요?

명숙　　아, 아니에요.

영호　　(최 주임이 나간 쪽을 보며) 누구예요?

명숙　　사무소 최 주임요.

영호　　아아, 최 주임. 그 사람이 왜?

명숙　　(한숨을 내쉬며) 아무것두 아니에요. (떡을 집어 주며) 드세요.

영호　　팔아야죠.

명숙　　오늘 장산 다 했어요, 이제 들어가려구. 왜 혼자 와요?

영호　　아저씨들허구 만철이는 서울집 가구…….

명숙　　술집 이름 하난 기맥히게 지었어. 서울은 멀어두 서울 가는 기분으루.

영호　　주인 아주머니 본가가 서울이래요.

명숙　　같이 안 가시구?

영호　　뭐 그냥.

명숙　　뭐예요, 그건?

영호　　어, 뭐, 그냥 눈에 뵈길래……. (떡메를 명숙에게 건넨다.)

명숙　　(받아 들고) 떡메네! 이게 어디서 났어요?

영호　　일 갔다 오는데, 어느 집 마당에 굴러다니구 있어서.

명숙   나 주는 거예요?

영호   쓸 만하겠어요?

명숙   (떡메를 만져 보며) 단단하네. 굴러다니던 물건은 아
      닌데?

영호   주웠어요.

명숙   에이, 말두 안 돼. 판자 쪼가리 하나만 떨어져 있어
      두, 다들 눈에 불을 켜구 주워 가는데. 바른대로 말
      해요. 샀죠? 시장에서?

영호   글쎄 주웠다니까!

명숙   세상에…… 우리가 떡메두 없이 떡 밟구 있는 게
      보기 안 좋았구나. 힘들까 봐. 아유, 떡메가 크네!

영호   너무 큰가?

명숙   큰 게 좋죠. 작은 것보담.


      명숙, 좋아라 떡메를 쓰다듬다가 영호와 눈이 마주친다.
      사이.


명숙   고마워요.

영호   (딴청하며) 정말 아무 일 아니에요?

명숙   네?

영호   아까 최 주임인가 뭔가.

명숙   아아…… 아실 것 없어요.

영호   거 족제비같이 생긴 게, 가만 보면 맨날 요 앞에서
      짜웃짜웃.

명숙    (한숨만 포옥 내쉰다.)

영호    말해 봐요. 무슨 일이에요?

명숙    (미즈코를 가리키며) 얘 때문에요.

영호    동생이 왜요?

명숙    그것두 감투라구, 글쎄, 얘 민적 없는 걸 약점 잡아
       가지구, 맨날 쫓아내네 어쩌네 하믄서, 증명서 없
       이 구제소 있는 값이라구 떡 집어 먹구, 돈 뜯어 가
       구…….

영호    뭐예요!

명숙    참, 기가 막혀서. 그러더니 이젠 글쎄…….

영호    글쎄 뭐요?

명숙    아니에요. 말도 못하겠어요.

영호    말해 봐요!

명숙    사람을 뭘루 보구……. (눈물을 찍는 척한다.)

영호    그놈이 어쨌는데요?

명숙    날더러 제 사는 사무소 방으로 오라지 뭐예요. 밤에.

영호    이……! (말도 못하고 주먹을 부르쥔 채 부르르 떤다.)

명숙    어찌나 찰거머리같이 치근거리는지 아무래두…….

영호    아무래두 뭐요?

명숙    그 사람 말 안 들으면 해코지라두 할 참이야. 그러
       구두 남을 위인이지. 잘 먹구 몸이 편해두 힘들 텐
       데, 이 피난통에 못 먹구 힘들구 가뜩이나 애까지
       가진 애를, 한뎃잠 재우게 생겼으니…… 까짓 거
       나 하나 눈 질끈 감고…….

영호   (폭발 직전에 이르러) 눈 질끈 감고?

명숙   방법이 없잖아요.

영호   그놈한테 간다고요?

명숙   오죽하면 그런 생각까지 하겠어요.

영호   (드디어 터져서) 왜 말을 안 해요, 말을! 벙어리요? 아니, 동생은 그렇다 쳐두, 당신두 벙어리냐구! 방법이 있을지 없을지는 얘기해 봐야 알지, 그래 바보 천치같이 말두 안 하구, 꿍하고만 있으면 어떻게 알아!

명숙   왜 나한테 화를 내요?

영호   진, 진즉에 얘길 했어야지!

명숙   그런 얘기 대놓구 한 건 오늘이 처음인걸. 아까 금방.

영호   대놓구 말 안 한다구 그걸 몰라요? 그런 놈들 속셈이야 뻔한 거지!

명숙   난 몰랐죠.

영호   그렇게 어수룩하게 돈을 뜯기구, 또 뭐? 아이구 나 참……. 잠시 잠깐 만났다 헤어지는, 피난지 인연 이래두 어쨌거나 한 달이 넘게 한솥밥 먹는 식구 아뇨.

명숙   내 동생 민적 없는 건 얘기했었는데…….

영호   들은 건 기억나요. 그땐 내가 우리 영자 보내구 경황이 없었기두 하구…… 그 뒤로 아무 말 없길래, 어떻게 해결됐나 보다 했지.

명숙   다들 힘든데 걱정 끼치기 싫어서.

영호    (씩씩대며 최 주임 나간 쪽을 향해) 그런 불상놈이 있
       나 그래…… 이 족제비 같은 놈이.


       명숙, 미즈코와 함께 좌판을 거두어 든다.


명숙    가요.
영호    거 안 그래두 내가 생각해 둔 게 있는데.
명숙    뭐요?
영호    해결됐으문 공연한 짓이겠다 싶어 안 했는데.
명숙    말해 봐요.
영호    일이 이 지경이면 어쩌면 그 방법두 괜찮겠다 싶으
       니까.
명숙    거 되게 뜸들이시네.
영호    그러니까…… 우리 영자는 죽었지만 피난민 증명
       서에는 아직 이름이 있다 이거죠.
명숙    그래서요?
영호    동생분은 있지만 증명서가 없구. 그러니까 동생분
       이 내 동생이 돼서, 영자 이름으로 기차표를 받아
       서 타구 가면 어떠냐, 이겁니다.
명숙    그렇게 될까요?
영호    안 될 게 뭐예요?
명숙    그렇게만 되면! 그렇게만 해 주신다면!
영호    구 선생님허구 의논을 해 볼게요. 민단 사람들두
       잘 아시니까.

명숙과 미즈코, 기쁨에 펄쩍펄쩍 뛰다가, 영호에게 연신 절을 한다.

명숙  고마워요! 정말 고마워요! 이 은혜를 어떻게 갚지요? 그렇게만 해 주신다면, 뭐든지 다 할게요. 여비두 저희가 내구, 가는 동안 밥두 해 드리구! 짐될 일은 전혀 없을 거예요! 그래두 우리 미즈, 미숙이가 복이 있네요. 이 험한 데서 이렇게 귀인을 만나구! 고맙습니다, 고맙습니다!

영호  그만해요, 뭐 별일이라구.

명숙  진즉에 말씀해 주시지!

영호  진즉에 말씀하셨어야지.

명숙  (웃다가 문득) 최 주임. 그 사람은 어떡하죠?

영호  그 새낀 내가 알아서 합니다.

명숙  어떻게요?

영호  글쎄 두구 보면 알아요. 갑시다.

명숙  우리 시장에 갔다 가요. 오늘 같은 날, 맛있는 거 먹어야지. 맨밥만 먹을 수 있어요? 아니, 그러지 말구 우리끼리 국밥집에서 가서 먹구 가요. 내가 한 턱내죠.

영호  그럴 것 없는데.

명숙  자, 가요.


명숙과 미즈코, 영호, 걸어 나간다.

영호    (걸어가며 떡메 무게를 가늠하느라 흔들어 보고) 이거 아
       무래두 너무 무겁네.
명숙    가서 바꿔요.
영호    바꾸긴, 주운 거라니까.
명숙    정말?
영호    정말이죠, 그럼. 안 되겠다. 아가씨들은 못 쓰겠네,
       이거.
명숙    나 힘 좋은데.
영호    안 돼. 괜히 다치기라두 하면. 할 수 없다. 낼 아침
       부턴 내가 떡 쳐 주고 나가야겠네.


       명숙, 픽 웃음이 터진다.


영호    왜 웃어요?
명숙    (웃으며) 아침에?
영호    아침에 떡을 쳐야 갖구 나가서 팔지?
명숙    그렇지, 그렇지!
영호    근데 자꾸 왜 웃어?
명숙    아녜요, 아냐!


       명숙과 미즈코, 영호, 걸어 나간다.
       무대 어두워진다.

숙이와 철이 쪽이 밝아진다.


숙이/철이    쿵/떡, 쿵/떡, 쿵/떡, 쿵/떡

숙이    아침은 조금 더 소란스러워졌고

숙이/철이    쿵/떡, 쿵/떡, 쿵/떡

철이    떡메로 쳐 낸 인절미는 전보다 더 매꼬롬해졌지만

숙이    이상하게도 두 여자가 발로 꽁꽁 밟아 만든,

철이    가끔은 밥알이 씹히기도 하던 인절미보다

숙이    무언가, 왠지 모르게 맛이 덜하다고

철이    사람들은 쑥덕거렸습니다만,

숙이    별스런 이 피난살이의 하루가

철이    별다른 일 없이 하루 또 하루

숙이    어느덧 10월이 다 지나가고

철이    11월이 되었습니다.


숙이와 철이가 대사하는 동안, 한 아이가 힘없이 거리를
지난다.
마른 몸, 까맣게 때에 전 얼굴에 눈동자만 길고양이의 그
것처럼 하얗게 빛난다.
맞은편에서 떡 광주리를 들고 걸어오던 미즈코와 아이가
마주친다.
미즈코, 허리를 굽히고 아이 앞에 떡 광주리를 내려놓는다.

아이는 경계하며 미즈코를 바라본다.

미즈코, 손짓으로 광주리 안의 떡을 가리킨다.

그러나 아이는 길고양이처럼 몸을 움츠린 채 바라볼 뿐,

다가서지 못한다.

미즈코, 손으로 먹으라는 시늉을 한다.

아이는 여전히 경계를 풀지 않는다.

미즈코 애가 타서, 마침내 입을 연다.


미즈코      ······다이죠부······ 오다베······ 오다베······.(······괜

찮아······ 먹어······ 먹어······.)


미즈코의 뒤편으로 숙이와 철이가 걸어오다가 이 모양을

본다.


미즈코      다이죠부······ 오다베······ 오다베······ 다이죠부요.

(괜찮아······ 먹어······ 먹어······ 괜찮아.)


아이는 숙이와 철이를 보고 흠칫 놀라 뒤로 두어 걸음 물러

선다.

미즈코, 고개를 돌려 숙이와 철이를 본다.

긴 침묵이 흐른다.


숙이        ······유코.

미즈코      ······.

숙이    유코.


        사이.


숙이    유코…… 다이죠부요…… 오다베…… 오다베…….


        아이, 놀라운 속도로 달려들어 떡을 움켜쥐고 물러선다.
        아이, 미즈코와 아이들에게서 눈을 떼지 않은 채, 떡을 들
        고 천천히 멀어져 간다.
        망연히 그 자리에 남은 미즈코와 숙이, 철이.
        노을이 진다.


                           11


        저녁 어스름. 산비탈.
        명숙이 비탈에 앉아 담배를 피우고 있다.
        잠깐 방심한 듯 텅 빈 얼굴.
        영호가 언덕을 넘어온다.
        영호, 잠시 명숙이 담배 피우는 것을 보다가, 명숙 곁에 앉
        는다.


영호    담배를 참 맛있게 피우시네.

생각에 잠겨 있던 명숙, 그제야 영호를 보고 서둘러 담배
를 비벼 끈다.


영호   아니, 왜 꺼요? 피우지, 비싼 거를.
명숙   한 대 드릴까?


명숙, 영호에게 담배를 건네고 불을 붙여 준다.
자신도 한 대 다시 붙여 문다.


영호   무슨 생각을 그렇게 하고 있었어요?
명숙   생각은 무슨…….
영호   업어 가도 모르겠던데?
명숙   업어 가려구? (슬몃 웃으며) 아무 생각 안 했어요, 오
       랜만에…… 아무 생각 없이 앉아 있으니까 좋더라
       구. 어디 갔다 와요?
영호   으응…… 영자한테.
명숙   영자는 좋겠네. 이렇게 살뜰한 오빠두 있구.
영호   죽은 애가 뭐 알겠어요? 그저 다 내 맘 편차구 하는
       짓이지……. 너무 빨라, 너무 빠르더라구……. 아무
       것도 해 줄 게 없어. 지켜보는 것 말고는 할 수 있
       는 게 없더라구……. '괜찮아, 괜찮을 거야…….' 애
       는 안 괜찮은데, 숨이 넘어가는데…… 속수무책으
       루, 앉아 있던 걸 생각하면…….
명숙   자꾸 생각하지 말아요.

영호 　　마음대로 안 되네. '그래 괜찮아, 영자는 좋은 데 간
　　　　거야. 좀 먼저 간 거뿐이야. 나중에 내 따라가서 만
　　　　나지 뭐, 괜찮아.'

명숙 　　그래. 안 괜찮아도, 괜찮아, 괜찮아 하면서 가야지.

영호 　　그러면 뭘 해. 우리 영자는 없는데……. "오라버
　　　　니!" 하고 부르는 소리가 귀에 쟁쟁한데, 없어, 없다
　　　　구……. 우리 영자가 노래 잘했댔는데……. 이화자
　　　　노래, 그거 잘했지……. 서울 가서 가수 되겠다구
　　　　그랬는데……. 이제 그 애는 노래를 못해. 영영. 그
　　　　좋아하던 노래를…….

명숙 　　영자는 이제 편할 거예요……. 편히 쉬고 있을 거
　　　　예요. 생각도 없이, 꿈도 없이.

영호 　　그것두 산 사람 편하자는 소리구.

명숙 　　산 사람은 뭐 영영 사나? 앞서거니 뒤서거니, 언제
　　　　든 한번 가는 건 마찬가지지. 결국엔 혼자 가야 하
　　　　는 건데, 뭐.


　　　　사이.


영호 　　명숙 씨.

명숙 　　네?

영호 　　명숙 씨는 꿈이 뭡니까?

명숙 　　꿈?

영호 　　응.


468

명숙    그런 거 없어요.

영호    꿈 없는 사람이 어딨어.

명숙    꿈이라…… 꿈이라…… 글쎄. 이제껏 살아온 게 꿈
       같은데, 아직도 길고 긴 꿈속에 있는데, 꿈속에서
       무슨 꿈을 더 꾼단 말이에요?

영호    아, 그런 꿈 말고, 그러니까 앞날에…….

명숙    앞날…… 꿈에두 그런 건 생각해 본 적이 없어서.

영호    생각해 봐요.

명숙    음…… 앞날은 모르겠구, 더 이상 꿈을 꾸지 않는
       거? 이 꿈에서 깨어나는 거…… 그게 내 꿈이야.

영호    (못 알아듣고) 응?

명숙    아마 그럴 수는 없겠지. 아니, 결국에는 그렇게 되
       겠지만. 그때까지는…….

영호    그게 무슨 꿈인데요?

명숙    그만해요.


       명숙, 영호의 어깨에 머리를 기댄다.


명숙    잠깐만 어깨 좀 빌려요. 오랜만에 담배를 피웠더니
       어지럽네.

영호    으응.

명숙    아무 생각 없이 좋았는데, 괜히 꿈이니, 앞날이니,
       사람 심란하게 만들어.

영호    미, 미안해.

명숙  (담뱃갑을 영호에게 건네며) 담배나 피워요. 담배 피우
       는 모습이 보기 좋네.

영호  어, 뭐. (담배를 피워 문다.)

명숙  내가 내 꿈 얘기를 하면, 당신은 펄쩍 놀라 달아
       날걸?

영호  글쎄, 그건 들어 봐야 알지.

명숙  나한테 화를 낼 거야.

영호  나라구 뭐 비단길, 꽃길루만 지나온 사람은 아니
       니까.

명숙  그러니까 앞으론 비단길, 꽃길루만 가야지. 참한
       여자 만나서.

영호  부산까지 간댔나?

명숙  일단은.

영호  그러구는?

명숙  그러구? 몰라.

영호  뭐, 천천히 생각하면 되지.

명숙  무얼?

영호  이것저것. 먼 길이니까. 시간은 많으니까.

명숙  그럴까?

영호  천천히.

명숙  천천히…… 그 참 당신,

영호  응?

명숙  사람을 심란하게 만드는 재주가 있네.

사이.


영호   미숙이가 우리 영자를 퍽 닮았어.

명숙   응?

영호   얼굴이 갸름하고 하얀 거며, 눈꼬리가 촉촉하니,
       금방이라두 눈물이 뚝뚝 떨어질 것 같은 게……
       뭐, 그렇다구…….


영호, 담배를 피운다.
명숙, 영호의 어깨에 머리를 기댄 채 저녁 하늘을 올려다본다.
어두워진다.


12


어둠 속에서 누군가 끙끙 앓는 소리.
서서히 밝아지면 구제소.
장 씨가 열에 들떠 앓고 있다. 앓는 소리에 기운이 없다.
좀 떨어진 곳에서 끝순이가 명숙과 미즈코의 짐을 뒤지고
있다.
순남, 문간에 서서 초조하게 망을 보고 있다.


순남   아유, 꼭 그럴 것까지 있을까? 애들 말이라…….

끝순   (짐을 뒤지며) 아무튼 미숙이가 말을 하더란 거죠?

　　　　　　그것두 일본말을?

순남　　지들끼리 하는 말을, 내가 듣구 물어봤지. 그게 무
　　　　슨 말이냐고. 아니라고는 하는데 영 신경이 쓰여서
　　　　말야.

끝순　　없는 소릴 했겠어요?

순남　　애들 말을 다 믿을 수야 있나.

끝순　　벙어리두 아닌데 왜 벙어리 행세를 할까?

순남　　아직 확실하진 않잖아.

끝순　　그러니까 확실히 해 둬야죠. 이제 오늘내일이면 기
　　　　차를 타게 될 텐데…….

순남　　그래두 남의 짐을 맘대루…….

끝순　　이젠 남이 아니니까 그러죠. 기차를 타두 한패루
　　　　타구, 검사를 받아두 한패루 받게 되는데, 우리 중
　　　　에 하나라두 문제가 있으면, 한꺼번에 발목을 잽힐
　　　　지도 모른다잖어요.

순남　　빨리 해. 가슴 떨려 죽겠네.

끝순　　말이 그렇지, 증명서 없다는 게 츰부터 수상쩍기두
　　　　하구.

순남　　그건 영호 총각이 해결하기루 했지 않어?

끝순　　그것두 나는 영 찜찜해요. 말하자면 그것두 눈속임
　　　　인데…… 그러다 트집이래두 잽히면 어쩌려구…….
　　　　생각해 보세요. 우리가 얼마나 기다렸어요? 만에 하
　　　　나 기차를 못 타게 되면…… 중도에 떨어지기라두 하
　　　　면…… 아유, 그건 생각하기두 싫어요.

순남    찜찜하기로는 선년가 하는 그 여자가 더 찜찜하잖
       어?

끝순    (짐을 뒤지다 한숨을 내쉬며) 그러게 말이에요.


장 씨가 열에 들떠 앓는 소리를 낸다.


순남    선녀는 어디 간 거야?

끝순    약을 구하러 간대나, 의사를 구하러 간대나 나갔는
       데…….

순남    이거 무슨 냄새야?

끝순    네?


두 여자, 코를 킁킁거리며 냄새의 진원지를 찾다가 장 씨
근처에서 코를 싸쥔다.


끝순    아이구!

순남    저거 아무래두…….

끝순    그렇죠?

순남    세상에.

끝순    틀림없어.


두 여자, 장 씨로부터 멀찌감치 떨어진다.


순남    큰일났네.

끝순  어떡허죠?

순남  애들한테 옮기기라두 하면……!

끝순  벌써 옮았으면 어떡해요? 장질부사가 돌아서 벌써
      여럿이 죽었다는데!

순남  엎친 데 덮친다더니!

끝순  어떡해요, 네?

순남  일단 사람들을 불러와서…….

      순남과 끝순, 문밖으로 달려 나가려다,
      풀어 헤쳐진 명숙과 미즈코의 짐을 본다.


순남  아유, 저거, 저거!

      순남과 끝순, 다시 돌아와 짐을 다급하게 챙겨 넣는다.


순남  지금 이게 문제가 아니네, 세상에!

      순남, 문득 미즈코의 이불 속에서 무언가 이상한 감촉을
      느낀다.


순남  응? 이게 뭐야?

끝순  뭔데요?

순남  뭐가 들었는데?

순남, 이불을 더듬어 보다가 호청을 찢어 안에 든 것을 꺼
낸다.

한 마리의 구렁이처럼, 화려하게 수놓은 오비(기모노에 두
르는 띠)가 순남의 손에 딸려 나온다.

두 여인, 잠시 말을 잃은 채 오비를 들여다본다.


끝순    이럴 줄 알았어……. 내 이럴 줄 알았어……. 어쩐
       지……!

순남    세상에!

끝순    요 앙큼한 것들이!


밖에서 인기척. 순남과 끝순, 재빨리 오비를 감춘다.

숙이와 철이, 그 뒤에 총을 멘 보안대원이 들어선다.


철이    엄마, 박선녀가 누구야?

순남    (숙이와 철이를 제 뒤로 세우며 보안대원에게) 무슨 일
       루……?

보안대원 박선녀 여기 안 왔소?

순남    나가서 아직 안 들어왔는데요.

보안대원 숨기는 건 아니지?

순남    우리가 왜 숨기겠어요. 그 여자는 왜?

보안대원 아편을 팔구 다니는 걸 붙잡았는데, 이 웃기는 여
       자가 도망을 쳤네?

끝순    네에?

보안대원 참 나, 지금 때가 어느 때라고. 이거 다 한 패거리
　　　　 아냐?

순남　　 세상에! 무슨 그런 말씀을! 우린 꿈에두 몰랐어요,
　　　　 그 여자가 그런 여잔 줄은!

끝순　　 알았으면 가만 놔뒀겠어요?

보안대원 그 여자 짐이 어느 거요?


　　　　　순남과 끝순, 장 씨 근처에 있는 선녀의 짐을 가리킨다.
　　　　　보안대원, 선녀의 짐을 풀어 헤쳐 뒤진다.


보안대원 (짐을 뒤지며) 아이구, 이거 무슨 냄새야. 거 좀 치
　　　　 우구들 살지……. 딱 잡아 놓구 보니, 이건 아편
　　　　 을 팔기만 한 게 아니구, 지가 아주 아편에 절었던
　　　　 데……. 이러구 같이 지내면서 몰랐다는 게 말이
　　　　 되우?

끝순　　 모르죠, 그걸 어떻게 알아요. 우리가 아편을 해 본
　　　　 것두 아니구.

순남　　 예에. 그냥 여편네가 좀 괄괄하구 별나다 싶었지,
　　　　 이런 줄은 꿈에두…….

보안대원 (선녀의 짐에서 나온 지폐며 시계, 금붙이 들을 한쪽으로
　　　　 따로 챙기며) 아주 재미좋았네, 이 여자. 거 당신네
　　　　 들도 (시계, 금붙이를 가리키며) 이런 거, 어차피 짐 검
　　　　 사하면 다 압수당하니까, 못 들고 간다구. 그러니
　　　　 까 있으면 다 내놔요.

끝순  그런 게 어딨어요, 우리가.

보안대원  싹 다 뒤져 봐?

순남  먹구 죽을래두 없어요.

보안대원  말은······. (시계는 팔에 차고 금붙이는 주머니에 챙겨 넣으며) 아편이야 이런 데 두구 다닐 리가 없지, 그 여우 같은 것들이, 다 몸에 차구 다니지. 그거 빨리 잡아야 되는데, 쯧! 시국이 어지러우니까 별 잡것들이 다 설치구. (순남과 끝순에게) 거 짐들 좀 싹 다 이리 가져와 보슈. (장 씨를 흘끗 보고) 이 양반은 이거 왜 이래?

끝순  글쎄······.

순남  (끝순의 말을 가로막으며) 좀 아픈가 봐요.

보안대원  이거 장질부사 아냐?

순남  아니, 그게······.

보안대원  (펄쩍 뛰듯 물러서며) 이거······ 맞는데?


장 씨, 힘겹게 모로 돌아누우며 일어나려 애쓴다.
뭐라 중얼거리며 엎드린 채 문간 쪽으로 기어가려 한다.
그러나 그 자리에서 몸을 조금 꿈틀거렸을 뿐이다.
사람들은 주춤주춤 멀리 물러선다.
장 씨의 그 모양은, 자신은 장티푸스 환자가 아니라고 항변하는 듯도 하고, 저 스스로 구제소 밖으로 나가려는 것 같기도 하다.

보안대원   이걸 여기다 두면 어떡해? 다 죽고 싶어? 얼른 들어
　　　　　내, 밖으로! 에이!


　　　　　보안대원, 서둘러 밖으로 나가 버린다.

　　　　　여자들과 아이들, 꿈틀거리다 잠잠해진 장 씨를 경악에 찬
　　　　　얼굴로 건너다본다.

　　　　　이윽고 기차역에 나갔던 사람들(만철과 이 노인, 원창, 명
　　　　　숙과 미즈코)이 돌아온다.

　　　　　다들 기쁨에 한껏 들떠 있다.


이 노인   참말, 내일은 기차를 탄다 이 말이지?

만철      (원창이 들고 있는 서류를 가리키며) 이거 보세요! 표까
　　　　　지 딱 받았잖아요.

명숙      어디 좀 봐요!

이 노인   (명숙과 함께 원창의 손에 들린 승차권을 들여다보며) 참
　　　　　말이네!

만철      자, 다들 이게 뭔지 보세요! 이것이 무엇이냐! 이게
　　　　　바로 안둥까지 가는 기차표, 승차권이다 이 말씀입
　　　　　니다!


　　　　　만철, 굳은 표정으로 서 있는 순남과 끝순, 아이들을 본다.


만철      응?

만철과 나머지 사람들도 바닥에 엎드려 있는 장 씨를 본다.

무대, 급격히 어두워진다.


13


서서히 밝아지면 구제소 안에 선녀와 장 씨를 제외한 사람
들이 모여 앉아 있다.

장 씨는 구제소 밖, 어둠 속에 자신의 짐과 함께 이불을 덮
은 채 혼자 누워 있다.

구제소 안에서는 사람들이 말없이 제각각 피난짐들을 점
검하고 그동안 풀어 놓았던 짐들을 다시 단단히 꾸리고
있다.

장 씨와 선녀의 자리는 이가 빠진 듯 비어 있다.

숙이와 철이는 순남과 원창 곁에서 잠들어 있다.

짐을 꾸리느라 부스럭대는 소리뿐, 긴 침묵이 이어진다.


만철   얼마나 걸릴까요, 안둥까지는?

원창   글쎄, 예전 같으면 하룻밤 길인데.

만철   아무래두 그렇게 빨리는 못 가겠죠?

원창   아무래두 그렇겠지.

만철   비적 떼나 불한당 패들이 몰려다니면서 패악질이
      심하다던데.

이 노인 조선 사람 보안대원들두 따라간다지 않아?

만철    그거 뭐, 스무 명이나 될까 말까 한 걸루, 어떻게
        막아요? 피난민은 거진 2000명이나 타구 가구, 불
        한당이나 비적 떼들이 수백 명씩 한꺼번에 총질을
        하면서 달겨들면…….

원창    그런 일 당하면 뭐, 도리없지.

이 노인    그래두 가야지, 어째. 운에 맽기는 수밖에.

원창    공주령, 사평, 봉천, 궁원 이런 큰 역들이 제일 위험
        하답니다. 궁원까지만 별일 없으면 거기부터 안둥
        까지는 안심인데.

이 노인    안둥에 도착하구서는?

원창    나루터루 나가서 나룻배를 타구 압록강을 건너야
        한답니다.

이 노인    그것두 큰일일세.


사내들의 대화가 이어지는 동안에(동시 진행), 짐을 꾸리던
미즈코는 자신의 짐에 이상이 생겼음을 알아차린다.
미즈코 당황하여 이불을 황급히 더듬어 보다가, 뜯긴 홑청
을 보고 정신이 아득해진다.
잠시 멍하니 앉아 있는 미즈코.
끝순과 순남이 미즈코를 흘끗 쳐다본다.
이상한 낌새를 느낀 명숙이, 왜 그러느냐고 묻는 듯한 눈
길로 미즈코를 바라본다.
미즈코, 아득하고 쓸쓸한 얼굴로 명숙을 건너다보다가 아
무것도 아니라는 듯 고개를 젓는다.

미즈코, 이불을 들고 조용히 자리에서 일어선다.
끝순과 순남, 그 모양을 유심히 지켜본다.


명숙    왜?


미즈코, 말없이 구제소 밖으로 걸어 나간다.


명숙    어디 가? (알아차리고 자리에서 일어서며) 야, 내가 갈
       게. 넌 가만히 있어. 응……?


미즈코, 듣지 않고 구제소 밖으로 나와 장 씨가 누워 있는
곳으로 걸어간다.


명숙    저기, 어떻게…… 조금씩 갹출이라두 해서, 여관에
       라두…….


다들, 말이 없다.


명숙    멀쩡한 사람두 아니구 병자를, 저렇게 한데서…….
끝순    누군 안 그러구 싶나.
순남    여관에서 저런 병자를 받아 주겠어? 다른 병두 아
       니구.
끝순    안됐지만 할 수 없잖아.
이 노인  마누라는 그 지경이 돼 버렸으니.

끝순　　(혼잣말로) 마누라는 무슨.


명숙, 하릴없이 밖으로 나가 장 씨와 미즈코 있는 쪽으로
걸어간다.
미즈코는 장 씨에게 이불을 덮어 주고 물을 먹여 주고 있다.
명숙은 미즈코 곁에 쭈그리고 앉는다.


끝순　　영호 총각은 어디 가서 안 오는 거야?

만철　　글쎄, 사무소에 볼일이 좀 있다고 가던데.

끝순　　저 벙어리 처녀 문제는 잘 해결된 거야?

만철　　응. 근데 벙어리가 뭐야? 이름 놔두고. 미숙이랬지?
　　　　아니 이제 영자구나.

끝순　　(코웃음치며) 영잔지, 미숙인지, 벙어린지 두구 보면
　　　　알겠지.

만철　　뭔 소리야?


영호가 돌아온다.
어딘지 모르게 흥분하여 상기되어 있다.
얼굴에도 작은 생채기가 나 있다.


만철　　왜 이렇게 늦었어?

영호　　으응, 여기서 알구 지내던 사람하고 인사도 좀 하
　　　　구, 또, 마지막으루 우리 영자도 한번 보구…… 그
　　　　러느라구.

만철    마지막은 무슨.

영호    언제 올지 모르잖아.

끝순    얼굴이 왜 그래요?

영호    네? 으응, 술 한잔했죠.

끝순    아니, 피 나는데?

영호    응? (그제서야 얼굴을 만져 손에 묻어나는 피를 보고) 아,
       이거? 언덕에서 내려오다 굴렀어요. 발을 헛디뎌
       가지구…… 어두워서.

순남    조심해야지. 이제 먼 길 가는데.

끝순    다른 데 다친 건 아니구?

영호    네, 괜찮아요. (명숙과 미즈코를 찾으며) 어디 갔어요?

원창    밖에…… 장 씨한테.

영호    아아…… 선녀 아주머니는?

순남    모르지, 어디루 갔는지.

이 노인  (혀를 차며) 딱허기야 참 딱헌 노릇인데, 다른 방법
       이 없네……. 하늘에 맽기는 수밖에는.


       영호가 나가 보려는데, 명숙이 돌아온다.


영호    미숙이는?

만철    이제 영자지.

명숙    조금 더 있겠다구.

영호    아저씬 좀 어때요?

명숙    정신이 들었다 나갔다 하는 모양이에요.

이 노인  이겨 내야 할 텐데.

명숙  이불을 덮어 주긴 했는데, 그래두 밖은 춥죠, 이제 11월이니까.

끝순  그렇다고 안에 들일 수는 없잖아.


사이.


끝순  저기…….

순남  (서둘러 말을 끊으며) 그만들 잡시다. 조금이라두 자 두어야지. 낼 새벽같이 기차역에 나가야 하니까…….

만철  잠이 올까 모르겠네.

영호  벌써 기차역에 나와서 자는 사람들두 있더라구.

끝순  일찍 나가면 뭐 해요, 기차를 타야 타는가 부다 하는 거지. 무슨 일이 있을지 누가 알아요? 저기…….

순남  그만해. 가뜩이나 다들 속두 시끄러운데, 공연한 걱정할 거 있어?

끝순  공연한 걱정요?

순남  끝순아.

끝순  이게요?


끝순, 미즈코의 '오비'를 사람들 앞에 펼쳐 던진다.


순남  아유, 그 참…….

사람들, 어리벙벙하여 오비를 바라본다.


만철    이게 뭐야?

끝순    그거야 언니가 잘 알겠지. 동생이 왜 이런 걸 갖구
       다니는지.

명숙    그게 내 동생 짐에서 나왔다구?

끝순    그래.

명숙    도대체 걔는 무슨 생각으루 이런 걸…… 아니 근데
       너, 왜 남의 짐을 함부로 뒤지는 거야!

끝순    뒤질 만하니까 뒤졌지!

명숙    뒤질 만해? 네가 뭔데!

만철    아니, 이러지들 말구…….

영호    어디서 주웠나 보죠.

만철    그래, 일본 사람들한테서 샀을 수도 있고.

끝순    이런 걸 돈 주구 사? 언다 쓰려구!

명숙    내가 걔 속을 어떻게 알아!

끝순    흥, 저 잡아떼는 것 좀 보라지.

명숙    뭐야?


사이.


순남    이 오비가 이거 아무리 봐두, 여염집 여자들이 하
       는 건 아니구…… 기생들이 하구 다니는 오빈
       데…….

명숙     아주머니가 그런 것두 알아요?

순남     좀 알지.

끝순     에이, 더러워. 아니, 이 더러운 걸 말야, 무슨 신주
         단지처럼, 보물 단지처럼, 응? 이불 홑청 속에다가
         아주 꿰매 가지구 꽁꽁 숨겨 들구 대니는 심사가
         뭐냔 말이야, 응? 내일 기차역 가면 짐 검사부터 할
         텐데, 누구 발목을 잡으려구 그런 걸 넣구 다녀!

명숙     버리면 되잖아, 버리면!


         명숙, 오비를 낚아채 들고 밖으로 나가는데, 들어오는 미즈
         코와 마주친다.


명숙     너는 왜 이런 걸! 너 미쳤어?


         미즈코, 말없이 명숙 손에 구겨진 채 들린 오비를 바라본다.


명숙     (오비를 미즈코에게 거칠게 건네며) 얼른 갖다 버려! 태
         워 버려!


         미즈코, 오비를 받아 들고 고개를 폭 숙인 채 움직이지 않
         는다.


명숙     얼른!

미즈코, 밖으로 나가려는데 끝순이 불러 세운다.


끝순   가만 있어 봐. 지금 그 오비가 문제가 아냐.

명숙   버린다잖아, 태워 버린다잖아!

끝순   (미즈코에게) 너 명숙이 동생 아니지?

명숙   지금 무슨 소릴 하는 거야?

끝순   벙어리라는 것두 순 거짓부렁이지?

명숙   끝순이 너, 미쳤어?

끝순   너…… 일본 년이지?


사이.


명숙   아무리 내 동생이 말을 못한다구, 이렇게 함부로
       해두 되는 거야? 일본 년이라니, 일본 년이라니!

끝순   난 쟤한테 물어봤어. 말해 봐. 아니라면 말을 해 보
       라구.

명숙   얘가 어떻게 말을 해!

끝순   말을 못해?


끝순, 자고 있는 숙이와 철이에게로 가서 두 아이를 흔들
어 깨운다.


끝순   숙아, 철아, 말해 봐.

숙이   (잠이 덜 깨어) 네에?

| | |
|---|---|
| 끝순 | 느이들, 저 여자가 말하는 거 들었어, 못 들었어? |
| 숙이 | 누구? |
| 끝순 | (미즈코를 가리키며) 저 여자! |
| 숙이 | ……몰라요. 전 그런 거. |
| 끝순 | 들었다고 했잖아. |
| 숙이 | 그런 적 없어요. |
| 끝순 | 거짓말하면 안 돼. |
| 숙이 | 지, 진짜예요. |
| 끝순 | 철이 너, 들었지? |
| 철이 | (아직도 어리벙벙한 채로) 에? |
| 끝순 | 저 여자가 말하는 거. |
| 철이 | (도리질을 한다.) |
| 만철 | 아니라잖아. |
| 끝순 | 당신은 가만 있어. (철이에게) 그럼 왜 그런 얘길 했어? |
| 철이 | 난노 하나시?(무슨 얘기?) |
| 순남 | 느이들이 그랬잖니. 미숙이가 말을 한다고, 일본말을. |
| 철이 | 이에, 이에!(아니에요, 아니에요!) |
| 끝순 | 바른대루 말해야 돼. 안 그러면 기차두 못 타구. |
| 철이 | 으응? |
| 끝순 | 서울두 못 가구, 평생 여기서 살아야 한다. |
| 철이 | 고코데?(여기서?) |
| 끝순 | 소오다요! 이쇼!(그래! 평생!) |
| 철이 | 이쇼? 야다, 야다!(평생? 싫어, 싫어!) |

숙이  아니라니까요! 잘못 들은 거예요!

끝순  무얼 듣긴 들었구나. (철이에게) 말해. 들었지, 저 여
자가 말하는 거?


사이.


끝순  어서!

철이  キイタ.(들었어.)

순남  조선말로!

철이  들었어.


사내들, 조용히 놀란다.

명숙과 미즈코는 어찌할 바를 모르고 서 있다.


끝순  뭐라고 했어? 저 여자가 뭐라고 하디?

철이  "다이죠부요, 유코…… 오다베…… 오다베……
다이죠부요."("괜찮아, 유코…… 먹어…… 먹어…… 괜찮
아.") 유코한테 떡을 주면서 그랬어.

끝순  유코?

순남  우리 이웃집 살던 일본 애야.

끝순  또?

철이  자다가 그랬어. "아…… 이따…… 이따이……."


사이.

철이  이제 기차 타? 서울 가?

숙이  (낮게) 바카!

끝순  (사람들에게) 조선 사람두 일본말 할 수 있죠. 그렇
     다 쳐요. 그래두 잠꼬대까지 일본말루 하는 조선
     사람은 없겠죠! 안 그래요?


미즈코, 바닥에 몸을 던져 엎드린다.


미즈코  스미마셍, 혼토니 스미마셍!(죄송합니다, 정말 죄송합
      니다!)

끝순  츰부터 이상했어. 이상한 냄새가 났다구. 몸 놀리
     는 거며, 웃는 거며.

순남  (명숙에게) 아니, 알 수가 없네……. 도대체 왜? 어쩌
     려구?


사람들 모두 묻는 듯한 눈길로 명숙의 답을 기다린다.


명숙  같이 가려구요.

끝순  같이 가? 일본 년하구?

명숙  얘는 내 동생이나 다름없어요.

끝순  동생이나 다름없다? 그럼 너는? 너, 조선 여자가 맞
     긴 맞아?

명숙  글쎄, 모르겠네. 조선이구, 일본이구 난 모르겠
     구…….

끝순     세상에, 말하는 것 좀 봐요!

명숙     어쨌든, 난 이 애하구 함께 가야 해.

이 노인     아니 왜 해필, 다른 인종두 아니구 왜년의 것을…….

만철     무슨 사정이 있겠지요.

이 노인     사정이 있대두 그렇지.

끝순     사정이구 뭐구 우린 알 것 없구요. 아무튼 안 돼.
            우리하고 일본 년이 같이 갈 순 없는 거라구. 절대.


명숙, 조용히 무릎을 꿇는다.


명숙     제발, 이렇게 부탁드립니다. 한 번만 눈감아 주세
            요. 들키지 않게 조심할게요.

끝순     벌써 이렇게 들통이 났잖아!

명숙     내가 단속을 잘할게.

끝순     들키구 안 들키구가 문제야, 지금? 아니 왜 다들 가
            만있어요? 꿀 먹은 벙어리들처럼? 나만 나쁜 년 만
            들지 말구, 뭐라구 말들 좀 해 보라구요!

만철     이거 참, 어떡허죠, 구 선생님?


원창은 고개를 돌리고 입맛만 다신다.

이 노인이 두서없이 입을 연다.


이 노인     아무리 피난지에 스쳐 지내가는 인연이래두, 두 달
            이 넘게 한 지붕 아래서 한솥밥을 먹구, 신세두 졌

다면 졌다 헐 이 마당에, 이런 얘기를 허는 것이 참
당황시럽구 또 뭐 참, 야박헌 노릇이기는 허지만
은…….

끝순  아버님!

이 노인  아니 글쎄, 몰랐대면 몰라두, 이제 알아 버린 다음
에야, 그냥 없던 일루 허기두 그렇구 말이지.

끝순  그럼요. 없던 일이 될 순 없지요!

이 노인  아니 글쎄, 차라리 츰부터 솔직허니 얘기를 했으문은
또 그대루 차분히 생각을 해 봤을 것이지만, 아닌 밤중
에 홍두깨두 아니구, 낼 떠나는 마당에 이런 일이 터지
구 보니, 경황두 없구 이거…… 그러게 사람이 거짓말
을 해서는 좋을 것이 없어, 음. 츰부터 솔직허니 얘기를
했으문 또 모르지만. 암, 목에 칼이 들우와두 남을 쇡일
라구 들어서는 못 쓰지. 다 드러나게 되거든. 하늘이 알
구 내가 알구 땅이 아니까, 음.

끝순  (답답해서) 조선 년이구 일본 년이구를 떠나서. 설사
저게 일본 년이 아니라구 해두, 이렇게 눈 하나 깜
짝 안 허구, 우릴 감쪽같이 속인 사람들을 응? 어떻
게 믿구, 그 먼 길을 같이 가낸 말이에요? 믿을 만
한 사람들하고 가두 갈까 말까 한 길을!

사이.

영호  솔직하게 얘기했으면 받아 줬을 겁니까?

492

끝순　아니 영호 총각은 무슨 얘길 하고 싶은 거야?

영호　거짓말을 하고 싶어 했겠어요?

끝순　아니⋯⋯!

순남　(끝순을 제지하며) 그래, 거짓말이야 다급하니 할 수
　　　없이 한 거라고 이해할 수 있지. 그건 이해한다 쳐
　　　도⋯⋯.

영호　같이 데리구 갑시다. 제가 책임질게요.

끝순　책임져? 영호 총각이 어떻게?

영호　제 동생 이름으로 표도 받아 놨으니까, 제가 책임지고

이 노인　아, 자네가 저 처녀들하고 따로 간다, 이 말이야?

만철　따로는 못 가요. 표를 우리 다 한목에 끊어 놔서.

원창　예, 안둥까지는 다 같이 움직여야 합니다. 표 검사
　　　를 다 같이 받아야 하니까.

만철　에이, 골치 아파.

끝순　뭐가 골치 아파? 간단한 걸.

만철　아니, 솔직히 저 처녀들이 우리한테 잘했으면 잘했
　　　지, 잘못한 건 없잖아? 그냥 눈 딱 감고 모른 체하
　　　면 그만 아녜요? 암만 해두 난 너무 야박헌 거 같애
　　　서⋯⋯ 이젠 배두 제법 불렀고⋯⋯.

끝순　배 부른 소리 하구 있네! 우리가 지금 남 걱정할 때
　　　야? 그리구 저게 어떤 놈의 씬 줄 알구? 보나마나
　　　왜놈의 씨지! 말해 봐. 학도병이구 부산이구 어쩌
　　　구두 다 거짓부렁이지?

만철　(명숙에게) 그래?

명숙     …….

끝순     영호 총각, 생각해 봐. 우리들이 누구 때문에 이 고
        생을 하구 있어? 누구 때문에 여기 만주까지 밀려
        나서, 죽두룩 고생을 하다가, 죽구, 패구, 겨우겨우
        살아남어서 죽자사자 이러구 돌아가는데? 영자가
        누구 때문에 죽었는데? 그게 다 누구 때문이야? 일
        본 놈들 때문 아냐? 그런데 저걸 왜 영호 총각이 책
        임져?

순남     그리구, 야박허냐 아니냐를 떠나서 이건 우리가 좀
        생각해 볼 필요가 있죠. 지금 조선 사람 피난민들
        두 기차를 다 못 타구, 떨어져서 아우성을 치는 사
        람들이 부지기순데, 자리는 적구 그나마 있는 자리
        라면, 한 사람이래두 더 조선 사람들을 태우고 가
        야 사리에 옳지, 이 지경에 다 우릴 몰아넣은 일본
        사람을 태우는 게 옳은 일이냐 이겁니다.

끝순     옳지 않죠! 말도 안 되는 소리죠! 저것 때문에 열차
        에 못 탈 사람을 생각해 보라구요!


        사이.


만철     구 선생님이 반장님이시니까, 어떻게 좀 정리를 해
        주세요.

원창     글쎄요. 저야 뭐 여러분들 의견을 따를 수밖에 없
        는데…….

끝순  저는 분명히 말씀드렸어요! (순남에게) 언니두 그
      렇죠?

사이.

원창  사실 처음부터 눈치는 채고 있었습니다만…….
끝순  아니 근데, 왜 가만 계셨어요?
원창  이런 점은 있지. 물론 벌 받을 놈들은 벌을 받아야
      겠지만, 일본 사람들이 밉다구 해서 그 사람들 씨
      를 죄 말리자구 들 수야 없는 노릇이다 이거죠. 일
      테면, 우리가 타구 가는 기관차 운전수도 일본 사
      람이거든요? 조선 사람 운전수는 거의 없으니까요.
      역장들두 마찬가지고요. 그 사람들이 없으면 우리
      는 조선으로 못 갑니다. 속상한 노릇이지만 할 수
      있습니까? 결국은 같이 살 수밖에 없고, 같이 살아
      야 하는데…….
이 노인 거 무슨 말씀이우? 왜놈들하구 같이 살아야 한다
      구? 독립이 됐는데두?
원창  아, 제 말씀은 물론 즈이들 땅으로 돌아가죠, 돌아
      가는 중이구요.
만철  그래서 어떡허자는 말씀이세요?
원창  물론 여러분들 의견을 들어 결정하겠지만, 일단 들
      어 보자는 겁니다.
끝순  무얼요?

원창  우리가 왜 저 일본 여자를 데리고 가야 하는지, 우리가 납득할 만한 이유가 있는지 말입니다.

끝순  들어 보나 마나지! 또 실실 거짓말만 할 텐데요, 뭐!

만철  좀 가만있어 봐.

이 노인  그래, 명숙이. 자네가 지금이라두 저 여잘 떼어 놓구 혼자 가겠다면, 길게 얘기헐 것두 없지. 다 없던 일루 하구 같이 가면 돼. (사람들에게) 그렇지?


사람들, 침묵으로 마뜩잖은 동의를 표한다.

사람들은 말없이 명숙의 대답을 기다리는데, 순남이 나선다.


순남  아, 저기 그게…….

원창  왜?

만철  명숙이 혼자 간다면 같이 갈 수 있는 것 아니에요?

순남  그렇게 간단하게 생각할 문제는 아닌 것 같아. 우린 명숙이가 누군지, 어떤 사람인지 전혀 모르잖아.

끝순  순 거짓부렁이었으니까!

순남  조선 사람이라구 다 믿을 수 있느냐 이거예요.

끝순  그럼요! 왜놈하고 붙어먹은 부역잔지 밀정인지, 죄를 숨기구 달아나는 사람인지 알 게 뭐예요?

순남  어디서 뭐 하던 사람인지도 모를 사람을, 우리 패에 끼웠다가 말썽이라두 나면…… 아까 선녀 일두 봐요. 아유, 막 총을 대구 들이닥치는데, 얼마나 놀랐던지!

끝순　떳떳하고 깨끗한 사람들끼리 가두, 괜히 죄진 것처
　　　럼 가슴이 벌렁거리는데.

순남　(명숙에게) 그러니까, 우린 알아야겠어. 어디서 뭐
　　　하던 사람들인지, 둘이 어떻게 만났구, 무슨 관계
　　　길래 이러는지.

원창　내가 말한 이유란 게 그거잖아.

끝순　(명숙에게) 말해. 눈곱만큼이래두 거짓이 있어서는
　　　안 돼.


　　　미즈코가 입을 연다.


미즈코　아리마센.(없어요.)

명숙　미즈코.

미즈코　소오시나캬 나라나이 리유와 아리마센.(그래야 할
　　　이유는 없어요.)

명숙　넌 가만히 있어!

미즈코　면스끄와 나니모 와르끄 아리마센. 와따시가 무리
　　　오 잇단데스. 오소로시끄떼, 고와끄떼, 지분노 꼬또
　　　시까 강가에떼마센데시따. 메이와끄와 오까께시떼
　　　스미마센. 도오까 유루시떼 끄다사이.(명숙이 잘못은
　　　하나도 없어요. 제가 졸랐던 거예요. 무서워서, 겁이 나서,
　　　제 생각만 했던 거예요. 폐를 끼쳐 죄송합니다. 용서해 주
　　　세요.)

미즈코, 제자리로 가서 오비를 조심스럽게 개어 넣고 자신의 짐을 챙기기 시작한다.

명숙, 잠시 그 모습을 바라보다가, 미즈코 곁으로 가서 자신도 짐을 싸기 시작한다.


미즈코    면스끄, 야메떼. 와따시 히또리에 이꾸와.(명숙, 이러지 마. 나 혼자 갈 거야.)

명숙    바보 같은 소리 하지 마.

미즈코    니혼진와 니혼진 도오시, 간꼬꾸진와 간꼬꾸진 도오시, 소레조레노미치오 이꾸노.(일본인은 일본인대로, 조선인은 조선인대로, 제 갈 길로 가는 거야.)

명숙    이 바보야, 아직도 모르겠어? 닌겐쟈나이! 모노난다요, 스테라레타모노!(사람이 아냐! 물건이야, 버려진 물건!)


사이.


영호    저 명숙 씨. 꼭 그럴 것까진 없잖아요.

명숙    뭐가요?

영호    명숙 씨는 우리하고 같이 갈 수 있잖아요. 말해 봐요, 도대체 왜 이러는 건지.


명숙, 짐 싸던 손을 멈추고 잠시 영호를 건너다본다.

명숙, 결심한다.

명숙   산통 다 깨졌는데, 구질구질하게 뭘 더 얘기하라는
      거야?

영호   네?

명숙   까짓 거 같이 안 가면 그만 아냐?

영호   아니 명숙 씨…….

명숙   왜? 나랑 같이 가고 싶어?

영호   아니 뭐…….

명숙   내가 좋아?

영호   나한테 왜 이래요?

명숙   너 내가 어떤 여잔지나 알구 그러니?

영호   마음 상한 건 알겠는데, 그렇게 극단으루만 나갈
      게 아니라…….

명숙   극단으루 나간 게 누군데?

영호   사람들이 걱정하는 게 좀 지나치지만 아주 일리가
      없는 것두 아니구, 이해를 해 주셔야지…….

명숙   이해해요. 이해하고 말고요. 그래서 우리끼리 간다
      잖아요! 골칫거리는 없어져 줄 테니까, 속 편히들
      가세요, 가시라구!

영호   명숙 씨까지 떼 놓구 가겠다는 게 아니잖아요. 어
      쨌거나 명숙 씨는 우리 같은 조선사람이니까, 알아
      듣게 잘 이야기를 해서…….

명숙   알아듣게? 내가 얘기하면 알아들을 것 같아? 정말
      알아듣게 얘기해 줘?

미즈코  면스끄, 다메. 잇자 다메!(명숙, 그만해, 말하지 마!)

명숙    위안소.

       사이.

명숙    거기가 뭐하는 덴 줄은 다들 잘 아시죠?

       사람들, 아연실색하여 명숙을 바라본다.

명숙    치치하얼, 거기 우리가 마지막으로 있던 위안소가
       있었어요. (사이) 그래요, 거기서 우린 함께 일을 했
       어요. 전선을 따라 여기서 저기로 옮겨 다니면서,
       대동아공영의 성전에 나선 병사들을, 하루에도 스
       무 명, 서른 명씩 위로해 줬어요.
미즈코   면스끄…….
명숙    아편을 맞아 가면서, 병에 걸려 가면서, 애를 긁어
       내면서.

       사이.

명숙    됐어요? 이제 다들 속이 시원해요? 가고 싶어서 간
       건 아니었어요. 도망쳤지만 소용없었어요. 하지만
       그런 걸 말해 봐야 무슨 소용이 있겠어? 어차피 이
       아인 '왜년'이구, 나는 '왜놈들하고 붙어먹은 년'일
       텐데. 같이 갈 수는 없는 거죠. 잘 알고 있어요.

무거운 침묵이 흐른다.


영호   난 당신을 데려갈 거예요. 버리지 않을 겁니다. 여
      러분이 이 여자들을 두고 간다면, 나도 남겠습니
      다. 이 여자들하고 함께 가겠습니다.
순남   아니, 영호 총각이 왜?
영호   우린 모두 고통을 겪었어요. 더러운 진창을 지나온
      겁니다. 지옥을 건너온 거예요. 다들 그을리고 때
      에 전 건 마찬가지예요, 정도가 다를 뿐이죠. 진창
      에 더 깊숙이 빠진 게, 더 새까맣게 그을린 게, 이
      여자들 잘못은 아니잖아요? 우린 이 여자들이 그럴
      수밖에 없었던 처지를 이해해 줘야 합니다. 운이
      나빴을 뿐이에요. 어쩌면 우리 대신, 지독히도 운
      이 나빴던 거죠. 그런데 다시 저 여자들을 진창 속
      에 밀어넣구 가자구요? 우리가 씻어 줘야죠. 그 고
      통을. 지옥에서 건져 내야죠.


사이.
명숙 잠시 낮게 웃는다.


명숙   우린 당신하고 같이 가지 않아.
영호   명숙 씨!
명숙   당신은 아무것도 몰라.
영호   내가 뭘 모른단 말입니까?

명숙    당신이 뭔데, 우릴 데려가구 버리구 한다는 거야?
      씻어 줘? 우리가 더럽다구? 아니. 우린 더럽지 않아.
      누가 누굴 보고 더럽다는 거야! (사이) 이 아이도,
      나도, 깨끗해. 더러운 건 우릴 보는 당신, 그 눈이
      지. 씻으려면 그걸 씻어야지. 하지만 아무리 씻어
      두 아마 안 될 거야.

영호    그게 무슨 말입니까? 내 눈이 더럽다니?

명숙    이해해 주겠다구? 이해한다구? 아니. 당신들은 절
      대 이해 못해. 그래, 우리는 지옥을 지나왔지. 아무
      런 죄도 없이 우리는 울고 웃었을 뿐이야. 어떤 지
      옥도 우리를 더럽히지는 못했어. 하지만 당신 앞에
      서 있으면, 우리는 영영 더러울 거야. 그러니까 우
      리는 우리대루 갈 거야.

영호    난 당신들을 도우려는 겁니다!

명숙    필요 없어요.

영호    그 일본 여자만 버리면 우린 같이 갈 수 있어요.

명숙    우린 지옥에 함께 있었어. 그 지옥을 같이 건너왔
      죠. 아무리 말해도 당신들은 그 지옥을 몰라. 아, 그
      렇지. 그래…… 가끔은 거짓말처럼, 꿈처럼 좋은
      때두 있었어. 그건 정말 거짓말 같고 꿈같았지. (미
      즈코에게) 그 거짓말 속에두, 꿈속에두 미즈코 네가
      있었어. 내 지옥을 아는 건 너뿐이야.

미즈코  면스꼬…….

명숙    뭐 세상이 끝나기라두 했니? 재수가 없었던 것뿐

야. 이번 차를 못 타면 다음 차를 타면 되고, 기차를 못 타면 걸어가면 돼. 정 뭣허면 로스케라두 하나 꼬드겨서 차를 얻어 타구 가지?

밖에서 누군가 가만히 문을 열고 고개를 내민다.
선녀다. 엉망이 된 몰골로 히죽 웃는다.


선녀  그예 들통이 났군!
명숙  눈물 나네. 그래두 서방이라구 찾으러 왔니?
선녀  (절룩이며 구제소 안으로 들어서며) 어디 계셔?
명숙  저 밖에서 다 죽어 간다.
선녀  아직 죽진 않았지?


선녀, 얼른 짐을 챙겨 들고 절룩이며 밖으로 뛰어나가 장씨 곁으로 달려간다.
명숙과 미즈코도 짐을 들고 자리에서 일어선다.


미즈코  (허리를 깊이 숙여 절하며) 오세와니 나리마시떼 아리가또 고자이마시따. 고온와와스레마센.(그동안 돌봐 주셔서, 고맙습니다. 은혜는 잊지 않겠습니다.)


명숙과 미즈코, 구제소 밖으로 나간다.
선녀가, 장 씨를 깨워 일으키려 애쓰고 있다.
주춤주춤 따라 나온 사람들이 좀 떨어져 서서 여인들과 장 씨를 바라본다.

장 씨     어, 어…… 우리 마누라…… 선녀…… 선녀가 왔
        네…….

선녀     그래, 그래.

장 씨     아…… 아파…… 아파…….

선녀     조금만 힘을 써 봐, 자…….

명숙     어떡하려구?

선녀     빈집을 하나 봐 뒀어. 거기서 조섭을 해서 나아지
        면…….

선녀, 떨리는 손으로 품에서 주사기를 꺼내 팔뚝에 찌른다.
선녀, 사람들이 께름칙한 눈으로 바라보는 것을 느끼고, 고
개를 들어 사람들을 향해 히죽 웃는다.

선녀     괜찮아요! 너무 걱정들 마세요! 내가 사주를 봤는
        데, 이 사람 명이 길다는구먼! 쇠심줄같이 질기구!
        이 정도루 죽진 않아, 그럼! 내가 약도 구해 왔구.
        한 며칠 잘 쉬면…….

선녀, 장 씨를 부축해 일으켜 세우려 하지만 힘이 부친다.
명숙과 미즈코가 거들어, 장 씨를 일으켜 세우고 곁에서
부축한다.
세 여인과 장 씨, 힘겹게 걸음을 옮기기 시작한다.

선녀     (사람들에게) 안녕히들 가세요! 네! 무탈허고 건강하
        게 다들 고향에 돌아가시길 빕니다! 금방 나을 거
        예요. 금방 따라갑니다. 뭐 혹시래두 다시 만나게
        되면, 힘들 때 얘기두 서루 하구, 네! 그런 날두 오
        겠지요! 그만 들어들 가세요!

영호     저기.


        명숙, 뒤돌아본다.


영호     장춘 시내나 기차역에는 나오지 말구 다른 길루 가
        는 게 좋을 겁니다.

명숙     (묻는 듯한 얼굴로 바라본다.)

영호     그게, 최 주임...... 그 자식을 안 죽을 만큼 두들겨
        패 놨거든요. 역전에 못 나오게, 괜히 찍자를 부릴
        까 봐...... 내일은 꼭 같이 갈 줄만 알구...... 미안
        합니다.


        사이.
        명숙의 얼굴에 가없는 회한이 잠시 서린다.


명숙     (그러나 이내 빙긋이 웃으며) 고마워요.


        선녀와 명숙, 미즈코, 장 씨를 부축하여 느릿느릿 어둠 속
        으로 사라져 간다.

사람들, 우두커니 서서 그 모습을 바라본다.

사람들의 모습도 어둠에 잠길 때, 천천히 기차가 움직이기
시작하는 소리.

호루라기, 공포탄 소리, 요란한 가운데 밀려드는 피난민들
의 아우성, 가족과 아는 사람들의 소재를 확인하느라 서로
이름을 외쳐 부르는 소리.

이미 가득 찬 열차 찻간에서 타겠다느니, 더는 못 탄다느
니 실랑이하는 소리.

이러한 소리들 속에서 사람들은 천천히 짐들을 이고 지고
빠듯하게 모여 선다.

구제소를 표현하던 장치들이 하나 둘 흩어져 가고, 사람들
이 검은 실루엣으로 무대 위에 서 있을 때, 마침내 길게 울
리는 기적 소리와 함께 굉음을 내며 기차가 달려가기 시작
한다.


14


사람들 사이에 선 숙이와 철이에게만 조명.

천천히 달려가는 기차 소리가 아득하게 배음으로 깔리고
아이들은 노래한다.


숙이/철이　　이마와 야마나카, 이마와 하마,(지금은 산속, 지
　　　　　　금은 해변,) "이마와 뎃교 와다루조토."("지금

은 철교를 건너네.") 오모우 마모나쿠 돈네루노
(라고 생각할 틈도 없이 터널의) 야미오 도옷테
히로노하라.5(어둠을 지나면 드넓은 들판.)

| 숙이 | 기차는 장춘을 떠나, 압록강변의 국경도시, 안둥을 향해, 안봉선 철길을 따라 천천히 달렸습니다. |
| 철이 | 정거장마다 정거를 하고 |
| 숙이 | 걸핏하면 가다 서다 |
| 철이 | 어떤 때는 불빛 하나 없이 캄캄한 들 가운데, 오래도록 멈춰 서 있기도 했습니다. |
| 숙이 | 걱정했던 비적 떼도, 불한당패도 다행히 맞닥뜨린 적은 없고, |
| 철이 | 함부로 여자들을 끌어간다는, 눈이 파란 소련 군인들도 소문으로 듣던 것보다는 그리 행패가 심하진 않아서 |
| 숙이 | 무사히 안둥에 도착해 나루터에서 압록강을 건너 신의주로, |
| 철이 | 신의주에서 다시 기차를 타고 남으로, 남으로 |
| 숙이 | 화차가 뿜어 대는 연기와 석탄 가루, 이슬에 젖어 새까매진 얼굴로 삼팔선을 넘었고, |

---

5    강인숙 『서울, 해방 공간의 풍물지』(박하, 2016), 20쪽. 지은이
     가 기차를 타고 피난 나올 때, 열차 지붕 위에서 불렀다는 기차
     노래.

철이   하아얀 디디티 가루를 홈빡 뒤집어쓴 채, 귀신 같
      은 얼굴로
숙이   우리는 서울에 도착했습니다.


      사람들 머리 위로 하얀 가루가 쏟아진다.
      사람들, 하나 둘 흩어져 나간다.
      무대 위에는 숙이와 철이만 남는다.
      초여름의 매미 소리.


숙이   그 이듬해부터 우리는 다시 학교에 다니기 시작했
      지만
철이   학교 다녀오겠습니다, 인사를 하고 집을 나와서
숙이   학교에는 가지 않았습니다.
철이   아이들은 조선말이 서툰 우리를 놀려 댔죠. 벌금도
      내야 했어요.
숙이   서울역으로, 정동 길로, 광화문 앞으로, 덕수궁 돌
      담길을 따라
철이   우린 그냥 걸어 다니다가 집으로 돌아가곤 했습니다.
숙이   여름방학이 가까운 어느 날인가
철이   그날도 우리는 땡땡이를 치구 덕수궁 길을 따라 미
      군정청 건물로 쓰이는 예전 부민관 앞을 지나가고
      있었는데요.
숙이   미군 짚차가 하나 서 있구
철이   그 짚차 조수석에 여자 하나가 앉아 있었습니다.

무대 뒤편, 여자 하나가 나타난다.


숙이     머리에 스카프를 두르고
         하늘하늘한 원피스를 입고
         검은 썬글라스를 끼고
         빠알간 구찌베니를 바른 그 여자.

철이     우리가 보는 것을 알았는지 고개를 우리 쪽으로 돌
         렸는데요.

숙이     까만 썬글라스 때문에 우리를 보는 건지, 어디를
         보는 건지는 알 수 없었지만,

철이     우린 웬일인지 가슴이 설레어서,

숙이     곧바로 고개를 숙이고 그 앞을 지나왔지요.

철이     뒤쪽에서 짚차에 시동이 걸리는 소리가 들렸습니다.

숙이     돌아보았을 때, 짚차는 서울역 쪽으로 달려가고 있
         었지요.

철이     그 여자의 스카프가 바람에 펄럭였습니다.

숙이     짚차는 태평로 모퉁이를 돌아가고,

철이     펄럭이던 스카프는 더는 보이지 않게 되었습니다.


폭포수처럼 쏟아지는 매미 소리.


철이     맞지?

숙이     …….

철이     그 여자.

| | |
|---|---|
| 숙이 | ……. |
| 철이 | 이름이 뭐였더라? |
| 숙이 | ……. |
| 철이 | 생각 안 나? |
| 숙이 | ……명숙이 언니. |
| 철이 | 그리고, |
| 숙이 | 미즈코. |
| 철이 | 또 누가 누가 있었지? |
| 숙이 | 장 씨 아저씨, 선녀 아줌마, 만철 아저씨, 끝순 아줌마, 이씨 할아버지, 영호 오빠, 그리고 또……. |
| 철이 | 그 여자, 일본에 갔을까? 미즈코. |
| 숙이 | 글쎄. |
| 철이 | 유코는 아직도 장춘에 있을까? 내 소년 구락부도 아직 거기 있을까? |
| 숙이 | 가자. |
| 철이 | 어디로? |
| 숙이 | 어디든. |
| 철이 | 조금만 더 쉬었다 가. |
| 숙이 | 너무 한곳에 오래 서 있으면 안 돼. |
| 철이 | 그만 집에 가면 안 돼? |
| 숙이 | 학교 끝나려면 아직 멀었어. |
| 철이 | 오늘은 일찍 끝났다고 하면 되잖아. |
| 숙이 | 어제도 일찍 끝났다고 해 놓구서! |
| 철이 | 계속 걸었더니 너무 힘들어. 덥고 배고프고. |

| | |
|---|---|
| 숙이 | 벤또 먹었잖아. |
| 철이 | 어! 벌금! |
| 숙이 | ……도시락. |
| 철이 | 하아……. |
| 숙이 | 왜? |
| 철이 | 우린 뭐가 되려고 이러구 있을까? |
| 숙이 | (철이를 쥐어박는다.) |
| 철이 | 마음이 말야. |
| 숙이 | 마음이 뭐? |
| 철이 | 아직두 장춘에서 기차를 기다리고 있는 것 같애. |
| 숙이 | 가자. |
| 철이 | 얼마나 더 걸어야 돼? |
| 숙이 | 한 시간, 두 시간? |
| 철이 | 아아! |
| 숙이 | 가자. |
| 철이 | 응. |
| 숙이 | 가자니까! |
| 철이 | 알았어. |

숙이와 철이, 먼 곳을 응시하며 서 있다.
어두워진다.


어둠 속에서 뱃고동 소리.
항구에서 들려올 법한 여러 소음들.

서서히 밝아지면, 명숙과 미즈코가 바닷가에 서 있다.

눈부신 햇살이 쏟아지고 부드러운 바람이 불어온다.

햇살과 바람 속에서 그녀의 모습은 거짓말처럼 화사하다.

미즈코의 배는 남산만 하게 불러 있다.


미즈코   꼬꼬마데네?(여기까진가?)

명숙   그래.

미즈코   도꼬니 까에르노?(어디로 갈 거야?)

명숙   …….

미즈코   잇쇼니 이까나이?(같이 가지 않을래?)


사이.


미즈코   와따시 꼬와이.(무서워.)

명숙   …….

미즈코   데모 이까나캬 나라나이노네?(그래도 가야겠지?)


명숙, 립스틱을 꺼내 미즈코의 입술에 발라 준다.

그리고 자신의 입술에도 바른다.


명숙   어때?

미즈코   기레이요.(예뻐.)

명숙   너도 예뻐.

두 여자, 서로를 바라본다.

바닷물이 철썩이고 갈매기가 울고 뱃고동이 길게 울린다.

두 여자, 눈부신 햇살을 올려다본다.

한껏 환해졌던 무대가 서서히 어둠에 잠긴다.

암전.

# 한 사람을 위한 이념

박혜진(문학평론가)

   늦은 겨울과 이른 봄 사이였을까. 어쩌면 가을과 겨울 사이였을지도 모른다. 희미하게 내리쬐는 순한 볕이 땅 위로 환하게 떨어지는 날이었고 주변의 사물들은 반사판을 받은 것처럼 반짝반짝 빛나고 있었다. 어느 한 계절에 속한다기보다는 계절과 계절 사이에 전개되어 있다고 말하는 것이 더 어울릴 법한 볕이었다. 그날이 언제였는지 정확하게 알아낼 수도 있겠지만, 그때도 지금도 나는 내가 모르도록 내버려둔다. 앞으로도 그날은 봄의 길목이거나 가을의 뒤안길일 것이다. 채 사라지지 않은 기운과 막 시작되는 기운이 함께 존재하는 순간, 끝나는 시간과 시작하는 시간이 뒤섞인 채 끝도 시작도 허락하지 않는 순간, 침묵을 품고 있는 빛은 아무 말도 하지 않았지만 모든 것을 알고 있는 듯했다. 그날에 대한 내 기억은 그날이라는 사실을 재구성한다.

종로 부암동에 위치한 '소소한 풍경'이라는 식당에서 배삼식 작가와 식사를 한 날이었다. 희곡집 『1945』 출간을 앞두고 작품과 관련한 이야기를 나누기 위해 마련된, 소위 편집자와 작가의 미팅 자리였다. 물론 그때 나눈 자세한 이야기들은 편집 과정에서 단어로 문장으로 색깔로 여백으로, 말하자면 책 곳곳으로 스며들어 지금은 다 사라지고 없는 이야기가 되어 버렸다. 그사이 몇 번의 계절이 쉼없이 돌아왔고 계절과 상관없이 시간은 앞만 보고 달렸다. 다 쓸어버릴 기세로 냉정하게 흐르는 시간이었지만 그런 시간이 휩쓸어 가지 못한 것도 있었다. 언제나 남겨지는 것들은 있기 마련이다. 때로 그것은 한순간 느낌의 형태이기도 하고 정지된 화면의 형태이기도 하다. 시간이 남겨 둔 그날의 그것은 '한마디 말'이었다.

'소소한 풍경' 옆에는 환기미술관이 있다. 익히 명성은 들었지만 막상 가 본 적은 없던 곳이었다. 기왕 부암동에서, 그것도 환기미술관 가까이에 있는 식당에서 만나는 것이니 일정이 끝나면 미술관을 방문해야겠다는 야심찬 계획이 있던 터였다. 평소 예약하거나 시간 약속을 잡는 일에 부주의한 나는 그날도 기대감만 잔뜩 준비해 갔고, 생각보다 일찍 도착하는 바람에 약속된 장소로 향하기 전

미술관을 둘러볼 수 있게 돼 좋기만 한 마음이었다. 그러나 미술관은 재정비를 위해 휴관 중이었고 당연히 미술관을 들러 보려던 내 계획은 취소되었다. 이런 구구한 사연을 듣고 있던 작가는 내 말이 끝나자 특유의 웃음기 띤, 정중하고 느릿한 말투로 함께 아쉬워해 주었다. "멍석 같은 그림 보고 있으면 좋죠……."

이후 지금까지도 나는 김환기 그림을 떠올리면 그 말부터 생각난다. 보고 있으면 좋은 멍석 같은 그림. 그날을 계절과 계절 사이의 시간이었다고 기억하려는 내 고집도 이 말에서 비롯되었을 가능성이 크다. 높지도 낮지도 않은 온기가 무엇 하나 보채지 않은 채 느긋한 표정으로, 또는 안온한 빛줄기로 멍석에 스며드는 이미지. 봄일 수도 있고 가을일 수도 있는 널따란 햇볕의 촉감. 순전히 한마디 말 때문이었던 것이다. 모월모일 그날이 사이의 시간으로 규정된 것은. 나의 기억이 나의 사실을 구축한다.

*

말은 남는다. 정확히 말하면 무거운 말은 남는다. 한마디 말이란 짧은 말을 의미하지만 잊을 수 없는 말을 의미하기도 한다. 한마디 말 때문에 우리는 영원히 수치스럽기도 하고 인생의 회로가 바뀌기도 한다. 말 못할 그리움을

품은 채 평생을 견뎌 내는 힘이 한마디 말에서 나오기도 하는 것이다. 배삼식의 작품을 읽는다는 것은 전후맥락도 사정도 필요하지 않은, 그저 그 자체로 앞선 이야기와 뒤따를 이야기를 압도하는 한마디 말의 순간을 만나는 일이기도 하다. 한마디 말의 힘이란 상황을 규정하는 힘이 아니라 가능성을 증폭시키는 힘이고 상황을 증명하는 형식이 아니라 상황을 느끼게 하는 형식이다. 배삼식의 작품을 읽을 때마다 어김없이 경험하는 것은 개념을 잊어버리게, 혹은 잃어버리게 만드는 순간들이었다. 순간은 도착을 필요로 하지 않는다. 도착을 의미 없게 만드는 것이 순간이라 할 수도 있을 것이다. 결말을 향해 진행되는 이야기가 아니라 결말을 잃어버리기 위해 순간만 남겨 두는 이야기. 배삼식의 극은 남았기에 무겁고 사라졌기에 가벼운 측정할 길 없는 한마디 말을 위해 대화라는 모험을 시작한다.

두말할 것도 없이 희곡은 대화의 예술이다. 물론 대사와 대화는 다르다. 희곡을 이루는 절대 요소는 대사이고 대사는 대화 없이도 얼마든지 성립할 수 있다. 그러나 우리 삶을 재현하는 드라마는, 삶이 관계 속에서 이루어지듯 대화라는 맥락 속에서 핍진성을 획득한다. 그런데 누구나 하는 대화는 누구나 할 수 있다는 이유로 인해 기능의 측면에서 벗어나지 못한 채 목적을 지닌 도구로 그치기 십상이다. 위대한 혼잣말보다 근사한 대화가 더 어려운 것은 대화가 관계에서 비롯되는 예측할 수 없는 작용을 내포하기 때문이다. 모두 다 대화하며 살지만 모두가 대화한다는 보편성으로 인해 예술로서의 대화는 거의 불가능하거나 아예 불가능하다. 일상성과 보편성은 대화라는 형식을 예술의 대상으로부터 멀어지게 한다.

배삼식의 극에 깃든 에너지는 대화를 예술의 차원으로 끌어올리는 데에서 발생하는 희열이다. 구조로만 보자면 단순하기 이를 데 없지만 대화의 맥락은 결코 단순하지 않다. 단순할 수 없는 인간의 내면과 외면을 대화 속에서 이끌어 내는 힘이 배삼식의 작품에서 우리가 경험하는, 그리고 일상에서 우리가 좀처럼 경험할 수도 관측할 수도 없는 대화의 깊이이자 예술이다. 관계에서 비롯되는 복잡한 작용과 반작용으로서의 대화가 깊이와 감동을 주기 위해서는 드러난 말 이면에 드러나지 않은 이야기가 자리잡고 있어야 한다. 그들의 삶이 지닌 복잡다단한 구조를 드러내기 위해 작동되는 것은 기억을 말하는 행위다. 기억을 말함으로써 과거의 봉인이 풀린다.

"꼭 그것 때문이 아니라, 아시다시피 제가 잘하는 건 기억하는 일밖에 없잖아요? 전 이 마을의 모든 일들을 하나도 빠짐없이 기억하고 있는데, 여길 떠나면 그게 죄다 아무 소용없게 되잖아요. 전 언젠간 그 기억들을 바탕으로 저만의 이념을 만들어 보고 싶어요 그래서……."
　　　　　　　　　　　　　　　　　　—「열하일기 만보」, 230쪽.


　「열하일기 만보」는 "모든 짐승의 특징들을 조금씩은 지닌, 매우 어중간한 네발짐승 한 마리"가 인간 세상을 꿰뚫어 보는 이야기다. 다 자란 이 짐승에게 고삐를 씌우고 재갈을 물려 주려던 어느 날 벌판을 가로지르는 모래바람이 불어와 하늘과 땅 사이의 지평선을 지우고 짐승에 불과한 녀석은 생각에 빠지기 시작한다. 생각하는 네발짐승(그의 이름은 연암이다.)이 시간과 공간을 가로질러 과거와 미래를 종회무진 질주하는 기이한 일이 벌어지는 것이다. 표면적으로 이 작품은 짐승의 시선으로 인간 세상을 바라보는 전복적 말하기를 통해 인간 세상을 풍자하고 있는 것으로 보인다. 그러나 이면에서 바라본 이 작품은 생각하고 말할 수 있는 짐승을 통해 인간 이전의 세상, 인간의 입장에서 보자면 태초의 시점으로 세상을 초기 설정하는 작품에 가깝다. "현재와 과거와 미래의 기억들 사이에서" 길을 잃은 짐승 연암을 통해 그 세상의 이념이 형성되는 과정을 보여 주고 있기 때문이다. "이념이란 아리송하고 앞뒤가 안 맞아야 되는 거"라는 말로 풍자하며 드러내는 진실은 모순으로서의 이념이 아니라 기억이라는 감각으로서의 이념이 우리에게 필요하다는 사실이다.

*

    이번 선집에 수록된 작품들은 기억을 매개로 지나온 시간을 되짚는다. 기억으로 만든 이념 위에서 과거-현재-미래가 서로를 가로지르며 서로를 끊임없이 지우는 서사는 배삼식 극작 세계의 중심을 관통하는 핵심적인 테마다. 하루가 다르게 바뀌어 가는 도시 한가운데 혼자 멈춰 선 듯 이질적인 한옥집은 동네를 오고가는 관광객들의 구경거리가 된 모양새다. 아직도 이 집에 살고 있는 노부부 장오와 이순이 나눈 대화로 이루진 작품 「3월의 눈」은 무섭도록 슬프게 흐른다. 그들의 대화가 기억 속에만 존재하는 세계에 대한 회상과 그리움으로 채워져 있기 때문일 것이다. 남아 있는 것이 두 사람이 아니라 한 사람이라는 것을 알았을 때 서글픔은 극에 달한다. 익숙한 것들이 사라진 세계에 홀로 남은 존재들의 쓸쓸한 회상이 그해의 마지막 눈처럼, 말하자면 '3월의 눈'처럼 아스라이 떨어진다. 쌓일 새도 없이 흩어져 버리는 봄날의 눈발에 찰나의 인생이, 그리고 찰나라는 인생이 담겨 있다.

    「먼 데서 오는 여자」는 2003년 발생한 대구 지하철 화재 참사로 딸을 잃은 부부의 대화로만 진행되는 작품이다. 공동체가 경험한 재난과 고통을 잊지 않기 위해 노력하기는 커녕 추모 공원의 이름은 '시민안전테마파크'이고 추모하기 위해 맺은 약속은 헌신짝처럼 버려진다. 최소한의 애도마저 불허하는 권력은 오히려 집단적 망각을 유도한다. 재난 당사자이자 파독 간호사로, 또 중동으로 파견 나간 노동자로도 살아왔던 부부는 이렇게 또 국가로부터 소외되는 역사를 경험한다. 그들에게 세상은 차라리 다 잊어버리고 싶은 곳, 몰랐던 시절로 돌아가고 싶은 지옥이 아니었을까. 딸의 죽음이 없는 과거로 도피한 여자가 현실로 돌아오는 순간의 적막은 깊이를 헤아릴 수 없는 절망의 협곡이다. 「3월의 눈」이 과거로서의 기억을 떠올리는 데에서 발생하는 슬픔이라면 「먼 데서 오는 여자」의 슬픔은 과거로 흘려보내지 못해 기억조차 할 수 없는 데에서 발생하는 슬픔이다. 기억은 조각나 있으므로 늘 먼 곳에서부터 서서히, 그리고 천천히 모습을 드러내며 우리 곁으로 다가온다. 대화의 주체는 말하는 사람이지만 때로 대화의 주인공이 대화 그 자체라는 생각이 들 때가 있다. 두 부부의 대화는 말하는 사람을 통해 자신의 욕망을 실현한다.

앞선 두 작품이 속도와 망각을 유도하는 현재적 시대 속에서 사라지지 않고 남아 있던 개인의 기억들이 자신의 모습을 드러내는 경우라면 「화전가」와 「1945」는 애초에 역사라는 공간에 기입조차 되지 않았던 자들의 기억을 통해 그들의 존재를 발굴해 내는 이야기다. 「화전가」의 시간적 배경은 한국전쟁 발발 직전이고 공간적 배경은 안동 어느 일가다. 딸들의 성화에 못 이겨 마지못해 치르게 된 환갑잔치에는 시끌벅적한 수다와 사이사이 들어서는 한숨 섞인 정적이 교차된다. 정적에는 전쟁으로 인해 집을 나간 남자들에 대한 걱정이 배어 있지만 그러는 동안에도 삶은 계속되고 있다는 듯 이야기와 놀이는 멈추지 않는다. 하룻밤 꿈같은 시간이 끝나자 들려오는 폭발음. 끈질긴 생의 감각 앞에서 전쟁의 추억은 한층 서럽게 드러난다. 삶은 멀고 죽음은 가까웠던 시대, 돌이켜보면 다 헛되고 헛된 시대에 지금 살아 있다는 순간의 감각만이 생을 헛되지 않다고 긍정할 수 있는 이유가 아니었을까. 「1945」의 명숙과 미즈코는 식민지 시대 '위안부' 여성으로, 국가가 해방 이후 자신의 정체성을 형성하기 위해 제일 먼저 버렸던 이들이다. 전후 독립 공간에서 여전히 해방되지 못한 삶을 살았던 사람들이 한둘은 아니었을 것이나, 「1945」는 누구도 그들을 기억하지 않았던 시대에 살아남기 위해 그들 스스로도 자신을 기억하지 않아야 했던 불운과 불행의 시간을 살아낸 이들을 통해 기억의 정치성을 환기한다. 명숙과 미즈코가 서로의 입술에 립스틱을 발라 주며 예쁘다고 말하는 모습은 어떤 행위보다 더 날카롭게 헛된 이념의 시대를 비판한다.

그러나 예술이 된 대화의 종착지는 한순간의 침묵이다. 어떤 작품이든 그것이 배삼식이 쓴 이야기라면 어김없이 그 끝에는 더 이상 질주하지 않고 그 자리에 멈추어 섬으로써 지금까지의 세계에 이의를 제기하는 정지 상태가 있다. 순간의 침묵을 위해서 여기까지 왔다는 듯 각각의 침묵은 저마다 다른 곳으로 출발한다. 기억의 행로는 도착을 필요로 하지 않는다. 「3월의 눈」을 좌표 삼아 다시 읽는 다섯 편의 작품을 통해 우리는 집단을 구분하기 위해 작동하는 이념이 아니라 집단으로부터 개인을 회복하기 위해 발견되는 이념을 읽는다. 한 사람을 위한 이념 위에서 완성된 과거가 해체되고 해체된 시간들이 다시 조립되는 과정을 거쳐 어디에도 없는 기억의 집, 나의 집이 완성된다.

생의 모든 도면은 기억이라는 언어로 쓰인다. 기억을 뒤적이기 위해 우리는 대화에 나선다. 기억을 끌어내는 대화란 때로는 3월의 눈처럼 조용히 내리지만 때로는 위험물을 감추고 있는 지뢰처럼 무섭게 폭발한다. 시간을 가로지르며 예측할 수 없게 오고가는 그들의 대화가 그것을 증명한다. 일상적이고도 이상적인 대화를 통해 소실되었던 과거가 복원되고 빛바래 멈춰 버린 추억이 재생된다. 여기 실린 다섯 편의 희곡은 개인에 있어, 또 역사에 있어, 잘려나간 시간의 틈새를 메우는 한끗의 숨이다. 이 숨으로 인해 비어 있던 공간에 이야기가 시작된다. 접혀 있던 시간이 펴지고 잘려나간 이야기가 돌아온다. 없는 줄 알았던 존재들을 환대하는 소박한 목소리의 세계. 본디 이것은 위대한 대화의 속성이기도 하지만 배삼식이라는 다정한 문학의 본질이기도 할 것이다.

　마지막으로, 이 책에는 수록되어 있지 않지만 내가 가장 좋아하는 배삼식의 대사를 이야기는 것으로 이 글을 갈무리해도 좋겠다. "이것만 있으면 무덤 속도 환할 게야."* 사상범으로 몰려 일평생 벽 속에서만 숨어 지내야 했던 남자가 임종을 앞둔 어느 날, 어렸을 적의 딸이 햇빛이 보고 싶다던 자신을 위해 학교에서 돌아오는 길마다 따다 주었던 나뭇잎과 꽃잎 들을 차곡차곡 쌓아 두었던 상자를 어루만지며 한 마지막 말이다. "이것만 있으면 무덤 속도 환할 게야." 아쉽게도 번번이 『벽속의 요정』 공연을 놓쳤다. 하지만 보지 않아서 좋은 것도 있다. 덕분에 나는 세상에서 하나밖에 없는 환한 무덤을 알고 있다. '소소한 풍경'에서 작가를 만났던 그날을 봄 여름 겨울 겨울이 아니라 그저 볕이 잘 드는 어느 따뜻한 날이었다고 생각하는 배경에는 이 장면, 그리고 이 대사가 있었던 건지도 모르겠다는 생각이 뒤늦게, 3월의 눈처럼 온다.

* 배삼식, 「벽 속의 요정」, 『배삼식 희곡집』(민음사, 2015), 325쪽.

이만큼 왔다고 생각했는데, 돌아보면 금방이라도 손에 잡힐 것처럼 가까운 어린 시절, 그 상처, 그 서러움. 과거 의 내가 과연 나일까, 자문하면서도 가난하고 애달픈 옛일 이 아니었다면 지금의 나는 없었으리라고 누군가는 생각 한다.

이런 사람을 두고 어떤 이는 '증상'이라 말하고, 간혹 '징 후'라고도 하며, 때론 내상이라거나 트라우마, PTSD라는 단어로 요약한다. 그러므로 기억하는 일, 그리고 기록하 는 일은 앞날을 도모하며 멀쩡하게 살아내야 하는 사람에 게는 어울리지 않는 일인지도 모른다. 누구도 기억하고 싶 지 않은 일을 자꾸만 이야기하는 사람에게 냉정하게 쏟아 지는 말. '고릿적 이야기한다'거나, '삼년상 오래도 치른다'

거나. 그래서 기억하는 일이 누군가에게는 정말로 혐오스러운가, 묻게 되는 것이다. 죽음을 혐오스럽다고 생각하는 것처럼. 잘 살아내고, 더불어 그럭저럭 무난하게 살아내기 위해서는 옛일, 기억쯤은 털어내야 하는 것인가.

우리 삶에 문학이 없었다면 그렇게 모든 기록자들은 그저 증상으로 환원될 수도 있지 않을까. 『3월의 눈』에 실린 작품을 읽으며, 나는 여적지 어떤 기억을 붙들고 살아가는 개인임을 확인한다. 그 고릿적 옛이야기는 이제 그만두라고, 이제 세상은 바뀌지 않았느냐고 꾸짖던 목소리들을 떠올린다. 그러나 어떤 이에게는 어제처럼 생생한 59년, 60년, 70년, 73년, 80년, 81, 82, 83……(「먼 데서 오는 여자」), 이 숫자들이 다만 공통으로 치부되지 않기를, 사례도, 사실도, 사진도 아닌 누군가의 지난한 삶 그 자체였음을 여기 실린 작품들은 애써 이야기하고 있다. 들썩들썩하는 세간과 상관없이 흘러가던 삶이 있었음을. 배삼식의 작품은 분명 무대화를 염두에 두고 있지만, 독서만으로도 충분히 가능한 경지에 매번 이른다. 희곡이 대사로 이루어져 있다는 사실을 상기해 보자. 저 방언들과 입말들이 귓가를 여지없이 때리는데, 어떻게 그 삶으로부터 도망칠 수 있겠는가. 뒷짐 지고 바라볼 수 있겠는가.

그러므로 다시 기억하거나 기록하는 일에 대해서. 우리는 죽으려고 기억하는 것이 아니라, 살아가려고 기억하는 것이다. 살아가기 위해 이토록 옛일을 오늘처럼 붙잡고 있다. 결코 금방 녹을 눈이 아니기에 그렇게 계속 치워 가며.

— 박민정(소설가)

오늘의 작가 총서 37

# 3월의 눈
**배삼식 희곡집**

---

1판 1쇄 찍음    2021년 12월 17일
1판 1쇄 펴냄    2021년 12월 31일

지은이    배삼식
발행인    박근섭·박상준
펴낸곳    (주)민음사

출판등록    1966. 5. 19 제16-490호
주소    서울시 강남구 도산대로1길 62(신사동)
        강남출판문화센터 5층(06027)
대표전화    02-515-2000
팩시밀리    02-515-2007
홈페이지    www.minumsa.com

ISBN 978-89-374-2058-0(04810)
ISBN 978-89-374-2050-4(세트)

• 잘못 만들어진 책은 구입처에서 교환해 드립니다.

## 새로 잇고 다시 읽는 한국문학의 정수, 오늘의 작가 총서 시리즈